1400
Deutsche Gedichte und ihre Interpretationen

Herausgegeben
von Marcel Reich-Ranicki

Neunter Band

Von
Marie Luise Kaschnitz
bis
Paul Celan

Insel Verlag

Umschlaggestaltung: Hermann Michels und Regina Göllner

Quellenhinweise am Schluß des Bandes
Satz: Memminger MedienCentrum AG, Memmingen
Druck: Ebner & Spiegel, Ulm
Printed in Germany
Erste Auflage 2002

1 2 3 4 5 6 – 07 06 05 04 03 02

Von Marie Luise Kaschnitz
bis Paul Celan

INHALT

ROSE AUSLÄNDER
EIN MÄRCHEN

Im Pruth hüpften die
Spiegelbilder der Weiden

Ich badete und
sang Lieder

Es waren
verstohlene heitere Stunden
mit Freunden und
freundlichen Fremden

Daheim erwarteten mich
wichtige Bücher und
unbeschriebene Bogen Papier

Ich las ich schrieb
und träumte
es würde sich alles
zum Guten wenden

Ein Märchen
kurz vor der
Weltkatastrophe

WALTER HINCK
VERBRÜDERTE KULTUREN

Czernowitz in der Bukowina, die Stadt am Pruth, in der Rose Ausländer (Scherzer) vor einhundert Jahren geboren wurde, war im zwanzigsten Jahrhundert ein Spielball der politischen Interessen und der Grenzverschiebungen. Bis 1918 eine österreichische, dann eine rumänische Stadt, im Zweiten Weltkrieg unter sowjetischer, deutscher und wieder sowjetischer Herrschaft, gehört sie heute zur Ukraine – eine Stadt auf dem Rangiergleis der Staaten und Regierungsformen. Verliererin des ständigen Machtwechsels war die deutschsprachige, von der starken jüdischen Bevölkerungsgruppe getragene Kultur.

Aufgewachsen ist die jüdische Kaufmannstochter in diesem Schmelztiegel der Völker, in dem Juden mit Ukrainern, Rumänen und Deutschen, auch Polen und Madjaren wie in einer politischen Urzelle des Völkerbundes oder der Vereinten Nationen zusammenlebten. So mag der Autorin diese Zeit im Rückblick wohl als ein Vorgriff auf den Ewigen Frieden, als ein »Märchen« erscheinen.

Das Gedicht stammt aus dem Nachlaß der 1988 gestorbenen Dichterin, die bis zu ihrer Übersiedlung nach Düsseldorf ein wahres Nomadendasein zwischen Czernowitz, Wien und Bukarest, zwischen Europa und Amerika und während des Zweiten Weltkriegs Todesängste im Czernowitzer Getto durchstanden hatte. Es folgt dem Muster der freirhythmischen Form mit wechselnder Vers- und Strophenlänge, das Paul Celan, der jüngere Freund aus Czernowitzer Tagen, ihr nahegebracht hatte.

»Landschaft, die mich / erfand« hat Rose Ausländer im Gedicht »Bukowina II« ihre Heimat genannt. Immer wieder versetzt sich die gealterte Dichterin in ihre Kindheit und Jugendzeit, in die von »Buchenwäldern« umschlossene und »friedliche Hügelstadt«, dämpft sie ihr Heimweh mit der Droge lyrischer Erinnerungssprache. So auch im Gedicht »Ein Märchen II«. In fünf Strophen, fünf Schritten nimmt sie von der Vergangenheit wieder Besitz, bis die Schlußstrophe ein Halt setzt.

Mit dem Bild der Spiegelungen des Ufers im Wasser beginnt das Gedicht; das Verb »hüpfen« deutet schon eine Leichtigkeit des Daseins an, wie sie Baden und Singen dann konkretisieren. Gewiß sang das Mädchen, die junge Frau deutsche Lieder, doch drangen ans Ohr immer auch die Lieder der anderen Sprachen. »Viersprachig verbrüderte / Lieder« stehen im Bukowina-Gedicht für verbrüderte Kulturen. Heiteren Umgang mit Freunden und Fremden, eine Atmosphäre der Gastfreundschaft und der wechselseitigen Offenheit ruft die Erinnerung in der dritten Strophe zurück.

Zur Daseinsfreude und zur vorurteilslosen Geselligkeit treten, sie ergänzend und vollendend, die Vergnügungen des Geistes: die Erweiterung des Horizonts durch die in Büchern gespeicherten Erkenntnisse und Erfahrungen und der Antrieb zur eigenen Produktivität. Davon handeln die vierte und fünfte Strophe. Mit Goethe, Hölderlin und Rilke, mit Heine und Karl Kraus war man in Czernowitz vertraut, und aus ihren Dichtungen bezieht Rose Ausländer für ihre frühen Schreibversuche die Hoffnung auf den Fortschritt »zum Guten«.

Die »Weltkatastrophe«, die solchen Traum der Jüdin aus Czernowitz zerriß, beginnt mit ersten Beben sicherlich schon beim Kriegsausbruch von 1914 und beim Zusammenbruch der Donaumonarchie. Aber erst in den Getto-Jahren nach 1941 wird sie zu einer Erfahrung, die Albtraumbilder hervorbringt wie das vom »Bau / gigantischer Galgen // für mich / und / mein Volk« (»Erwachen I«). Rose Ausländer ist mit ihrer Lyrik zur Dichterin des Heimatverlustes und der ständigen Wanderschaft, zur Dichterin jüdischer Kulturbejahung und jüdischen Leidens geworden. Das Gedicht »Ein Märchen« beschwört noch einmal die Zeit und den Ort, wo der Wunschtraum von einer Humanisierung der Welt gerechtfertigt schien.

ROSE AUSLÄNDER
JERUSALEM

Wenn ich den blauweißen Schal
nach Osten hänge
schwingt Jerusalem herüber zu mir
mit Tempel und Hohelied

Ich bin fünftausend Jahre jung

Mein Schal
ist meine Schaukel

Wenn ich die Augen nach Osten
schließe
schwingt Jerusalem auf dem Hügel
fünftausend Jahre jung
herüber zu mir
im Orangenaroma

Altersgenossen
wir haben ein Spiel
in der Luft

HORST KRÜGER
EIN SPIEL IN DER LUFT

Daß auch noch nach Auschwitz Gedichte möglich waren, ist heute bekannt. Jüdisches Schicksal, so unsagbar es war, ist gleichwohl dem großen lyrischen Zugriff nie ganz entzogen gewesen. Da und dort ist es sagbar geworden. Die deutsche Nachkriegslyrik, von Celan bis Hilde Domin heute, hat es immer wieder bewiesen.

Von allen Gedichten, die in unserer Zeit jüdische Existenz behandeln, scheint mir dieses hier, ich sage nicht: das tiefste, wohl aber: das schönste und kunstvollste, das ich kenne. So leicht und schwebend, so klaglos vollendet zur ätherischen Sprachgebärde hat noch kein Gedicht Jerusalem, das fünftausendjährige Motiv des jüdischen Volkes, in Verse gefaßt. Da schwappt nichts über, da hängt nichts herab an zusätzlicher Trauer.

Was ist Kunst? Ich vermute: nicht Tiefsinn und raunendes Geheimnis. Kunst ist Spiel. Die wahren Künstler sind die Akrobaten, die glitzernden Artisten, in der Zirkuskuppel schwebend, die Ballerinen, die die absurdesten Figuren in bestürzender Leichtigkeit tanzen können. Kleist schon hat uns gesagt, daß die Marionette wahrscheinlich die vollendetste Kunstfigur sei, und etwas von dieser zweiten, artistischen Leichtigkeit, die ganz zum Schluß kommt, macht mir dieses Gedicht so wertvoll und originell. Es ist kein Tanz über Abgründen. Der Abgrund selber ist hier zum Tanz der Sprache geworden.

Rose Ausländer, der Name ist schon wie ein Omen, ge-

hört heute mit Sicherheit zu den bedeutendsten Lyrikerinnen deutscher Sprache. Ein Leben lang fast unbeachtet, ist sie in den letzten Jahrzehnten bekannt, aber nie berühmt geworden. Das Besondere ihrer Lyrik, die nie umfangreich, aber poetisch genau war, ist, daß sie sich nie festlief in dunkler Trauer wie die Lyrik Celans oder die der Nelly Sachs. »Hinter der Tränenwand / die Phönixzeit / brennt« heißt es in einem anderen Gedicht zum selben Thema. Verwandlung und neue Gestalt ist also ihr Thema.
»Mein Schal ist meine Schaukel« – ich meine, es gehört Souveränität, hoher Kunstverstand, auch einsame Tapferkeit dazu, ein Gedicht in deutscher Sprache nach Auschwitz über Jerusalem so auszubalancieren, ohne daß auch nur ein Hauch von Kunstgewerblichkeit spürbar würde. Das Gedicht ist von der ersten bis zur letzten Zeile durchweht von Luft, von der schwingenden Gebärde eines Flügelschlags, der Raum und Zeit mühelos durchmißt und sich aneignet: »Wenn ich die Augen nach Osten / schließe / schwingt Jerusalem auf dem Hügel / fünftausend Jahre jung / herüber zu mir / im Orangenaroma.« Es wird nichts symbolhaft, nichts dunkel vieldeutig. Hohe Artistik zieht ihre Schleifen, wie alle vollendete Kunst scheinbar ganz schwere- und mühelos. Nichts muß hier zusätzlich entschlüsselt werden.
Oder doch? Was besagen diese letzten drei Zeilen, die wie von selbst ausklingen und doch merkwürdig rätselhaft bleiben: »Altersgenossen / wir haben ein Spiel / in der Luft«? Ich bin nicht sicher, aber ich vermute: Jerusalem ist da. Es ist zu hören in der Luft, zu schmecken »im Orangenaroma«. Es ist aber auch (das Wort »Altersgenossen« legt es nahe) damit zugleich das Spiel um Leben und Tod gemeint, das weitergeht, nicht nur für den Staat Israel. Es

ist ein Spiel um Leben und Tod im Dasein eines jeden Juden, noch immer. Es ist ein Spiel, das ganz aus der Ferne sogar noch die Töne der »Todesfuge« von Celan hören macht.

Aber wie zart, wie scheu, in wieviel lyrischer Diskretion ist so Ungeheuerliches hier eingemischt. Tod und Leben sind ins Schweben gebracht.

ROSE AUSLÄNDER
MEIN VENEDIG

Venedig
meine Stadt

Ich fühle sie
von Welle zu Welle
von Brücke zu Brücke

Ich wohne
in jedem Palast
am großen Kanal

Meine Glocken
läuten Gedichte

Mein Venedig
versinkt nicht

JOSEPH ANTON KRUSE
ERTRÄUMTE STADT

Stets haben mir Gedichte, die Venedig beschwören, besonders gefallen. Glücklicherweise gibt es reichlich davon. Schönheit, Geschichte, Stolz und Gefährdung der Lagunenstadt übten auf die deutsche Lyrik ihren unauslöschlichen Zauber aus. Platen, C. F. Meyer, Nietzsche, Trakl, Rilke, um nur einige der »venezianischen« Dichter zu nennen, sind dieser Verlockung erlegen. »Wie werd ich je dies große Rätsel fassen?« fragt August von Platen als einer der sensibelsten Chorführer der in Bewunderung dem Geheimnis Venedigs verfallenen Verehrer. Sein klassischer Vorgänger Goethe hatte bereits im elften »Venetianischen Epigramm« festgestellt: »Pilgrime sind wir alle, die wir Italien suchen.« Demut und Betroffenheit angesichts der Einmaligkeit dieser Stadt sind in den Stimmen der Dichter gepaart. Auch in den erinnerten und erdichteten Orten der Lyrikerin Rose Ausländer spielt Venedig die Favoritenrolle.

In ihrem Gedicht »Liebe II« aus der Sammlung »Noch ist Raum« (1976) bekennt sie: »Ich liebe / Berge Bäume Blumen / das Meer / manche Städte zum Beispiel Venedig.« Elf Jahre früher trug schon ein Gedicht ihres Bandes »Blinder Sommer« (1965) den Namen »Venedig« als Überschrift und faßte Erscheinung wie Wirkung der Stadt in sehnsüchtige Bilder aus Architektur, Kunst und Gondelfahrt, ein Venedig, wie wir es bereisen, schätzen und aus der lyrischen Tradition kennen.

Aussage und Ton, Erinnerung und Beschwörung des Gedichts »Mein Venedig« aus dem Jahre 1982 dagegen haben sich verändert. Die seit Jahren an ihr Krankenbett im Altenheim der Düsseldorfer Jüdischen Gemeinde gefesselte Lyrikerin erschafft die Welt, die sie sich angeeignet hat, neu. Die traurige Realität ist überschritten. Die neue, persönliche Wirklichkeit heißt Venedig. Darum das Possessivpronomen in der Überschrift und zum Auftakt: »Mein Venedig« – »meine Stadt«; darum ist es auch sinnvoll, daß die beiden Schlußzeilen des Gedichts dem ganzen Lyrikband den Titel geben. Venedig in seinem Verfall als Sinnbild der von ihr erschaffenen, unsterblichen Welt; die eigene Phantasie, der Gedanke, der Wille sind Pfänder gegen Alter und Tod.

Im Text »Offener Brief an Italien«, ebenfalls in »Blinder Sommer« erschienen und dem erwähnten »Venedig«-Gedicht vorangestellt, heißt es bereits genauso besitzanzeigend, Liebe erklärend: »Mein Italien / ich schreibe dir aus Amerika / daß ich dir huldige.« Gruß und Reverenz aus der »Neuen Welt« an das »Abendland« ihrer Herkunft und Bildung. Nun, in der Zeit der Beschwernisse durch Alter und Krankheit, wird die Sehnsucht noch stärker, wird die Beziehung zu Italien intensiver, die seelische Eroberung unaufhaltsam, die sakramentale Aneignung Venedigs zum Mysterium ihrer Einsamkeit und ihres Widerstandes gegen den Tod.

»Italien« wird jetzt im so überschriebenen Gedicht aus der Sammlung »Mein Venedig versinkt nicht« von 1982 »mein Immerland« genannt. Der Traum überwindet jedes Hindernis: »Immer träum ich zurück / zu deinen Städten / Venedig Rom Florenz / Siena Neapel.« Denn jetzt ist die Zeit des Briefeschreibens vorüber, ist der Abstand überbrückt. Venedig gar ist mit Wellen und Brücken in das Gefühl der Dichterin eingegangen, und diese hat ihre Heimat endlich und für die Zukunft in allen Palästen am Canale Grande gefunden. Das Glockengeläut der Stadt und die Gedichte Rose Ausländers sind ein und dasselbe, verkünden die gleiche poetische Botschaft von unvergänglicher menschlicher Schönheit. Was bleibt, hat wirklich der Dichter gestiftet.

Aber dennoch, trotz aller imaginativen Kraft, tauchen auch Wünsche nach realer Erfüllung wieder auf. Deshalb lautet ein wehmutsvolles Gedicht im Band »Ich zähl die Sterne meiner Worte« (1983) ein Jahr nach der trotzig-liebevollen Erschaffung »ihres« Venedigs in vergegenwärtigender Einfachheit: »Ich will / noch einmal / in Venedig sein / mich / im Glasspiel / seiner Wasser / spiegeln // Mein Heim / ein herrlicher Palast / wie im Traum / leuchten Kanäle.«

ROSE AUSLÄNDER
PAUL CELANS GRAB

Keine Blumen gepflanzt
das sei überflüssig

Nichts Überflüssiges
nur
wilder Klatsch-Mohn
schwarzzüngig
ruft uns ins Gedächtnis
wer unter ihm
blühte.

KARL KROLOW
MOHN UND GEDÄCHTNIS

Rose Ausländer kommt aus der Bukowina. Sie kommt aus Czernowitz, wuchs in der Stadt auf, in der auch Paul Celan jung war. Viele ihrer Gedichte geben diese östliche Landschaft wieder, die der Fluß Pruth durchzieht. Sie mußte ihre Heimat verlassen und lebte fast zwei Jahrzehnte lang als Übersetzerin und Korrespondentin in New York, ehe sie in die Bundesrepublik kam. Sie lebt jetzt in Düsseldorf. 1966 war sie bei einem literarischen Preisausschreiben erfolgreich. So wurde sie bekannt. Ihr erster Versband damals hieß »36 Gerechte«. In ihm ist überall von ihrer Herkunft, ihrem Dasein, ihrer Flucht durch die feindliche Welt die Rede: »Aus der Wiege fiel mein Augenaufschlag in den Pruth ...« Ihre Gedichte lesen sich wie ein spätes Willkommen in einer verlorenen Landschaft: »Willkommen / Wanderer / hergeweht zu uns aus der Steppe.«
In einem neuen Gedichtband, der »Andere Zeichen« betitelt ist, hat Maria Luise Kaschnitz Rose Ausländers Person und ihre Verse beschrieben, hat von ihrer »kühnen und traurigen Stimme« gesprochen und von ihrer Art, Worte zu machen: »Lautlose Worte, Fischworte werden getauscht und mit dem eigenen Atem Mühlen in Bewegung gesetzt.« Obwohl bei Rose Ausländer Orte genannt werden, sind ihre Gedichte von einer traurigen Ortlosigkeit. Überall könnte ihr Ort liegen und nirgends. Und das hier gewählte Gedicht spricht von dem letzten Ort, den ein

Mensch findet. Es nennt ein Grab, nicht irgendein Grab, vielmehr die Ruhestätte ihres jüngeren Landsmannes Paul Celan auf einem unauffälligen Pariser Vorortfriedhof: und wie der Friedhof das Grab, klatschmohnbewachsen, dem Rose Ausländers Gedächtnis gilt: »Nichts Überflüssiges.« Das gilt auch für das kurze Gedicht, das mit Wenigem auskommt, um zu sagen, was übrigblieb, fast nichts: »wilder Klatsch-Mohn / schwarzzüngig«, still wuchernde Vegetation, die dieses Gedächtnis-Gedicht für einen Augenblick begleitet. »Keine Blumen gepflanzt«. Das wäre auch nicht notwendig gewesen für dieses einsetzende Gedächtnis. Nichts anderes als »Mohn und Gedächtnis«, von dem hier etwas gesagt wird. So hieß einst – man schrieb das Jahr 1952 – der Gedichtband, mit dem Paul Celan berühmt wurde.

Ein knappes Vierteljahrhundert später steht eine Frau, die wie der Tote Verse geschrieben hat, vor dem Grab dieses ihr persönlich so gut bekannt Gewesenen. Er war ihr nicht nur menschlich vertraut, er war ihr literarisch nahe. Wie Celan schreibt Frau Ausländer Gedichte einer exilierten Existenz, Gedichte einer Flucht vor Nachstellungen, Gedichte vom Unterwegssein: »Auf das Wohl / auf das Wohl / aller Wanderbrüder / Le Cháim / Ahasver.« Doch der Blick der Lyrikerin Rose Ausländer fällt auch auf das Unauffällige, auf das nichts als Stille, an den Ort Geheftete. Er ruhte so – neun kurze Zeilen lang – auf »Paul Celans Grab« als Gedächtnis für das, was »blüht«, sein Wort, sein Gedicht, in dem sie sich wiedererkannt hatte.

Das Gedicht wirkt wie hingeflüstert. Man hört die gedämpfte Stimme – einen Satz lang. Es sind die »lautlosen Worte«, die Marie Luise Kaschnitz bei Rose Ausländer vernahm und die gewiß dieses Gedächtnis-Gedicht bestimmen. Gewissermaßen stimmlose Worte, aber doch genau genug, um zu sagen, was vom »Blühen« übrigblieb: der wilde Mohn, Celans Blume. Celan hatte Blumen gern, liebte sie sogar. Aber sie fanden in seinen Gedichten wenig Aufnahme. Seine Gedichte waren für anderes notwendig geworden. »Keine Blumen gepflanzt / das sei überflüssig ...« Der Mohn auf dem Dichtergrab hat sich selber ausgesät.

ROSE AUSLÄNDER
SALZBURG

Du fliegst über
tönende Berge
eine Lerche
im Augenflug

Raubvögel
ihre Schlagschatten
auf schönen Kulissen

Einst flogen hier
Geigen gen Himmel
pianissimo

Spring
über die Schatten
ins Mozartlicht

ULRICH WEINZIERL

MOZARTLICHT

Als Rosalie Scherzer anno 1901 das Licht der k. u. k. Welt erblickte, war ihr Geburtsort Czernowitz Hauptstadt eines Kronlandes: Franz Joseph, seit beinah unvordenklichen Zeiten Kaiser von Gottes Gnaden, herrschte als Herzog über die Bukowina. Doch neben diesem und unzähligen anderen Titeln führte die greise Majestät auch den – durchaus symbolischen – eines Königs von Jerusalem. Nicht ohne Grund betrachteten ihn deshalb die Juden seines Reichs, und gerade die des Ostens, als ihren Schirmherrn.
Mit dem Untergang der Donaumonarchie brachen auch für Rosalie Scherzer, die später den ebenso wundersamen wie legitimen Namen Rose Ausländer tragen sollte, schwere Zeiten an – voll Angst und Entbehrung, verdüstert von Verfolgung und Leid. Zweimal emigrierte sie in die Vereinigten Staaten, unter dem Joch der SS im Ghetto von Czernowitz waren Zwangsarbeit und Vegetieren in Schlupfwinkeln an der Seite der kranken Mutter ihr Schicksal. »Mein Vaterland ist tot / sie haben es begraben /im Feuer / Ich lebe / in meinem Mutterland / Wort«, schrieb die erst in hohem Alter zu Anerkennung, ja, zu Ruhm gelangte Dichterin. Während der letzten Jahre im Nelly-Sachs-Haus zu Düsseldorf, wo sie Anfang 1988 starb, hatte sie das Bett nicht mehr verlassen können, dafür unternahm sie in der Phantasie Reisen an Orte der Sehnsucht und Erinnerung, poetische Exkursionen nach

Venedig, Toledo, Paris, Rom und – Salzburg. Das kleine Gedicht selbigen Titels entstammt der 1982 erschienenen bibliophilen Edition »Südlich wartet ein wärmeres Land«.

Nun ist seit Georg Trakls Tagen die festliche, »Die schöne Stadt« mitsamt der magisch-melancholischen »Musik im Mirabell« in der Wertschätzung der Schriftsteller, zumindest jener von gesellschaftskritischem Rang, erheblich gesunken. So meinte ein Alfred Polgar nach dem Krieg bei einem Lokalaugenschein an der Salzach, es gebe dort »mehr Nazis als Einwohner«, Thomas Bernhards einschlägige Verwünschungen waren schlicht fremdenverkehrsschädigend, und Erich Fried beschwor vor allem »Schönheit / von Unerträglichkeit / bewohnt / bewacht und beschlafen«.

Von solch harschem Urteil sind die Verse der Ausländer unzweifelhaft weit entfernt, nicht minder weit freilich von jubelndem Einverständnis, wirklichkeitsblind hingegeben einer glorreichen Tradition und deren steinernen Zeugen. Gut zwei Dutzend Vokabeln genügen, um die ganze Ambivalenz der Gefühle auszudrücken, die sich bei Nennung eines der international renommiertesten Flecken auf dem kulturhistorischen Atlas einstellt. Gewiß war Rose Ausländer aufgrund der Schreckensgeschichte unseres Jahrhunderts in des Begriffs genauem Verständnis heimatlos, zu Hause bestenfalls in der deutschen Sprache und in den Lüften Europas.

Daher ihre Affinität zu den Wesen, die sich um staatliche Grenzen nicht zu kümmern brauchen, weil sie über ihnen schweben. Verbirgt sich indes hinter der Lerche nicht vielleicht eine Nachtigall und hinter dieser die Autorin selbst? Haben die Raubvögel, Mörder ihrer Natur nach, keine

grausamere Entsprechung im Bezirk des angeblich Humanen?
Lyrik, wenn es denn eine ist, wirft stets mehr Fragen auf, als sie zu beantworten vermag. Und der Terminus »Schlagschatten« geht wohl metaphorisch über seine physikalische Bedeutung hinaus, weist auf Gewalttätiges hin, das um so verstörender wirkt, je edler das Bühnenbild scheint, in dem das Drama der Epochen abrollt. Trotzdem findet in der zweiten Hälfte des Poems Versöhnung statt, die mit erpreßter nichts gemein hat: Es ist Mozarts universale Harmonie, der Kosmos der Töne, gespannt über die Abgründe der Chaoserfahrung aus Vergangenheit und Gegenwart. Mit dem leisen Zauberwort »Mozartlicht« schuf Rose Ausländer eine Art Erlösungsformel – dunkle Gesichte, aufgehoben von einer noch im Tragischen fast schwerelosen Heiterkeit. Anders gesagt: erleuchtet von einem Strahl irdischer Gnade.

MARIE LUISE KASCHNITZ
DEIN SCHWEIGEN

Du entfernst dich so schnell
Längst vorüber den Säulen des Herakles
Auf dem Rücken von niemals
Geloteten Meeren
Unter Bahnen von niemals
Berechneten Sternen
Treibst Du
Mit offenen Augen.

Dein Schweigen
Meine Stimme
Dein Ruhen
Mein Gehen
Dein Allesvorüber
Mein Immernochda

HANS CHRISTIAN KOSLER
FRIEREND UND KLAR

Gedichte sind Solitäre, die ihre Wirkung aus eigener Kraft entfalten. Weder dulden sie Vergleichbares neben sich, noch bedürfen sie in der Regel eines Kommentars, der ihre Vieldeutigkeit nur einschränken und den Leser in seinem Verstehen eher bevormunden statt helfen würde. Doch es gibt Ausnahmen, Gedichte, für deren Verständnis ein gewisses Vorwissen um ihre Entstehung nicht nur nützlich, sondern geradezu notwendig ist.

Eine solche Ausnahme bildet das Gedicht »Dein Schweigen« von Marie Luise Kaschnitz. Man wird ihm nur gerecht, wenn man weiß, daß die Anrede nicht einem lebenden Menschen – und schon gar nicht einem sich willentlich entfernt habenden Geliebten – gilt, sondern daß es die Verfasserin an ihren verstorbenen Ehemann richtete. Mit dem Archäologen Guido Kaschnitz von Weinberg war sie dreiunddreißig Jahre verheiratet; er erkrankte 1956 an einem unheilbaren Gehirntumor, der ihn zwei Jahre lang in einen von trügerischen Besserungen unterbrochenen Dämmerzustand versetzte, ehe er von seiner schweren Krankheit erlöst wurde.

Wie groß die Liebe zu diesem Mann, einem ebenso charmanten wie abgrundtief melancholischen Wiener, gewesen sein muß und wie wenig sein Tod dieser Liebe etwas anhaben konnte, davon zeugt ihr gesamtes späteres Werk, in dem bis zur letzten Buchveröffentlichung, den autobiographischen Aufzeichnungen »Orte«, die gemeinsam verbrachte Zeit immer wieder behutsam in Erinnerung gerufen wird. Und auch dieses Gedicht, das in den ersten Jahren nach Guidos Tod entstand und dem 1962 erschienenen Lyrikband »Dein Schweigen – meine Stimme« seinen Titel lieh, setzt Liebe voraus. Daß sie keine Erwiderung mehr finden kann, trägt zu der unendlichen Trauer bei, die über diesen Versen ausgebreitet liegt. Doch der subjektive Schmerz, der hier zum Ausdruck gebracht wird, bezieht sich keineswegs auf die Tatsache, daß der Tod die beiden Liebenden für immer voneinander getrennt hat. Mit einer schönen Naivität glaubte Marie Luise Kaschnitz daran, daß der Tote auch weiterhin ihr Gegenüber, ihr stummer Ansprechpartner bleiben würde und daß sie ihm später im Jenseits wieder begegnen werde.

Oder war der Glaube bereits erschüttert und nur mehr ein Vorsatz? Immer wieder, notiert die Autorin später in ihren Tagebüchern, werde sie von dem Gedanken gequält, daß sich der Tote in rasender Geschwindigkeit von ihr entferne, daß er irgendwann einmal gänzlich verschwinde und sie ihn nie mehr »einholen« werde. In dem vorliegenden Gedicht hat der »quälende Gedanke« bereits den Charakter einer schmerzlichen Gewißheit angenommen: der Ahnung, daß die Erinnerung an diesen Mann immer mehr verblassen und die Nähe trotz allen Festhaltenwollens zur Ferne wird.

So ist dieses Gedicht gleichermaßen von Liebe, Schmerz und Trauer geprägt, ohne daß eine dieser Emotionen anoder ausgesprochen würde. Was den Inhalt einer Klage hat, wird in die Form einer nüchternen Aussage gebracht, in die antithetische Gegenüberstellung zweier unvereinbarer Sphären: des Lebenden und des Toten, der irdischen Hast und jener an »Hyperions Schicksalslied« gemahnenden himmlischen Ruhe. »Vom Allerpersönlichsten zum Allerunpersönlichsten« zu gelangen, hat Marie Luise Kaschnitz einmal das Ziel ihres Schreibens genannt. Das gelingt ihr mit diesem Gedicht: Sie ringt sich aus tiefem Schmerz und großer Einsamkeit zu einer frierend klaren Bewußtwerdung durch. Das Gedicht sucht keinen Trost, und dennoch spendet es Trost: Was wir gemeinhin »unsägliches Leid« nennen, ist in Worten wie diesen sagbar.

MARIE LUISE KASCHNITZ
DIE GÄRTEN

Die Gärten untergepflügt
Die Wälder zermahlen
Auf dem Nacktfels die Hütte gebaut
Umzäunt mit geschütteten Steinen
Eine Cactusfeige gesetzt
Einen Brunnen gegraben
Mich selbst
Ans Drehkreuz gespannt
Da geh ich rundum
Schöpfe mein brackiges Lebenswasser
Schreie den Eselsschrei
Hinauf zu den Sternen

HILDE DOMIN
DIE STIMME DER HILFLOSEN KREATUR

Dies Gedicht bekommt seine Vehemenz erst ganz zum Schluß. Fast immer waren es die Schlußzeilen, die es mir antaten, als ich auf die Suche ging, um Marie Luise Kaschnitz dem Leser gegenwärtig zu machen. Besonders gilt das für ihren letzten Band, in dem sie mutig, wortkarg und ohne Selbstbetrug Rechenschaft gibt über das Leben des auf sich gestellten Menschen – in dieser Zeit des verwaisten Menschen, der allein auf seinen Tod zugeht. Bis zum letzten Tag genau hinsehend mit den »von jeher tauglichen Augen« und mutig benennend, was ihr widerfuhr. »Mutig« sage ich und höre dabei ihre nie abreißende Selbstanklage »Ich bin nicht mutig« (»Die Mutigen wissen / daß sie nicht auferstehen ...«) Und schon in ihren Gedichten aus den dreißiger Jahren: »Nur ein Mangel an Liebe und Mut«. Ebenso in »Orte«, unentwegt. Der Mut war ihr eine Hauptaufgabe. Und was wäre Mut, wenn nicht dieser immer neue Appell an sich selbst.
Jetzt, wo sie nicht mehr da ist, lese ich ihren letzten Band wie ein einziges Gedicht. Und ich wähle gleich das dritte, wegen dieses Schreis, mit dem es endet. Aber auch das erste endet mit einem Schrei: dem Schrei, der ausbleibt. »Kein Schrei aus den Wolken / keine Feder herab« endet das Gedicht von dem Vogelpaar, dessen einer »entflogen« ist.
»Die Gärten« heißt das Gedicht. Es sind die Gärten, die es nicht mehr gibt, sie sind untergepflügt worden. Vielleicht

die in der Umgebung von Rom. Wir sind in einer südlichen Landschaft, aber darauf kommt es nicht so sehr an. Auf jeden Fall zerstört, einem andern Zweck zugeführt. Die Wälder gerodet: »zermahlen«, sagt sie, vielleicht, weil zermahlen gründlicher ist, zu Brei, zu Pulver, mag sein zu Zellulose, alles wird ja heute zu einem Zweck zerstört, gleichgültig der Zweck oder Nichtzweck, dem diese Wälder geopfert wurden, die Selbstzweck waren wie die Gärten.

Zugleich innere Landschaft. Der Neuanfang ist dementsprechend: ein Minimum. Kein Haus, eine Hütte, auf den Stein gesetzt, der übrig ist nach der Zerstörung der Landschaft, die auch nicht wiederhergestellt wird, auch nicht versuchsweise wird ein Garten angelegt. Nur eine Art Zaun, eine Absteckung des Terrains durch aufgeschüttete Steine. Eine Cactusfeige wird gesetzt, malartig, die nichts verlangt, eine Mindestgesellschaft. Dann wird für den Menschen, der in der Hütte zu leben hat, ein Brunnen gegraben, eine Zisterne, diese Lebensbedingung in der Dürre. Der einsame Mensch spannt sich statt eines Tieres an das Drehkreuz und geht im Kreis und schafft sich selbst das Wasser hoch: das zum Leben unentbehrliche Wasser, das zugleich das Wasser des Lebens ist. Aber nicht klar, sondern brackig, bitter, nach Meer schmeckend, wie es oft an solch verlassenen Küsten ist.

Da geht er also abends – tags ist es zu heiß – um seinen Brunnen, als sein eigenes Zugtier, um pflichtgemäß das schlechte Lebenswasser zu schöpfen. Bis hierher war alles Exposition. In der Zeile »da geh ich rundum« hört die Beschreibung auf, wird plötzlich das Ich sichtbar. Und da schreit es auch schon, da schreit der vereinsamte Mensch, mit der Stimme der hilflosen Kreatur. Er ruft niemanden,

er schreit diesen Eselsschrei, diesen Zugtierschrei, hinauf zu den Sternen. Das ist vielleicht das Großartige und ganz Desolate an diesem Schrei: daß rein animalisch geschrieen, fast biblisch geschrieen, aber keine Klage artikuliert und nichts erwartet wird. (Dieser Eselsschrei, der schwermütig durch die Nacht tönt, wie schon Bachofen ihn beschreibt.)
Rückwärts gelesen sieht man nun: Es war dies Ich selbst, das in einem äußersten Imperativ die frühere Landschaft weggeräumt hat, um zum Zugtier des eigenen Überlebens zu werden.
Daß der Mensch aber diesen trostlosen Schrei ins Wort bringt – »Nur ein Wort und ein Wort und ein Wort / Wahllos aus dem Sprachnetz gerissen / Zueinander geschleudert / Umarmen sich / sind sogleich eine / Sind eine Welt« – das ist der Sieg der Kunst, ihre Tröstung, über die *conditio humana: conditio inhumana.*

MARIE LUISE KASCHNITZ
DIE KATZE

Die Katze, die einer fand, in der Baugrube saß sie und
schrie.
Die erste Nacht, und die zweite, die dritte Nacht.
Das erste Mal ging er vorüber, dachte an nichts
Trug das Geschrei in den Ohren, fuhr auf aus dem Schlaf.
Das zweite Mal beugte er sich in die verschneite Grube
Lockte vergeblich den Schatten, der dort umherschlich.
Das dritte Mal sprang er hinunter, holte das Tier.
Nannte es Katze, weil ihm kein Name einfiel.
Und die Katze war bei ihm sieben Tage lang.
Ihr Pelz war gesträubt, ließ sich nicht glätten.
Wenn er heimkam, abends, sprang sie ihm auf die Brust,
ohrfeigte ihn.
Der Nerv ihres linken Auges zuckte beständig.
Sie sprang auf den Vorhang im Korridor, krallte sich fest
Schwang hin und her, daß die eisernen Ringe klirrten.
Alle Blumen, die er heimbrachte, fraß sie auf.
Sie stürzte die Vasen vom Tisch, zerfetzte die
Blütenblätter.
Sie schlief nicht des Nachts, saß am Fuß des Bettes
Sah ihn mit glühenden Augen an.
Nach einer Woche waren seine Gardinen zerfetzt
Seine Küche lag voll von Abfall. Er tat nichts mehr
Las nicht mehr, spielte nicht mehr Klavier
Der Nerv seines linken Auges zuckte beständig.
Er hatte ihr eine Kugel aus Silberpapier gemacht

Die sie lange geringschätzte. Aber am siebenten Tag
Legte sie sich auf die Lauer, schoß hervor
Jagte die silberne Kugel. Am siebenten Tag
Sprang sie auf seinen Schoß, ließ sich streicheln und
schnurrte.
Da kam er sich vor wie einer, der große Macht hat.
Er wiegte sie, bürstete sie, band ihr ein Band um den
Hals.
Doch in der Nacht entsprang sie, drei Stockwerke tief
Und lief, nicht weit, nur dorthin, wo er sie
Gefunden hatte. Wo die Weidenschatten
Im Mondlicht wehten. An der alten Stelle
Flog sie von Stein zu Stein im rauhen Felle
Und schrie.

RUTH KLÜGER
MISSGLÜCKTE ZÄHMUNG

Marie Luise Kaschnitz hat ihr Gedicht »Die Katze« eine Ballade, also ein erzählendes Gedicht, genannt. Erzählt wird jedoch lediglich, wie es einem Zeitgenossen mißlang, ein wildes Tier zu domestizieren. Was soll's?

Der Katzenzähmer ist ein behauster Mensch, er hat ein bürgerliches Dasein, ist gediegen eingerichtet im dritten Stock, mit Gardinen, Blumenvasen, die er abendlich füllt, einen guten Posten hat er, sonst könnte er sich Bücher und Klavier nicht leisten. Das Problem ist nur, daß er auf dem Weg zu diesen Annehmlichkeiten an einer Baustelle vorbei muß, aus der unliebsame Geräusche kommen. Katzen können bekanntlich wie kleine Kinder schreien, wenn's passiert, ist es nicht auszuhalten, wer's hört, muß Abhilfe schaffen.

Ein Gedicht aus den fünfziger Jahren, als draußen viel gebaut und drinnen viel verschüttet wurde. Eine Baugrube erinnerte damals noch an einen Bombenkrater, Zerstörung und Aufbau zugleich. Vielleicht auch heute noch: Wo gebaut wird, ist Unfertiges, und eine Grube, noch dazu eine dunkle und winterliche, beängstigt. Diese Baugrube mit Schnee und Schrei ist dem Chaos verwandt und daher, psychologisch gesehen, auch dem lautstarken, aber wortlosen Unbewußten. Die Katze, die dort streunt, ist unbehaust.

Mensch und Tier, Haus und Grube. Der Mann holt das Tier mit einiger Anstrengung, denn es läßt sich nicht lokken, aus der Grube ins Haus. Was hat er sich nun mit seinen nächtlichen Bemühungen eingehandelt? Eine Albtraumkatze, die ihren Besitzer mit ihren »glühenden Augen« nicht schlafen läßt; eine neurotische Katze, die das Zucken ihres linken Auges auf ihn überträgt und ihm die Freude an Musik, Literatur und Blumen verdirbt. Der Schaden, den sie anrichtet, ist teils komisch, wie Unfug bei Wilhelm Busch, teils beunruhigend, und wir fragen stirnrunzelnd: Warum läßt er sich seine schöne Wohnung von dem fremden Tier verwüsten?

Weil es eben kein fremdes Tier, sondern ein verwildertes Haustier ist. Das tritt deutlich in den wenigen Versen zutage, die der scheinbar gelungenen Zähmung gewidmet sind. Hier lösen sich die vorhergegangenen Unheimlichkeiten in dem normalen, sehr genau beobachteten Verhalten der Katze auf. Sie »jagt« Spielzeug, schnurrt, läßt sich streicheln und das rauhe Fell bürsten; mit einem Band versehen, scheint das Teufelsvieh gebändigt von einem, der »große Macht hat«. Jetzt ist sie endlich, was sie nach Menschenermessen sein soll, eine Hauskatze, und mit ihrer Silberpapierkugel wird sie keinen mehr verunsichern.

Sieben Tage, so bedeutet uns die Autorin mit biblischem Nachdruck, hat dieser Prozeß gedauert. Am Ende des Tages, an dem die Katze sich als harmlos und eingebürgert zu verstehen gab, beweist sie ihrem Meister seine Ohnmacht und entspringt. Nichts hat sich geändert: Das Tier ist dort, wo es schon anfangs war, und lärmt weiterhin in Hörweite. Doch plötzlich, in den letzten sechs Versen, stoßen wir zum ersten Mal auf Reime. In der modernen Lyrik markieren Reime oft nicht Harmonie, sondern das Gegenteil, zum Beispiel Ausweglosigkeit, hier die unentrinnbare

Gefährdung der Behaglichkeit. Da ist zunächst der auffällige Reim *Stelle/Felle*, der uns auf die verborgenen Reime *tief/lief* sowie den unreinen Binnenreim *hatte/(Weiden)-schatten* erst aufmerksam macht. Vor allem reimt ein unscheinbares »sie« am Ende des fünftletzten Verses mit dem letzten Wort des Gedichts, dem hallenden »schrie«, das, im Kontrast zu den Langzeilen, die das übrige Gedicht beherrschen, in einem Vers aus nur zwei Silben steht. Dieser zweisilbige Aufschrei ist die Katzenmusik des Unbehagens in der Kultur, um mit Freud zu sprechen. Sie wird auch in Zukunft die Ruhe des Schläfers stören. Er kann einem schon leid tun, dieser Tierfreund, der es doch so gut gemeint hatte.

MARIE LUISE KASCHNITZ
EIN GEDICHT

Ein Gedicht, aus Worten gemacht.
Wo kommen die Worte her?
Aus den Fugen wie Asseln,
Aus dem Maistrauch wie Blüten,
Aus dem Feuer wie Pfiffe,
Was mir zufällt, nehm ich,

Es zu kämmen gegen den Strich,
Es zu paaren widernatürlich,
Es nackt zu scheren,
In Lauge zu waschen
Mein Wort

Meine Taube, mein Fremdling,
Von den Lippen zerrissen,
Vom Atem gestoßen,
In den Flugsand geschrieben

Mit seinesgleichen
Mit seinesungleichen

Zeile für Zeile,
Meine eigene Wüste
Zeile für Zeile
Mein Paradies.

HORST RÜDIGER
UNGLEICHES GEPAART

Eine farblose Überschrift: die Benennung eines Dinges mit dem unbestimmten Artikel. Die Wiederholung am Beginn der Verse präzisiert den Stoff, aus dem das Ding »gemacht« ist: »aus Worten«, dem griffig-flüchtigen Stoff der »Macher«, wie die Griechen die Dichter nannten. Doch mit der Verarbeitung ist es nicht getan; man sucht nach der Herkunft des Stoffes. Von Eingebung, göttlicher Begeisterung oder wie man den Vorgang sich sonst zu erklären versucht hat, ist zunächst nicht die Rede, wohl aber vom Zufall, jener blinden Gottheit, der nicht nur die Dichter so viel verdanken. Er kann sich immer und überall einstellen, auch wo man ihn nicht vermutet; er kann durch einen Pfiff den Lauschenden aufmerken lassen.
Erst dann beginnt das Machen, aber »gegen den Strich«. Man fügt sich dem Terror des Zugefallenen nicht – das wäre noch kein Gedicht. Man paart »widernatürlich«, aber im Bewußtsein des Widernatürlichen, Asseln mit Blüten. Den Urstoff Wort, der am Anfang war, destilliert man gleichsam heraus, indem man der Sprache das Vlies schert, worin das Wort, unscheinbar und verschmutzt, verborgen lag, und wäscht es wie die Wolle des Lammes. Dann hat man es in seiner Kahlheit und in seiner Reinheit und stellt es allein in den Vers: »Mein Wort«.
Der Stoff ist Eigentum geworden. Zuvor war nur einmal vom Ich die Rede; nun häufen sich bis zum Schluß die »besitzanzeigenden« Fürwörter. Das Wort erscheint als

»Taube« wie der Geist Gottes im Matthäus-Evangelium und als »Fremdling« wie im Pfingstwunder (von den alten Malern gern in Gestalt einer Taube versinnbildlicht), da man »in Zungen redete«, in *fremden* Zungen – und doch verstanden wurde. In den Bildern von der Taube und vom Fremdling Wort mag, nun erst, die Idee von der Eingebung anklingen. Doch das Wort, soeben noch vom Geist durchdrungen, ist der Verderbnis und der Vergänglichkeit ausgesetzt, auch wenn es im Gedicht steht. Es hat nicht mehr die magische Kraft, die ihm eigen war, als man »in Zungen redete«. In zwei Einzelversen, gleichsam als Strophe abgesetzt, wird die Vereinigung des Wortes mit Gleich und Ungleich vollzogen.
Am Schluß drei fast zwanghafte, wie unter Diktat geschriebene Verspaare, kaum mehr durch Satzzeichen getrennt, parallel gebaut bis zur Wiederholung, antithetisch einander zugeordnet, zweimal durch identische Reime verbunden, doch als solche kaum erkennbar, weil auch der Rhythmus »gegen den Strich« läuft. Und noch einmal die Beschwörung orientalischer Wirklichkeiten und Wunschträume, von denen die Dichterin Besitz ergriffen hat und die sie in Besitz genommen haben: »Meine eigene Wüste ... Mein Paradies.«
»Ein Gedicht« steht in der Sammlung »Dein Schweigen – meine Stimme«; Marie Luise Kaschnitz hat es dann selbst in den Sammelband »Überallnie« aufgenommen. Sinnverwandte Verse stehen daneben; das Thema – *ihr* Thema – hat sie bewegt. Vom Reim und geregelten Rhythmus der frühen Gedichte entfernte sie sich; die assoziative Bild- und Gedankenreihung verdrängte die traditionellen Bauformen; die Worte wurden karger und treffender. »Ungenaue Beschreibung« (so tadelt sie sich einmal selbst) muß

ihr physisch zuwider gewesen sein. Doch sie verfügt über die große Kunst des »genauen Feststellens der flüchtigen Erscheinungen« (die sie Cyrus Atabay attestierte). Zugleich aber vollzieht sich in ihrem Gedicht eine innere Bewegung: Indem sie feststellt, was das Wort in einem Gedicht – in *ihrem* Gedicht – ist, stellt sie dar, wie ihr Gedicht entsteht: »Zeile für Zeile« und ohne die Dissonanz zu mildern.

»Ein Gedicht« über das Dichten: eines der wenigen zu diesem Thema, das einem Dichter geglückt ist.

HORST BIENEK
WÜSTE UND PARADIES

Die Nachfahren Paul Valérys werden seinen berühmten Satz nicht mehr aus dem Kopf verdrängen können: »Einen ersten Vers geben uns die Götter huldreich umsonst, an uns ist es, einen zweiten zu schmieden, der mit dem ersten harmoniert und seines übernatürlichen Bruders nicht unwürdig ist.« Klarer, bündiger, aphoristischer ist das nicht mehr formuliert worden. In unserer Zeit haben die Dichter mehr als in früheren Generationen über den literarischen Schaffensprozeß nachgedacht und geschrieben, vor allem in den sechziger Jahren, als eine Sprachkrise in der deutschen Lyrik eingetreten war und man sich in solchen poetischen Reflexionen der Sprache, des Gedichts, der verbalen Ausdrucksmöglichkeiten überhaupt vergewissern wollte. Marie Luise Kaschnitz war davon bedrängt wie so viele, sie aber in einem besonderen Maße nach dem Tode ihres Mannes, des Archäologen Guido von Kaschnitz-Weinberg, und der Gedichtband, der in der Zeit danach entstand und den so signifikanten Titel trägt »Dein Schweigen, meine Stimme«, versucht in zahlreichen Versen darüber Auskunft und Rechenschaft zu geben. Aber nirgendwo so deutlich wie hier in »Ein Gedicht«.
Ja, den ersten Vers geben die Götter hilfreich umsonst ... kein Zweifel, daß die Poetik der Kaschnitz davon geprägt war. Die Worte kommen leichtfüßig daher, aus den Fugen wie Asseln, aus dem Maistrauch wie Blüten, aus dem Feuer wie Pfiffe. Was mir zufällt, nehm ich ... Doch dann

beginnt die Arbeit des bewußten Künstlers: das Wort zu kämmen gegen den Strich, es seiner Bedeutung zu entkleiden, gegen Erwartungen aufzutreten, es gegen die Natur zu paaren, in Lauge auszuwaschen, bis es nur noch das ist, was es ist; das Wort neu sehen, von vorn anfangen, anders: das allgemeine Wort zu »meinem« Wort erheben.
Rettung ist die Poesie nicht. Einmal schien es so, als ob sie Rettung verhießen, die Wörter, in den »Notizen der Hoffnung«, und ein paar Seiten vorher: »Schreibend wollte ich meine Seele retten ... ich versuchte Verse zu machen, es ging nicht ... die Seele, die aufgegebene, treibt dahin und singt.« Dieses Singen, das werden die neuen Gedichte sein, vielleicht. Wichtig ist es, neu zu schreiben, immer wieder, durch die eigene Wüste zu gehen, Zeile für Zeile, in aller Genauigkeit, Zeile für Zeile: mein Paradies.
Am Schluß des Gedichts dieses Vertrauen in das Wort, in das Gedicht, in einer Zeit, als unsere Lyriker vom »Schweigen im Gedicht« raunten, das überrascht, das beglückt. Da bekennt sich eine Autorin, die niemals Moden mitmachte und zu dieser Zeit einen der formal kühnsten und raffiniertesten Prosatexte schrieb, »Beschreibung eines Dorfes«, zur sinnlichen Erfassung der Welt durch Poesie. Zeile für Zeile, meine eigene Wüste, Zeile für Zeile, mein Paradies. Soll es eine Metapher sein, dann ist es eine ungeheure, die mit Rilkes »Das Schöne ist nichts als des Schrecklichen Anfang« korrespondiert, beides Sätze, damit eine Person sich ihrer selbst vergewissere, das Leben bestehe und schließlich das Wort. So wichtig genommen wie das Leben selbst!
Es sind nicht immer die besten Gedichte, in denen der Autor sein poetisches Weltbild reflektiert, aber es sind oft die

wahrhaftigsten. Und es gibt eine poetische Wahrheit, die größer, gewaltiger und erregender ist als jede noch so geglückte Metapher. Wenn das Schweigen schließlich zum Wort wird: Dein Schweigen – meine Stimme.

MARIE LUISE KASCHNITZ
GENAZZANO

Genazzano am Abend
Winterlich
Gläsernes Klappern
Der Eselshufe
Steilauf die Bergstadt.
Hier stand ich am Brunnen
Hier wusch ich mein Brauthemd
Hier wusch ich mein Totenhemd.
Mein Gesicht lag weiß
Im schwarzen Wasser
Im wehenden Laub der Platanen.
Meine Hände waren
Zwei Klumpen Eis
Fünf Zapfen an jeder
Die klirrten.

ULLA HAHN
SPIEL DES LEBENS, SPIEL DER DEUTUNG

Gedichte der Kaschnitz neigen bisweilen zum Spruchhaften, zur Selbstentschlüsselung, wobei die letzte Zeile dem Leser dann nicht selten den Dietrich fast gewaltsam in die Hand drückt. So etwa in »Torre San Lorenzo«, das in der Sammlung »Neue Gedichte« dem hier gewählten vorausgeht: Nach Bildern von Mond und Meer heißt es: »Alles äonenlang / Nur wir vergehen.« Nicht so in »Genazzano«. Hier vertraut die Dichterin ganz auf die Kraft der Bilder. Bilder, die ohne ihre geliebten Adjektive auskommen: golden, marmorn, magisch, bleich. Gefährliches Schmieröl der Poesie.

Ortsangaben als Titel finden sich in der Lyrik der Kaschnitz häufig. Genazzano, ein Dorf von fünftausend Seelen etwa fünfzig Kilometer südlich von Rom, muß man nicht kennen. Nach wenigen Worten haben wir ein romanisches Bergstädtchen vor Augen; beinah *nature morte*, wäre da nicht das Klappern der Eselshufe. In der winterlich starren Stadt ist Bewegung, wenn auch nur hörbar und nur von einem Tier, das dem Menschen dient. Kein Lachen, kein Rufen, keine Stimmen. Die Skizze kommt in den ersten fünf Versen ohne Verben aus; sie würden den Ort in der Zeit verankern, doch er liegt außerhalb von ihr.

In der Zeit hingegen lebt das Lyrische Ich. Dreimal wird der Gegensatz beschworen zwischen dem zeitlosen Ort, dem dauernden »Hier«, und dem zeitverfallenen Ich, das um seine Vergänglichkeit weiß. Es steht nicht, es »stand«

am Brunnen und »wusch«. Nicht »Hier« und jetzt, sondern »Hier« und einst. Das alterslose Dorf, das gealterte Ich. Zeile sechs und sieben halten die Stimmung der Erinnerung in der Schwebe. Noch könnten »Brunnen« und »Brauthemd« heitere Bilder auslösen, wehmütigen Rückblick. Doch dies macht die nächste Zeile zunichte: »Hier wusch ich mein Totenhemd«.

Aus der Zeitlosigkeit in die Vergangenheit versetzt, gerät der Leser in die Verstörung. Aus welcher Zeit spricht dieses Ich? Wo ist eine Gegenwart? Ist das Ich auch aus der Zeit gefallen? Tot? Die folgenden Zeilen lassen beide Deutungen offen: das Lyrische Ich als Erinnerndes; das lyrische Ich als Wiedergängerin. Die Bilder sind so gehalten, daß sie auf eine Tote so gut wie auf eine waschende Frau zutreffen können. Das Gesicht kann ein Spiegelbild sein oder wirklich »weiß / Im schwarzen Wasser« liegen. »Im wehenden Laub der Platanen« zeigt sich Natur in ihrer Vergänglichkeit. Doch »wehend« ist auch die immerwährende Bewegung des Windes, äußerster Gegensatz zu dem dann folgenden Schlußbild.

Anders als der Entwurf des Orts in den Eingangszeilen ist dieses letzte Bild Vergangenheit: Die »Hände waren / Zwei Klumpen Eis«, eine umgangssprachliche Metapher, unheimlich erst durch ihre Weiterführung: fünf Finger werden zu »fünf Zapfen«, die »klirrten.« Wer dächte da nicht an Hölderlin, wer hörte nicht sein »Weh mir« bis an den Brunnen in den Zeilen von »Genazzano«. Doch wo bei Hölderlin »klirren die Fahnen« sind es hier vereiste Finger, die ein Geräusch erzeugen, ähnlich dem Klappern der Eselshufe. Anders als in Hölderlins späten Versen aus den »Nachtgesängen« ist das Leben hier nicht abgestorben. Eis kann wieder in Bewegung geraten, Wasser werden, in den Kreislauf des Lebens zurückkehren.

Die Erstarrung ist zeitweilig, Leblosigkeit vorübergehend, das Lebendige wartet. Denn das Lyrische Ich hat die Zeit der Vereisung überwunden, es spricht als Wiedergeborenes. Wiedergeboren in »Genazzano am Abend«, in die Zeitlosigkeit, wo das »Klirren« aufgeht im »gläsernen Klappern«. Der einzelne vergeht, aber der Tod ist kein Ende, sondern ein Wendepunkt, eine Station. Das Spiel des Lebens zwischen »Brauthemd« und »Totenhemd« kann aufs neue beginnen, der Kette des Seins ein weiteres Glied hinzugefügt werden.

»Den Werdegang eines gelungenen Gedichts zu erklären . . . ist schlechthin unmöglich«, schreibt der Dichter Peter Huchel in seinem Nachwort zu den Versen der Kaschnitz, sein Gelingen bleibe »Geheimnis«. Daß »Genazzano«, jedem Versuch seiner »Entschlüsselung« zum Trotz, dieses »Geheimnis« zu wahren weiß, macht seine verstörende Eindringlichkeit aus, die zu immer neuen Deutungen herausfordert. Ganz im Sinne der Dichterin: »Das gedruckte Gedicht, die gedruckte Geschichte sind Freiwild, sie gehören mir nicht mehr, und jeder kann sie sich auslegen, wie er will.« Das Spiel des Lebens, das Spiel der Deutung, wir müssen uns hineinbegeben, nur so halten wir uns und die Dichtung lebendig.

MARIE LUISE KASCHNITZ
HIROSHIMA

Der den Tod auf Hiroshima warf
Ging ins Kloster, läutet dort die Glocken.
Der den Tod auf Hiroshima warf
Sprang vom Stuhl in die Schlinge, erwürgte sich.
Der den Tod auf Hiroshima warf
Fiel in Wahnsinn, wehrt Gespenster ab
Hunderttausend, die ihn angehen nächtlich
Auferstandene aus Staub für ihn.

Nichts von alledem ist wahr.
Erst vor kurzem sah ich ihn
Im Garten seines Hauses vor der Stadt.

Die Hecken waren noch jung und die Rosenbüsche
zierlich.
Das wächst nicht so schnell, daß sich einer verbergen
könnte
Im Wald des Vergessens. Gut zu sehen war
Das nackte Vorstadthaus, die junge Frau
Die neben ihm stand im Blumenkleid
Das kleine Mädchen an ihrer Hand
Der Knabe der auf seinem Rücken saß
Und über seinen Kopf die Peitsche schwang.
Sehr gut erkennbar war er selbst
Vierbeinig auf dem Grasplatz, das Gesicht
Verzerrt von Lachen, weil der Photograph
Hinter der Hecke stand, das Auge der Welt.

DIETER BORCHMEYER
VERZERRTES IDYLL

Als Marie Luise Kaschnitz dieses Gedicht 1951 in der Monatsschrift »Die Gegenwart« veröffentlichte, konnte sie kaum ahnen, daß der Höhepunkt der Legendenbildung um den Todespiloten von Hiroshima, die sie in der ersten Strophe resümiert, um sie in der zweiten zu demontieren, noch längst nicht erreicht war, ja daß eine Legende, die sich erst nach der Veröffentlichung des Gedichts ausbreitete, sogar zur Grundlage seiner Deutung wurde. Es ist die Legende von Claude Eatherly, dem Kommandanten nicht des Bombenflugzeugs »Enola Gay«, sondern der vorausgeschickten »Straight Flush«, welche die Aufgabe hatte, zu erkunden, ob die Wetter- und Sichtverhältnisse über Hiroshima den Bombenabwurf zuließen. Eatherly spielte sich in pathologischem Geltungsdrang später zum eigentlichen Todespiloten auf, stilisierte sein von Trunksucht, Selbstmordversuchen, Kleinkriminalität und Aufenthalten in einer Heilanstalt gezeichnetes Leben zur Geschichte einer verstörten Seele, welche sich von den Gespenstern der Hiroshima-Opfer bis an den Rand des Wahnsinns verfolgt fühlte. Es gelang ihm mit dieser Selbststilisierung zu einem von Schuldgefühlen zerfressenen Märtyrer der Gesellschaft die Atomwaffengegner in aller Welt zu beeindrucken, so auch Robert Jungk und Günther Anders. Dieser führte mit ihm einen Briefwechsel, welcher zehn Jahre nach dem Hiroshima-Gedicht der Kaschnitz unter dem Titel »Off limits für das Gewissen« veröffentlicht wurde.

»Der den Tod auf Hiroshima warf« nimmt die Blutschuld auf sich, obwohl er doch nur das zufällige letzte Glied in der Kette eines von ihm nicht verschuldeten Verhängnisses ist, und wird deshalb von der Gesellschaft als wahnsinnig stigmatisiert, während die eigentlich Verantwortlichen ihre Schuld leugnen. So die Legende, welche sich seit 1957 um Eatherly herumrankte. Doch »nichts von alledem ist wahr«. Was Marie Luise Kaschnitz zu den ersten Fabeln um den Todespiloten konstatiert, es gilt nicht weniger für die spätere, bis heute nicht ausgestorbene Eatherly-Legende, die sie schon bis ins Detail (Selbstmordversuch, Wahnsinn, vermeintliche Verfolgung durch die Gespenster der Opfer) in der ersten Strophe ihres Gedichts vorzeichnet.

Der wirkliche Kommandant des Bombenflugzeugs war nicht Eatherly, sondern Paul Tibbets. Er und die anderen Besatzungsmitglieder der »Enola Gay« wurden nach deren Rückkehr bei üppigen Banketten gefeiert und mit hohen Auszeichnungen bedacht. Der Copilot Robert A. Lewis legte sich nach vollbrachter Tat ins Bett und schlief ruhigsten Gewissens nach eigener Aussage zwanzig Stunden. Gleichwohl verbreitete bald die Presse über ihn das Gerücht, er sei in ein Trappistenkloster eingetreten und sühne als Mönch seine Mitschuld. In Wirklichkeit wurde er zum Direktor einer Bonbonfabrik ernannt und trug sich eine Zeitlang mit dem Gedanken, noch einmal über Hiroshima zu fliegen und Candies seiner Firma über der Stadt abzuwerfen.

Marie Luise Kaschnitz ist der Wirklichkeit genau auf der Spur, wenn sie sich den Todespiloten als einen ›sunny boy‹ vorstellt, dessen Leben nach der Katastrophe so verläuft, als wäre nichts gewesen: als eine Familienidylle so recht nach amerikanischem Herzen, deren fingierter Held mit seinem peitscheschwingenden Söhnchen auf der Schulter, »vierbeinig auf dem Grasplatz«, wie ein gedächtnisloses Tier dem Vergessen frönt. Der da im trauten Familienkreis im Garten seines Hauses steht, ist nicht nur der Todespilot, es ist der ganz normale Bürger, der symbolische Repräsentant der vergessensbereiten Gesellschaft, der unbekümmert um das apokalyptische Geschehen, nach dem die Welt eigentlich den Atem anhalten müßte, wohlgemut weiter Häuser baut und Familien gründet.

Und doch: der »Wald des Vergessens« wächst nicht so schnell, daß die Vergangenheit sich verbergen, erfolgreich verdrängen ließe. Das Familienidyll der zweiten Strophe ist eine bloße Fiktion, ein Abbild der ihren optischen Illusionen ausgelieferten Gesellschaft. Nur dem »Auge der Welt«, das zur Linse der Kamera, zum alles sehenwollenden Auge der publizistischen Öffentlichkeit geworden ist, bietet sich der Anblick eines solchen Idylls. Für den Apparat des hinter der Hecke lauernden Photographen, der die indiskrete Allgegenwart der Medien repräsentiert, setzt man sich in Positur. Doch das aufgesetzte Lachen des im Bild Eingefangenen ist »verzerrt«, erzwungen vom Wissen, beobachtet zu sein. Walten nicht auch hinter seinem Rücken die Gespenster, die er vertreiben wollte? Mit der Scheinwelt der Publizität wird auch das aufgesetzte Idyll zerfallen: »Nichts von alledem ist wahr.«

MARIE LUISE KASCHNITZ
JUNI

Schön wie niemals sah ich jüngst die Erde.
Einer Insel gleich trieb sie im Winde.
Prangend trug sie durch den reinen Himmel
Ihrer Jugend wunderbaren Glanz.

Funkelnd lagen ihre blauen Seen,
Ihre Ströme zwischen Wiesenufern.
Rauschen ging durch ihre lichten Wälder,
Große Vögel folgten ihrem Flug.

Voll von jungen Tieren war die Erde.
Fohlen jagten auf den grellen Weiden,
Vögel reckten schreiend sich im Neste,
Gurrend rührte sich im Schilf die Brut.

Bei den roten Häusern im Holunder
Trieben Kinder lärmend ihre Kreisel.
Singend flochten sie auf gelben Wiesen
Ketten sich aus Halm und Löwenzahn.

Unaufhörlich neigten sich die grünen
Jungen Felder in des Windes Atem,
Drehten sich der Mühlen schwere Flügel,
Neigten sich die Segel auf dem Haff.

Unaufhörlich trieb die junge Erde
Durch das siebenfache Licht des Himmels.
Flüchtig nur wie einer Wolke Schatten
Lag auf ihrem Angesicht die Nacht.

ROBERT GERNHARDT
SCHÖN UND GUT

Ein in vieler Hinsicht schönes Gedicht. Es fängt schön an, mit einem jener hochfahrenden Sätze, die sogleich die Einzigartigkeit des Anlasses betonen, wie Hebbels »Dies ist ein Herbsttag, wie ich keinen sah« oder Benns »Einsamer nie als im August«. Es redet von schönen Dingen, und es tut dies auf schöne Weise, in fünfhebigen Trochäen, deren langer Atem gut zum gewagten Vorhaben paßt, einer Erdenfeier, welche die Dichterin von hoher Warte aus anstimmt: Wie eine Insel sieht sie unseren blauen Planeten unaufhörlich im Winde treiben, Jahrzehnte vor irgendeinem Astronauten.
Marie Luise Kaschnitz lebte zwischen 1932 und 1937 in Königsberg, in diesen Jahren hat sie »Juni« geschrieben. Sie veröffentlichte das Gedicht 1947, in ihrem ersten Gedichtband. Wie die Leser im Nachkriegsdeutschland »Juni« gelesen haben mögen, weiß ich nicht, wie es heute wirkt, weiß buchstäblich jedes Kind: »Daß sie als Kind jugendlich schön die Erde gesehen hat und jetzt halt mit dem verschmutzten Meer und Seen«, antwortet der kleine Maxl auf die Frage von Ute Andresen: »Ist es euch denn fremd, was da erzählt wird?«
Ute Andresens Buch »Versteh mich nicht so schnell, Gedichte lesen mit Kindern« erschien 1992, gut fünfundzwanzig Jahre zuvor hatte Marie Luise Kaschnitz bereits dem Maxl zugestimmt: »Auf den Gedanken, daß in der Natur alles heil sei und daß die Natur alles heile, käme

ohnehin niemand mehr«, schreibt die Siebenundsechzigjährige in »Tage, Tage, Jahre« und: »Während der vorangegangenen ostpreußischen Jahre ... war ich von der Natur bis zur Besessenheit angerührt worden ... aber sie war vorüber, auch die Zeit der Naturgedichte.« Nach dem Kriege habe sie keines mehr geschrieben: »Nachmittag im August großes Glücksgefühl ... aber ein Gedicht wird daraus nicht, heute nicht mehr«, notiert sie am 10. August 1967. Alles hat seine Zeit; so gesehen sind alle Gedichte Gelegenheitsgedichte, auch jene, die sich so zeitlos und so unpersönlich geben wie »Juni«.

Schön, daß es einmal Dichter gegeben hat, die von Wolke, Regen oder Ozon reden konnten, ohne an Tschernobyl, sauer oder Loch denken zu lassen. Gut, daß die Dichterin ihrer Naturbesessenheit noch rechtzeitig Worte verliehen hat – oder hatte die Natur der jungen Marie Luise Kaschnitz eines schönen Tages Worte eingegeben, die, bei Licht betrachtet, gar nicht die ihren waren? Eine Aufzeichnung der älter gewordenen Marie Luise Kaschnitz läßt derlei vermuten: »Der Herbst war meine Jahreszeit seit jeher«, schreibt sie 1967, »vom 21. Juni, dem Tag der Sonnenwende, an begann ich aufzuatmen, jetzt konnten die Tage nicht länger werden.«

MARIE LUISE KASCHNITZ
KLEINE BALLADE

Kehre ich heim in mein Vaterhaus
Find ich alle vier Wände im Lot
Einen Rasen wie Samt einen Stacheldrahtzaun
Eine Tafel mit Bettelverbot
Trägt mein Vater einen gut sitzenden Rock
Meine Mutter den seidensten Staat
Fällt mir bei Tisch mein Bruder ein
Der Tote der Soldat
Grab ich ihn aus setz ich ihn hin
Zwischen Fleißiges Lieschen zum Stein
Jetzt hast Du ein Bett jetzt wirst Du satt
Komm heim.
Wiegt er die Stirne einerlei
Hat die Hände voll weißem Brot.
Steht auf geht hin am Haus vorbei
Gradwegs ins Morgenrot.

WULF SEGEBRECHT
DAS VATERHAUS, WIE FIND' ICH ES DOCH

Die Ballade erzählt aus der Ich-Perspektive einer erwachsenen Tochter (oder eines erwachsenen Sohnes?) die makabre und böse, alles andere als nostalgische Geschichte zunächst einer kritischen, dann einer verweigerten Rückkehr ins Vaterhaus. Schon die Beschreibung der geordneten und abgeschirmten häuslichen Verhältnisse, die das sprechende Ich im Elternhaus vorfindet, kommt einer Diffamierung näher als dem, was man sich üblicherweise unter einer Heimkehr vorstellen mag: Alles ist »im Lot« zu Hause, der Rasen ist makellos, Sicherungsmaßnahmen und Verbotsschilder richten sich gegen mögliche Eindringlinge und Bettler. Die Eltern selbst erscheinen in gepflegter, teurer und edler Garderobe.
Dieses Vaterhaus bietet, alles in allem, das Schreckbild eines bedenkenlosen Wohlstands und einer gedankenlosen Wohlanständigkeit. Daß die Familie sich bei Tisch nicht vollständig versammelt hat – denn es fehlt der Sohn und Bruder, der offenbar als Soldat im Krieg ums Leben gekommen ist –, scheint den Eltern nicht einmal aufzufallen; wohl aber der Schwester, die seine Wiederbelebung unternimmt und ihn unter Hinweis auf Unterkunft und Verpflegung im Vaterhaus auffordert: »Komm heim.« Doch der wiederbelebte Bruder folgt dieser Aufforderung nicht. Er geht vielmehr »am Haus vorbei / Gradwegs ins Morgenrot«. Mit diesem Elternhaus will er offenbar nichts mehr zu tun haben.

Man ist, weil hier ein Ich über persönlich-familiäre Verhältnisse spricht, zunächst versucht, das aus dem Nachlaß der Marie Luise Kaschnitz stammende Gedicht autobiographisch zu lesen. Aber diese Lesart geht nicht auf. Die Eltern der Dichterin verstarben während der Zeit des Dritten Reiches; ihr einziger Bruder überlebte den Krieg und ist 1983, fast zehn Jahre nach seiner Schwester, gestorben. Sie können also kaum gemeint sein.

Vor allem aber macht das Gedicht selbst auf andere als autobiographische Bedeutungen aufmerksam: Denn als Ballade wird es schon im Titel angekündigt; an Volkslieder erinnern die unregelmäßig gefüllten Verse, die unreinen Reime und die an den Anfang der Verse gestellten Verben, wie man sie beispielsweise auch in Goethes »Heidenröslein« findet. Dazu gibt es kunstvolle Anspielungen auf Stoffe des Märchens und des Aberglaubens (so das Wiedergänger-Motiv) und auf Bibelstellen (Gleichnis vom verlorenen Sohn, Heilung des Kranken am Bethesda-Teich: »Steh auf, nimm dein Bett und gehe hin!«). Es ist also ein ganz außerordentlich dichtes Netz von Hinweisen auf traditionelle volkstümliche Formen und Stoffe, das hier über die aktuelle Geschichte einer verweigerten Heimkehr ins Vaterhaus gespannt wird.

Die Alternative zum unglaubwürdig gewordenen Vaterhaus ist das »Morgenrot«, in das der wiederbelebte Bruder am Ende hineingeht. Mit dieser vieldeutigen Metapher schließt das Gedicht. In Wilhelm Hauffs einem schwäbischen Volkslied nachgedichteten Reiterlied (»Morgenrot, leuchtest mir zum frühen Tod?«) kündigt das Morgenrot den Heldentod eines Kämpfers an. Aber zugleich vertritt das Morgenrot in der Lyrik der Freiheitskriege, des Vormärz und der sozialistischen Bewegungen des 19. und 20.

Jahrhunderts doch auch die Hoffnung auf Überwindung der gesellschaftlichen Lethargie und auf einen Neuanfang. Schon Theodor Körner »jubelt von der Freiheit Morgenrot«, und noch der Expressionist Alfred Henschke, der sich Klabund nannte, gab seinem ersten Gedichtband den Titel »Morgenrot! Klabund! Die Tage dämmertn!«. Auf beide Bedeutungen des Morgenrots – den Hinweis auf den frühen Tod des Soldaten und die Hoffnung auf gesellschaftliche Veränderungen – könnte der Schluß der Ballade sich beziehen.

Mit dem allzu ordentlichen, fremdenfeindlichen, mitleidlosen, wohlsituierten und vor allem erinnerungslosen Vaterhaus der »Kleinen Ballade« hat Marie Luise Kaschnitz die selbstzufriedene deutsche Wohlstandsgesellschaft der Nachkriegszeit poetisch und zugleich kritisch nachgezeichnet. Ihr gegenüber verhalten sich die Geschwister der »Kleinen Ballade« kritisch oder ablehnend. Zugleich aber wird der Erinnerungs- und Trauerunfähigkeit dieser Nachkriegsgesellschaft das Gegenbild eines Aufbruchs ins »Morgenrot« gegenübergestellt, in dem verlorengegangene volkstümliche Traditionen ebenso enthalten sind wie revolutionäre Impulse. Statt in ein Vaterhaus zurückzukehren, das belastet ist und sich überlebt hat, wählt der Bruder den Weg ins belebende Morgenrot. Das läßt sich durchaus auch als Plädoyer für die Bewältigung der Vergangenheit und für die Notwendigkeit einer Neubestimmung der Zukunft des väterlichen deutschen Hauses lesen.

MARIE LUISE KASCHNITZ
NICHT GESAGT

Nicht gesagt
Was von der Sonne zu sagen gewesen wäre
Und vom Blitz nicht das einzig Richtige
Geschweige denn von der Liebe.

Versuche. Gesuche. Mißlungen
Ungenaue Beschreibung

Weggelassen das Morgenrot
Nicht gesprochen vom Sämann
Und nur am Rande vermerkt
Den Hahnenfuß und das Veilchen.

Euch nicht den Rücken gestärkt
Mit ewiger Seligkeit
Den Verfall nicht geleugnet
Und nicht die Verzweiflung

Den Teufel nicht an die Wand
Weil ich nicht an ihn glaube
Gott nicht gelobt
Aber wer bin ich daß

WALTER HELMUT FRITZ
KLARHEIT DES BLICKS

Das Gedicht erschien mir, seit es vor zwanzig Jahren in dem Band »Ein Wort weiter« zu lesen war, als eines der stärksten von Marie Luise Kaschnitz. Es spricht von Versäumnissen, von dem, was sie nicht gesagt hat, zu sagen vergaß, zu sagen unterließ, nicht sagen wollte, nicht sagen konnte. Läßt sich »das einzig Richtige« von der Sonne, dem Blitz, der Liebe sagen? Sicher nicht. Was möglich ist, sind Annäherungen, Winke, Hinweise, »Versuche«.

Das Morgenrot, der Sämann, der Hahnenfuß, das Veilchen – warum mußten sie »weggelassen« werden? Weil die Zeit eines Lebens zu kurz, die Aufmerksamkeit eingeschränkt ist, die Sprache, vor allem die Sprache des Gedichts, nicht ausmalt, nicht auf Vollständigkeit in der Wiedergabe von Welt zielt, sondern etwas suggeriert, mit vergleichsweise wenigen Sätzen Räume skizziert, markiert, andeutet, in denen unsere Vorstellung, unser Gefühl sich entfalten können.

Wiegt es nicht schwer, daß Marie Luise Kaschnitz ihren Lesern nicht den Rücken gestärkt hat »mit ewiger Seligkeit«, daß sie Verfall und Verzweiflung nicht geleugnet, den Teufel nicht an die Wand gemalt und Gott nicht gelobt hat?

»Aber wer bin ich daß« – die letzte Zeile des Gedichts bleibt (wie schon die Anfangszeile der letzten Strophe) unvollständig, bricht ab. Warum? Weil damit auch im Formalen augenfällig werden soll, was an Erfahrung in den Zeilen zum Ausdruck kommt: Ratlosigkeit, Einsicht in das Fragmentarische menschlichen Tuns, menschlicher Fähigkeit und Zuständigkeit, in die Tatsache, daß wir oft genug – statt eine Lösung zu finden – nur Unlösbares ins Licht rücken können.

Marie Luise Kachnitz macht uns nichts vor, beschönigt nichts, verschließt ihre Augen nicht vor dem Grauen, verhehlt nicht ihr Ungenügen, nennt ihre Versuche »mißlungen«. Aber dank des Ernstes, mit dem sie das tut, verstehen wir, daß uns ein Werk der Kunst, der Literatur um so mehr angeht, je stärker in ihm gerade auch das Bewußtsein von der Gefahr des Mißlingens (der Arbeit, des Lebens) anwesend ist, das mit den Jahren wachsende Bewußtsein von dem, was wir versäumt haben und immer neu versäumen.

Diese Strophen sind nicht nur Ergebnis künstlerischen Vermögens, sondern auch bestandener Jahrzehnte. Klarheit des Blicks, Trauer darüber, daß unsere Bemühungen Stückwerk bleiben, und lakonisch-ruhiges Sprechen verbinden sich zu einem meditativ-intensiven Gedicht, einer »Zusammenfassung« langen Hinschauens und Nachdenkens. Schwierige Erfahrung ist aufgehoben in einfachen Worten. Sie sind sehr persönlich und zugleich von allgemeiner Bedeutung.

MARIE LUISE KASCHNITZ
VÖGEL

Ein Paar Vögel noch immer
Aber wie ungleich jetzt
Einer gierig aufpickend
Den kleinen Lebensrest
Im warmen Laub
Der andere entflogen
Sein klarer Schatten
Gleitet übers Schneefeld
Zieht Kreise drei
Jeder ein wenig blasser
Kein Schrei aus den Wolken
Keine Feder herab.

CHRISTA MELCHINGER
EIN WELTLICHES REQUIEM

Als Marie Luise Kaschnitz im Jahr 1958 ihren Mann verlor, verstummte sie nicht. In den sechzehn Jahren, die sie ihn überlebte, entstand ein bedeutendes Alterswerk. »Dein Schweigen, meine Stimme« ist der Titel der ersten nach seinem Tod entstandenen, 1962 veröffentlichten Gedichtsammlung. Die nebenstehenden Verse entstammen nicht diesem Band. Aber sie gehören in seinen Umkreis. Sie sind nicht genau datierbar, stammen ungefähr aus der Mitte der sechziger Jahre und wurden 1972 als Eingangsgedicht zu der Sammlung »Kein Zauberspruch« zum ersten Mal veröffentlicht.
Mehr als ein Hinweis auf den biographischen Anlaß, den Tod des Ehemanns, ist zur Kommentierung dieser Zeilen nicht nötig. Man muß sie nicht zweimal lesen, um sie zu verstehen. Aber wie alles Selbstverständliche setzen sie sich fest, werden Besitz, immer verfügbar, bei jedem Blick aus dem Fenster übers Schneefeld, in die Wolken; sie stellen sich ein, wenn wieder und wieder, zum wievielten Male, die suchende Hand ins Leere greift.
»Mann und Frau und Tod« – so heißt es in dem ebenfalls in dieser Sammlung zu findenden Gedicht »Cromagnon« – »immer dasselbe«. Das wird zum zentralen Thema ihrer Alterslyrik. Wenn plötzlich die Schere auseinanderklafft, die Lebensgemeinschaft auseinanderbricht in »Dein Allesvorüber/ Mein Immernochda«, wenn die große Suche anhebt: »Wo/ Du/ Überall Nirgends«, wenn das »rehrote

Windei Hoffnung« geboren wird aus Trotz und Zorn und der Ohnmacht der Verlassenen: »Einst werde ich aufstehen/ Wie alle Geschlagenen ...«, dann steht es auf des Messers Schneide – verstummen oder fortfahren im Sprechen, im Schreiben.

»Dein Schweigen, meine Stimme«: Die Kaschnitz hat sich entschieden fürs Leben, fürs Weiterleben, und es stellt sich heraus, daß er gar nicht schmal ist, der »Lebensrest«, der ihr geblieben ist – noch sind die Sinne wach, das lebenslang geschärfte Wahrnehmungsvermögen ungetrübt, es scheint sogar gesteigert durch den Schmerz. Nichts hindert das Hereinströmen von Welt – das ist ja das Schwere: Die Zurückgelassene kann sich nicht entziehen, alles bleibt mit ihr zurück, es ist, als habe der Sterbende sie im Moment seines Todes tief ins Leben hineingestoßen, tiefer als je, sie, die sich schon halb gelöst hatte davon in den Wochen, in denen sie sein Sterben begleitete.

Diese Lösung war Trug: »Über mich her fiel die Welt«, schreibt sie im Jahr danach. Sie hat ihr standgehalten, die Dichterin, noch viele Jahre lang. Auf ihre Weise, daran konnte der Tod nichts ändern: »ich sehe und höre, reiße die Augen auf und spitze die Ohren, versuche, was ich sehe und höre zu deuten, hänge es an die große Glocke, bim bam.«

Was im Werk der Kaschnitz immer wieder als das »Klassische«, die Bindung an traditionelle Formen, hervorgehoben wird, ist das Ergebnis dieser einfachen Methode, deren sie sich bedient: sehen und hören, das Gesehene und Gehörte deuten und an die große Glocke hängen. Die Wiedergabe des sinnlich Wahrgenommenen – dazu gehört die Präzision, die eine der wichtigsten Merkmale ihrer Kunst ist; die Reflexion darüber – das ergibt ihre Tiefe, und die große Glocke, das wird bei ihr kein brausender Lärm, das ist auf »sordino« gestimmt, aber von bezwingender Intensität. So wie die wenigen Zeilen dieses Requiems.

GÜNTHER ANDERS
SPRACHELEGIE

Verwüstet liegt das gute Land der Sprache.
Und Sätze ragen, kahl und abgelaubt,
das Nichts in ihren Ästen. Redensarten
stehn schräg im Raum, die Wurzeln in der Luft.
Und Worte, wo du hintrittst: angeschlagen
und eingebeult. Und die vergnügtesten,
die gestern noch mit Pfeifen und Trompeten
durchs Land gezogen ... und die stillen, die
verschämt und innig das Gewesene
noch rückgetönt – sie alle liegen wüst
und unverscharrt und unbeweint im Feld.
Und nur ein kleiner Trupp von völlig nackten
und stämmigen Vokabeln kehrt zuletzt
nach Haus zurück. Und hinter ihrem Schritt
steigt hoch der Staub und löscht die Landschaft aus.

GÜNTER KUNERT
PROPHET WIDER WILLEN

Dergleichen besitzt in der deutschen Literatur eine lange Tradition: die Klage über die Sprachverderbnis. Schon vor über dreihundert Jahren dichtete Johann Michael Moscherosch: »Wir han's verstanden mit Spott und Schanden, / Wie man die Sprach verkehrt und ganz zerstört. / Ihr bösen Deutschen, man sollt euch peutschen. / In unserm Vaterland pfui dich der Schand.«

Nach einem anderen Kriege, der auf Deutschlands Schicksal ähnlichen Einfluß hatte wie der Dreißigjährige zu Lebzeiten Moscheroschs, schrieb Günther Anders seine Elegie. Und merkwürdig: Ihre Bildhaftigkeit gemahnt weniger an den »totalen« Krieg als an einen des Barock, da tatsächlich Landsknechte mit Pfeifen und Trompeten in die Schlacht zogen – als habe besagte Tradition sogar die Anderssche Metaphorik mitbestimmt.

Und doch ist etwas gänzlich unvergleichlich in diesem Gedicht über die Zerstörung eben des Mediums, das davon Zeugnis gibt: Obwohl in keiner Zeile die Zeit historisch fixiert wird, kann es sich doch nur um die letzte Nachkriegszeit handeln, um die Epoche der »Kahlschlagliteratur«, der Abrechnung mit der LTI, der »Lingua Tertii Imperii«, der Sprache des Tausendjährigen Reiches. Denn daß die Vokabeln als heimkehrende bezeichnet werden, nicht etwa als im Lande selber überlebende, verweist deutlich auf die Biographie des Autors und damit auf den geschichtlichen Augenblick, die Heimkehr aus dem Exil.

Günther Anders, 1902 in Breslau geboren, heute in Wien lebend, deutsch-jüdischer Herkunft, promovierte bei Husserl, emigrierte 1933 nach Paris, 1936 nach Amerika, wo er, wohl als einziger »gelernter« Philosoph, am Fließband in der Fabrik arbeitete. In den fünfziger Jahren wurde er einer der Mitbegründer der Anti-Atomkriegsbewegung, korrespondierte mit Claude Eatherly, dem Hiroshima-Piloten, und veröffentlichte diesen Briefwechsel.

An die Stelle der »stämmigen Vokabeln« trat die Publizistik; Anders hatte mit Gedichten debütiert, auch in der Emigration noch Lyrik geschrieben, bis ihn eine Realität überwältigte, auf die sein Gedicht nicht mehr zu reagieren, nicht mehr zu antworten vermochte. Für fast ein Vierteljahrhundert enthielt er sich der literarischen Arbeit, in der sich das Rettende wie Suizidäre unauflöslich vermengen, die Egomanie und der Menschheitskummer, um als Aufklärer jene Entwicklungen aufzuhalten, die inzwischen über ihn hinweggegangen sind.

Aber er hat wie selten ein Schriftsteller sein Scheitern fruchtbar gemacht: Die Quintessenz der Erfolglosigkeit praktischer Politik ist eine Antiphilosophie, ein anthropologisches Szenarium, dessen Grundgedanke die »Antiquiertheit des Menschen« ist. Aus einer Fülle von Fakten und aus erlittener Empirie zieht Anders seine Schlüsse, denen zufolge die Menschen eine überholte Angelegenheit sind und mitten in der Gefahr, sich selber aufzuheben, so daß der letzte Satz der »Sprachelegie« auf einmal wie eine frühe und unfreiwillige Prophezeiung klingen will: »Und hinter ihrem Schritt / steigt hoch der Staub und löscht die Landschaft aus.«

Was »nur« die Vokabeln meint, ist selbstverständlich auch

auf uns und unser Dasein gemünzt. Insofern sehen wir nicht allein mit Betroffenheit den warnenden Text, sondern mit unleugbarem Staunen, wie in einem literarischen Lebenswerk selbst scheinbare Nebenprodukte das ganze Konzept enthalten: wie jede Zelle genetisch das ganze Individuum.

WERNER FINCK
NEUE HERZLICHKEIT

Wir stehn vor einer neuen Periode.
Die Sachlichkeit verliert an Sympathie,
Die kalte Schnauze kommt schon aus der Mode;
Zurück zur Seele; Herz ist dernier cri!

Der Schmerz darf Einen wieder übermannen;
Am Jüngling sucht die Jungfrau wieder Halt,
Das Unterleibchen wird sich nach und nach entspannen
Und nur des Kriegers Faust bleibt noch geballt.

Und da wir grade von den Kriegern reden,
Die Reichswehr macht uns wieder neue Lust,
Man gibt es auf, sie zu befehden:
Es wird wie einst im Mai – und dann wie im August.

WALTER HINCK
DER PROPHET IN DER KATAKOMBE

Gegen Ende des 19. Jahrhunderts gerät die Muse der Lyrik auf Seitenwege und kehrt mit einer rotzfrechen Göre zurück, dem Kabarettchanson. Dessen Väter sind die Bohémiens im Pariser Café-Chantant, sein erstes festes Engagement bekommt es 1881 im »Chat noir« auf dem Montmartre. Mit Verspätung, am Anfang des 20. Jahrhunderts, bietet auch Deutschland der Kabarettkunst ein Quartier. Sowohl leichtgeschürzt wie aufmüpfig gibt sie sich, angriffslustig gegen den Geist und Ungeist der Zeit. Von Wolzogen in Berlin zitiert den Ungeist aufs »Überbrettl«, und was noch in Max Reinhardts Kabarett »Schall und Rauch« (Berlin) überlebt, wird den »Elf Scharfrichtern« in München (mit Frank Wedekind) übergeben. Schließlich macht im Ersten Weltkrieg das dadaistische »Cabaret Voltaire« in Zürich mit dem überlieferten Kunst- und Kulturverständnis überhaupt Tabula rasa.
Dagegen geht das Kabarett der zwanziger Jahre wieder zur Sache. Revue- und Hollywoodkunst drohen es einzuschläfern, aber die braunen Kolonnen, die Dietrich Ekkarts »Deutschland erwache!« in den Straßen schmettern, erwecken es zu neuer Wachsamkeit. In der »Katakombe« (ab 1931) rüstet man sich zu geistiger Gegenwehr, und ihr Werk tun »Die Vier Nachrichter«.
Treibende Kraft der »Katakombe« in Berlin ist Werner Finck. Seine satirische Waffe, nach Hitlers Machtergreifung und unter der Zensur, sind die halben Sätze, die ihre

Brisanz erst entfalten, wenn der Hörer sie ergänzt. 1935 schließt die Gestapo die »Katakombe« und bringt Finck im Konzentrationslager zum Schweigen. Er läßt sich nach der Entlassung den Mund nicht länger stopfen und wird noch mehrfach mit Arbeitsverbot bestraft.

Unser Text ist das Titelgedicht des Lyrikbandes »Neue Herzlichkeit«, den Finck 1931 veröffentlichte; er erschien nach dem Krieg wieder im Band »Alter Narr – was nun?« (1972). Hier lauscht ein Dichter nicht wie in Mörikes »An eine Äolsharfe« dem »geheimnisvollen Saitenspiel« des Windes, sondern läßt sich den Wind der Zeit um die Ohren wehen; hier löst sich lyrische Sprache nicht in Musik auf, sondern malt wie die Flammenschrift in Heines »Belsatzar« das Menetekel an die Wand.

Das Gedicht beginnt mit der Ankündigung einer neuen Epoche, was bei dem immer rascheren Wechsel der Literatur- und Kunstperioden seit dem Jahrhundertbeginn nicht überraschen kann. Gerade hat die »Neue Sachlichkeit« den Expressionismus abgelöst, da ist man ihrer schon wieder überdrüssig. Das Pendel schlägt zurück. Den Takt der Zeit gibt die Mode an. Die Innerlichkeit, in Deutschland nie ernsthaft gefährdet, sieht neuen Triumphen entgegen.

»Kalte Schnauze« und »dernier cri« freilich sind Wörter aus dem Vokabular salopper Desillusionslyrik der Nachkriegszeit. Die Neue Sachlichkeit wird mit dem Vokabular der Neuen Sachlichkeit verabschiedet. Und es ist Erich Kästner, darüber lassen Tonart und Zukunftsperspektive keinen Zweifel, dem sich Werner Finck als Bundesgenosse anträgt.

Die zweite Strophe lobt ironisch die Rückkehr zu starken Gefühlen und alten Rollenbildern als Entspannung des

Leibes und der Seele. Aber sie enthüllt nun auch die Kehrseite der neuen »Herzlichkeit«: »des Kriegers Faust«. Die zunehmende Beliebtheit der Reichswehr, von der die Schlußstrophe spricht, wird Hitler die gewaltige Aufrüstung erleichtern. Er wird der Nation einen neuen Frühling vorgaukeln und ihr einen neuen Krieg bescheren, einen Krieg, der das Ergebnis des am 1. August 1914 begonnenen Weltkriegs annullieren soll. Schon acht Jahre nach dem Erscheinen des Bandes wird sich die Voraussage des Gedichts bewahrheiten. Finck pointiert den Gegensatz von Versprechen und Erfüllung zeichenhaft mit den Monaten Mai und August.

Nur in einem Punkt wird ihm die Geschichte widersprechen – sie wird den 1. August zum 1. September korrigieren. Nicht ahnen konnte der Prophet in der »Katakombe« das Ausmaß einer Katastrophe, die ein ganzes Volk in die Katakomben treiben sollte.

MAX KOMMERELL
SPIEGELUNG DER SONNE ZWISCHEN SEEROSENBLÄTTERN

Gewundne Stengel hoben
Das runde Blatt nach oben
Der Blüte nur zu lieb,
Damit die köstlich neue
Am Lichte sich erfreue.
Doch keine Blüte trieb,
Und auch der Himmel blieb
Heut abend ohne Bläue.
Schon glänzt von Wolkenrändern
Ein tröstliches Verändern.
Und zwischen Blatt und Blatt
Als Spiegelbild von oben
Der Feuchte eingewoben
Vertraulich winkend hat
An der Seerose statt
Die Sonne sich geschoben.

DOROTHEA HÖLSCHER-LOHMEYER
AUGENBLICK DER VERWANDLUNG

Dies ist ein Altersgedicht, obwohl Max Kommerell erst 42 Jahre alt war, als er es niederschrieb – kurz vor dem Tode im Sommer 1944.
Auf Alter deutet die Einfachheit des Naturvorgangs, den es mitteilt; mehr noch die Reduktion auf die einfachsten Linien, in denen dieser Vorgang nachgezeichnet wird; auf Alter weist ebenfalls die Objektivität seines Ablaufs; nirgendwo ist von einem Ich die Rede, das ihn wahrnimmt, ihn bedenkt; die Natur scheint ganz allein mit sich.
Was geht vor? Nichts Außerordentliches. Eine Seerose, der es – ihrer Organisation nach – eigen ist, mit Wurzel und Stengel im Wasser zu gründen und sich erst mit dem Blattwerk aus ihrem Element an die Luft zu heben, ist dabei, am Licht die Blüte auszubilden; aber schon schwindet aus dem verhangenen Himmel die Tageshelle, ohne daß sich an ihr eine Veränderung gezeigt hätte. – Da nun gerät von oben her etwas in Bewegung. Glänzende Wolkenränder kündigen den Durchbruch der abendlichen Sonne an, und indem sie sich zwischen den Blättern spiegelt, tritt ihr Bild an die Stelle der ausgebliebenen Blüte.
Ein bloßer Naturvorgang – so scheint es –, und doch ist ein davon Betroffener nicht daraus wegzudenken. Das »Verändern« des Himmels, das ein »tröstliches« heißt, das »vertrauliche« Winken der Sonne verrät, daß der Vorgang zugleich dem Ich ein Zeichen ist. Zeichen wofür? Für eine Veränderung, eine sich einstellende Teilnahme des Him-

mels an der Erde; die Sonne ergänzt die Seerose um das ihr Fehlende, das »Köstlich Neue«, um ihre Vollendung: die Blüte.

So gesehen, hätte das Gedicht auch um 1800 entstanden sein können: als Mitteilung eines Dichters, dem das göttliche Wirken in der Natur durch ihren gesetzlichen Gang, ihr Bilden mit dauernden individuellen Formen verbürgt ist und dem dieser Vorgang zum Exempel dafür wird, daß in der Gott-Natur einem strebenden Geschöpf von unten eine helfende Kraft von oben entgegenkommt. – So etwa hat Goethe in den naturfrommen Gedichten seines Alters gesprochen, und so auch Hölderlin: »Was hier wir sind, kann dort ein Gott ergänzen.«

Aber das hieße Wichtigstes in diesem Gedicht übersehen: hier kommt ein durchaus modernes Ich zur Sprache: ein aller metaphysischen Gewißheit verlustig gegangenes, ungewisses. Denn weshalb ist es tröstungsbedürftig? Weil es orientierungslos in der Welt lebt, unter einem Himmel »ohne Bläue«, einem verhangenen, »den es nicht mehr kennt« (so Kommerell in einem anderen Gedicht desselben Zyklus). In der Seerose erfährt es das In-der-Welt-Sein als etwas, was sich »heute« nicht erfüllt. Die Blüte, Bild der Vollendung im Lebenslauf, der Sinnerfüllung durch den Vollzug des Lebens, bleibt aus. »Heute«: das ist die Weltbefindlichkeit des verlorenen Menschen in der Gegenwart.

Wie kann ihm am Ende doch noch ein vertrauliches Winken vom Himmel her kommen? Der Augenblick des Gedichts ist gefaßt als ein transitorischer Moment, als »Heut abend«: in diesem Augenblick der Verwandlung von Tag in Nacht, der zugleich der der Grenzsituation von Leben und Tod, Dasein und Nichts ist, geschieht es dem Trostbedürftigen, daß in dem unverdeckt aufleuchtenden Abendlicht die Seerose – ergänzt um ihre Blüte – sichtbar wird. Zwar ist die, die sich da zeigt, keine Bildung der Pflanze; was hier erscheint, ist aus anderem Stoff als dem der Blätter. Aber indem für diesen übergänglichen Augenblick das Gewächs in der Vollkommenheit seiner Lebensgestalt da ist, liegt der ganze Segen über der Stückhaftigkeit, dem Zufall und der Vergänglichkeit des Lebens. Ein Wink der Natur für das ergänzungsbedürftige Ich des Menschen. Denn – wie Max Kommerell einmal ein Vorwort beschließt »Wir sind auf Ergänzung angewiesen.«

HANS SAHL
STROPHEN

Ich gehe langsam aus der Welt heraus
in eine Landschaft jenseits aller Ferne,
und was ich war und bin und was ich bleibe
geht mit mir ohne Ungeduld und Eile
in ein bisher noch nicht betretenes Land.

Ich gehe langsam aus der Zeit heraus
in eine Zukunft jenseits aller Sterne,
und was ich war und bin und immer bleiben werde
geht mit mir ohne Ungeduld und Eile,
als wär ich nie gewesen oder kaum.

HORST KRÜGER
HEITERES ENTGLEITEN

Um ein Gedicht dieser Art schreiben zu können, muß man, wie mir scheint, alt, sehr alt geworden sein. Bilanz und Abschied – ein Hauch von Goethes Altersweisheit schwebt über diesen Zeilen. Ob das heute immer noch als Empfehlung verstanden wird? Oder gar als Warnung?
Das Verblüffende hier ist, daß in den zehn Versen dennoch nichts epigonal anmutet. Sie sind frisch, authentisch und in jeder Zeile originell. Eine lange Lebenserfahrung wird ganz unfeierlich und doch in einer Sprache ausgedrückt, die dem Gegenstand eine stille Würde verleiht. Immerhin geht es hier um nichts Geringeres als um die Begegnung mit dem menschlichen Ende. Aber es sind nicht Strophen *gegen* den Tod. Sie leiten einverständlich und ruhig zu ihm über, ganz ohne die übliche (vielleicht sollte man sagen: landesübliche) Klage.
Der Verfasser Hans Sahl, in Dresden geboren, lebt heute, achtundachtzigjährig, nach vielen Jahrzehnten einer ruhelosen Emigration wieder in Deutschland, jetzt in Tübingen. In Amerika, in New York, hat er in einer kleinen bücherüberfüllten Junggesellenwohnung die Nazizeit überstanden und dort auch später für lange Zeit ein provisorisches Domizil gefunden. Ein Literat und Lyriker von hohen Graden, verdiente er sein Brot zunächst als Kritiker und Übersetzer. Er hat Thornton Wilders und Tennessee Williams' berühmte Bühnenstücke ins Deutsche übertragen. Sein Roman »Die Wenigen und die Vielen«, 1959 er-

schienen, machte ihn wieder in Deutschland bekannt. In letzter Zeit kam er durch zwei hervorragende Bücher mit Erinnerungen ins Gespräch: »Memoiren eines Moralisten« (1983) und »Das Exil im Exil« (1990). In seinem Leben hat sich das alte Wort bestätigt: Einmal Exilant – immer Exilant. Es blieb sein Thema – lebenslänglich.
Ich liebe dieses Gedicht, weil es in Gelassenheit und Reife dem größten Abenteuer des Menschen entgegenhofft: Wie einfach und klar hier alles geworden ist. Und es wird kein konventioneller Unsterblichkeitsglaube bemüht. Es ist eher die zarte Ahnung des Lyrikers von einer Landschaft »jenseits aller Ferne«, »jenseits aller Sterne« – nur die Lyrik erlaubt solche Aufschwünge, die schwebend sind und doch wahrnehmbar für unser inneres Auge. Todesgedichte deutscher Lyriker sind fast immer ernst, schwer, voller Traurigkeit. Ob es das hohe Alter dieses Lyrikers ist, das seine Strophen so ganz anders wirken läßt? Ihr spezifisches Gewicht ist leicht, sie sind fast heiter. Gottergeben hätte man eine solche Haltung früher genannt. Das Wort stimmt aber nicht. Es ist die alte Weltfrömmigkeit Goethes, die hier durchscheint. Welch eine poetische Schlußsequenz: *Und was ich war und bin und immer bleiben werde / geht mit mir ohne Ungeduld und Eile, / als wär ich nie gewesen oder kaum.*

HANS SAHL
CHARTERFLUG IN DIE VERGANGENHEIT

Als sie zurückkamen aus dem Exil,
drückte man ihnen eine Rose in die Hand.
Die Motoren schwiegen.
Versöhnung fand statt
auf dem Flugplatz in Tegel.
Die Nachgeborenen begrüßten die
Überlebenden.
Schuldlose entschuldigten sich für
die Schuld ihrer Väter.

Als die Rose verwelkt war, flogen sie
zurück in das Exil ihrer
zweiten, dritten oder vierten Heimat.
Man sprach wieder Englisch.
Getränke verwandelten sich wieder
in drinks.
Als sie sich der Küste von
Long Island näherten,
sahen sie die Schwäne auf der Havel
an sich vorbeiziehen,
und sie weinten.

WALTER HINCK
SCHWÄNE AUF DER HAVEL

Nicht für alle verbannten Dichter gab es eine Rückkehr, und manchen führte sie ins Verderben. Der rebellische Humanist Ulrich von Hutten starb 1523 im schweizerischen Exil; Nikodemus Frischlin, zu ruhelosem Wanderleben verurteilt und dann an die württembergische Regierung ausgeliefert, kam bei einem Fluchtversuch 1590 ums Leben. Den jungen Georg Büchner ereilte in Zürich ein früher Tod, doch ein Abschied auf immer war auch für andere der erste Massenaufbruch ins Exil: in der Ära Metternichs. Alle vorherigen Maßstäbe aber sprengte die Verjagung von mehr als zweihundertfünfzig Schriftstellern unter der Hitler-Diktatur, und in anderer Weise griff die Vertreibung an die Wurzel des Daseins. In Verzweiflung und durch Selbstmord endeten Ernst Weiß und Ernst Toller, Carl Einstein, Walter Hasenclever und Walter Benjamin, Kurt Tucholsky und Stefan Zweig, in französischen und amerikanischen Hotelzimmern, im Internierungslager oder an der französisch-spanischen Grenze, im schwedischen und im brasilianischen Zufluchtsort. Opfer der Stalinschen Säuberungsaktionen in der Sowjetunion wurde Ernst Ottwalt; und Georg Hermann, im holländischen Unterschlupf verhaftet, streifte deutschen Boden nur noch einmal im Transportzug, der ihn dem Gastod in Auschwitz entgegenfuhr.

Die schreckliche Bilanz läßt leicht vergessen, was es für manchen Exilierten hieß, sich fürs Überleben zu entscheiden. Hans Sahl, bis 1933 Theater-, Film- und Literaturkritiker in Berlin, hat sich in einer kleinen New Yorker Wohnung und zunächst mit Übersetzungsarbeiten durchgeschlagen. Ein späterer Besuch in Berlin wurde zum Anlaß des Gedichts.

Er beklagt sich nicht. Den »verlorenen Sohn« – wie er in einem anderen Gedicht selbst sich nennt – empfängt die Heimat mit Takt. Aber ein Schatten fällt auf die freundliche Szene. Für die »Schuld der Väter« entschuldigen sich die Nachgeborenen; so macht es sich die Versöhnung zu leicht. Die Besucher aus dem Exil sind willkommen, sind es auch die zur Heimkehr Entschlossenen? »Die uns durchaus halten wollen, / lieben uns noch mehr, wenn wir / bereits die Rückfahrkarte / vorweisen können«, heißt es in »Befragung des verlorenen Sohnes«.

Der Rückflug ist für Hans Sahl tatsächlich Rückkehr in die »vierte Heimat«, denn über die Stationen Prag, Zürich und Frankreich entkam er 1940 mit einem der letzten Schiffe ins amerikanische Exil. Der jetzt die Küste Amerikas erreicht, ist längst eingebürgert: in den Staat, in die Sprache und in die Lebensgewohnheiten des Landes. Aber nun erst bricht der Schmerz, den der »Charterflug in die Vergangenheit« aufwühlte, an die Oberfläche und erleichtert sich in Tränen. Der Anblick der Küste von Long Island ruft die Erinnerung an Berlin, an den An- oder Abflug über die Havel, und mit ihr eine frühere wieder wach, ein Schlüsselbild der nie verwundenen Trennung: das Bild der Schwäne auf der Havel.

Hier dichtet Sahl das wehmütige Lied des Exils weiter, für das Heinrich Heine unvergeßliche Verse vorgab: »Ich hatte einst ein schönes Vaterland ... / Es war ein Traum.« »Dort wob ich meine zarten Reime / Aus Veilchenduft und Mondenschein.« Auch andere Verbannte unseres Jahrhunderts nahmen die Melodie auf, Bertolt Brecht etwa in der elegischen Huldigung an die deutschen Landschaften oder Rose Ausländer in ihren melancholischen Liedern auf die »Grüne Mutter / Bukowina«.

Hans Sahl, inzwischen als Romanautor, Lyriker und Essayist vom deutschen Publikum angenommen, hat im Jahre 1989, siebenundachtzigjährig, seinen Wohnsitz doch wieder in Deutschland genommen, in Tübingen. Ob es eine wirkliche Heimkehr war, ob der Blick auf den Neckar das Bild der Schwäne auf der Havel verdrängen kann?

ALBRECHT HAUSHOFER
MASCHINENSKLAVEN

Ravenna, Salzburg, München, Genua,
Westminster, Köln, Antwerpen, Lübeck, Tours –
es waren Städte – doch nicht Städte nur
wie Krasnojarsk vielleicht und Omaha.

In allem Werk, das formend eine Hand
mit Liebe schuf, ist andres noch gebunden,
als in Maschinenstampf Ihr je gefunden!
Maschinensklaven, werft Ihr es in Brand!

Begreift Ihr, was Ihr tut mit Euren Spielen,
atomzertrümmernde Raketenzünder,
totaler Kriege schäumende Verkünder!

Was bleibt am Schluß von allen Euren Zielen?
Ist alles Überlieferte zerstört,
fehlt Euch sogar ein Erbe, der Euch hört!

HANS CHRISTOPH BUCH
MIT BLUT GESCHRIEBEN

Der Verfasser hat den Wahnwitz des totalen Krieges, gegen den sein Gedicht protestiert, am eigenen Leib erfahren, er ist ihm selbst zum Opfer gefallen, in den letzten Tagen des tausendjährigen Reiches, nur wenige hundert Meter vom Zentrum des Wahns, dem Führerbunker, entfernt. Sein Grab liegt heute genau gegenüber von jenem Moabiter Gefängnis, in dem er die letzten Monate seines Lebens zugebracht und das seinen Sonetten den Titel geliefert hat.

Albrecht Haushofer, geboren 1903, war der Sohn des bayrischen Generals und konservativen Geowissenschaftlers Karl Haushofer, der mit seinen raumordnungspolitischen Vorstellungen den Nationalsozialisten, willentlich oder unwillentlich, die ideologische Rechtfertigung für ihre spätere Eroberungspolitik lieferte. Der junge Haushofer trat wissenschaftlich und politisch in die Fußstapfen seines Vaters: als Sekretär der Berliner geographischen Gesellschaft unternahm er ausgedehnte Studienreisen durch Amerika und Asien, schrieb Dramen und Gedichte und sympathisierte trotz seiner »nichtarischen« Herkunft – die Mutter war Halbjüdin – anfänglich mit den Nazis: er unterhielt enge persönliche Beziehungen mit Parteigrößen wie dem späteren Reichsaußenminister Ribbentrop und dem »Stellvertreter des Führers«, Rudolf Heß, einem Kriegskameraden seines Vaters, den er zu seinem mißglückten Englandflug inspiriert haben soll.

1941 vorübergehend festgenommen, wurde er wegen seiner Verbindung zu den Männern des 20. Juli 1944 erneut verhaftet und zusammen mit seinem Bruder im Gestapogefängnis Moabit inhaftiert. In der Nacht vom 23. zum 24. April 1945 – Berlin war bereits von sowjetischen Truppen umstellt – wurde Haushofer zusammen mit anderen politischen Häftlingen auf einem Trümmergrundstück an der Lehrter Straße von einem SS-Kommando hinterrücks erschossen. Ein junger Kommunist, der das Massaker mit Kopfschuß überlebte, führte später amerikanische Armeeangehörige zu den notdürftig verscharrten Leichen, von denen eine, die des zweiundvierzigjährigen Haushofer, ein blutgetränktes Manuskript auf dem Leib trug: zwölf eng beschriebene DIN-A4-Seiten mit achtzig Sonetten, die die poetische und politische Quintessenz seines jäh beendeten Lebens enthielten.

Die Moabiter Sonette, 1945 zunächst als Privatdruck erschienen, machten den Namen ihres Verfassers rasch bekannt: sie erlebten zahlreiche Nachauflagen und wurden in die wichtigsten europäischen Sprachen übersetzt, bis sie Ende der sechziger Jahre der Vergessenheit anheimfielen. Die klassische Form des Sonetts geriet damals, zusammen mit der konservativen Haltung, der sie Ausdruck gab, in ideologischen Mißkredit – zu Unrecht, wie ich meine. Erst heute, nach einer Inflation formlos zerfließender lyrischer Subjektivität, wird der Rückgriff auf die »objektive« Form des Sonetts wieder in ihrer ursprünglichen Funktion sichtbar: als ethischer und ästhetischer Protest gegen eine aus den Fugen geratene Welt.

»Modern« an Haushofers Gedicht ist nicht nur der an Benn geschulte »unreine« Reim (Tours reimt auf nur, Genua auf Omaha), sondern auch seine technikfeindliche

Tendenz: die Namen Krasnojarsk und Omaha stehen stellvertretend für die gesichts- und geschichtslosen Städte der Zukunft – ein Leitmotiv konservativer Kulturkritik, das im ökologischen Denken der Gegenwart wiederkehrt.

Der Autor des Romans »Schwarze Weide«, Horst Lange, notierte schon 1941 in sein Kriegstagebuch: »Alles geht auf Vernichtung hinaus, die Technik usw.« – ein Satz, der ebenso bei Nicolas Born stehen könnte; und Ernst Jünger mutmaßte beim Anblick des ausgebombten Köln, daß die zerstörten Städte in Gestalt von Chicago wiederauferstehen und daß die wirtschaftlichen Sieger des Krieges Deutschland und Japan heißen werden.

Hier zeigt sich jene prognostische Qualität der Literatur, die auch das vorliegende Sonett aufweist, indem es das im Krieg sichtbar gewordene Zerstörungspotential der modernen Technik in die Zukunft hinein verlängert: der Genozid, der damals noch einzelne Völker bedrohte, hat heute globale Züge angenommen und greift bereits über die Erde hinaus zu den Sternen – von der schleichenden chemischen Vergiftung unseres Planeten ganz zu schweigen. So gewinnt dieses vor Hiroshima geschriebene Sonett eines konservativen deutschen Dichters, der seine Opposition gegen Hitler mit dem Leben bezahlte, eine über den Anlaß seiner Entstehung weit hinauswirkende, bestürzende Aktualität.

ALBRECHT HAUSHOFER
SCHULD

Ich trage leicht an dem, was das Gericht
mir Schuld benennen wird: an Plan und Sorgen.
Verbrecher wär' ich, hätt' ich für das Morgen
des Volkes nicht geplant aus eigner Pflicht.

Doch schuldig bin ich anders als ihr denkt,
ich mußte früher meine Pflicht erkennen,
ich mußte schärfer Unheil Unheil nennen –
mein Urteil hab ich viel zu lang gelenkt…

Ich klage mich in meinem Herzen an:
Ich habe mein Gewissen lang betrogen,
ich hab mich selbst und andere belogen –

ich kannte früh des Jammers ganze Bahn –
ich hab gewarnt – nicht hart genug und klar!
Und heute weiß ich, was ich schuldig war…

LUDWIG HARIG
PFLICHT ZUM WIDERSTAND

Mit zwanzig kaufte ich mir den »Phönix 1947«, einen »Almanach für junge Menschen«, worin ich zum ersten Mal auf Verse des Münchner Geographen und Schriftstellers Albrecht Haushofer stieß. »Gebt Raum, ihr Männer, für den Zensor Kung«, verkündet der Ausrufer in dem Versdrama »Chinesische Legende«. Dem hält der Dichter mit einer Hinwendung zum neugierigen Volk entgegen: »Was kümmert euch der Zensor!« Ein in der inneren Emigration geschriebenes Theaterstück, das im alten China spielt, doch die Verhältnisse im Nazideutschland meint! So kurz nach Kriegsende berührte mich die aufklärerische Tendenz aller Beiträge dieses Almanachs aus dem Lothar Blanvalet Verlag, in dem ein Jahr zuvor schon Albrecht Haushofers »Moabiter Sonette« erschienen waren – und nicht ohne nachwirkende Bestürzung las ich diese Gedichte ein Jahr später. In ihnen offenbarte sich mir ein Mann des Widerstands gegen Hitler, der nach dem 20. Juli 1944 als Mitglied des Popitzkreises verhaftet und am 23. April 1945 von SS-Schergen ermordet wurde. Verzweifelt rang er nach Wahrhaftigkeit und setzte sein Leben auf diese einst hochgeachtete Tugend.

Damals noch ohne Kenntnis expressionistischen Aufschreis und anderer neuer Ausdrucksformen im Gedicht, erschienen mir Haushofers Sonette klar und gesammelt in der Darstellung ihres Anliegens, streng und gegliedert in ihrer Form, stimmig in sich selbst. Zwistigkeiten über die

Frage, ob das Sonett zur Verkündung politischer und poetischer Botschaften noch geeignet sei – »Form seelischen Halts«, sagten die einen, »Modeform des Widerstands« die anderen –, beseitigte Sartre Anfang der fünfziger Jahre mit seiner Forderung nach engagierter Literatur. Man schreibe nicht, um zu zaubern, las ich bei Sartre, man schreibe, um zu kommunizieren, sich mitzuteilen, sich mit anderen in Beziehung zu setzen. *Eclater vers!* ruft er laut, ausbrechen, zerspringen, zerplatzen auf jemanden zu.

Diesen Anspruch löste Albrecht Haushofer mit seinen Sonetten ein. In dem Gedicht »Schuld« stellt er im tiefsten Elend verbrecherischer Menschenjagd seine persönliche Haltung ganz im Sinne Sartres als existentielle Entscheidung zur Freiheit vor aller Augen auf den Prüfstand. Er wendet sich uns zu, sagt »ihr«, spricht uns an, seine Lage zu erklären: Als Mann des Widerstands kann er nicht anders, als aus sich zu machen, was er ist, ein »zur Freiheit verurteilter Mensch«. So bewertet er den Begriff der Schuld neu, indem er seine konventionelle Bedeutung aufhebt. Für ihn gilt nicht die amtliche Auslegung des Nazistaats, sondern die persönliche seines Gewissens. Der Schritt, in dem er sein Versäumnis, nicht früher und nicht schärfer vor Hitlers Verbrechertum gewarnt zu haben, Schuld nennt, macht ihn frei von aller Schuld.

Doch nicht das einzelne Gedicht, der geschlossene Wortkörper der »Moabiter Sonette« bildet Haushofers politisches Testament, das sein poetisches Schicksal allerdings mit allen Erzeugnissen der engagierten Literatur teilt. Ingeborg Bachmanns Feststellung, »daß man mit guter Gesinnung noch lange kein gutes Gedicht macht«, kritisiert auch Haushofers dichterisches Vermögen, das sich im Sprachgestus des verfügbaren klassischen Erbes erschöpft, nicht seine noble Denk- und Lebensweise als Widerstandskämpfer.

In den »Moabiter Sonetten« wimmelt es von ehrenwerten Begriffen wie Maß und Treue, Vertrauen und Gelassenheit, Willenskraft und Pflichtgefühl: Wörter, die in ihrem Gebrauch dem todgeweihten Dichter eine Form von Rettung seiner Würde bedeuteten, erscheinen dem modernen Schriftsteller dagegen leer und abgestanden, zu hochtrabend, sie noch benutzen zu können. Sicher und im Überfluß lebend, schämen wir uns nicht, sie als sekundäre Tugenden auszugeben.

PETER HUCHEL
CAPUTHER HEUWEG

Wo bin ich? Hier lag einst die Schoberstange.
Und schüttelnd die Mähne auf Leine und Kummet
Graste die Stute am wiesigen Hange.
Denn Mittag wars. Bei Steintopf und Krug
Ruhten die Mäher müde im Grummet.
Am Waldrand, wo schackernd die Elstern schrien,
Stand halb in der Erde ein Mann und schlug
Mit Axt und Keil aus Stubben den Kien.
Wann war dieser Sommer? Ich weiß es nicht mehr.
Doch fahren sie Grummet, der Sommer weht her
Vom Heuweg der Kindheit, wo ich einst saß,
Das Schicksal erwartend im hohen Gras,
Den alten Zigeuner, um mit ihm zu ziehn.

FRIEDRICH CHRISTIAN DELIUS
DIE ZWEITE ERNTE

Als Peter Huchels »Chausseen Chausseen« 1963 erschienen, habe ich »Caputher Heuweg« zum ersten Mal gelesen. Zugegeben, den zwanzigjährigen Berliner Studenten hat dieser Blick auf die Kindheit, auf eine fremde und doch nur wenige Kilometer entfernte Landschaft nicht sehr gefesselt. Aufregender war, daß die Gedichte des zuvor bei »Sinn und Form« entlassenen und schikanierten Huchel überhaupt herauskamen – im Westen. Noch entscheidender war für mich die Entdeckung eines neuen Tons.

Während die westdeutschen Lyriker damals sich eher spielerisch-rhetorisch an der Gesellschaft rieben, hatte Huchel den Widerstand, der noch in seinen schönsten Gedichten lag, selbst auszuhalten. *Gefangen bist du, Traum./ Dein Knöchel brennt,/ zerschlagen im Tellereisen.* Da bettelte keine Zeile um Mitleid, da gab es keinen Funken Koketterie. Aus der Synthese von »Natur-« und »politischem« Gedicht, aus der Absage an jede Hoffnung auf das DDR-System wuchs Huchel eine Souveränität zu, die ihn überlegen, beinah unnahbar machte. Damit verbot er auch, wofür ich ihm unbewußt dankbar war, jede epigonale Annäherung. Seine großen politischen Gedichte beschäftigten mich seinerzeit mehr als etwa »Caputher Heuweg«: auf den ersten Blick fast konventionell, viel Natur, Rückschau auf die Kindheit, ein beinah archaischer Ton. Die Irritationen, die das Gedicht auszulösen vermag, sind mir damals entgangen.

Wo bin ich? Die Eingangsfrage, fast frech in ihrer Banalität, oder wie nach dem Aufwachen gestellt, wird das Gedicht nicht beantworten, obwohl der Ort benannt ist. Caputh liegt südlich Potsdam, neben Wilhelmshorst, wo Huchel lebte, und nahe Langerwisch, wo er die Kindheit verbrachte. Man muß das nicht wissen, denn auch das Gedicht teilt mit, daß sein Autor genau weiß, wo er ist. Er ist sich sogar seiner Erinnerungen gewiß: die Stute auf der Wiese, die Mäher, ein Mann, Holz hackend. Ein einziges Bild, Stille, die nur von dem unruhigen Pferd, der Elster und den Axtschlägen unterbrochen ist, ein Moment am Mittag im späteren Sommer genügt, um die einfache Frage zu evozieren: Wo? und Wann?

Das Bild hat nichts Idyllisches, Trostreiches. Es ist von der Arbeit des ländlichen Lebens markiert (verstärkt durch die Betonung der landwirtschaftlichen »Fremdwörter« wie Kummet, Grummet, Stubben, Kien). Es wirkt durch seine raffinierte Reimführung. Zu wissen, wo man ist, und doch über den Abgrund der Jahre hinweg die Frage zuzulassen: *Wo bin ich?*, damit wird die räumliche Dimension zur zeitlichen.

Wann war dieser Sommer? Ich weiß es nicht mehr. Die Erinnerung, ausgelöst durch die Ernte des zweiten Heus (Grummet) viele Jahre später, findet zu dem Erinnernden zurück: das Kind am Weg im hohen Gras, in Erwartung des Unbekannten, der Gefahr, des Abenteuers: *Das Schicksal ... Den alten Zigeuner.* Daß der Krieg Schicksal spielte, muß nicht gesagt werden. Der Erwachsene hat überlebt und darf zurückdenken. In dieser atemberaubenden, einfachen, unausgesprochenen Entdeckung, am Leben zu sein, liegt der Höhepunkt des Gedichts, unterstrichen von den beiden überraschenden Paarreimen *(mehr/her, saß/Gras).*

Die Fragen müssen also nicht beantwortet werden. Das Wo ist eine Frage der Zeit, das Wann eine des Raums. Ich bin gegangen, ich bin wieder da, die Suche nach einem festen Ort, nach einem Koordinatensystem wird nie aufhören. Was Heimat genannt wird, ist der Ort größter Beunruhigung. Auch hier ist nichts gewiß. Heute, nach dem Verschwinden der Mauer, erhalten Gedichte wie »Caputher Heuweg« eine neue Lesart: Sie sind trigonometrische Punkte in einer Landschaft, die sich wieder verändert, stärker denn je.

PETER HUCHEL
CHAUSSEEN

Erwürgte Abendröte
Stürzender Zeit!
Chausseen, Chausseen.
Kreuzwege der Flucht.
Wagenspuren über den Acker,
Der mit den Augen
Erschlagener Pferde
Den brennenden Himmel sah.

Nächte mit Lungen voll Rauch,
Mit hartem Atem der Fliehenden,
Wenn Schüsse
Auf die Dämmerung schlugen.
Aus zerbrochenem Tor
Trat lautlos Asche und Wind,
Ein Feuer,
Das mürrisch das Dunkel kaute.

Tote,
Über die Gleise geschleudert,
Den erstickten Schrei
Wie einen Stein am Gaumen.
Ein schwarzes
Summendes Tuch aus Fliegen
Schloß ihre Wunden.

JOSEPH ANTON KRUSE
FLUCHTWEGE

Dieses Gedicht hat seine eigene Geschichte und durch die nachfolgenden politischen Ereignisse in aller Welt an Suggestion und Bedeutung gewonnen. Als Teil eines sehr viel größeren Ganzen mit der Überschrift »Das Gesetz« sind die Strophen bereits 1950 in Peter Huchels Zeitschrift »Sinn und Form« erschienen. Es handelte sich dabei um eine poetisch-mythische, anerkennende Reaktion auf die Bodenreform in der jungen DDR, zu deren bedeutendsten Autoren der damals siebenundvierzig Jahre alte Lyriker zählte. Huchels Würdigung dieser Reform ließ allerdings keinen parteipolitischen Zungenschlag hören.

Zehn Jahre später wurden die Zeilen, um eine abschließende zweizeilige Strophe länger (»Während in heller Sonne / Das Dröhnen des Todes weiterzog.«), unter dem Titel »Chausseen, Chausseen« im »Jahrbuch der Freien Akademie der Künste in Hamburg« veröffentlicht, als dankbare Antwort auf eine Auszeichnung durch diese Akademie. Huchels Erwartungen, was den ursprünglichen Rahmen seiner lyrischen Erinnerungsarbeit anging, waren inzwischen längst enttäuscht. 1962 wurde er gezwungen, die Leitung seiner Zeitschrift aufzugeben. Er gehörte damit bis zu seiner Ausreise im April 1971 zu den isolierten und überwachten Opfern des Systems.

Im Titel des Bandes aus dem Jahre 1963, der beim S. Fischer Verlag in Frankfurt am Main herauskam und in dem die Strophen schließlich in dieser Form stehen, ist die

Überschrift des Gedichtes ebenfalls verdoppelt, so daß er mir stets wie ein Refrain in den Ohren klang, wenn ich beispielsweise durch Franken fuhr. Aber auch in Westfalen, Holstein und in der Mark Brandenburg, Peter Huchels ureigenster Heimat, oder überall dort, wo es noch jene unendlichen Landstraßen gibt, die sich bis zum Horizont durch Wiesen und Felder hinziehen, vielleicht gesäumt von Apfelbäumen oder Birken, wird diese Melodie »Chausseen, Chausseen« laut: Friedlich klingt sie für gewöhnlich, eintönig und nach Natur. Aber sie kann auch Unruhe bedeuten, Weg ohne Ziel, ein Grau, bei dem man nicht an ein umgebendes Grün denkt, vielmehr an eine Möglichkeit zu entkommen.

Als Motto für den Band hatte Huchel ein Wort von Augustinus gewählt: »... im großen Hof meines Gedächtnisses. Daselbst sind mir Himmel, Erde und Meer gegenwärtig ...« In den Strophen des Gedichts »Chausseen« greift er auf den Fundus seines Gedächtnisses zurück, beschwört Bilder, die der Entstehung wenige Jahre vorausliegen. Er bringt die Trecks (die übrigens das übernächste Gedicht ausdrücklich benennt) und die Flucht am Ende des Zweiten Weltkrieges auf den Straßen, Wegen und Feldern zur eindringlichsten Anschauung, hält einen Nachruf auf eine untergegangene Welt und auf Tausende von Toten. Wir sehen in dieser lyrischen Totenfeier die Brandschatzungen vor uns, die Kadaver der Pferde, die Zerstörung von Gutshöfen und Dörfern, den Strom von Flüchtlingen, die ihr Leben und den Rest ihrer Habe zu retten trachten, und wir sehen die Leichen auf den Bahngleisen, übersät von Schmeißfliegen. Die natürlichen Fluchtwege, die Straßen durch geschändete, entmenschlichte Landschaften münden in den Tod. Das dunkle Leichentuch zwischen Nachthimmel und stummer Erde ist das Pflaster auf Wunden, die in unserer Erinnerung gar nicht verheilen dürfen.

Wenige Jahre vor seinem Tod am 30. April 1981 in Staufen im Breisgau, wo er seit 1972 lebte, ist mir Peter Huchel bei einem Düsseldorfer Literaturgespräch begegnet. Er wirkte wie ein erratischer, ehrwürdiger Künder von Botschaften und Bildern, nicht als Redner unter übrigen Teilnehmern. Er, der die Wegmetapher auf so eigentümliche Weise verwendet hatte, war nicht mehr imstande, ohne fremde Hilfe über den Fußgängerübergang einer verkehrsreichen Großstadtstraße zu gehen. Er klammerte sich voller Angst an meinen Arm, und ich mußte ihn führen und weiß seitdem, daß ein Mensch verloren ist in der Welt, wenn ihm alle Dinge wirklich das bedeuten, was sie sind.

PETER HUCHEL
DER GARTEN DES THEOPHRAST

Meinem Sohn

Wenn mittags das weiße Feuer
Der Verse über den Urnen tanzt,
Gedenke, mein Sohn, Gedenke derer,
Die einst Gespräche wie Bäume gepflanzt.
Tot ist der Garten, mein Atem wird schwerer,
Bewahre die Stunde, hier ging Theophrast,
Mit Eichenlohe zu düngen den Boden,
Die wunde Rinde zu binden mit Bast.
Ein Ölbaum spaltet das mürbe Gemäuer
Und ist noch Stimme im heißen Staub.
Sie gaben Befehl, die Wurzel zu roden.
Es sinkt dein Licht, schutzloses Laub.

HILDE SPIEL
EIN MENSCH WIRD GERODET

In Huchels »Ausgewählten Gedichten« läßt sich an drei gesonderten Schaffensperioden ablesen, welchen Weg er aus dem Hellen ins Dunkle gegangen ist. Auf lichte, reine Naturlyrik und die Hinwendung zu antiken und christlichen Mythen folgt zuerst die umschleierte, dann die deutliche Absage an die verderblichen Hüter und unredlichen Verwalter dessen, was einst sein Glaube gewesen war.

Der »Garten des Theophrast« gehört zu den Verschlüsselungen, in denen sein eigenes Schicksal aufzuspüren ist. Dieses Gedicht erfüllt sich in den letzten zwei Zeilen. Ein Baum, ein Mensch wird gerodet, entwurzelt, ausgerottet. Seine Äste erblinden, sehen das Licht nicht mehr. Die Widersacher haben gesiegt. Bei Albert Ehrenstein hieß das noch farbiger, dramatischer: »Hoch über mir befahren meine Feinde den Mondregenbogen.« Das Opfer ist gestürzt, sein Untergang gewiß.

Huchel, der am Ende so klar, so unmißverständlich wird, beginnt mit kühneren und schwierigeren Bildern. Das weiße Feuer der Verse tanzt über den Urnen: ein Pfingstwunder, aber es kündigt nichts Gutes an. Die Gespräche, an die er den Sohn gemahnt, schienen ewig, doch sie starben mit jenen, die sie führten.

Man kann diese eminent politische Metapher auslegen, wie man will. Gewiß wurden hier Hoffnungen enttäuscht, Gefährten an die Zeit oder, schlimmer, an die Macht verloren. »Tot ist der Garten« – wer denkt da nicht an den

»totgesagten park«? Aber was bei George das herbstliche Sterben aufwiegt, »der schimmer ferner lächelnder gestade, der reinen wolken unverhofftes blau«, das ist hier unwiderruflich dahin, bedrückt und verschlägt den Atem. Einmal, man gedenke der Stunde, war hier ein Gärtner am Werk gewesen, der den Boden düngte und den kranken Bäumen Stütze gab. Den Theophrast oder Tyrtamos, Schüler des Aristoteles, Verfasser der »Charaktere«, Haupt der Peripatetiker – und Herr ihrer im Wandelgang geführten Gespräche –, sieht Huchel vor allem als Pfleger der Kräuter und Pflanzen, dessen Namen Paracelsus trug. Aber nun sind die Bäume unheilbar geworden.

»Antiker Form sich nähernd«, beschreibt Huchel keine idyllische Totenlandschaft wie Goethe Anakreons Grab, sondern Zerstörung und Verfall. Selbst das Gemäuer, ein weiteres Sinnbild des Festgefügten, der Dauer, wird gespalten, im noch heißen Staub ruft eine Stimme um Hilfe, die bald verlöschen muß.

Aber jetzt die Hammerschläge, der unverhüllte Klageschrei. Keine Frage, um was es geht. Schuldig wird gesprochen, wer die Wurzel auszurotten, den Menschen auszumerzen befahl. Keine Frage auch, wer das ist. Das Gedicht wurde 1962 geschrieben. Huchel ging es schlecht in diesem Jahr. Damals erschien das letzte von ihm redigierte Heft von »Sinn und Form«, unerschrocken Beiträge nahezu Verfemter enthaltend. Auch der »Garten des Theophrast« wurde mit fünf anderen Gedichten in dieser Nummer abgedruckt, nach deren Veröffentlichung Huchel in der völligen Isolation verschwand.

»Es sinkt dein Licht, schutzloses Laub« – herzzerreißendste Zeile der neueren Dichtung. Sie verfolgt mich, seit ich sie zum ersten Mal gelesen habe, wie ein Leitmotiv der

Gegenwart. Ich höre sie, wann immer mir Unrecht geschieht, wie wäre es anders möglich.

Aber ich höre sie auch, wenn ich von Verfolgten und Eingekerkerten lese, ob in Santiago de Chile, Barcelona, Istanbul oder in Moskau und Leningrad.

PETER HUCHEL
DEZEMBER 1942

Wie Wintergewitter ein rollender Hall.
Zerschossen die Lehmwand von Bethlehems
Stall.

Es liegt Maria erschlagen vorm Tor,
Ihr blutig Haar an die Steine fror.

Drei Landser ziehen vermummt vorbei.
Nicht brennt ihr Ohr von des Kindes Schrei.

Im Beutel den letzten Sonnblumenkern,
Sie suchen den Weg und sehn keinen Stern.

Aurum, thus, myrrham offerunt …
Um kahles Gehöft streicht Krähe und Hund.

… quia natus est nobis Dominus.
Auf fahlem Gerippe glänzt Öl und Ruß.

Vor Stalingrad verweht die Chaussee.
Sie führt in die Totenkammer aus Schnee.

FRIEDRICH DENK
KEIN STERN ÜBER STALINGRAD

Es gibt nicht viele Gedichte, die im Deutschunterricht von Klasse 5 bis 13 fast alle Schüler beeindrucken. Zu ihnen gehört Peter Huchels 1955 veröffentlichte Ballade »Dezember 1942«. Wenn ich sie bespreche, schreibe ich zuerst »Dezember« an die Tafel und frage nach Assoziationen: Winter, Weihnachten, Frieden, dann »1942«: Krieg. Zerstörung, Tod.

Dann lesen wir das Gedicht und vergegenwärtigen uns seinen Inhalt: die Realität des Winterkriegs bei Stalingrad (das zerstörte Dorf, die ermordete Frau, das schreiende Kind, deutsche Soldaten) und eine Vision Bethlehems: Maria mit dem Kind, die Heiligen Drei Könige und ihre Gaben. Diese schon im Titel vorhandene dialektische Struktur findet sich in sechs Strophen, manchmal sogar in zwei aufeinanderfolgenden Wörtern: »Maria (Bethlehem) erschlagen« (Stalingrad), »Drei (B) Landser« (St), »des Kindes (B) Schrei« (St). In der letzten Strophe ist Bethlehem ausgelöscht. Das Christkind fiel bei Stalingrad menschlicher Gewalt zum Opfer. Deshalb kann es keine Erlösung geben.

Das Schicksal der 6. Armee scheint dies zu bestätigen. Von 220 000 Soldaten kamen nur sechstausend zurück. Ein Entlastungsangriff im Dezember 1942 scheiterte. Sein Deckname: »Wintergewitter«. Solche Andeutungskunst zeigt sich mehrfach: Nicht nur der Frost, auch der Schrei des Kindes müßte den Soldaten im Ohr »brennen«. Statt

Ochs und Esel überleben »Krähe und Hund«. Statt Gold, Weihrauch und Myrrhe »glänzt Öl und Ruß«. Dazu kommt eine Fülle von Alliterationen, Assonanzen und Binnenreimen: *Wie Wintergewitter,* zer*schoss*en – *Chaus*see, Stall – Stalingrad, fror – Ohr, drei – vorbei, thus – Ruß, kahl – fahl. Wie in Schillers »Nänie«, Trakls »Grodek« oder Celans »Todesfuge« ist das Schreckliche in der Schönheit der Sprache scheinbar aufgehoben und gebannt.

Zuletzt die Form, das daktylische Metrum, die männlichen Paarreime. Ähnliches kennen die Schüler wohl schon von Heines Ballade »Belsazar«. Warum aber hat Huchel diese seltene Form gewählt? An was erinnern die Worte »Bethlehems Stall«? Wenn ich sie mit den Noten g – e – g – fis vorsinge, merken einige Schüler, daß Huchels Gedicht eine Antwort ist auf Christoph von Schmids »Ihr Kinderlein, kommet, o kommet doch all! / Zur Krippe her kommet in Bethlehems Stall.« Es ist eine Kontrafraktur, eine Parodie, ein »Gegen-Gesang«, in dem das Tröstliche der Weihnachtsbotschaft widerrufen wird.

Aber ist die Aussage dieses Antiweihnachtsliedes endgültig? Nach christlichem Glauben hat die Erlösung, die mit der Katastrophe der Kreuzigung begann, für alle Zeiten schon stattgefunden. Aber schon Christi Geburt war gefährdet. Schon das Kind sollte, so die Legende, getötet werden. Und auf wie vielen alten Bildern leuchtet der Stern von Bethlehem über einem Stall, der zerfallen und zerstört ist.

Und während im Dezember 1942 Zehntausende deutsche, aber auch russische Soldaten und Zivilisten in den »Totenkammern aus Schnee« umkamen und zugleich Zehntausende Juden, oft in Gaskammern, ermordet wurden, wurden überall Kinder geboren. Und Millionen überlebten die Schrecken des Krieges, auch Peter Huchel, dessen Gedicht die Nachgeborenen zum Frieden mahnt.

PETER HUCHEL
EXIL

Am Abend nahen die Freunde,
die Schatten der Hügel.
Sie treten langsam über die Schwelle,
verdunkeln das Salz,
verdunkeln das Brot
und führen Gespräche mit meinem Schweigen.

Draußen im Ahorn
regt sich der Wind;
Meine Schwester, das Regenwasser,
in kalkiger Mulde,
gefangen
blickt sie den Wolken nach.

Geh mit dem Wind,
sagen die Schatten.
Der Sommer legt dir
die eiserne Sichel aufs Herz.
Geh fort, bevor im Ahornblatt
das Stigma des Herbstes brennt.

Sei getreu, sagt der Stein.
Die dämmernde Frühe
hebt an, wo Licht und Laub
ineinander wohnen
und das Gesicht
in einer Flamme vergeht.

HORST BIENEK
ZWIESPRACHE MIT DEM SCHWEIGEN

Peter Huchels Ruhm im deutschen Sprachbereich ist groß. Dabei hat er nicht sehr viel mehr als hundert Gedichte veröffentlicht. Er war weder ein Neuerer noch ein Avantgardist, kein Zeitkritiker. Eher bekannte er sich leidenschaftlich zur Tradition. Er war ein Dulder – und ein Moralist. Unbestechlich, integer, bescheiden, genau, menschlich wie künstlerisch. Er bewies auf exemplarische Weise, daß das Kleine groß sein kann, das Wenige viel und die enge Heimat die Welt. Immer wieder beschrieb er die Landschaft, aus der er kam, den Himmel, die Bäume, die Teiche und Seen der Mark, die Menschen, die dort lebten, ihre verborgenen Gefühle, die einfachen Dinge.
Vielleicht war es das, was seine Leser an ihm beeindruckte. Wo er auch auftrat, in den letzten Jahren, waren die Säle voll, Junge und Alte kamen, ihm zuzuhören, der da mit leiser, schon brüchig werdender Stimme las, das Haar schlohweiß und in die Stirn gekämmt, ein Cäsaren-Gesicht, auch im Greisenalter noch schön.
Huchel hat schon vor 1933 die ersten Gedichte veröffentlicht. Mit Wilhelm Lehmann und Elisabeth Langgässer könnte man ihn zu den Naturmagiern zählen. Im Dritten Reich lebte er in einer Art innerem Exil. Nach dem Krieg wurde er Programmleiter beim Berliner Rundfunk und übernahm bald die Chefredaktion der Zeitschrift »Sinn und Form«, mit der er Weltliteratur zwischen Ost und West vermitteln wollte und dies auch, trotz mancher

Anfeindungen, bis 1962 durchsetzte. Dann wurde er gestürzt. In der DDR durfte nichts mehr von ihm gedruckt werden. Sein Haus wurde vom Staatssicherheitsdienst überwacht, die Besucher häufig abgewiesen, seine Ausreise in den Westen abgelehnt. Der Eingeschlossene von Wilhelmshorst. Das war er neun Jahre lang. Dann ließ man ihn gehen. Er lebte eine Zeitlang in Rom, danach in Staufen im Breisgau, wo er 1979 starb. Ein angesehener Preis für Lyrik trägt seinen Namen.

Das Gedicht »Exil«, etwa um 1966 entstanden, ist von schwermütiger, finster-magischer Sprachkraft; seine eigentliche und existentielle Dimension bekommt es vor dem Hintergrund der Biographie. Der Titel hat Signalcharakter. Die beschworene Landschaft bekommt sofort etwas Unheimliches, hinter jedem Wort steckt Bedrohung, hinter jeder Metapher lauert Verhängnis.

Exil heißt Alleinsein, Ausgestoßensein. Die einzigen Freunde, die sich am Abend im Haus einfinden, sind die Schatten der Hügel. Langsam treten sie ein, verdunkeln alles, die Dinge um einen herum, auch die Seele. Du willst fortgehen, aber du kannst nicht. Eher fällt das Ahornblatt. Der Stein, der beständige, rät nicht zum Weggehen. Und rät nicht zum Bleiben. Er sagt nur: Sei getreu. Dir selbst.

Und so hält der Exilierte Zwiesprache mit seinem Schweigen, die ganze Nacht, bis in die Frühe, bis Licht und Laub vor dem Fenster eins werden und alles in der weißen Flamme des Tages vergeht. Nichts ist entschieden. Nichts verändert. Das Exil dauert an.

Kein Zorn, keine Empörung, nur Trauer, Schweigen, Stille und das Bewußtsein, sich selbst treu zu bleiben. So wie ein Stein ein Stein ist, eine Flamme eine Flamme, ein

Ahornblatt ein Ahornblatt. Warten, bis die Stille laut wird, das Exil des Schweigens endet, die Schatten Wörter werden – und die Wörter ein Gedicht. »Am Tag meines Fortgehens«, wird es später in einem anderen Gedicht heißen, »entweichen die Dohlen ... ein eisiger Hauch fegt über die Tenne der Worte.«
Man kann das als eine Natur-Elegie lesen. Und dabei ist es ein eminent politisches Gedicht. Der lapidare Titel erinnert stets daran.

PETER HUCHEL
KÖNIG LEAR

Unter dem Steinbruch
kommt er herauf,
den Jodlappen
um die rechte Hand gewickelt.

In elenden Dörfern
schlug er Knüppelholz
für seine Linsensuppe.

Jetzt kehrt er
im dürren Schatten
zerrissener Wolken
zu seiner Krone
in die Schlucht zurück.

WALTER HINCK
IM INNEREN EXIL

Von Anfang an haben den Lyriker Peter Huchel die Eindrücke der heimatlichen märkischen Landschaft, ihrer Heide, ihrer Seen und Teiche, ihrer Dörfer, berückt und bedrängt. Erst in späterer Zeit tritt diese Landschaft mit der Welt Shakespearescher Tragödiengestalten in Korrespondenz.

Das Gedicht »Macbeth« schiebt in dem Bild »Gelichter der Heide« die Shakespearesche Szenerie des Hexenauftritts und die nächtliche Geisterkulisse märkischer Gegenden übereinander. In den Versen, die im Lyrikband von 1979 auf »König Lear« folgen, könnten die Wiese und der Wassergraben, an dem Hamlet in sein bleiches Spiegelbild starrt, statt in Dänemark auch im Havelland liegen.

Und der Fünfzehnzeiler »Ophelia« läßt das unglückliche Mädchen, dessen Name uns aus dem »Hamlet« vertraut ist, im seichten Gewässer am Stacheldraht verenden. So holt Peter Huchel die Shakespeareschen Gestalten ins Heute und in die Landschaft, in der er bis zu seiner Übersiedlung in den Westen (1971) heimisch war. Von allen Shakespeare-Varianten ist wohl das Gedicht über König Lear das persönlichste. Nicht daß es erlaubt wäre, direkte Bezüge zwischen den Personen, zwischen der Handlung des Dramas und der Biographie des Lyrikers herzustellen. Aber anscheinend fand Huchel eine eigene Daseinssituation in der Gestalt und dem Schicksal des Lear bereits ins dichterische Bild gebracht.

Shakespeares »King Lear« ist die Tragödie des Herrschers, der aus fehlender Menschenkenntnis den Schmeicheleien zweier Töchter vertraut und die ihn wirklich liebende Tochter verstößt, der sich voreilig aller Macht begibt und nun die unbarmherzige Gewalt der Falschheit zu spüren bekommt. Lear ist das Opfer einer ungeheuerlichen Undankbarkeit. Huchels Gedicht spielt allerdings auf das Ende der Tragödie, in der sowohl die Guten wie die Grausamen zugrunde gehen, nicht mehr an.

Erinnert der Zustand, in dem uns Lear hier begegnet, am ehesten an den des Gedemütigten, der bei Shakespeare auf der Heide, in unwirtlicher Gegend umherirrt, so fällt doch auf, daß Lear nun ohne alle Begleitung, ohne jeglichen Freund ist. Huchel läßt Lear noch tiefer stürzen, er zeigt ihn als den Ausgestoßenen, als den gänzlich Vereinsamten.

Lear haust – wenn man so bei dem Unbehausten sagen darf – zwischen den Menschensiedlungen. Steinbruch und Schlucht sind die Wahrzeichen der Gegend, die ihn aufgenommen hat: der Ort der Kahlheit und Öde und der Ort einer höhlenhaften Zuflucht. Lear ist – der Jodlappen deutet es an – verletzt, und ausgerechnet an jener Hand, die er zur Selbstversorgung und zum Selbstschutz, also zum Überleben am dringendsten braucht.

Die mittlere Strophe des Gedichts spricht in der Bildertrias »elende Dörfer«, »Knüppelholz« und »Linsensuppe« von der Kärglichkeit des gefristeten Lebens. Knüppelholz schlägt man nicht eigentlich in Dörfern; so steht das mehrdeutige Bild hier für alles, was man beschaffen – vielleicht erbetteln – muß, ein einfaches Gericht zuzubereiten. Um Armseligkeit ist selbst das Los derer, bei denen Lear sich versorgt.

Auf dem Heimweg werfen Wolkenfetzen ihre Schatten über ihn; kein versöhnendes Zeichen ist den Himmelserscheinungen zu entnehmen. So kehrt er zurück in seinen Unterschlupf, in dem die Krone, das Symbol von Macht und Würde, nur noch dazu taugt, den Widerspruch zwischen einst und jetzt, die Höhe seines Falls anzuzeigen.

Das Gedicht steht in einem Band, der Gedichte aus der Zeit zwischen 1972 und 1979 vereinigt. Aber es ist wohl zulässig, »König Lear« als eine Spiegelung jener Situation des inneren Exils zu deuten, die Peter Huchel mit seiner Ausreise aus der DDR, mit seiner Emigration hinter sich ließ. Acht Jahre lang hatte der bekannte Autor und verdienstvolle frühere Herausgeber der Zeitschrift »Sinn und Form« in Wilhelmshorst bei Potsdam, isoliert und schikaniert, in der Verbannung gelebt – wahrlich auch er das Opfer einer ungeheuerlichen Undankbarkeit.

Aber – und dies läßt sich nur als Frage formulieren – hat Peter Huchel, der in dem Staat, in dem er zuletzt lebte, Literaturpreise und auch den »Orden pour le mérite« erhielt, wirklich ganz das innere Exil verlassen?

PETER HUCHEL
KREUZSPINNE

Noch webt die Spinne an der Wand
dem Licht die leise Fessel.
Umschleiert steht der Strauch im Sand,
am Zaun die braune Nessel.

Die Spinne seilt das Feuer fest,
wenn sie den Faden wendet.
Der Herbst duckt sich ins Ödgeäst
und dunkelt, bis sie endet.

Noch hält das Netz der Träume dicht,
mag auch die Mauer dunkeln.
Die Spinne trägt ihr Kreuz ins Licht
und alle Fäden funkeln.

Erst wenn sie immer müder kreist
in immer kältre Räume,
erst wenn ihr leises Seil zerreißt,
durchweht es kahl die Bäume.

ROLF SCHNEIDER
SIGNALE DES LICHTS

Kerfe von der Art von *aranea diademata* gehören nicht zu den vorzüglichen Gegenständen unserer Lyrik. Tabuisiert durch die jahrhundertealten Gefühle des Ekels und der Furcht, wohnten die Spinnen, literarisch gesehen, in den Gefilden der Negation, des Entsetzlichen, des Verächtlichen. Wenn Peter Huchel seine Kreuzspinne geradezu mit Zärtlichkeit schildert, muß dies wie eine literarische Wiedergutmachung vorkommen, gemäß den franziskanischen Geboten, wo es unterscheidbar böse und gute Geschöpfe nicht gibt und jedes Tier vor Gott das gleiche Recht auf Erbarmen hat.

Das Huchelsche Insekt wäre wohl nicht denkbar ohne die Läusesucherinnen des Arthur Rimbaud, welche den Einzug des Ungeziefers in die moderne Poesie markieren. Aber während bei dem berühmten Franzosen noch ein trotziger Zynismus vibriert, redet Huchel ganz gelassen; er kann dies auch. Inzwischen haben nämlich die Gedichte einiges aushalten müssen, bis hin zu jenem Nest neugeborener Ratten im Innern einer sezierten Leiche, in das der Arzt Gottfried Benn seine kleine Aster versenkte. Die Beschreibung des Huchelschen Gliederfüßlers bedeutet keine poetische Provokation mehr.

Oder doch? Das Gedicht steht in Huchels Lyrikband von 1948, und obschon undatiert, wird aus den Zusammenhängen deutlich, daß es in den dreißiger Jahren verfaßt sein muß. Man weiß, die Poetologie der damaligen deutschen Machthaber hatte es gerne mit der Natur, mit dem Volksliedhaften, mit dem Blute, mit dem Boden. Auch Huchels Ton ist volksliedhaft. Auch sein Erlebnisraum ist die Natur. Trotzig erwählt er sich ein Objekt mit dem Ruch des Unansehnlichen, um dessen Schönheiten zu entdecken: entgegen jener fatalen Schönheit der Blonden und Blauäugigen, mit der die NS-Belletristik die Natur bevölkerte.

Was waren das für Zeiten, da selbst ein Gedicht über Spinnen die reine Politik wird, weil es so viele begangene Untaten assoziiert! Nicht die martialischen Lichtdome des Albert Speer auf dem Nürnberger Parteitagsgelände, die dünnen Fäden einer Kreuzspinne setzen Signale des Lichts gegen die anbrandende Düsternis, und als triumphalen Beweis, woher die Kraft dazu kommt, trägt das Tier sein »Kreuz ins Licht«.

Das gemahnt an mancherlei. An den Hirsch des heiligen Hubertus zunächst, auch ein Herbst-Geschöpf, auch eine Mahnung gegen Übermut und Willkür; aber wenn da noch in dieser Strophe davon die Rede ist, daß im Zeichen des Kreuzes die Träume aufbewahrt werden, läßt sich schwerlich der Gedanke an jene Vertreter der christlichen Kirchen unterdrücken, die das Licht des Kreuzes gegen die Finsternis der deutschen Diktatur setzten: Bonhoeffer und Klepper, Lichtenberg und Kolbe. Es mag dabei von untergeordneter Bedeutung sein, ob Peter Huchel, als er sein Gedicht schrieb, die Namen gekannt hat, ob er sie hat kennen können. Vielleicht formulierte er bloß eine Zuversicht, von der wir inzwischen wissen, daß sie nicht grundlos war.

Peter Huchel empfand sich nach eigener Aussage als ein »Heide«. Gleichwohl besaß er eine hohe Empfindlichkeit für die Kraft, auch die Bildkraft des Christlich-Religiösen; man könnte seine gesamte Lyrik unter dem Aspekt eines Aufeinanderprallens von christlichen und außerchristlichen Mythologemen betrachten. Für einen Agnostiker hat er sich deswegen eine erstaunlich große und überaus dankbare christliche Anhängerschaft erworben; viel Heilserwartung konnte er ihr nicht stiften. Huchels Natur ist gewiß spiritualisiert; Tod und tödliche Bedrohung sind aber stärker. Die letzten beiden Verse des Gedichts von der Kreuzspinne schildern ohne Wehleidigkeit und Anklage eine Welt, die entseelt ist, die wenig Hoffnung enthält, die von der Brüchigkeit und Folgenlosigkeit allen Widerstehens erzählt.

Auf den Ausgang des dritten Jahrzehnts in unserem Jahrhundert bezogen, ist es die reine geschichtliche Wahrheit. Aber Huchels Metaphern greifen über dieses Jahrzehnt weit hinaus. Seine Wahrheit auch dann noch, auch heute noch anzuhören, empfiehlt sich selbst denen, die ihr nicht folgen mögen.

PETER HUCHEL
NACHLÄSSE

Nachlässe,
ungeordnet,
auf Böden verstaubt,
die Erben sind tot.
Und finstere Himmel,
grau unterkellert
von Wänden aus Nebel.
Die Kälte atmet
in hallenden Gängen.

Später,
im Sommer
über den Stoppeln
die Spindeln aus Licht.
Sie wickeln
das rissige Garn
galizischer Dörfer.
Doch niemand kommt,
den Mantel zu weben.

Durchbrüche,
verschüttet,
von Keller zu Keller,
das letzte Verlies
zwei Kannen in Warschau,
vergraben

in Erde und Feuer.
Es geht durch Wolken
stürzender Asche
die Stimme hinab,
die Erben zu rufen.

GÜNTER KUNERT
FLASCHENPOST AUS DEM NICHTS

Geschichte als geheimer Wirkstoff, als Spülicht aus einer früh vergifteten Quelle, aus der zu trinken unser Dasein uns zwingt, ist einem Dichter in der DDR bewußter als andernorts. Peter Huchel, der seinen Staat bis zur Neige auskostete, bis ihm die Gnade der Ausreise zuteil wurde, hat wie wenige in seinen Gedichten die Realität des Gewesenen und des aktuell (ihm) Geschehenden zu amalgamieren vermocht.

Ein Beispiel dafür ist »Nachlässe«, das auf den ersten, flüchtigen Blick wie ein Gedicht erscheint, dessen Bilderwelt mit einer bereits spürbaren Konventionalität den unaufhebbaren Bannkreis des »Holocaust« thematisiert. Galizische Dörfer, letztes Verlies, Warschau, Wolken stürzender Asche – damit sind die eindeutigen Zeichen gesetzt, das »Grab in den Lüften« assoziiert. Nur wird der aufmerksamere Leser über die beiden »in Erde und Feuer« vergrabenen Kannen stutzen, und er wird, wie sollte es anders sein, versuchen, sich darauf seinen symbolischen Reim zu machen. Er kann nicht wissen (und der Gedichtband liefert keine Fußnote), daß es sich hierbei um mehr handelt als um allegorische oder metaphorische Dekorationsstücke. Diese zwei Kannen nämlich sind der erwähnte Nachlaß und überhaupt der Schlüssel zum Gedicht. Sieben Zeilen, hinter denen ein Vorgang sich verbirgt, der, um seine Tragweite zu begreifen, als Zitat wiedergegeben werden muß:

»In der Nacht vom 2. zum 3. August (1942) vergruben der

Lehrer Izrael Lichtensztejn und die Arbeiter Nachum Grzywacz und Dawid Graber das illegale Ghettoarchiv im Keller des Hauses Nowolipkistraße 68 und bewahrten so die durch den Historiker Emanuel Ringelblum und seine Mitarbeiter Szymon Huberband, Jehuda Feld und andere mühsam und unter Lebensgefahr gesammelten Materialien vor der Vernichtung. Der erste Teil des Archivs wurde in zehn Blechbüchsen, der zweite in zwei Milchkannen versteckt und vergraben.«

Daß Menschen, angesichts ihrer Vernichtung, davon Zeugnis geben wollen, auf eine Weise, gegen die eine Flaschenpost im Atlantik eine ziemlich sichere Nachrichtenübermittlung darstellt, und daß wir diese Botschaft aus einem sorgfältig geplanten und fleißig erzeugten Nichts doch noch erhalten haben, ist eines der seltenen Wunder. Kein Wunder und leider nicht so selten ist das Faktum, daß diese Botschaft auf wenig empfangsbereite Adressaten gestoßen ist. Über diesem Gedicht könnte genausogut der Titel eines anderen Huchel-Gedichtes stehen: »An taube Ohren der Geschlechter«.

Aber nicht darum geht es hier beim Lesen von Huchels Gedicht, nicht um »Trauerarbeit« und »Vergangenheitsbewältigung«, sondern um etwas, das mir an diesem Gedicht exemplarisch zu sein scheint: daß Dichtung in ihrem Fakten- und Tatsachengehalt unterschätzt wird. Noch immer gelten weithin Gedichte als »erdichtet« – im Sinne von erfunden, ausgedacht oder schlimmer: »Verzerrung der Wirklichkeit«. Gedichte begleiten den »ehernen« Schritt der Geschichte nicht wie mehr oder minder muntere Schmetterlinge oder Schmeißfliegen – sie sind Bestandteil der menschheitlichen Chronik. Nur bedarf es zu ihrem Verständnis häufig eines besseren Wissens, als es im allgemeinen gang und gäbe ist.

PETER HUCHEL
OPHELIA

Später, am Morgen,
gegen die weiße Dämmerung hin,
das Waten von Stiefeln
im seichten Gewässer
das Stoßen von Stangen,
ein rauhes Kommando,
sie heben die schlammige
Stacheldrahtreuse.

Kein Königreich,
Ophelia,
wo ein Schrei
das Wasser höhlt,
ein Zauber
die Kugel
Am Weidenblatt zersplittern läßt.

WALTER HINCK
VOM TOD IN DER STACHELDRAHTREUSE

Ein Königreich, wo Zauber die todbringende Waffe unwirksam macht, war schon das Dänemark des Shakespeareschen »Hamlet« nicht. Ophelias Vater stirbt durch den Degen des Geliebten, und es ist der Weidenbaum am Wasser, bei dem die Geistverwirrte »von ihren Melodien« hinuntergezogen wird »in den schlamm'gen Tod«.
Aber dieses poetische Herzstück des Dramas, der Bericht der Königin über Ophelias Ende (IV, 7), hat die Phantasie späterer Lyriker magisch beflügelt. In Rimbauds Gedicht »Ophélie« (1870) überbieten sich die Trauerbezeugungen einer mitfühlenden Natur, Ophelia selbst ist zu einem Stück Natur geworden: schon mehr als tausend Jahre treibt die schneebleiche Gestalt im Strom, erinnernd an allzu zerbrechliche Anmut und Menschlichkeit.
Die wächserne Schönheit der Rimbaudschen Gestalt ist in Georg Heyms Ophelia-Gedicht dahin (»Im Haar ein Nest von jungen Wasserratten«). Aber auch hier trägt der Strom den Leib »durch Ewigkeiten fort«. Nur geht die Fahrt durch geschichtliche Zeit hindurch, vorbei an Ufern, die von Maschinenkreischen dröhnen. Ophelia sammelt um sich die Aura des Leids und die Ahnung der modernen Welt, sie trägt den »dunklen Harm« des Maschinenzeitalters einem Feuerhorizont, dem Untergang zu.
Den Schockeffekt eines Heymschen Motivs nutzt Gottfried Benns »Morgue«-Gedicht »Schöne Jugend«: im Leib

des Mädchens, das man aus dem Schilf geborgen hat, findet der sezierende Mediziner ein Nest von jungen Ratten. Ophelia, anonym geworden, ist Objekt einer zynischen, desillusionierenden Phantasie, während Brechts Gedicht »Vom ertrunkenen Mädchen« noch einmal den »Opal des Himmels« beschwört, der »wundersam« zu »begütigen« vermag, auch wenn er Vergessenwerden und Vergehen nicht aufhalten kann.

In Peter Huchels Ophelia-Gedicht (zuerst erschienen im Band »Gezählte Tage«, 1972) geschieht nichts Wundersames mehr. Beim Morgengrauen sucht ein Bergungstrupp, mit Stangen ausgerüstet, das Gewässer ab; fühllos gehen die Männer der befohlenen Arbeit nach. Hier bietet kein Strom Geborgenheit, keine helfende Natur zerteilt das Wasser zu einer schützenden Höhle. In der Welt dieses Gedichts wird scharf geschossen, hat eine Kugel Ophelia tödlich getroffen. – »Stacheldrahtreuse« ist das Schlüsselwort dieses Gedichts.

In Huchels Lyrik bleibt bis in sein Alter hinein die märkische Landschaft gegenwärtig, in der er Kindheit und Jugend verbrachte. Fast übermächtig bedrängen die Bilder der Havel, der märkischen Seen und Teiche seine Erinnerung. Und immer wieder sprechen die Gedichte von Fischern und ihren Fanggeräten, den Reusen. »Die Reuse glänzte unterm Pfahl, / der Hecht schlug hart und laut.« (»Letzte Fahrt«)

Von einer anderen Reuse (und einer gänzlich anderen als der Titel des Gedichtbandes »Sternenreuse«) spricht das Ophelia-Gedicht, von einer Reuse nämlich, die dem Menschenfang dient. In den »Stacheldrahtreusen« krepieren die Flüchtenden. Längst verstehen wir »Stacheldraht« als Zeichen für Gefangenschaft und die Leiden der ungerechten Haft. So sammelt das Wort in sich allgemeine Erfahrung einer Zeit, die alles getan hat, nicht nur das Jahrhundert der Wolkenkratzer, sondern auch der umzäunten Lager, der riesigen Gefängnisstädte zu werden. Aber dieses Gedicht, zwischen 1963 und 1972 entstanden, nimmt in seinem zentralen Wort auch jene besondere Erfahrung der Nachkriegszeit auf, daß zwischen die beiden deutschen Staaten eine »Stacheldrahtreuse« gelegt ist, in der so manche Flucht endete. So wird, entschiedener noch als im Gedicht Georg Heyms, Ophelia aus der poetischen Szene des »Hamlet« in die geschichtliche Zeit geführt, in eine erbarmungslose Gegenwelt.

PETER HUCHEL
SOLDATENFRIEDHOF

Die Luft ist brüchig.
Fünftausend Kreuze
In Reih und Glied,
Streng ausgerichtet
Auf Vordermann.

Nach dem Abendappell
Gehen sie in die Stadt.
Sie bevölkern Ruinen
Und schwarze Brücken,
Werfen Laub in die Grachten.

Sie besuchen den Dom
Und verdunkeln den Heiland.
Aber es glimmen die silber-
Beschlagenen Ecken des Meßbuchs.
Und das Stigma der Abendröte
Brennt auf den Dächern.

Als Fensterschatten
Lehnen sie an der Wand der Bar.
Sie hauchen Eis in die Gläser.
Sie blicken aus Gitarren
Den Frauen nach.

Kurz vor Mitternacht
Hallt gräberhin
Des Todes Clairon,
Das trostlose Trommeln
Die große Retraite,
Der Zapfenstreich.

In erster Helle
Stehen sie wieder
Starr im Geviert.
Fünftausend Kreuze.
Streng ausgerichtet
Auf Vordermann.

RUTH KLÜGER
NACHKRIEGSSPUK

Fünftausend Tote schweifen abends durch eine Stadt mit Grachten, also eine holländische Stadt, und suchen Frauen, Musik und Gott. Die »Ruinen und schwarzen Brücken« verweisen auf die Bomben des Zweiten Weltkriegs. Die Toten könnten Engländer oder Deutsche sein, es kommt nicht darauf an, ob sie für eine gerechte oder ungerechte Sache gekämpft haben. Es geht um die Trauer der früh und gewaltsam ums Leben Betrogenen, die eben nicht »Frühvollendete« waren, wie das merkwürdige deutsche Wort allzu tröstlich lautet, als könnte einer, der noch nicht einmal ein Drittel des normalen Lebensalters erreicht hat, wirklich vollendet sein. Sie gesellen sich zu den Zivilisten, doch die vorletzte Strophe ruft sie mit Clairon und Zapfenstreich von ihrem Ausgang in die militärische Zucht ihrer Gräber zurück.

Merken's die Lebenden? Ja, denn die Getränke in der Bar werden kälter, die Kirche verdunkelt sich, die Gitarren nehmen die Sehnsucht der Toten nach einem Liebesleben mit auf. Ein Hoffnungsglimmer leuchtet in der dritten Strophe auf, wo im Dom Licht und Dunkel einander gnostisch konfrontieren. Der verdunkelte Heiland weist uns auf die Trostlosigkeit der vorletzten Strophe (»trostloses Trommeln«), wogegen der Einsatz eines »aber« das Silber des Meßbuchs und das Gold der untergehenden Sonne hervorhebt, des Dunkels Gegenkraft. Nur ist dieses Licht wieder durch das Wort »Stigma« relativiert, »Stigma der

Abendröte« – eine Genetivmetapher, wie Huchel sie häufig gebrauchte und die er, wie manche seiner Kritiker meinten, gelegentlich strapazierte. Doch unser Gedicht ist karg und nicht metaphernreich, so daß dieser metaphorische Lichtblick ein besonderes Gewicht erhält, ob er vom Dichter nun ernst oder ironisch gemeint ist.

Peter Huchel, der langjährige und später in der DDR verfemte Herausgeber der renommierten Zeitschrift »Sinn und Form«, war selbst Soldat im Zweiten Weltkrieg und hat eine Reihe von bekannten Antikriegsgedichten verfaßt. Unser Gedicht wurde im letzten Jahr vor Huchels erzwungenem Rücktritt als Herausgeber in Sinn und Form erstveröffentlicht und erschien im Westen ein Jahr später in dem Band »Chausseen, Chausseen«. Friedhöfe und die Leiden des Kriegs spielen in dieser zutiefst pessimistischen Sammlung eine herausragende Rolle. Doch ein Gespenstergedicht? Was fangen wir, in dieser Hinsicht Ungläubige, damit an?

Dasselbe fragte schon Lessing im Jahre 1767 bezüglich der Spukgestalten auf den Bühnen der Aufklärung und antwortete, daß nur wenige seiner Zeitgenossen den Gespensterglauben tatsächlich abgestreift hätten, denn der Durchschnittsmensch, »der große Haufe«, meinte er, »verhält sich gleichgültig« in puncto Gespenster »und denkt bald so, bald anders, hört beim hellen Tage mit Vergnügen über Gespenster spotten und bei dunkler Nacht mit Grausen davon erzählen«, und schloß daraus: »Der Same, sie zu glauben, liegt in uns allen ... Es kömmt nur auf [des Dichters] Kunst an, diesen Samen zum Keimen zu bringen.«

Unsere von Psychologie gesättigte Epoche weiß zu Lessings grundgescheiten Worten noch hinzuzufügen, daß der Ursprung dieses Samens unsere Ängste und vergeblichen Wünsche sind, die wir in traumhaft konkrete Bilder gießen. So wird oft auch Bedrückendes und Beunruhigendes auf die Toten projiziert. Huchels Geister spuken nicht im tiefen Dunkel, sondern wie normale Soldaten haben sie nach dem Abendappell frei, also in der Dämmerung, wenn alles noch wach ist. Da gehen sie in die noch belebte Stadt und sind rechtzeitig zum Zapfenstreich, hier um Mitternacht, wieder zu Hause im Grab. Traditionell fängt die Geisterstunde aber erst um Mitternacht an. Geht der Spuk da nicht von den Köpfen der Davongekommenen aus, die den Krieg und seine Opfer zurücknehmen, ungeschehen machen möchten? Sind die wahren Unfertigen, Unvollendeten die Bewohner der durch die Toten unheimlich gewordenen Stadt, dazu der Dichter, und schließlich wir, die Leser des Gedichts vom Soldatenfriedhof?

PETER HUCHEL
TRAUM IM TELLEREISEN

Gefangen bist du, Traum.
Dein Knöchel brennt,
Zerschlagen im Tellereisen.

Wind blättert
Ein Stück Rinde auf.
Eröffnet ist
Das Testament gestürzter Tannen,
Geschrieben
In regengrauer Geduld
Unauslöschlich
Ihr letztes Vermächtnis –
Das Schweigen.

Der Hagel meißelt
Die Grabschrift auf die schwarze Glätte
Der Wasserlache.

SARAH KIRSCH
FLATTERNDE RINDE

Mit der Nummer 14 endete 1962 die Herausgeberschaft Peter Huchels von »Sinn und Form«, dem einzigen über längere Zeiträume ernstzunehmenden Literaturblatt der DDR. In diesem Heft ist sein Gedicht »Traum im Tellereisen« enthalten, was man als Huchels großen Abgesang auf den Staat DDR und seine Kulturpolitik lesen kann. Ein hartes Urteil, das Todesurteil wohl auch.

Das Tellereisen ist keine Metapher. Huchel ist kein Metapherndichter. Das Tellereisen ist ihm aus früher Kindheit bekannt. Huchel wuchs bei seinem Großvater im Märkischen auf, und die Tellereisen ziehen sich durch die Gedichtbände, sie gehören zum Alltag. Wie das Stellen der Reusen in den Havelseen. In einem Fiebertraum schleift der Großvater ein Tellereisen über das Eis, ohne Licht, ohne Gesicht. Aber der »Traum im Tellereisen« von 1962 spricht vom Ende künstlerischer Arbeit im sozialistischen Staat.

Die offiziellen Dreinredner und Schafsköpfe hatten einen Grad der Verblödung erschaffen, der alle Hoffnung auf Besserung zunichte machte. Ein Zeitpunkt der Resignation also des Dichters. Zugeschlagen das Eisen. Keine Bewegung ist möglich. Die Atmosphäre ist zerstört und vergiftet. So die Rinde der Bäume das einzige ist, was aufgeblättert werden kann, ist doch alles verloren. Natur und Kunst sterben gemeinsam. Für Huchel, der ein Stück Natur selber ja ist, fällt das zusammen. Ein gespenstisches Bild, wie

wir es vom Waldsterben inzwischen sehen gelernt haben.
Das war nicht nur Resignation, es war die Erkenntnis der wirklichen Lage. Einsicht, daß weiteres Verharren in Hoffnung Stärkung der Gegner und Selbstbetrug sei. Blieb ihm damals das Schweigen. Die gefangene Seele war ohne Laut. Schweigen war eine Tat in dieser Zeit, in diesem Land. Das Maul nicht halten, aber niemals die verlangten Gedichte, Kantaten und Sprüche liefern, wie es die Dummheit befahl. Die Verzweiflung, die Verweigerung nun. Solche Gestalten gab es nicht viele. Er würde sich Jahre im Walde verschanzen, dennoch Botschaften senden.
Hinkend bewegt er sich sacht, und es entstehen weiterhin ketzerische Verse, nachdem die Lage bewußt ist. Zehn Jahre später gibt es zum Beispiel das Gedicht »Hubertusweg«, in welchem das Frühjahr beschrieben wird – und die eigentlich normale Zeile »langsam dreht sich das Jahr ins Licht« wie Sprengstoff auf den kommt, der Änderung will. »Traum im Tellereisen« ist eine wichtige Bestandsaufnahme gewesen. Hier kann sich nichts mehr ereignen. Dies ist ein abgestorbenes Land. Es flattert die Rinde der Bäume, die ehrwürdigen Häuser zerbröseln, den Menschen ergeht es nicht besser, und wenn sich nichts ändert, setzte Peter Huchel 1962 in die Nummer 14 der Zeitschrift »Sinn und Form«, sind wir des Todes. Die Mächtigen haben verstanden. Huchel lebte hinfort als Verbannter. War aber dennoch nicht ohne Wirkung.
Während mein Magier, der schöne alte Peter Huchel, von Jan Skácel verehrt – während beide wunderbaren Dichter also unter elenden Bedingungen ihre normalen störenden Gedichte schrieben, schickte unter anderem die Anfänge-

rin auf dem Bleistiftgebiet sich an, in die Hauptstadt zu gehen, ein Kind als Anker auszuwerfen, daß sie nichts anfechten kann. Ein Grundgesetz des Sozialismus hatte sie so verstanden: Du sollst in der Hauptstadt wohnen! War man geschützter, gab es mehr Kollegen, gab es einen Appell für das winzige Kind. Die Nachbarn selbstverständlich auch, aus einem anderen Huchelgedicht, welche die Autonummern der Freunde notieren. Aber das war real existierender Alltag, damit war man vertraut.

Doch Huchel in seinem Waldstück – das war ein wirksames Zauberbild. Die Verkörperung des anderen Schreibens. Schrieb, was er wollte, nicht was verordnet wurde. Das war die profunde Erkenntnis für die Anfängerin. Seine ausgesparte Anwesenheit hat mich gerettet, Huchel sei Dank. War mir eine Wegschnur, der Phantomschmerz des Knöchels im Tellereisen.

PETER HUCHEL
UNTER DER BLANKEN HACKE DES MONDS

Unter der blanken Hacke des Monds
werde ich sterben,
ohne das Alphabet der Blitze
gelernt zu haben.

Im Wasserzeichen der Nacht
die Kindheit der Mythen,
nicht zu entziffern.

Unwissend
stürz ich hinab,
zu den Knochen der Füchse geworfen.

WERNER SÖLLNER
NICHT WIR
RUFEN DAS VERGANGENE AN

Ein Altersgedicht. Peter Huchel näherte sich den Siebzig, als er es schrieb. Es spricht von der Trauer dessen, der weiß, daß er unwissend sterben wird. Es spricht wie aus der Ferne zu seinen Lesern. Und es ist aus einer großen Distanz des Verfassers zu sich selbst entstanden. Der Tod ist Peter Huchel gerade eine Zeile wert. Er klagt nicht darüber, also braucht er auch keinen Trost. Den Schmerz des Abschieds teilt er wortlos mit. Er weiß, daß der Tod wie der Traum vom Leben in der Kindheit beginnt.

1931 schrieb Huchel über sich selbst: »Er liebt die deutsche Sprache; sie ist das einzige, was er geerbt hat.« Er, dem die Schrift als Mittel der Verständigung mit sich und der Welt vielleicht das Kostbarste war, vermißt die Kenntnis einer anderen Schrift. Das »Alphabet der Blitze«, Flammenschrift, Zeichen einer aus undeutlichem Ursprung wirkenden Gewalt – das Menetekel, das sich aus der Geschichte fortsetzt in die Biographie: Er kann es nicht entziffern.

Huchels Gedichte sind Gleichnisse seiner Zeit. Auch dieses. Gleichnis einer dunklen Epoche, erst von Kriegen verwüstet, dann bitter gemacht von der Lüge, schließlich versteinert von verordnetem Schweigen und von Einsamkeit. Wer hinausschaut ins Dunkel, hell von Gewittern, sieht sie im Fenster: die »Wasserzeichen der Nacht«, die Urbilder, Muster. Ihr Ursprung, wie sie im Anfang entstehen – dies zu wissen wäre wichtig zuletzt. Auch eine Art von Weisheit. Aber kein Trost für die Gewißheit des Todes. Wer sich zeit seines Lebens nicht belogen hat, wird sich auch zuletzt nicht täuschen wollen. Huchel bleibt trostlos: Wer das Urbild von Hoffnung, Traum und Scheitern nicht entziffern kann, wird unwissend sterben.

In diesem Gedicht spielt Natur eine doppelte Rolle: Sie ist Scharfrichter und Schafott zugleich. Der Mond, vor und nach Matthias Claudius Glanzstück vieler deutscher Verse – auch dem verschlafensten Vorposten der Moderne geht da ein Lichtlein auf: Der Fallmeister zieht blank, hebt seine Hacke, bevor der tote Balg hinabstürzt, entfernt wird aus der Abdeckerei. Und für den Unwissenden gibt es keine Trauerfeier mit Schönschrift im Stein und Seitenblicken auf die Nachwelt, er wird auf den Friedhof der toten Tiere geworfen, zu »den Knochen der Füchse«.

Man kann dieses Gedicht als lyrisches Dokument der Resignation lesen, als Gleichnis vom elementaren Verlust der Hoffnung, als Eingeständnis des Scheiterns eines Schriftstellers, der schon als junger Mensch von sich sagte: »Er fängt früh damit an, lebensuntüchtig zu denken.« Der schon sehr früh viel Zeit mit Erinnern verbrachte, mit dem Versuch, Vergangenheit zu entziffern: »Es wäre aber ein Irrtum, hierin nichts anderes sehen zu wollen als eine gewaltsame Auffrischung verblaßter Erinnerungen: *denn nicht wir rufen das Vergangene an*, *das Vergangene ruft uns an*«, heißt es 1932. *Unter der schwindenden Sichel des Monds* – so fängt ein älteres Gedicht an. In der ersten, kurz nach dem Krieg geschriebenen Fassung heißt es: *In der schwindenden Sichel des Mondes / kehrte ich heim und sah das Dorf, / verödete Häuser und Ratten. // Über die Asche gebeugt, brannte mein Herz*. Das Gedicht heißt »Heimkehr«. Fünfundzwanzig Jahre später ist der Mond eine »blanke Hacke«, die Ratten sind »den Knochen der Füchse« gewichen; auch die Magd, helle Frauenfigur aus Huchels märkischer Kindheit, im frühen Gedicht gealtert und verwandelt in »die Mutter der Völker«, ist verschwunden. Und ist doch nicht vergangen. Ihre Umrisse sind noch sichtbar im »Wasserzeichen der Nacht«, noch zu entziffern in der »Kindheit der Mythen«.

GUIDO ZERNATTO
DIESER WIND
DER FREMDEN KONTINENTE

Dieser Wind der fremden Kontinente
Bläst mir noch die Seele aus dem Leib.
Nicht das Eis lähmt mir das frostgewohnte
Und die Schwüle nicht das lang entthronte
Herz, das leer ist wie ein ausgeweintes Weib.

Dieser Wind der fremden Kontinente
Hat den Atem einer andern Zeit.
Andre Menschen, einer andern Welt geboren,
Mag's erfrischen. Ich bin hier verloren
Wie ein Waldtier, das in Winternächten schreit.

HANS BENDER
WALDTIER
IN DER WINTERNACHT

Er zählte nicht zu jenen Autoren aus Österreich, die 1938 nur zu gern sich einreihen ließen. Im März, als der »Anschluß« vollzogen wurde, als der »Erretter« auf dem Heldenplatz umjubelt wurde, war Guido Zernatto unterwegs ins Exil. Als Schriftsteller und Minister der Regierung Schuschnigg war er doppelt gefährdet.

Seine Bücher, Gedichtbände, Romane, politische Schriften wurden verboten und verbrannt. Der Flucht aus Wien folgte zwei Jahre später die Flucht aus Paris. Im Frühjahr 1940 erreichte er New York. Die »Heimkehr«, die er sich in einem Gedicht erträumt hatte – »Weinet, denn wir werden wiederkehren / Und es wird nicht mehr so sein.« –, war ihm nicht vergönnt. Im Februar 1943 starb er, erst vierzig Jahre alt.

Man muß suchen, will man Erwähnungen, erst recht Würdigungen Guido Zernattos finden. Die Gesamtausgabe der Gedichte, »Die Sonnenuhr«, 1961 im Otto Müller Verlag in Salzburg erschienen, hat seitdem keine Neuauflage erlebt. Selbst in Anthologien »Vergessener Dichter« ist er vergessen. Er fehlt in Anthologien, die allein »Naturlyrik« vorstellen. Dabei war er einer ihrer Protagonisten.

Artur Kuhnert und Martin Raschke hatten ihm 1930 den Lyrikpreis ihrer Zeitschrift »Die Kolonne« zugesprochen und seinen Band »Gelobt sei alle Kreatur« im Verlag von

Wolfgang Jess ediert. Gedichte, die alle Eigenschaften der frühen Naturlyrik mitbrachten. Ländliches Leben, Natur und Landschaft, Tages- und Jahreszeiten waren ihre Themen. Die Region, der sie entstammten, war zu sehen, zu hören, zu schmecken. Zernattos Vorfahren waren aus dem Friaul gekommen. Kärnten wurde ihm zur Heimat. Wie andere junge Lyriker damals – Günter Eich, Peter Huchel, Jürgen Eggebrecht, Walter Bauer – fühlte er sich angezogen von der »jungen Gruppe Dresden«, der »Kolonne«, und deren Gesinnung. Frei von jeder politischen Tendenz und Solidarisierung wollten sie sich halten; auch frei vom Geruch der Blut-und-Boden-Dichtung, die sich bereits formierte.

Guido Zernatto mußte sich in den Gedichten, die er in den folgenden Jahren schrieb, nicht ändern. Er hatte seinen Stoff, seine Region und Religion. Er war den Menschen, die in seinen Gedichten auftraten, den Landwirten, Knechten und Mägden, Bettlern, zugetan. Er kannte ihr schweres Dasein. Er nutzte die Sprache der Herkunft und sprenkelte sie da und dort mit körnigen Wörtern des Dialekts. Er blieb seiner Form treu: vier- oder sechszeilige Strophen, liedhafte, gepaart in eher spröden Reimen.

Das alles ist ihm weggenommen in den letzten Jahren des Exils. »Das, was ich schreiben möchte, / Liegt wie ein Stein in mir«, beginnt ein Gedicht, das in New York entstand. Im ausgewählten Gedicht »Dieser Wind der fremden Kontinente«, 1943 geschrieben, wenige Tage vor seinem Tod, zählt er auf, warum er »hier verloren« ist. Alles ist anders: der Wind, die Zeit, die Menschen, die Welt. Er kann und will sich nicht einleben. Das Bild, worin alle Qual der Fremde sich zuspitzt, wird aus der Landschaft daheim herübergeholt und hat daher einen so starken

Nachhall: »Ich bin hier verloren / Wie ein Waldtier, das in Winternächten schreit.« Das Gedicht Guido Zernattos erinnert an andere Gedichte des Exils von Theodor Kramer, Jesse Thoor, Max Hermann-Neisse. Nicht durch seine Poesie ist es bedeutend; es ergreift als Dokument der Situation und der aus ihr gepreßten Klage.

HORST LANGE
EINE GELIEBTE AUS LUFT

Ich blicke in das Glas,
Ich tauche in den Wein,
Dort unten, kühl und naß,
Lädst du mich zu dir ein,
Der Wein ist rot wie Blut,
Ich fröstle in der Glut.

So rot wie einst dein Mund,
Ich trink ihn niemals aus,
Die Reben waren wund,
Es dröhnt das Kelter-Haus,
Gekeltert Jahr um Jahr,
Seit ich nicht bei dir war.

Ich seh dich unten treiben
So kalt und nixenglatt,
Ich will nicht bei mir bleiben,
Von Trauer bin ich satt,
Ich trink den roten Wein,
Du lädst mich zu dir ein.

Und Worte, ungesagte,
Bedrängen meinen Mund,
Und Klagen, ungeklagte,
Vom Schweigen bin ich wund,
Jetzt müßtest du mich hören,
Ich will nicht Liebe schwören.

Ich will die Wahrheit sagen,
Die einfach ist und streng,
Nicht ums Verlorne klagen,
Das Herz wird mir zu eng, –
Ich kann dich nicht erreichen,
Den Wein seh ich erbleichen . . .

HEINZ PIONTEK
UNERTRÄGLICHE WAHRHEIT

Von wenigen großen Ausnahmen abgesehen, sind mir Gedichte auf Liebe und Wein zuwider. Daß es sie bergeweise gibt, zumal von simpelsten Verseschmieden, hat sie mir gründlich verleidet. Wein wie Blut, Wein so rot wie ein Mund – ist das nicht ebenso originell wie der Reim Herz auf Schmerz? Besagter Reim kommt allerdings auch bei Goethe vor – ich brauchte Jahre, eh ich es ihm verzieh, richtiger: eh ich es begriff.

Nicht soviel Zeit brauchte ich, bis ich den Teil VI im Zyklus »Eine Geliebte aus Luft« von Horst Lange als bedeutendes Gedicht erfaßte. Bei einem sprachsensiblen, auch belesenen Autor, wie es Lange war, kam es mir zunächst als pure Dickköpfigkeit vor, uns Verse wie »Der Wein ist rot wie Blut« noch einmal zuzumuten.

Daß Horst Lange (1904-1971), der Autor der »Schwarzen Weide«, auch ein Lyriker war, wissen heute nur noch wenige. Schon zu Lebzeiten übersah man seine Lyrik geflissentlich. Ich möchte mich auf das Unglück oder Unheil in seinem Leben und Schreiben hier nicht genauer einlassen. Daß er mit dem Wein nicht umgehen konnte wie mit einem gutbürgerlichen Festgetränk, daß er, weiß Gott, mit ihm geschlagen und geplagt war, muß aber zum besseren Verständnis wenigstens angedeutet werden.

Die »Geliebte aus Luft«, die der Dichter durch das wortführende männliche Ich des Zyklus nun zum sechsten Mal anspricht, ist ein Traumgesicht oder Wunschbild seiner

Zärtlichkeit. Nichts gewöhnlich Erotisches geht von diesem Geschöpf aus, das »kalt und nixenglatt« genannt wird. Doch scheint es nicht, als wirke gerade der in sich verschlossene, hochmütige Undinen-Zauber auf den Dichter und sein Ich besonders anziehend? Jedenfalls kommt ihm die Geliebte als rechte Zuhörerin vor, als er daran denkt, ihr die Wahrheit und nichts als die Wahrheit (seines Lebens) anzuvertrauen.

Das Überraschende ist dann die plötzliche Nüchternheit, die sich bei dem Trinkenden einstellt, als ihm klar wird, daß die Wahrheit »einfach ist und streng«. Sie verbietet jedes Klagen, jedes Selbstmitleid. Sie ist das Unerträgliche schlechthin. Deutlich wird: mit solcher Schwermut, solchem Elend beladen, vermag das Ich sein geliebtes Du nicht »zu erreichen«. Des Dichters Erschrecken darüber, daß er mit seiner »existentiellen« Wahrheit allein gelassen wird, daß nicht einmal von ihm selbst geschaffene Gestalten sie mit ihm teilen können, zeichnet sich in dem kühnen, außerordentlichen Vers ab: »Den Wein seh ich erbleichen ...«

Wenn nun die Wahrheit hier unaussprechlich bleibt, so haben doch ihre angeführten Eigenschaften, Einfachheit und Strenge, die *Form* des Gedichts geprägt. Knapp und klar fallen die Verse aus, der Wortlaut ist herb, melancholisch sonor, rigoros poetisch. Durch Reim und Strophe hindurch hört man die alte schlesische Barockdichtung anklingen. Für den Schlesier Lange hatte sie fundamentale Bedeutung. Und darum hatte er recht, uns mit zwei oder drei inzwischen abgegriffenen lyrischen Bildern zu erinnern, daß sie einmal, noch im Barock, für einfach und streng galten.

Ein Gedicht also, letztlich von großer, »das Herz verengender« Verlassenheit zeugend. Nicht Rausch noch Innigkeit der Einbildungskraft können da helfen. Es gibt ein weiteres Gedicht von Lange auf der gleichen Linie. »Betrunkener Dichter« heißt es, stammt wohl aus den dreißiger Jahren und ist Günter Eich gewidmet. Hier wird Selbsterkenntnis mit solcher Zerknirschung laut, Verlassenheit auch wieder so unentrinnbar wahr, daß einem unwillkürlich die attische Tragödie in den Sinn kommt. Ja, beinahe »griechisch« endet das Gedicht auf den betrunkenen Dichter, in der Morgendämmerung:

»Trübnis in der letzten Stunde,
Die schon Tag und Nacht vereint ...
Seid jetzt stille! Denn er weint.«

WOLFGANG WEYRAUCH
ABER WIE

bucklicht Männlein,
seh Dich doch,
hinterm Stuhl,
komm heraus,
tu Dir nichts,
tu mir nichts,
zwick mich nicht,
spring mir nicht
auf den Kopf,
aber wie,
bins ja selber

GERT UEDING
DIE LUST AN DER ANGST

Ein kleines, fast niederes Gedicht, das aber weit ausgreift, um dann wieder ganz in die Nähe zu führen. In der einfachen, wiewohl ungereimten Form seiner Verse klingt noch das Volkslied vom »Bucklichten Männlein« aus Arnims und Brentanos »Wunderhorn« nach, und Wolfgang Weyrauch hat es in ein Kinderspiel verwickelt, das seiner Herkunft gemäß ist.

Denn die Kobolde des Märchens sind unsichtbar, und wer sie sieht, hat auch Gewalt über sie. Dabei vermittelt das Versteckspiel an sich eine sehr zwiespältige Lust, deren Wirkung man an Kindern schön beobachten kann. Wer sich vor dem anderen verbirgt, ist unzuverlässig geworden, und da das Kind trotz vieler gegenteiliger Erfahrungen noch ein großes Zutrauen in die Macht seiner Wünsche und Ängste hat, kann es nie ganz sicher sein, wen es nun wirklich im Versteck entdeckt, wer also nach dem Verschwinden der vertrauten Person jetzt wiederkehrt.

Der Antrieb zur Suche und die Angst vor dem Finden mischen sich auf kuriose Weise. Auch bei dem Versteckten. Denn Hervortreten will er aus seiner unbequemen Heimlichkeit und weiß doch nicht, was ihn dann erwartet, schutzlos, wie er nun geworden ist. Kinder reagieren den Gefühlszwiespalt lauthals ab, die Freude des Wiederfindens ist mit großer Erleichterung verbunden, weil sich die heimlichen Befürchtungen nicht verwirklicht haben.

In dem Versteckspiel, das Wolfgang Weyrauch meint, ist

auch diese Angstlust wirksam: das bucklichte Männlein ist die Metapher für die unheimlichen, nicht geheuren Möglichkeiten des Verborgenen, das gerade ans Licht geholt wird. Daher die Versuche, sich zu versichern und ein Gleichgewicht wiederherzustellen, abermals sehr schön in die uns allen vertraute kindliche Form gebracht: ich tu Dir nichts, tu Du mir auch nichts! Wobei die Befürchtungen ganz konkrete Gestalt annehmen und in der Angst vor der Versehrung des Kopfes gipfeln. Doch dann kommt die erlösende Erkenntnis: das Fremde ist gerade das Vertrauteste, und die überstandene Sorge scheint nachträglich völlig unbegründet.

Sehr kunstreich vollzieht das Gedicht die Gefühlsdynamik des Kinderspiels nach. Am Ende ist das bucklichte Männlein ein Mensch wie Du und ich: und ist es gerade in seiner bucklichten Gestalt – gemäß der so aufklärerisch-humanen Ansicht Lessings, der »unendlich lieber den allerungestaltetsten Menschen, mit krummen Beinen, mit Buckeln hinten und vorn« erschaffen haben wollte »als die schönste Bildsäule eines Praxiteles«. Menschlich ist allein das Unvollkommene und Fragmentarische, das Unzulängliche und Fehlerhafte.

Somit löste sich das ganze Gedicht in Wohlgefallen auf? Es spielt noch ein Eindruck mit, der nicht in Erleichterung verschwindet und viel bedrohlicher ist als die ursprüngliche Irritation. Im alten Volkslied taucht das bucklicht Männlein als Unglücks-, als Todesbote auf, und diese Wirkung hat es auch in Weyrauchs Gedicht behalten, ja dieses verstärkt sie noch. Gehört doch zu den überwundenen, aber immer noch wirksamen menschlichen Denkweisen der Glaube, daß der Anblick des Doppelgängers den eigenen Tod ankündigt.

Die augenblickliche Entspannung durch die beiden letzten Verse wird also gleich wieder aufgehoben in neuem Schrecken, dem freilich kein Spiel mehr beikommt. Er entspricht dem Risiko der Selbstbegegnung, die nie mehr rückgängig zu machen ist. Von hier aus gewinnt das bucklicht Männlein noch eine weitere Bedeutung: die des Menschlichen als des Todverfallenen und Leidenden, Deformierten und Gezeichneten. Diese Moral von Wolfgang Weyrauchs Gedicht notierte schon der bucklige Lichtenberg: »Solange wir nicht unser Leben beschreiben, alle Schwachheiten aufzeichnen, von denen des Ehrgeizes bis zum geheimsten Laster, so werden wir einander nie lieben lernen.«

JESSE THOOR
ADVENTREDE

Und die Bewegtheit des Herrn ist ohne Groll und von
großer Dauer.
Und seine Gerechtigkeit hört nicht auf, und seine Güte
bleibt ewig.
Und darum entfernen wir gern die Bitterkeit, wie ein
enges Gewand.
Und die Trauer legen wir ab, wie einen Mantel im
Frühling.

Und mit viel Sorgfalt nehmen wir die Einsamkeit von
unserer Stirn.
Und wir weisen unsere Aufmerksamkeit hin zu den
einfachen Dingen.
Und wir verlassen uns auf das Dach, das keinen Regen
durchläßt.
Und wir vertrauen dem Stuhl, der fest steht, und der uns
trägt.

Und es kommen wieder zu uns die täglichen Wiesen und
die Sonntage.
Und die Salamander mit den seidenen Strümpfen und
goldenen Hemden.
Und auch die Lämmer und die Zicklein ... meine
gnädigen Freunde.

Und die Lieder der Hirten ... und die Gebete der
erwachenden Frauen.
Und es brechen die Tore auf ... und es treten hervor die
Erkennbaren.
Und sie stehen makellos da ... und sie breiten ihre Flügel
aus.

ELISABETH BORCHERS
FROMME UTOPIE

Es ist nicht das erste und einzige Gedicht, das Jesse Thoor mit einem *Und* beginnen läßt (mit *Und* beginnen zum Beispiel auch die »Rufe für den kranken Nachbarn«, die »Rede von der Anschauung«). Dieser Und-Beginn hat nichts – man könnte den Verdacht schöpfen – Modernistisches, er ist folgerichtig. Wie beim Seilchenspringen springt man in eine Litanei hinein, die nicht erst gestern, sondern vor Jahrhunderten begonnen hat, damals, als der Welt ein Licht aufging, das besagt: die Bewegtheit des Herrn sei ohne Groll. Dieses *Und*, mitsamt seiner Ansammlung von Stichworten (Dauer, Gerechtigkeit, Güte) ist ein zunächst schnelles, erinnerndes Resümee, um dann zu einem anderen Wesentlichen zu kommen: Wie denn unsereins, die wir nicht von Dauer sind, auf so viel Dauer reagiert.
Sehr viel traut uns Jesse Thoor nicht zu. Er weiß zwar, daß wir mit den Begriffen Bitterkeit, Trauer, Einsamkeit handfest umgehen – Phänomene, die er im Laufe seines Lebens gründlich zu studieren hatte –, er weiß aber nicht, ob wir wissen, was diese Begriffe bewirken. Also übersetzt er ins Anschauliche: Bitterkeit sei wie ein enges Gewand. Ein enges Gewand ist unerträglich, es ist nicht nach Maß gemacht, es schnürt ein. Warum also ein enges Gewand tragen, wenn es sich entfernen läßt? Einfach nur *entfernen*. Wie auch den Mantel, wenn es allenthalben Frühling wird. Wer wird im Frühling einen Mantel tragen wollen, der schwer, der niederdrückend ist? Es braucht nicht viel; wir legen ihn ab.

Und mit einem Mal wissen wir, woher dieser dumpfe Kopfschmerz kommt, dieser Reif um die Stirn, um den Schädel, das war die Einsamkeit; wir nehmen sie jetzt ab. Weil sie uns ein kostbarer Schmerz war, tun wir es mit Sorgfalt. Und wir werden entlohnt: Plötzlich werden wir uns der Haltbarkeit des Stuhls bewußt, ohne den wir, bedenkt man es genau, nicht zur Ruhe kämen. Und wir sehen das Haus mit dem Dach, das uns ernst nimmt in unserer Sucht nach Schutz, nach Geborgenheit. Und aus Tagen werden Sonntage, mit Wiesen, Feuersalamandern und, wie in den allerschönsten Friedenszeiten unserer Kindheit, mit Lämmlein und Zicklein. Nicht genug, Jesse Thoor erhöht das Glück der Befreiung, er nimmt Lieder und Gebete mit hinein und die Engel, die auf Weihnachten zu erkennbar werden. So einfach ist das.

Jesse Thoors »fromme Utopie« muß wohl das Fazit eines Lebens sein, das alles andere als ein glückseliges war, vielmehr alles besaß, was man sich nicht wünscht: Armut und Elend, Furcht und Händel, Krankheit und Kränkung; er emigrierte, er wurde denunziert und interniert und deklassiert. Somatisch soll er Paracelsus ähnlich gewesen sein, dieser des Staunens fähige Bruder des Franz von Assisi. Ein Mystiker war er, ein Tischler, ein Goldschmied und vieles andere mehr.

Er, dem der Zufall Berlin als Geburtsort beschert hat (es war 1905), kehrte gerade noch rechtzeitig nach Österreich zurück; dann starb er am 15. August 1952. *Ist es so auf Erden?*, heißt ein spätes Gedicht; und es endet: *Was soll nun werden? Werde nach Hause wandern, und barfuß ankommen.* Es bedurfte wohl eines maßlosen Unterwegsseins, um so erwartungsvoll, wie Jesse Thoor es tat, in den Advent hineinzureden.

JESSE THOOR
IN EINEM HAUS

In einem Haus, auf feinem Tannenreiser,
sitzen ein Bettelmann und ein Kaiser.

Beide summen und lachen und trinken
und reden laut und leise und winken.

Ein volles Jahr rollt über das Dach.
Ein volles Jahr rollt über das Dach.

SIEGFRIED UNSELD
NICHTS ANDERES IST FRIEDE

Die Kunst dieses Gedichts besteht in seiner scheinbaren Kunstlosigkeit. Kein herausragendes Metrum, kein besonderer Reim, kein raffiniertes Enjambement, eine geradezu simple Wortwahl, und von den sechs Zeilen des Gedichts wird eine gar noch wiederholt. Und das am häufigsten vorkommende Wort ist die sicher nicht sehr kunstreiche Konjunktion »und«. Sollte sich in diesem Nicht-Stilisierten das Einfache, in dem Nicht-Raffinierten das Selbstverständliche, in diesem Nicht-Besonderen das Allgemeine darstellen?

»In einem Haus«: Das Haus ist nicht näher spezifiziert, also ist ganz allgemein die Behausung, das Heim, die Stätte zum Wohnen und Leben gemeint. Die Bewohner dieses Hauses sitzen nicht auf fabrizierten Stühlen oder in Sesseln, sondern auf einem Naturteppich: »auf feinem Tannenreiser«. Und das Tannenreiser, Verkörperung der Natur, des Echten, des Ursprünglichen, ist kein gewöhnliches, es ist »feines«, und die Assonanz von »fein« und »Reiser« deutet also auf einen angenehmen Ort und auch darauf, daß hier Natur nicht entfremdet, daß sie einbezogen ist in das Wohnen und Leben der Bewohner dieses Hauses.

»... sitzen ein Bettelmann und ein Kaiser«: Man wird es beim Lesen an dieser Stelle hier nicht wahrhaben wollen, noch nicht wahrhaben können, welche Dimension der Autor da aufreißt. Sie wird erst deutlich, wenn wir die

folgenden beiden Zeilen und das abschließende, sich wiederholende Zeilenpaar lesen. Was machen die Sitzenden? Hier wird die Wiederholung der so kunstlosen Konjunktion »und« zum triumphalen Kunstsinn: und-und-und! Dieses »und« meint die Verbindung, meint das Gemeinsame, meint Verständigung, meint Ich *und* Wir (meint Individuum *und* Gesellschaft). Hier wird deutlich, daß die beiden Kontrahenten der Weltgeschichte, Herr und Knecht, ihre Revolution hinter sich haben. Sie kämpfen nicht mehr, sie brauchen nicht mehr zu kämpfen. Oben und unten ist ausgelöscht, gut und bös, reich und arm sind keine Gegensätze mehr. Das Große blieb groß nicht und klein nicht das Kleine. Kaiser und Bettelmann haben sich angenommen, haben sich versöhnt. Sie haben eine Einheit erreicht. Kein Streit der Ideologien, der Theorien mehr. Die Beiden »summen« und »lachen« und »trinken« und »reden«. Und sie »winken«. Wem? Sich, uns.
Und dann die enigmatische, durch Wiederholung das Enigmatische geradezu beschwörende Zeile: *»Ein volles Jahr rollt über das Dach«.* Wieder die Kunst der Assonanz. Ein *volles* Jahr *rollt.* Das Volle, das Runde, der Kreis. Im Weisheitsbuch der alten Chinesen, im *I Ging*, bedeutet das Zeichen des Kreises den Urzustand vor dem Entstehen der Dinge und auch das immer wieder zu Erreichende, das Tao, den Sinn. Und es rollt, es ist in Bewegung, es fließt. »Jahr« und »Dach«, wieder assonant verbunden, sind Zeit und Raum. Ein »volles Jahr« – also die Leistungen, die Ernte, der Ertrag, dies alles steht den beiden zur Verfügung. Sie sind sich ihrer sicher, sie sind sich ihrer selbst inne: nichts anderes ist Glück. Sie haben den anderen angenommen, sie sind frei: nichts anderes ist Friede.

Wer ist der Autor dieses Gedichts? Jesse Thoor wurde als Peter Karl Höfler 1905 in einem Berliner Arbeiterbezirk geboren. Der junge Höfler traf mit anarchokommunistischen Schriftstellern zusammen, mit Plivier, Mühsam und Ringelnatz. Er suchte, er glaubte; er trat der kommunistischen Partei bei; 1933 mußte er fliehen, nach Österreich, nach Wien. Als die Nazis kamen, floh er nach Brünn, wo er »eine Zeit schweren Konflikts zwischen Heimweh und Gesinnung« erlebte. Der Prosa- und Gedichteschreiber war für die Parteigenossen bald ein »unsicheres Element«. Mit einem Stipendium kam er nach London. Im Oktober 1939 veröffentlichte Thomas Mann sechs seiner Gedichte in der Zeitschrift »Maß und Wert«.

Sonst aber wurde das Exil immer bedrückender. Alfred Marnau hat die Lebensumstände des immer gläubiger und mystischer, kränker und verwirrter werdenden Jesse Thoor, wie er sich nun nannte, überliefert. Michael Hamburger berichtete, wie die Sekretärin von T. S. Eliot, ihn, der Eliot sprechen wollte, als Verrückten abwies. Ein Mystiker ist für seine Umwelt ein Narr. 1952 reiste er todkrank nach Österreich, am 15. August starb er in einer Klinik in Lienz. Die Literaturgeschichten verzeichnen seinen Namen nicht. Das Gedicht »In einem Haus« zählt zu Thoors letzten »Lieder und Rufe« der Jahre 1949-1952.

GÜNTER EICH
ABGELEGENE GEHÖFTE

Die Hühner und Enten treten
den Hof zu grünlichem Schmutz.
Die Bauern im Hause beten.
Von den Mauern bröckelt der Putz.

Der Talgrund zeichnet Mäander
in seine Wiesen hinein.
Die Weide birgt Alexander,
Cäsarn der Brennesselstein.

Auch wo die Spinnen weben,
der Spitz die Bettler verbellt,
im Rübenland blieben am Leben
die großen Namen der Welt.

Die Ratten pfeifen im Keller,
ein Vers schwebt im Schmetterlingslicht,
die Säfte der Welt treiben schneller,
Rauch steigt wie ein feurig Gedicht.

CHRISTOPH PERELS
NICHT SCHÖNHEIT, SONDERN WAHRHEIT

Eichs Gedichtband »Abgelegene Gehöfte« hat, als er 1948 erschien, Epoche gemacht: mit Texten wie »Inventur«, »Lazarett« und »Latrine«, den »Camp«-Gedichten von 1945, der Nullpunktpoesie, die bei genauerem Hinsehen freilich noch über manche Bestände verfügt. Den Titel des Buchs aber hat ein Gedicht geliefert, das von der Natur spricht, von der Geschichte, von der Kunst. Die »abgelegenen« Gehöfte liegen weder im Gefangenenlager noch im Kahlschlag, sondern in der Mark Brandenburg und in der Kindheit, und das heißt 1945, zur Entstehungszeit des Gedichts: Es geht um den Wiedergewinn eines elementaren Verhältnisses zur Welt. Eich selbst wollte es ursprünglich »Zuflucht des Dichters« nennen, ich denke, es ist ein Heimkehrgedicht.

Mancher hat damals, die in ihren radikalen Reduktionen sehr ehrlichen und ein wenig platten Lagergedichte noch im Ohr, dem Dichter Eskapismus vorgeworfen. Wäre vom Ich die Rede, träfe der Vorwurf vielleicht zu. In Wahrheit versucht Eich, wie so oft, eine Ortsbestimmung der Poesie; Besitz oder Nichtbesitz anzeigende Fürwörter sind fehl am Platz, wo der Bezug der Dichtung zum Ganzen der Welt auf dem Spiel steht.

Eichs Verse scheinen einfach, sind aber darum keineswegs simpel. Der ernüchterte Blick, wieder zum Kinderblick geworden, sieht, statt der Wappentiere des Imponiergeha-

bes, Hühner und Enten, die Spinnen, den Hofhund; er sieht nicht Eiche und Lorbeer, sondern Weide und Brennnessel, auch nicht die »Berge des Herzens« jenseits eines »letzten Gehöfts von Gefühl« wie die Nachtreter Rilkes, er sieht Wiesen, Steine, Rübenland und hat dabei das ganze Reich der Natur, der Steine, Pflanzen und Tiere in den Sinnen und im Sinn. Und darin aufgehoben die Geschichte: die Weltreiche Alexanders und Caesars, hochgemute und hybride Machtveranstaltungen, fallen zurück in Weide und Brennesselstein, in die Märchenphantasie der Kinder und die Geschichtenphantasie der Bewohner einer naturnahen Lebenswelt.
Bis in die dritte Strophe hinein verweist nichts darauf, daß eine besondere Zeitsituation zur Neubestimmung der Dichtung Veranlassung böte. Erst Eichs Entscheidung für den Tempuswechsel »im Rübenland blieben am Leben / die großen Namen der Welt« verrät, daß im Zeitpunkt des Sprechens etwas anders ist als zuvor, daß nur noch hier, in dieser Landschaft, im Kindheitsland zu finden ist, was überall sonst unterging. Hier existiert es in verwandelter Gestalt, für Eich in seiner wahren Gestalt.
Noch deutlicher sprechen die Bilder der letzten Strophe. Nach altem Bildgebrauch gehören Ratten als die Tiere des Hungers und der Pest einem verzweifelten Weltzustand an, und auch der steigende Rauch und die Bestimmung eines Gedichts als »feurig« lassen Bedrohliches mitschwingen. Aber mit den Zeichen eines vernichtenden Endes setzt Eich solche eines neuen Anfangs, und er findet sie, wie das Bild von den pfeifenden Ratten, in der Überlieferung poetischer Rede, so zum Beispiel in einem der für ihn über Jahrzehnte hin wichtigsten Texte, Goethes »Selige Sehnsucht«: »Ein Vers schwebt im Schmetterlings-

licht«, erhebt sich um ein weniges über den düsteren Untergrund und die ziehende Schwerkraft.

Er ist nicht jenseits der Geschichte angesiedelt, sondern hält sich inmitten eines auch die Geschichte umfassenden weltgesetzlichen »Stirb und Werde!«. Der Gedichtschluß schafft ein hochempfindliches Gleichgewicht zwischen Zerstörungsrauch, Opferrauch und Reinigungsfeuer. Nach dem Zusammenbruch des Nazireichs und seiner pathetischen Lüge rechtfertigt sich weder die Welt als ästhetisches Phänomen noch die Poesie als fortgeführte innere Emigration. Was bleibt, ist eine Dichtung, in deren Licht das Irdische kenntlicher wird, denn nicht um Schönheit geht es dem Eichschen Gedicht nach 1945, sondern um Wahrheit. Die abgelegenen Gehöfte sind der Punkt, von dem aus sie in den Blick kommt.

GÜNTER EICH
AUGENBLICK IM JUNI

Wenn das Fenster geöffnet ist,
Vergänglichkeit mit dem Winde hereinweht,
mit letzten Blütenblättern der roten Kastanie
und dem Walzer »Faszination«
von neunzehnhundertundvier,
wenn das Fenster geöffnet ist
und den Blick freigibt auf Floßhafen und Stapelholz,
das immer bewegte Blattgewirk der Akazie, –
wie ein Todesurteil ist der Gedanke an dich.
Wer wird deine Brust küssen
und deine geflüsterten Worte kennen?

Wenn das Fenster geöffnet ist
und das Grauen der Erde hereinweht –
Das Kind mit zwei Köpfen,
– während der eine schläft, schreit der andere –
es schreit über die Welt hin
und erfüllt die Ohren meiner Liebe mit Entsetzen.
(Man sagt, die Mißgeburten nähmen seit Hiroshima zu.)

Wenn das Fenster geöffnet ist, gedenke ich derer,
die sich liebten im Jahre neunzehnhundertundvier
und der Menschen des Jahres dreitausend,
zahnlos, haarlos.

Wem gibst du den zerrinnenden Blick, der einst mein war?
Unser Leben, es fähret schnell dahin als flögen wir davon,
und in den Abgründen wohnt verborgen das Glück.

ALBERT VON SCHIRNDING
FASZINATION

Begierig empfingen wir Zwanzigjährigen die lyrischen »Botschaften der Verzweiflung«, der »Armut«, des »Vorwurfs«, die Günter Eich 1955 in seinem Band »Botschaften des Regens« veröffentlichte. Freudige Nachrichten waren nicht gefragt, dem Positiven in der Dichtung galt unsere Verachtung. Natürlich suchten wir das Glück, aber es glänzte um so verlockender, je verborgener es in den Abgründen wohnte. Die letzte Zeile des Gedichts »Augenblick im Juni« traf den Nerv meiner Lebensempfindung.

Daß Hiroshima vorkam und es trotzdem ein Liebesgedicht war, machte es besonders anziehend. Ich wollte einsam und, angeweht vom Grauen der Erde, unglücklich sein, und zugleich sehnte ich mich nach der großen Liebe. Liebe als Passion. Das Du ließ freilich auf sich warten, und auch im Gedicht kommt das Du erst spät, nach einem acht Zeilen umfassenden Wenn-Satz: »wie ein Todesurteil ist der Gedanke an dich.«

In ihrer Behauptungs-Lakonik, die keinen Einspruch zuläßt, hat die Zeile selbst die Form eines Todesurteils. Unwiderruflich sind Liebe, Schuld und Tod in ihr verbunden. Ein Gedicht für Zwanzigjährige, und doch gehörte sein Autor der Generation der Eltern an. Die Walzerklänge, die mit dem Duft von Kastanienblüten und dem Blätterspiel einer vom Wind bewegten Akazie durch das geöffnete Fenster dringen, erinnern an den Anfang des

Jahrhunderts: Der Schlager »Faszination« eroberte das Europa um 1900.

Das Aroma einer Epoche steigt herauf, in der *Fin de siècle*-Müdigkeit und Fortschrittsstimmung, Kitsch und Kunst eine faszinierende Mischung eingegangen sind. Günter Eich ist 1907 geboren, und der da um die Mitte des Jahrhunderts am Fenster sitzt, verdankt sein Leben der längst verwehten Liebe derer, »die sich liebten im Jahre neunzehnhundertundvier«.

Das Kind ist erwachsen geworden, die Erinnerung geht über in den »Gedanken an dich«. Man erwartet etwas wie Wiederkehr im Vergehen der Zeit: Immer wieder ist Juni. Aber es kommt anders. Die kreisende Bewegung des Walzers bricht ab, und auf die Atempause, die nach dem langen Nebensatz fällig ist, folgt Endgültiges. Nach zwei Weltkriegen und Hiroshima ist Liebe, wie sie den Eltern noch möglich war, zum Anachronismus geworden.

In der Perspektive des Juni-Augenblicks wird eine ungeheure Zeitspanne sichtbar, zu der sich die Gegenwart in kein Verhältnis mehr bringen läßt: Der Erinnerung an die Liebenden vom Anfang des Jahrhunderts steht der Gedanke an die Menschen des Jahres dreitausend gegenüber. Die durch den Fensterausschnitt vermittelten Sinneseindrücke weichen dem Bild des doppelköpfigen Kindes; in seinem Schreien kündigt sich eine entsetzenerregende Liebeszukunft an. Mit der Liebe stirbt auch das Liebesgedicht. Seine Strophen werden immer kürzer, es verschlägt dem Dichter die Sprache. Erst die letzte Strophe mit ihrem Bibelzitat nimmt die tödliche Botschaft um eine Spur zurück.

Wir lasen Günter Eichs Gedichte nicht wie die eines Angehörigen der Eltern-Generation, sondern wie die eines älteren Bruders. Inzwischen ist die Faszination, die von diesem »Augenblick im Juni« ausging, wohl ihrerseits so historisch geworden wie die des Walzers, den das Gedicht zitiert. Aber indem es die Erinnerung an den Zauber beschwört, der den Zwanzigjährigen gebannt hat, erfüllt es das Ohr des Lesenden noch immer mit abgründigem Glück.

GÜNTER EICH
BETRACHTET DIE FINGERSPITZEN

Betrachtet die Fingerspitzen, ob sie sich schon verfärben!

Eines Tages kommt sie wieder, die ausgerottete Pest.
Der Postbote wirft sie als Brief in den rasselnden Kasten,
als eine Zuteilung von Heringen liegt sie dir im Teller,
die Mutter reicht sie dem Kinde als Brust.

Was tun wir, da niemand mehr lebt von denen,
die mit ihr umzugehen wußten?
Wer mit dem Entsetzlichen gut Freund ist,
kann seinen Besuch in Ruhe erwarten.
Wir richten uns immer wieder auf das Glück ein,
aber es sitzt nicht gern auf unseren Sesseln.

Betrachtet die Fingerspitzen! Wenn sie sich
schwarz färben,
ist es zu spät.

LUDWIG HARIG
POETISCHER IMPERATIV

Als in den Reaktoren von Cattenom zum erstenmal Atomkerne unter Beschuß gerieten, fragte ich mich, ob unser hiesiges Leben zwischen den nuklearen Brennstäben an der Mosel und den atomaren Sprengköpfen in der Pfalz nicht fürderhin eher ein halbiertes als ein ganzes Leben sei, ein jämmerliches Leben in physikalischen, biologischen, effektiven Halbwertszeiten. Ich dachte an Günter Eichs Gedicht »Betrachtet die Fingerspitzen« und schaute meine Fingerspitzen an. Ich weiß, von nun an wird es nicht mehr das Bakterium der Pest sein, das unser Blut heimsuchen kommt; der Pestkeim der Zukunft heißt Cäsium und ist ein weiches, silberhelles Metall, ein instabiles, doch langlebiges Radionuklid, das in der Strahlung zerfällt und tatsächlich, vielgestaltig verwandelt, als Blattsalat auf dem Teller, als Frischmilch in der Pappschachtel wiederkehrt.

Es ist schon viel zu viel gesagt worden vom Dichter als Barometer, als Seismograph, als gesellschaftspolitischem Wetterfrosch: die Metaphern sind verbraucht. Und doch sind es nur die Dichter, die das Unheil frühzeitig bemerken; ich denke an Günter Eich. Lange bevor andere an ihren Ohren merken, daß Wirbelstürme um ihre Köpfe brausen, unter ihren Füßen spüren, daß die Erde bebt, bevor die Politiker wahrnehmen, daß überhaupt das Wetter sich ändert, die Uhrzeiger auf fünf vor zwölf stehen, hat der Dichter die Gefahren längst registriert und

auch seine Stimme erhoben, die ungehört im eisigen Wind verhallt.
Auch wenn die Welt für ihn verrätselt sei, ein Buch mit sieben Siegeln, wie Günter Eich schon in seinen Gedichten der endvierziger Jahre sagt, wenn er von »solchen Büchern«, von »fremden Zeichen« spricht, so fragt er doch: »Wer ... errät aus den Wurzeln den Text?« und sucht »das Wort, ... das wie Sesam die Türen der Berge öffnet.« Günter Eich warnt und ist dennoch kein Optimist: er kennt den Fatalisten, der sich auch im Unheil einzurichten weiß, er kennt auch den Glückssucher, der seinen geruhsamen Platz nicht findet, doch vehement wendet er sich gegen alles, was Macht über den Menschen beansprucht. In seiner Büchnerpreis-Rede, in der er von der Macht und der gelenkten Sprache spricht, sagt er, ihm komme es auf das Ärgernis an, das hörbar werden solle. »Freilich sind in allen Ärgernissen Imperative verborgen«, heißt es, »aber ich hoffe, daß es mir gelingt, wenigstens einige zu verschweigen.« Sein Gedicht »Betrachtet die Fingerspitzen« verschweigt den Imperativ nicht.
Und so schaue ich täglich auf meine Fingerspitzen, ob nicht der Pesthauch des Cäsiums mich schon angeweht und seine schwarzen Male gesetzt hat. Der Dichter hat seine Arbeit getan, mehr kann er nicht tun. Er hat mich aufmerksam gemacht, auch auf die gelenkte Sprache. In der Broschüre »Kernenergie im Dialog«, herausgegeben und in den Haushalten verteilt von den Betreibern und Herstellern von Kernkraftwerken in der Bundesrepublik Deutschland lese ich: »Cäsium erweist sich als weitgehend unproblematisch, da es in Lebewesen nach kurzer Zeit ausgeschieden wird.« Günter Eich dagegen sagt mir: »Wer mit dem Entsetzlichen gut Freund ist, kann seinen Besuch

in Ruhe erwarten.« Seit der Regen nicht nur mehr Botschaften bringt, der Maulwurf nicht nur mehr ein Raunen des Untergrunds ist, haben Günter Eichs Gedichte noch mehr an Mahnkraft gewonnen.

GÜNTER EICH
BRIEFSTELLE

Keins von den Büchern werde ich lesen.

Ich erinnere mich
an die strohumflochtenen Stämme,
an die ungebrannten Ziegel in den Regalen.
Der Schmerz bleibt und die Bilder gehen.

Mein Alter will ich in der grünen Dämmerung
des Weins verbringen,
ohne Gespräch. Die Zinnteller knistern.

Beug dich über den Tisch! Im Schatten
vergilbt die Karte von Portugal.

CHRISTA MELCHINGER
KONZENTRATION AUF DAS WESENTLICHE

Er entzieht sich – ist es verwunderlich? Er entzieht sich den gewohnten Vorstellungen, den üblichen Erwartungen, der landläufigen Meinung. Den abgedroschenen Sprüchen: »Wenn du erst einmal Zeit hast« – »Wenn du das endlich alles hinter dir hast« – »Wenn du erst frei bist von all den Verpflichtungen« – »Heb dir das auf für dein Alter«. Dem entzieht er sich. Schriftlich. Brieflich macht er es kund den Gutmeinenden, den Besserwissenden.
Ein Mann des Wortes, des geschriebenen Wortes, ein Mann, der nicht nur mit Büchern, der von Büchern lebte, viele Jahre lang. »Keins von den Büchern werde ich lesen« – das ist die eindeutige Antwort auf alles, was man ein Leben lang vor sich herschiebt, hinein in das dunkle unbekannte Später irgendwo am Ende der langen Betriebsamkeit. Dem entzieht er sich. Ist das verwunderlich? Nicht bei einem Mann wie Günter Eich, der kein Mann der Menge war. Höchstens die Schroffheit – doch ist sie wirklich verwunderlich? Eigentlich auch nicht. Man muß schroff sein, wenn man sich der Menge widersetzt. Weil man sich damit ja auch immer einem Teil seiner selbst widersetzt. Jeder ist für seine Träume verantwortlich, und nicht immer weichen sie ab von den Träumen anderer. »Im Schatten / vergilbt die Karte von Portugal« – jeder besitzt so eine Karte seines Traumlandes.
Also keine Bücher. Keine Reisen. Auch keine Gespräche. Was dann? Wenn nichts die »grüne Dämmerung des

Weins« stört, hört man »die Zinnteller knistern«. »Strohumflochtene Stämme«, »ungebrannte Ziegel«, Teller aus Zinn – die Gegenstände, für sich genommen, lassen eine Idylle ahnen, ein ländliches Refugium, vielleicht im Süden. Aber wir dürfen sie nicht für sich nehmen. »Ich erinnere mich«, heißt es, und die Erinnerung betrifft die geliebten Gegenstände, aber »die Bilder gehen«.
Ist das ein Altersgedicht? »Briefstelle« ist erstmals 1955 in der Gedichtsammlung »Botschaften des Regens« veröffentlicht worden. Günter Eich war damals siebenundvierzig Jahre alt. Also kein Altersgedicht? Genaugenommen: nein. Es enthält zum größten Teil Zukunftsaussagen. Geschrieben in einer Zeit, die dem Alter vorausgeht, die es ahnen, mitunter auch schon spüren läßt, in der man sich Gedanken macht: wie wird es sein? Die Vorstellungen, die Günter Eich hier notiert, sind präzis, von einer bestechenden Präzision. Das Stadium der Träume hat er schon hinter sich, wir haben es gelesen: die Karte von Portugal vergilbt bereits.
Es ist diese Genauigkeit der Imagination, die mir das Gedicht wert macht. Mich besticht die Unaufwendigkeit, die Einfachheit, die unsentimentale Bereitschaft zum Verzicht in der Lebensweise, die Günter Eich mit den wenigen Worten so deutlich zu machen versteht. Alter ist Kargheit. Reduktion. Aber – und das scheint mir unüberhörbar – Reduktion, die Konzentration bedeutet, Konzentration auf das Wesentliche. »Beug dich über den Tisch!« – man muß näher ran an die Dinge, die Perspektive verengt sich, aber das einzelne wird deutlicher wahrgenommen. Der Schatten zwingt zum genaueren Hinsehen, die Ruhe läßt schärfer hören, sogar das Knistern der Zinnteller. Der Wein hilft dabei, die grüne Dämmerung

schirmt ab nach außen. Aber drinnen ist keine Idylle. In der Mitte des Gedichts die zentrale Aussage: »Der Schmerz bleibt«. Das ist es, was sich nicht ändert. Woran kein Wunsch, kein Plan (wie verbringe ich mein Alter?), kein Vorhaben etwas ändern. Bücher, Gespräche, Reisen, Menschen, der ganze Betrieb, die gehaßten Zwänge, die erträumten Bilder, die geliebten Gegenstände – das alles kann ich hinter mir lassen, wenn nur mein Willen stark genug ist – »der Schmerz bleibt«.

Man kann ihn nicht abstellen. Aber man kann ihn einfangen in die Dämmerung, in der Stille kann man ihn leben, konzentriert auf das Wissen, daß es ihn gibt, solange das Alter dauert, so wie es ihn immer gegeben hat, seit das Leben begann.

GÜNTER EICH
DER GROSSE LÜBBE-SEE

Kraniche, Vogelzüge,
deren ich mich entsinne,
das Gerüst des trigonometrischen Punkts.

Hier fiel es mich an,
vor der dunklen Wand des hügeligen Gegenufers,
der Beginn der Einsamkeit,
ein Lidschlag, ein Auge,
das man ein zweites Mal nicht ertrüge,
das Taubenauge mit sanftem Vorwurf,
als das Messer die Halsader durchschnitt,
der Beginn der Einsamkeit,
hier ohne Boote und Brücken,
das Schilf der Verzweiflung,
der trigonometrische Punkt,
Abmessung im Nichts,
während die Vogelzüge sich entfalten,
Septembertag ohne Wind,
güldene Heiterkeit, die davonfliegt,
auf Kranichflügeln, spurlos.

RUDOLF JÜRGEN BARTSCH
ORIENTIERUNGEN

Er mißt in der Länge zwölf und in der Breite zwei Kilometer, der Große Lübbe-See. Seine Wellen, vom Ostwind angeschoben, können vorspringende Ufernasen mühelos kupieren. Ich weiß noch, wie aufgebracht ich reagierte, als ich, ein Kind, zum ersten Mal dieser hohen Wellen ansichtig wurde: Solch wildes Gebaren, befand ich, stand nur »meinem« Dratzig-See zu, an dem ich damals aufwuchs und von dem ich gerade in der Grundschule gelernt hatte, daß er mit 83 Metern der tiefste See Norddeutschlands sei. Dratzig- und Lübbe-See, um rund zwanzig Kilometer voneinander getrennt, verbindet die sie durchfließende Drage, die – dem Trend der pommerschen Flüsse entgegen – sich nicht der Ostsee, sondern südwärts dem Urstromtal der Netze zuwendet.

Günter Eich war – der zweite Vers weist darauf hin – am Ufer des Großen Lübbe-Sees, lange bevor er 1949 das Gedicht niederschrieb. Die Beschwörung von Vergangenem – »Immer Gespinste aus entrückten Zeiten«, wie es in einem Vers aus einem anderen Gedicht desselben Jahres heißt, – hebt an mit der Erinnerung an Kranichflüge und an das hügelkrönende Holzgestänge: Bewegung und Fixpunkt, Flüchtiges und Vermessung – für die Lyrik Günter Eichs typische Topoi.

Die geheimnisvollen Zeichen der Triangulationstürme übten auf mich damals einen fremden Zauber aus, wozu fraglos der dem Kind unverständliche Name beigetragen

hat. Magische Signale – für wen? »Abmessung im Nichts.« Eich hat diese heute aus der Landschaft verschwundenen Male 1956 im Vortrag »Der Schriftsteller vor der Realität« zur Verdeutlichung seiner lyrischen Arbeitsweise benutzt: »Ich schreibe Gedichte, um mich in der Wirklichkeit zu orientieren. Ich betrachte sie als trigonometrische Punkte oder als Bojen, die in einer unbekannten Fläche den Kurs markieren.«
1973, Günter Eichs Gedicht im Kopf, stand ich wieder am Großen Lübbe-See, der jetzt Jezioro Lubie heißt. Er ist immer noch ein Gewässer »ohne Boote und Brükken«, ohne Ausflügler und Campingplätze. Vom nördlichen Ufer aus sah ich auf die dicht und hoch bewaldete »Wand des hügeligen Gegenufers«. Hier, unweit der Teufelsspitze, zwischen den Dörfern Baumgarten und Güntershagen, wird Eich verweilt haben, mittags, wenn das waldige Südufer im Gegenlicht noch dunkler erscheint. »Hier fiel es mich an«, überfallartig, das Bewußtwerden der Einsamkeit, dieser Erkenntnisblitz, fixiert später als Doppelschlag eines Binnenrefrains. In »Ende eines Sommers« aus demselben Jahr will ich das gleiche Bedeutungserlebnis wiedererkennen, wenn ich den Vers lese: »Dem Vogelzug vertraue ich meine Verzweiflung an.«
Kraniche indessen habe ich beide Male dort nicht wahrgenommen. Hans Troschel, Bauhausschüler und als Kunsterzieher im nahen Dramburg 1936 aus Deutschland verjagt, hat sie noch bei ihrer halbtägigen Rast am See beobachtet und in seinem Büchlein »Der See der Milane« beschrieben. Und der sechzehnjährige Obersekundaner Löns nahm sie 1882 zwanzig Kilometer ostwärts vom Lübbe-See – bei Deutsch Krone – sogar als

Brutvogel in seine Liste der von ihm in jener Gegend registrierten 134 Vogelarten auf.
Eichs Gedicht erschien 1955 im Band »Botschaften des Regens«. Zum ersten Mal vorgestellt indessen hat er diese Verse 1950 auf der Tagung der Gruppe 47 im Kloster Inzigkofen. Sie brachten ihm – als Erstem – den Preis der Gruppe ein.

GÜNTER EICH
ENDE EINES SOMMERS

Wer möchte leben ohne den Trost der Bäume!

Wie gut, daß sie am Sterben teilhaben!
Die Pfirsiche sind geerntet, die Pflaumen färben sich,
während unter dem Brückenbogen die Zeit rauscht.

Dem Vogelzug vertraue ich meine Verzweiflung an.
Er mißt seinen Teil von Ewigkeit gelassen ab.
Seine Strecken
werden sichtbar im Blattwerk als dunkler Zwang,
die Bewegung der Flügel färbt die Früchte.

Es heißt Geduld haben.
Bald wird die Vogelschrift entsiegelt,
unter der Zunge ist der Pfennig zu schmecken.

ECKART KLESSMANN
FÄHRGELD FÜR DIE ENDZEIT

Ob Gedichte wohl durch langsames Altern ausreifen können wie Wein? Aber nicht jedem Wein bekommt langes Lagern und auch nicht jedem Gedicht. Manche Verse Hölderlins oder Heines haben sich erst den Nachgeborenen erschlossen, manche durch grausam veränderte Zeitumstände. Drei Jahrzehnte nach seiner Entstehung spricht Günter Eichs Gedicht verändert zu veränderten Menschen. Ich meine damit nicht, daß ich als junger Mann damals, als ich »Ende eines Sommers« zum erstenmal las, diese Verse anders verstanden habe, daß sie zum Zwanzigjährigen anders geredet haben als heute zum Fünfzigjährigen. Ich meine vielmehr, daß ich jetzt in diesen Versen eine Endzeitstimmung vernehme und dieses Gedicht nicht mehr ohne eine tiefe Traurigkeit lesen kann.
»Wer möchte leben ohne den Trost der Bäume!« Kein Fragezeichen, nein, das ist ja auch – im doppelten Sinn – keine Frage. Meine Beschäftigung mit diesem Gedicht, das ich dreißig Jahre lang zu kennen glaubte, wird in diesen Tagen von einer Zeitungslektüre begleitet, in denen schon die Schlagzeilen der ersten Seite von Bäumen, von Wäldern sprechen, die ohne Aussicht auf Rettung zugrunde gehen; von einer noch ganz unausdenkbaren Katastrophe lese ich, die wir zu gewärtigen haben – und doch genauso verdrängen wie den eines Tages unausweichlichen Tod.
Zuerst, so versichert man uns, werde der Baum sterben,

dann der Mensch. Gewiß hat Eich nicht daran gedacht: »Wie gut, daß sie am Sterben teilhaben!« Auch nicht daran, daß beim drohenden nuklearen Vabanquespiel mit den Menschen die Bäume verbrennen. Mit »Sterben« ist hier das herbstliche Absterben gemeint, um das wir nicht trauern, da es schon die Auferstehung im Frühjahr verheißt. Für den Augenblick zeigt sich das Bild des Todes, das Verzweiflung auslöst, dem aber der Vogelzug seine Verheißung entgegensetzt, als einen »Teil von Ewigkeit«. Das Abschiednehmen der Zugvögel, »die Bewegung der Flügel«, fällt in jene Wochen, wenn die Früchte sich reifend färben zur Ernte.

Einst haben Priester »die Vogelschrift entsiegelt«, haben aus ihr Zukunft gedeutet. Im Umgang mit der Natur ist Geduld geboten; es währt seine Zeit, was unter und über der Erde sich jährlich vollzieht. Und vielleicht werden die Vogelzeichen erst dem Toten entsiegelt, dem frühere Zeiten das Fährgeld für Charon als Münze unter die Zunge geschoben haben.

Ein Sommer geht zu Ende. Mit der verrinnenden Zeit, dem Reifen und dem Absterben, werden dem Menschen Zeichen gesetzt, die Zeichen vom waltenden Gesetz der Natur. Bislang durften sie als Signaturen der Hoffnung, der Zuversicht gelten. Die jetzt dahinsterbenden Wälder und Gewässer aber versprechen uns nur noch ein apokalyptisches Ende; erst ihres, dann unseres.

Als Günter Eich 1950 dieses Gedicht schrieb, war – oder schien – die Natur noch heil und konnte auch Trost spenden. Nur drei Jahrzehnte haben diese Verse so verändert, daß der Leser nicht mehr die ihnen eingegebene Verheißung schmeckt, sondern nur noch den Pfennig für die letzte Fahrt. Wir haben diesen Pfennig schon jetzt auch den Bäumen zugedacht, als Fährgeld für Charon. Gewiß hat der Dichter dies nicht gemeint, aber seine Verse haben sich von ihm gelöst und sind fast Prophetensprache geworden.

GÜNTER EICH
FUSSNOTE ZU ROM

Ich werfe keine Münzen in den Brunnen,
ich will nicht wiederkommen.

Zuviel Abendland,
verdächtig.

Zuviel Welt ausgespart.
Keine Möglichkeit
für Steingärten.

GERHARD KAISER
MÖGLICHKEIT FÜR STEINGÄRTEN

Diese Zeilen gelten einem zweitausendjährigen literarischen Thema. Die europäische Rom-Dichtung hat diese Stadt ebenso eindringlich als Inbegriff der Macht, des Lebens und der Schönheit wie als Sinnbild der Todesverfallenheit gedeutet. Günter Eich formuliert lediglich noch eine Fußnote zu Rom. Die so viel Beschriebene ist für das Gedicht zur bloßen Schrift, zum Text geworden, den man mit einer Anmerkung versieht. Eichs Fußnote entwirft nicht mehr Welt durch Sprache wie etwa Goethes »Römische Elegien«. Sie ist Kommentar, beiläufige Meinungsabgabe.

Es ist ein alter Brauch, in die Fontana di Trevi in Rom eine Münze zu werfen als Zeichen der Hoffnung auf Rückkehr. Das Ich, das sich bei Eich so schroff vorstellt, will nicht mehr wiederkommen. Die beiden einzigen vollständigen Sätze des Gedichts, durch Parallelismus der Satzglieder hervorgehoben, sind Verneinungssätze. Sie bilden die erste Strophe. Die zweite und dritte, zwei- und dreizeilig, bestehen aus Ellipsen, wiederum im Parallelismus, der nun die Strophen aufeinander bezieht. »Zuviel Abendland ...«; »Zuviel Welt ...«. Trotz der Gleichläufigkeit sind die Motive der Verneinung beide Male entgegengesetzt.

Zuviel Abendland bezeichnet eine Überfülle, die das nachgestellte Adjektiv für verdächtig erklärt; deshalb die eigene Wortkargheit. Die reale Überfülle abendländischer

Geschichtszeugen in Rom wird vom Gedicht gleichgeschaltet mit der Abendland-Ideologie. Realitäten sind in unwirsch hingeworfenen Halbsätzen zum Geschwätz und Geschreibe erklärt. Zuviel ausgespart – hier nun bezeichnet das nachgestellte Partizip einen Mangel. Rom, die Stadt der Lebensfülle, ein Ort der Aussparung? Diese Feststellung ist verblüffend und bezieht sich witzig sowohl auf das Vorhergehende wie auf das Kommende. Zuviel Abendland ist zuwenig Welt – weil Abendland Geschwätz ist und auch, weil Abendland sich dem Morgenland gegenübergestellt hat und wenig vom Orient weiß.

Damit ist die Schlußpointe angelegt, die als letzte Verneinung, abermals rückbezogen, untergründig eine Bejahung enthält. »keine Münzen ...«; »Keine Möglichkeit ...«. Die geheime Bejahung wird auf sparsamste Weise erzielt: »Keine Möglichkeit für Steingärten« ist so auf zwei Verse verteilt, daß »für Steingärten« mit stillem Nachdruck für sich steht. Dadurch klingt an: *für* Steingärten, gegen den Rest. Auch daß dieser Vers überzählig ist bei sonst zweizeiligen Strophen, hebt ihn heraus – ein kleiner Überschuß an Zustimmung bei so viel Ablehnung.

Steingärten in ihrer Vollendung, minimalisiert in räumlicher Ausdehnung und Quantität der Bestände, finden sich in Japan. In zenbuddhistischen Klöstern wird der Steingarten zur letzten Verfeinerung gebracht, Garten aus nichts als Steinen zu sein. Aus Steinen aber, die in äußerster Abstraktion und zeichenhafter Verdichtung auf kleinstem Raum die Totalität der Welt in sich fassen. An diesen Abstraktionen vergegenwärtigt sich dem Meditierenden das All; fern dem Geschwätz, dem Pathos, dem Auftrumpfen, der Selbstinszenierung der westlichen Kultur, fern der Aufdringlichkeit der Geschichte und des Tages.

Rom spart zuviel Welt aus, indem es etwas so Kleines ausspart wie Steingärten. Es spart zuviel Welt aus, weil es die falsche Abstraktion ist. Rom spart auch dadurch zuviel Welt aus, daß es das höchste Paradox nicht kennt und deshalb den Steingärten nicht nur keine Wirklichkeit, sondern nicht einmal eine Möglichkeit einräumt. Steine und Gärten – wo sind sie herrlicher als in Rom. Aber der *Stein-Garten* ist die Welt auf ihren harten Kern gebracht, der doch die Utopie in sich enthält. Im Wort »Steingarten« *ist* der Stein Garten und umgekehrt. Eichs Steingarten: dieses Gedicht.

GÜNTER EICH
GESPRÄCHE MIT CLEMENS

Nun ist alles besprochen,
die Zukunft der Freunde,
die Pflasterung,
die Anfänge mit Vogelvau.

Nun ist alles besprochen
bis ans Ufer, wo sie angeln.
Alle Brücken wie in Avignon,
halb und sie tanzen darauf.

Nun ist alles besprochen,
die Urkunden und die Schwermut,
Versuche in Wasserfarben, Versuche
mit Scheunenschlüsseln und Schnee.

CLEMENS EICH
SELBSTGESPRÄCHE

Ein vierjähriges Kind erzählte mir von einem großen, alten, dreckigen Schlüssel, den es besitzt. Bei dieser Geschichte fiel mir der Schlüsselbund meiner Kindheit wieder ein. Ein großer, schwerer, rostiger und nutzloser Schlüsselbund, gefunden in einer furchteinflößenden, leergeräumten Scheune, gehütet wie ein Schatz.

»Nun ist alles besprochen«. Lange hatte ich vergessen. »Nun ist alles besprochen«. Das Gedicht »Gespräche mit Clemens« behandelt die Zeit und den darin enthaltenen Lebensversuch. Es bespricht alle Anfänge und alle Versuche, die Erfüllung und das Scheitern.

»Nun ist alles besprochen«, der Augenblick eines Gesprächsendes, als ich ihn nach einem Schulversuch an seinem Schreibtisch besucht, vom vergangenen Vormittag und vom zukünftigen Nachmittag berichtet hatte. Gespräche waren ihm wichtig, ein anderes seiner Gedichte trägt den Titel »Fortsetzung des Gesprächs«, ein weiteres »Nicht geführte Gespräche«.

Ich gestehe, daß mir gerade das Gedicht »Gespräche mit Clemens« eines der fernsten und fremdesten war, wahrscheinlich weil es um mich geht. Geht es wirklich um mich, handelt es wirklich von mir? Es geht um einen Augenblick, einen Augenblick, der flüchtig und vergänglich ist und gerade dadurch den Blick in die Zukunft freigibt.

»die Pflasterung«, »die Zukunft der Freunde«, dieses Gedicht behandelt die Realität eines Kindes und die eines Vaters. Der Weg aus der Kindheit in die Welt des Erwachsenseins, tatsächlich handelt es sich um nichts anderes als eine Pflasterung. Wir kennen die Straße und wissen, wohin sie führt. Ein Augenblick der Liebe wird durch das Gedicht gebannt, und ich beginne zu begreifen, warum ihm nichts wichtiger war als das Gedicht.

Ich will hier nicht zu interpretieren beginnen, Gedichtinterpretationen liegen mir nicht, sie haben die Tendenz, die Gedichte zu zerstören, sie buchstäblich zu Tode zu erklären. In einem anderen Gedicht Günter Eichs, das den Titel »Verständlich und nicht« trägt, heißt es »Zugängliche Minuten weiß ich genug«.

Ich befolge den Rat, über Gedichte zu meditieren, und im besten Fall erlebe ich den vergangenen, wiewohl verdichteten Augenblick noch einmal. In diesem besten Fall der Einheit von Dichter und Leser wird durch das Gedicht der Zeitbegriff aufgehoben. Wenn auch nur für kurze Dauer...

»Versuche mit Scheunenschlüsseln«, die Realität eines Kindes ist ein einziges Versuchen, und die Realität des Erwachsenen der aufgegebene Versuch, ein Kind zu bleiben. Versuchen, Gelingen, Scheitern, alle Ausgänge bleiben offen. »Versuche mit Scheunenschlüsseln und Schnee«.

»Nun ist alles besprochen«, noch einmal ist der Augenblick vorübergezogen, der Augenblick ohne Jahreszahl, der Augenblick des Verstehens, der Verletzlichkeit und der Liebe.

GÜNTER EICH
HERRENCHIEMSEE

All ihr herbstlich Fliegenden
Vogelwind, Vogelblätter –
Weinlese ist gehalten,
in den Bergen fällt Schnee.

Ludwig wollte nicht, daß man ihn essen sah.
Zu unsichtbaren Kerkern gerinnt der Föhn,
wie leicht aber erklärte sich alles
aus den Wirbeln des fallenden Eschenblatts!

Vom Wald her beginnt der Regen,
der zur Tafel des Königs kommt,
vom Rohr her die Glocke der weidenden
Kühe,
daß er die Ohren mit Wachs verstopft.
Hinter den Schlüssellöchern lachen die Diener.

All ihr herbstlich Fliegenden,
schwarze Blätter zur Dämmerung,
wenn die ersten Fenster hell werden
mit verzweifeltem Licht,
wenn ich mein Kind lachen höre
und die Augen hinter den Händen verberge.

ELISABETH BORCHERS
KUMPAN DES KÖNIGS

Alles hat es darauf angelegt, daß man den Verstand verliert. Es fängt an mit dem Verlust des Sommers, ein sich einschleichender Verlust. Wie genau wir das kennen. Herbst hängt die Blätter ab, öffnet den Vogelpferch, daß sie entfliehen dorthin, wo Süden ist. Noch ein paar säuberlich kreiselnde Schleifen über der Landschaft, von der wir ein Teil sind. Wie sichtbar gewordener Wind, der im Begriff ist, eine härtere Flugart einzuschlagen. Die Drohung liegt, bereits wahrgemacht, unschuldsweiß in den Bergen. Nun aber unterbricht sich der Autor und verweist auf einen hoffnungslosen Fall. Ein Bild, das den Wahnsinn anzeigt.

Wer aber ertrüge auch in solchen Abschiedszeiten das Dröhnen der Glocken, das Lachen der Diener, sich selbst. Die Türen müssen verschlossen sein, wer weiß denn schon, was da kommen mag. Doch nicht gar so fürchterlich verschlossen dürfen die Türen sein wie im Schloß des Königs Stanislaw zu Nancy. Nein, der Fall hier liegt anders, doch nicht allzu anders. Ludwig braucht keine Erklärungen, er weiß ja, hat durch die Gitterstäbe hindurch nicht nur die fallenden Eschenblätter gezählt, auch die Wirbel eines jeden einzelnen, bevor es zu dieser sanften Art der Landung ansetzt, ein Blatt über dem anderen, bis der Wald durchschaubar geworden ist.

Der Autor kann zwar allwissend mit Ludwig umgehen, hat auch einiges über ihn gelesen, ebendies, er wolle nicht, daß man ihn essen sieht. Übrigens, seitdem ich das Gedicht »Herrenchiemsee« zum erstenmal gelesen habe, das sind vierzig Jahre her, habe ich immer wieder meine Bedenken, wenn ich, wo es auch sei, Leute essen sehe. Das Öffnen, das Schließen des Mundes, die Bewegungen der Mundwinkel, der Kiefer, feierlich oder faul bei jenen, die sich satt an den Tisch setzen; hungrig und hastig bei denen, die wissen, daß sie auch diesmal nicht satt werden. Und dieses angestrengte Schlucken, so angestrengt, daß sich auch die obere Gesichtshälfte panisch verzieht. Er hatte recht, dieser König: Essen ist ein indiskreter Vorgang.

Wo aber, so frage ich mich erschrocken, bliebe dann das fröhliche Speisen unter Sommerbäumen im grünen Gras am langen hölzernen Tisch, wo blieben die Gläser, die rotgefüllten Karaffen, die Teller und Terrinen, die unwiderstehlichen leinenen Servietten, diese köstlich duftende Erfindung des Brotes mit der berstenden Kruste. Der Autor aber will es anders. Er hat das äußere und innere Bild des traurig endenden Dramas entworfen, hat sich einbezogen, ein Kumpan des Königs, eine Heilung steht nicht an, machtlos sind Licht und das Lachen des Kindes.

Das Gedicht ist dem 1955 erstmals erschienenen Band »Botschaften des Regens« entnommen. Diese Angabe ist nicht bibliographisch zu verstehen. Die Verbreitung von Botschaften gilt nicht nur dem gleichnamigen Gedicht, nicht nur für »Herrenchiemsee«. In dem Buch geht die Mahnung um, zu hören und zu sehen. Gleich auf der dem Gedicht »Herrenchiemsee« gegenüberliegenden Buchseite entfalten sich (auch hier) Vogelzüge, der Autor versteht sie zu lesen, »das Gerüst des trigonometrischen Punkts«, sagt er, vorstellbares Dreieck, und mit ihm fliegt die »güldene Heiterkeit« davon, spurlos. Also ist zu Recht vom »Schilf der Verzweiflung« zu lesen, vom »Beginn der Einsamkeit«. Er hat das Auge erkannt, »das man ein zweites Mal nicht ertrüge«.

Eine klaustrophobische Jahreszeit, ein ebensolches Gedicht, ein Buch, ein König, und einer, der ihn dennoch sieht. Günter Eich starb 1972, fünfundsechzigjährig. Er hat die schönsten und gefahrvollsten Träume dieses Jahrhunderts geträumt – wissen wir's noch?

GÜNTER EICH
HOFFNUNGEN

Die Sondermarken sind gestempelt,
die Tonbänder überspielt,
Bahnsteigkarten von Sarajevo
sammelt niemand.
Ich habe meine Hoffnung
auf Deserteure gesetzt.

Die Körperschaften
des öffentlichen Rechts
lassen Wasser durch.
Steh auf, Spengler,
schon rötet der Morgen
die Parkplätze, es ist
noch alles voll Hoffnung.

GÜNTER KUNERT
SARAJEVO

Manchmal, nämlich mit dem Wandel der Zeiten, bietet sich ein Text, ein Gedicht als Stolperstein dar. Justament so erging es mir mit Günter Eichs »Hoffnungen«, aus denen mir ein Name entgegenfiel: Sarajevo. Der Kontext unserer Wirklichkeit verändert die Leseweise. Noch vor wenigen Jahren hätten wir die Ortsbezeichnung in archäologisch-historisierendem Sinne verstanden – eben wie Eich es auch gemeint hat: als etwas endgültig Gewesenes. Die erste Strophe markiert die geschichtliche Zäsur, zumindest wie der Autor sie empfand. Die Vergangenheit ist abgeschlossen; sie scheint archiviert.

Die Hinwendung zur Gegenwart (und wohl auch zur Zukunft) gibt sich optimistisch, in Vorwegnahme des später gängigen und inflationierten Slogans »Stell dir vor, es ist Krieg, und keiner geht hin«. Eichs Hoffnung auf Deserteure resultiert aus der fragwürdigen Annahme, wir wären befähigt, aus geschichtlichen Erfahrungen Lehren zu ziehen. Die große Verweigerung als Mittel der Friedenssicherung – eine solche Illusion erscheint wie aus einem Brechtschen Lehrgedicht entnommen, wo ebenfalls auf die Widerstandskraft der Vernunft gesetzt wird. Es klingt dennoch wie Pfeifen im Dunkeln.

Wie die erste Strophe, so paraphrasiert auch die zweite das »Prinzip Hoffnung«, indem sie, wiederum mittels einer Analogie, ihre Erwartung personalisiert. In der vierten Zeile, der Drehachse der zweiten Strophe, steckt, ob bewußt oder unbewußt, ein mit leichter Ironie verwandtes und variiertes Zitat, und zwar aus dem »Großen Gesang« von Pablo Neruda: »Holzfäller, wach auf!« Doch während bei Neruda der appellative Gestus noch ungebrochen auftaucht, ist diesem bei Eich der Ernst genommen. Das revolutionäre Moment, zwar noch vorhanden, ist durch Witz abgemildert, ohne jedoch gänzlich verschwunden zu sein. Die »Körperschaften öffentlichen Rechts«, Symbole für die Herrschaftsstruktur, sind brüchig geworden, funktionieren nicht mehr so recht: da muß der Klempner her, der »common man«, die Allegorie des »einfachen Mannes«, der alles schon richten wird. Denn auch die Tagfrühe mit ihrer Verfärbung bedeutet mehr als nur eine prosaische Information über die Uhrzeit. Wenn der Morgen in einem Gedicht etwas rötet – und seien es Parkplätze –, dann können wir des Symbolgehaltes ziemlich sicher sein. Die Aufbruchstimmung ist eindeutig. Und mit dem Ausklang, daß noch alles voll Hoffnung sei, bezieht sich der Lyriker selbstverständlich auf eine gesellschaftlich bedingte Künftigkeit.

In Eichs Gedicht rumort bereits das Jahr 1968, wobei damals, es war zu erwarten, der Klempner zu Hause blieb und keinen Aufstand vollzog. Mit unsern heutigen Augen gelesen, macht soviel Hoffnungsfülle des Textes melancholisch. Ließe sich Literatur wie eine veraltende wissenschaftliche Erkenntnis widerlegen, müßte man angesichts dieser beiden Strophen sagen: die Historie ist ihnen nicht gerecht geworden. Aber Literatur, insbesondere Lyrik, erweist sich nicht nur als der oben erwähnte Stolperstein, sondern auch als Prüfstein für unser eigenes Verhältnis zur Realität. Anhand des unerwartet aktuell gewordenen Wortes »Sarajevo« und der verlorenen Illusionen über unsere Humanisierung erkennt man, im Vergleich mit Eichs Gedicht, die wachsende Kluft zwischen unseren einstigen Träumen und unseren gegenwärtigen Taten.

Aus diesem gutwilligen, unpathetischen, ja lächelnden Gedicht tritt uns, nur leicht maskiert, die Gestalt des neunzehnten Jahrhunderts entgegen, das noch an den Fortschritt, auch an den des menschlichen, glaubte.

GÜNTER EICH
INVENTUR

Dies ist meine Mütze,
dies ist mein Mantel,
hier mein Rasierzeug
im Beutel aus Leinen.

Konservenbüchse:
Mein Teller, mein Becher,
ich hab in das Weißblech
den Namen geritzt.

Geritzt hier mit diesem
kostbaren Nagel,
den vor begehrlichen
Augen ich berge.

Im Brotbeutel sind
ein Paar wollene Socken
und einiges, was ich
niemand verrate,

so dient es als Kissen
nachts meinem Kopf.
Die Pappe hier liegt
zwischen mir und der Erde.

Die Bleistiftmine
lieb ich am meisten:
Tags schreibt sie mir Verse,
die nachts ich erdacht.

Dies ist mein Notizbuch,
dies meine Zeltbahn,
dies ist mein Handtuch,
dies ist mein Zwirn.

HANS-ULRICH TREICHEL
KEIN NEUANFANG

Günter Eichs Gedicht »Inventur« ist vielleicht neben Paul Celans »Todesfuge« das berühmteste deutsche Nachkriegsgedicht. Und so fern die karge lyrische Bestandsaufnahme Eichs auch dem großen, sprachmächtigen Gesang Paul Celans zu sein scheint, so sehr verdankt sie sich doch in Wahrheit der gleichen Erfahrung, der sich – ob gewollt oder nicht – alle Literatur nach 1945 zu stellen hatte und in deren Zentrum der Name »Auschwitz« steht.
Von Auschwitz allerdings und den gerade überstandenen Schrecken des Krieges ist in »Inventur« nirgends die Rede. Der Autor, so scheint es, spricht geradezu vorsätzlich nicht davon, wovon er zu dieser Zeit, das Gedicht entstand 1945, doch eigentlich hätte sprechen müssen und doch nicht sprechen konnte und wohl auch nicht sprechen wollte. Als würde er hier seine ganz persönliche »Stunde Null« erleben, so versichert sich Eich hier seiner Gegenwart als einer Gegenwart der elementarsten Dinge und stellt diese – die Mütze, den Teller, die Bleistiftmine – in das Zentrum seiner Erfahrung.
Es sind die gewiß lebenswichtigen Alltagsrequisiten des Kriegsgefangenen Günter Eich, der 1945/46 in einem amerikanischen Kriegsgefangenenlager interniert war, doch werden sie hier zu Dingen höherer Ordnung, zu Chiffren von existentieller Bedeutung. Aus ihnen entsteht »Welt«. Nicht nur die Welt des internierten Soldaten und Autors, sondern auch die Welt dessen, der sich vor der

Übermacht traumatischer Geschichtserfahrung auf das wenige besinnt, über das er unmittelbar zu verfügen scheint und das nicht eingespannt ist in den verhängnisvollen Zusammenhang von Täter und Opfer, Schuld und Unschuld, individuellem Erleben und geschichtlicher Existenz.

Günter Eichs »Inventur« entwirft, im Selbstvollzug gewissermaßen, ein poetisches Programm des literarischen Neuanfangs, das bescheiden, lakonisch, präzise und scheinbar voraussetzungslos ins Bild gesetzt wird. Diese Eigenschaften haben das Gedicht zum Paradebeispiel des literarischen »Kahlschlags« werden lassen, der nach 1945 von einem Teil der jüngeren Autorengeneration propagiert wurde und sich zu einem gänzlich von der Last der Tradition befreiten dichterischen Sprechen bekannte.

Um so überraschender freilich ist die – von Ralph-Rainer Wuthenow zuerst bemerkte – Tatsache, daß das Eichsche Gedicht einen Vorläufer kennt, der ihm in Stil und Struktur zwillingshaft gleicht. Es handelt sich hierbei um das Gedicht »Jean-Baptiste Chardin« des tschechischen Schriftstellers Richard Weiner (1884 bis 1937), das in der von Franz Pfempfert herausgegebenen Anthologie »Jüngste tschechische Lyrik« im Jahr 1916 in deutscher Sprache (Übersetzung: J. V. Löwenbach) publiziert wurde und die bürgerliche, behaglich-saturierte Welt des französischen Stillebenmeisters Chardin (1699 bis 1779) beschreibt, die in denkbar größtem Gegensatz zu der existentiellen Unbehaustheit steht, von der Günter Eich berichtet:

»Dies ist mein Tisch / Dies meine Hausschuh / Dies ist mein Glas / Dies ist mein Kännchen / ... / Dies meine Etagere / Dies meine Pfeife / Dose für Zucker / Großvaters Erbstück / ... / Esse am liebsten / Spargel mit Sauce /

Wildpret auf Pfeffer / Erdbeer mit Creme / ... / Gut ist's zu Hause / Sehr gut zu Hause / Dies meine Ecke / Dies meine Hausschuh (...)«

Ob das Gedicht Weiners Günter Eich tatsächlich als Vorbild gedient hat, wissen wir nicht. Gewiß aber ist, daß es in der Literatur genausowenig wie in der Geschichte einen wirklichen Neuanfang gibt und daß die Möglichkeit der unschuldigen, voraussetzungslosen Annäherung an die Welt nur eine Utopie ist. Eine äußerst verführerische allerdings.

GÜNTER EICH
KLEINE REPARATUR

Kleine Reparatur: Flammenstoß aus Karbid.
Es genügt ein Mann.
Ein Riß, sagt er, im Geländer der Brücke.

Eine Heftpflaster-Wunde.
So sagt er, um uns zu täuschen,
denn Krankheiten gehen um im Drahtsystem der Erde.
Telefonleitungen und Erdkabel verbreiten sie weiter,
Lues, Tuberkulose, Krebs, Leukämie,
Krankheiten, die dem Metall nicht zukommen.
Man hat sie zu spät erkannt.

Aber was hätte man aufhalten können?
Vielleicht liegt dem eine Absicht zugrunde:
Es könnte sein, daß eine Rangänderung im Gange ist.
Das erste, was der Mensch abgeben muß,
sind seine Krankheiten.
Später das andere.

HANS CHRISTOPH BUCH
WAS MAN AUFHALTEN KANN

Dieses Gedicht ist für mich von einer bestürzenden Aktualität. Ich will es hier nicht literarhistorisch interpretieren, sondern beim Wort nehmen: als poetische Frühwarnung vor einer ökologischen Katastrophe, deren volle Konsequenzen wir erst heute, mehr als zwanzig Jahre nach seiner Entstehung, überschauen. 1955, als Günter Eichs Gedichtband »Botschaften des Regens« erstmals erschien, kündigte sich diese Katastrophe erst in winzigen Erschütterungen, Haarrissen gleich, an: Westdeutschland stand damals auf dem Höhepunkt seines »Wirtschaftswunders«; die Bundeswehr war noch nicht wiederaufgerüstet, die KPD noch nicht wieder verboten; soeben hatte Adenauer aus Moskau die letzten deutschen Kriegsgefangenen heimgeholt. Aber die Atombombe von Hiroshima war noch in frischer Erinnerung, und die Großmächte wetteiferten, im Zeichen des Kalten Krieges, mit Wasserstoffbombentests, deren nuklearer *Fallout* als radioaktiver Regen über Ländern und Meeren niederging.
Der Furcht, die damals in der ganzen Welt die Menschen bewegte, gibt auch dieses Gedicht Ausdruck. Wie jedes gute Gedicht aber transzendiert es den Anlaß seiner Entstehung und bleibt auch unter veränderten historischen Bedingungen noch wirksam. Inzwischen nämlich haben wir uns längst daran gewöhnt, im Schatten der Bombe zu leben. An die Stelle der Angst vor dem alles vernichtenden Atomschlag ist eine andere, nicht minder tiefsitzende

Angst getreten: die Angst vor den Folgen der sogenannten »friedlichen Nutzung der Kernenergie«, von der sich unsere Experten noch vor wenigen Jahren die Lösung aller Zukunftsprobleme erhofften. Fast will es scheinen, als sei das Gedicht »Kleine Reparatur« prophetisch auf die heutige Situation hin geschrieben, so genau lassen sich seine Aussagen, Wort für Wort, auf die Gegenwart anwenden.
Wer kennt sie nicht aus der Zeitung, jene fast schon alltäglichen Katastrophenmeldungen, die von den Verantwortlichen stets als harmlose technische Panne oder, schlimmstenfalls, als »menschliches Versagen« hingestellt werden: Lecks im Kühlsystem von Atomreaktoren, bei denen unkontrolliert Radioaktivität in die Biosphäre gelangt; Uran oder Plutonium, das auf den Transportwegen »spurlos« verschwindet; hochgiftige Chemikalien, die in Flüsse eingeleitet werden oder auf Müllkippen auftauchen; sinkende Supertanker, die unsere Ozeane in Öllachen verwandeln. Je ehrgeiziger und aufwendiger die technischen Großprojekte, desto anfälliger werden sie für Unfälle, die es, nach Meinung der Experten, eigentlich gar nicht hätte geben dürfen: so wie beim neuerbauten Elbe-Seiten-Kanal, der kurz nach seiner Eröffnung in der Lüneburger Heide eine mittlere Überschwemmungskatastrophe auslöste.
Aber man braucht gar nicht erst auf den GAU, den größten anzunehmenden Unfall, zu warten: auch bei »normalem Betrieb« gehen schon genug tödliche Krankheiten um im »Drahtsystem der Erde«. Krebs und Leukämie etwa sind nach Untersuchungen amerikanischer Wissenschaftler in der Umgebung von Kernkraftwerken bis zu zweihundert Prozent häufiger als anderswo. »Aber was hätte man aufhalten können?«
Günter Eichs Antwort klingt pessimistisch, fast schon re-

signiert: die Uhr des Menschen ist abgelaufen, eine »Rangänderung« steht bevor; indem er seine biologische Lebensbasis zerstört, vernichtet der Mensch sich selbst als Gattung und setzt so, ungewollt, die Natur wieder in ihre ursprünglichen Rechte ein. Die scheinbare Ausweglosigkeit des Gedichts aber täuscht: die Warnung des Dichters vor der drohenden Katastrophe ist zugleich ein Appell an den Leser, sie abwenden zu helfen, ein Aufruf zur ökologischen Wende.

Tut man Günter Eich Gewalt an, indem man sein Gedicht so eindeutig zum Umweltschutzmanifest erklärt? Ich meine nein. Einmal steht der Text nicht isoliert da; der prophetische Ton, die Warnung vor kommenden Katastrophen zieht sich wie ein roter Faden durch sein gesamtes Werk (»Betrachtet die Fingerspitzen, ob sie sich schon verfärben!«). Sicher hat das Gedicht auch noch andere Bedeutungsebenen; aber es ist das gute Recht eines jeden Lesers, es mit den Erfahrungen seiner Epoche neu zu lesen.

GÜNTER EICH
KÖNIGIN HORTENSE

Alles in Blau, obwohl du kein Blau siehst:
Königin Hortense,
der Sommerhut breitrandig,
die vielen Bänder.

In Verbannung hinter der Hecke, – wie lange schon?
Niemand hat es gewußt, Majestät.
Ein Handschuhwinken: Geste aus Blütenstaub,
die Huld eines Mundes in Wespenflügeln.
Leicht zu vertauschen mit einer Blume, ach Königin.

Wer wart ihr andern im Garten, schreckliche Seelen?
Gebt Ruh, ihr, verborgen hinter der Schönheit!
Wo fängt eure Stille an? Es klirrt
von Geschmeide, von Ketten,
von Schaufeln, von Schwertern.
Es schreit.

ECKART KLESSMANN
DAS SCHÖNE EXIL ALS STILFIGUR

Westlich von Konstanz, auf einer Anhöhe über dem Untersee, liegt Schloß Arenenberg, eher Landhaus denn Schlößchen.
Hortense de Beauharnais, 1815 auf Lebenszeit aus Frankreich verbannt, erwarb es 1817 und bewohnte es ständig von 1823 bis zu ihrem Tode 1837. Als Ehefrau von Napoleons Bruder Louis war Hortense von 1806 bis 1810 Königin von Holland gewesen; nach 1815 führte sie den Titel Herzogin von St. Leu.
Königin Hortense, wie sie die Zeitgenossen nannten, machte aus Arenenberg eine Weihestätte des Napoleon-Kults und pflegte dort einen kleinen Musenhof. Sie selbst zeichnete und komponierte recht artig, gab musikalische Soireen und empfing Dichter: Chateaubriand, Dumas d. Ä., Charles Sealsfield und Heinrich Zschokke sprachen vor, dazu die ganze verblichene Pracht der napoleonischen Generalität. Hortense schrieb ihre Memoiren, vergoldete die Erinnerung an ihren Adoptivvater Napoleon und spann heimlich politische Fäden, wiewohl sie sich in der Öffentlichkeit als völlig unpolitische, bös verfolgte Unschuld stilisierte.
Als ich vor zwanzig Jahren Arenenberg besuchte (Eichs Gedicht lernte ich erst viel später kennen), fiel mir dies auf: die eigentümliche Mischung aus verinnerlichtem Müßiggang bei Harfenklang und Selbstmitleid, daneben das napoleonische »Kanonengebrüll und wiehernder Rosse

Getrabe« in einer der Verehrung des Kaisers geweihten Kultstätte.

Hortenses Salon ist sogar als napoleonisches Gezelt eingerichtet mit weiß-blauen Streifen, und dem Staubblau dieser Streifen entspricht das Staubblau der Hortensien im Garten, denen die Königin ihren Namen dankt. Im Haus sieht man mehrfach ihr Porträt: das schmale Gesicht unterm breitrandigen Hut, die schmalen Hände in schwarzweißen Handschuhen. Stille Schönheit, introvertiertes Exil, mit viel Larmoyanz und prononciertem Feinsinn geschickt zur Stilfigur erhoben, indes ihr Sohn, der spätere Napoleon III., seine Putschpläne schmiedete.

Arenenberg, das ist Sommeratmosphäre durchaus: »Alles in Blau«. Stichworte des Sommers: Hecke, Blütenstaub, Wespenflügel, Blume. Die ironisch-respektvolle Anrede »Majestät« für ganze vier Jahre Königinnen-Dasein. Die fragile Schöne, den Wespenstachel hinter sanftem Augenaufschlag versteckt. »Verborgen hinter der Schönheit« aber die vermögende Großsiegelbewahrerin eines Regimes »von Geschmeide, von Ketten, von Schaufeln, von Schwertern«. Die Gartenidylle »in Verbannung hinter der Hecke« gründete sich auf das in Arenenberg still, aber intensiv vergötterte Reich napoleonischer Gewalt, dessen glänzende Nutznießerin Hortense gewesen ist.

»Leicht zu vertauschen mit einer Blume, ach Königin«. Als blumenhafte Unschuld, ja, so hat sie sich zeitlebens gern gesehen, und nichts stand ihr so gut, sie wußte es, wie das sanfte Leid: in ihrer gescheiterten Ehe, in ihrem eleganten Exil. Dessen hartes Los: Wir sehen es heute aus der Perspektive verfolgter Opfer, nicht mondäner Majestäten. Gewiß, auch Hortense wurde ein wenig verfolgt. Sie war nicht unschuldig, aber auch nicht unbedingt schuldig. Sie

lebte gut, hatte nichts dazugelernt, spann ihre politischen Fäden und tarnte sie mit Harfenklang. Ja: »Es schreit«.
Günter Eichs Gedicht, geschrieben am 23. September 1954, wirkt auf den allerersten Blick wie eine Sommer-Idylle. Aber die Widerhaken liegen im arglos Schönen verborgen, das sich fast duftig gibt wie ein Aquarell Hortenses. Der Weg vom »Geschmeide« (»es klirrt«, denn es wird geschmiedet wie Fesseln und Waffen) bis zu den Ketten und Schwertern (»es schreit«) ist der denkbar kürzeste. Statt Qual und Blut nur »Sommerhut« und »Geste aus Blütenstaub«.
Im schwebenden Beiseitesprechen wird das Wichtigste zum reinen Bild. »Es schreit.« Die so musikalische Königin Hortense hätte das nicht verstanden. Für dieses Schreien waren ihre sonst so sensiblen Ohren taub.

GÜNTER EICH
NACHHUT

Steh auf, steh auf!
Wir werden nicht angenommen,
die Botschaft kam mit dem Schatten der Sterne.

Es ist Zeit, zu gehen wie die andern.
Sie stellten ihre Straßen und leeren Häuser
unter den Schutz des Mondes. Er hat wenig Macht.

Unsere Worte werden von der Stille aufgezeichnet.
Die Kanaldeckel heben sich um einen Spalt.
Die Wegweiser haben sich gedreht.

Wenn wir uns erinnerten an die Wegmarken der Liebe,
ablesbar auf Wasserspiegeln und im Wehen des Schnees!
Komm, ehe wir blind sind!

DIETER E. ZIMMER
GEFAHR VON UNTEN

Zum ersten Mal begegnete mir dieses Gedicht Anfang 1957 in der Frankfurter Allgemeinen Zeitung. Ich hätte es vergessen, hätte nicht kurz darauf Karl Korn es Wort für Wort emphatisch gegen aufgebrachte (er schrieb: »unflätige«) Leserzuschriften verteidigt. Eine Probe daraus wurde wiederum einige Tage später geboten. Da erwähnte eine Leserin die »bitteren Tränen«, die ihr schon beim ersten Lesen gekommen seien; andere bezeichneten das Gedicht als »Irrsinn«, »Mumpitz«; ein Karlsruher Nervenarzt wollte den Verfasser sogar in eine Irrenanstalt eingewiesen wissen. Keine zwanzig Jahre ist das her: Da ließen sich die Leser einer realienbewußten Zeitung von einem Gedicht zu Tränen- und Beschimpfungsausbrüchen hinreißen. Welches Gedicht würde heute ähnliches bewirken?
Ich studierte damals Literaturwissenschaft und lernte Literatur als ein gesichertes Inventar zu betrachten, das nur professioneller Pflege und Deutung bedarf. Mit einem Schlag machte mir diese Auseinandersetzung klar: Nichts ist da gesichert. Literatur hat sich auf Gedeih und Verderb gegen ihre Leser zu behaupten.
»Nachhut« entstand 1955. Die ursprüngliche Fassung, um eine Anfangsstrophe länger, trug den Titel »Verlassene Stadt«. Die endgültige Fassung wurde in Eichs vorletzte Gedichtsammlung »Zu den Akten« (1964) aufgenommen. Es ist ein Gedicht aus jener Zwischenphase, in der er sich nicht mehr an der (vergeblichen) lyrischen Entzifferung

eines Urtexts der Natur versuchte, in der er auch die kargen Bestandsaufnahmen der ersten Nachkriegsgedichte hinter sich gelassen hatte, andererseits aber auch noch nicht in die nahezu unenträtselbaren Formeln seiner späten »Steingärten« versponnen war. Ein Gedicht also, in das man sich mit eigenen Denk- und Fühlweisen einschleichen kann, das für Unbefugte noch nicht verboten ist.
Die Situation: eine von den Bewohnern verlassene Stadt (und dem Leser ist es anheimgestellt, das als eine konkrete Katastrophe zu verstehen oder als Chiffre für eine noch größere Verlassenheit). Der Mond bescheint die leeren Häuser der Geflohenen; natürlich schützt er sie nicht. Einige glaubten, trotz allem bleiben zu dürfen, doch auch ihnen wurde der Wunsch nach einem sicheren Leben abgeschlagen: »Wir werden nicht angenommen.«
Woher kam die Nachricht? »Die Botschaft kam mit dem Schatten der Sterne«: und mit einiger Gewaltanwendung ließe sich das Bild schon erklären (Sterne haben und werfen keinen Schatten; Sternenschatten entsteht höchstens dort, wo auf der Erde etwas zum Sternenhimmel hin überwölbt ist; war der Antrag auf eine Aufenthaltsgenehmigung an den »Himmel« gerichtet, so wurde er auf der Erde abgewiesen).

Eine solche Erklärung jedoch könnte eine Zerklärung sein; besser, dem Bild und damit der Herkunft der Bedrohung bleibt seine rätselhafte Unbestimmtheit. Die Stille in der verlassenen Stadt hebt die eigenen Worte hervor und verschluckt sie. Was die Menschen vertrieben hat, ist noch nicht auszumachen. Aber die Katastrophe wird hereinbrechen; schon dringt die Gefahr von unten hervor: jedenfalls kommt nichts Geheures aus den Röhren der Kanalisation. Die unumgängliche Flucht hat kein Ziel; die Wegweiser von früher gelten nicht mehr. Einen Weg könnte allenfalls die »Liebe« weisen. Aber auch ihre Spuren (in Wasserspiegeln und Schneewehen) sind verwischt. Sie zu finden, bevor auch noch eigene Blindheit die Suche vollends vereitelt, bleibt die einzige Hoffnung.

So etwa könnte man sich das Gedicht in eigene Prosa übersetzen; ein Verständnisvorschlag. Es geschieht hier bald etwas Schlimmes, wir müssen fliehen und haben keine Zuflucht: auf diese Feststellung läuft das Gedicht hinaus. Der Leser muß jetzt bei sich selber nachsehen, ob er je eine ähnliche Erfahrung gemacht hat.

Zeitgenössisch machen gerade die von den Lesern damals beanstandeten »Kanaldeckel« das Gedicht. In Eichs Parlando-Lyrik trifft sich unsere Alltagswelt mit einer poetischen Welt, in der sich alles noch reimte. Beide denunzieren einander nicht und machen sich nicht lächerlich. Die beschriebene Flucht ist auch eine aus einer erledigten Poesie.

GÜNTER EICH
TAGE MIT HÄHERN

Der Häher wirft mir
die blaue Feder nicht zu.

In die Morgendämmerung kollern
die Eicheln seiner Schreie.
Ein bitteres Mehl, die Speise
des ganzen Tags.

Hinter dem roten Laub
hackt er mit hartem Schnabel
tagsüber die Nacht
aus Ästen und Baumfrüchten,
ein Tuch, das er über mich zieht.

Sein Flug gleicht dem Herzschlag.
Wo schläft er aber
und wem gleicht sein Schlaf?
Ungesehen liegt in der Finsternis
die Feder vor meinem Schuh.

HANS-ULRICH TREICHEL
VOGELFEDER OHNE SINN

Zwei Gedichte dürften zu seinen berühmtesten zählen: das eine heißt »Inventur«, stammt aus dem Jahr 1947 und gilt als das programmatische Gedicht der Kahlschlagliteratur, welche allem ideologischen Ballast entsagen möchte und sich auf das pure Dasein der Dinge konzentriert: *Dies ist meine Mütze, / dies ist mein Mantel (...).* Das andere Gedicht bezieht seinen Ruhm aus einer Provokation: Es heißt »Latrine«, stammt aus dem gleichen Zeitraum (1946/1948), und es erlaubt sich »Hölderlin« auf »Urin« zu reimen: *Über dem stinkenden Graben / voll blutigem Kot und Urin / (...) / Im Fieber schallen im Ohre / mir Verse von Hölderlin.*

Das Gedicht kann als Attacke gegen jene gesellschaftsferne und restaurative Lyrik gelesen werden, die von den Schrekken der Geschichte nichts wissen und die Natur als höhere, metaphysisch erfüllte Daseinsform besingen, die sich weihevoll vor der Kunst und ihren Traditionen verbeugen möchte und die nach 1945 durchaus wieder im Kommen war. Der Affront der »Latrine« ist inzwischen verhallt, und auch der Lyriker Günter Eich ist diesen Weg der Provokationen nicht weitergegangen. Im Gegenteil: Wer heute beispielsweise das in dem Band »Botschaften des Regens (1955) veröffentlichte Gedicht »Tage mit Hähern« liest, der wird, zumindest auf den ersten Blick, einiges von dem Inventar wiederfinden, das eine gesellschaftsferne Naturlyrik von jeher auszustatten scheint. Da ist der Vogelflug und die Morgendämmerung, da sind die Eicheln und das Laub, da sind die Äste und Früchte, und da ist das – metaphorisch sehr konventionelle – Tuch der Nacht, das der Eichelhäher – sehr kühn – aus Ästen und Baumfrüchten »hackt«. Und da ist eben auch ein lyrisches Ich, das ein – allerdings vergebliches – Zwiegespräch führt mit der Natur, genauer: dem Häher.

Konnte Eich in »Ende eines Sommers«, das den »Tagen mit Hähern« unmittelbar vorangestellt ist, noch schreiben: *Dem Vogelzug vertraue ich meine Verzweiflung an*, so setzt er nun eine Beziehungslosigkeit zwischen Natur und lyrischem Ich ins Bild. Die blaue Feder, schönster Schmuck des Vogels und poetisches Zeichen, wird nicht zur blauen Blume des Dichters. Der Vogel verweigert sie ihm. Und dort, wo er sie ihm schließlich überläßt, weiß das lyrische Ich das Zeichen nicht nur nicht zu deuten, es nimmt es nicht einmal wahr: *Ungesehen liegt in der Finsternis / die Feder vor meinem Schuh.*

Es ist gerade das Eingeständnis dieser Beziehungslosigkeit zu einer bedeutungshaften oder gar sinngebenden Natur, aus dem das Gedicht seine, paradox formuliert, desillusionierende Kraft bezieht. Darum ist auch ein anderes Gedicht Günter Eichs, »Die Häherfeder« (entstanden 1946), das weniger radikale und wohl auch weniger wahrhaftige: *Ich bin wo der Eichelhäher / zwischen den Zweigen streicht, / einem Geheimnis näher / das nicht ins Bewußtsein reicht.* Zwar hütet sich Eich, das Geheimnis beim Namen zu nennen (das Numinose hat schließlich auch keinen), aber es genügt doch diese Andeutung, damit wir es wispern und raunen hören im Gedicht. »Die Häherfeder« suggeriert einen unaussprechlichen tieferen Sinn, und das in einer Zeit, in der die Welt in Trümmern liegt. Der spätere Text verweigert den raunenden Hinweis, stellt nicht mehr die nur noch ornamentale, nur noch rhetorisch gewordene Frage: *Das Rauschen der Vogelschwinge, / begreift es den Sinn der Welt?* In den »Tagen mit Hähern« begreift der Naturlyriker Eich, daß wir allein sind und unaufgehoben vor der Natur.

GÜNTER EICH
WILDWECHSEL

Schweigt still von den Jägern!
Ich habe an ihren Feuern gesessen,
ich verstand ihre Sprache.
Sie kennen die Welt von Anfang her
und zweifeln nicht an den Wäldern.
Zu ihren Antworten nickt man,
auch der Rauch ihres Feuers hat recht,
und geübt sind sie,
den Schrei nicht zu hören,
der die Ordnungen aufhebt.

Nein, wir wollen fremd sein
und erstaunen über den Tod,
die ungetrösteten Atemzüge sammeln,
quer durch die Fährten gehn
und an die Läufe der Flinten rühren.

für Nelly Sachs

INGRID BACHÉR
GEGEN DIE ZWEIFELSFREIEN

Das Gedicht beginnt mit einer Abwehrbewegung und stellt dann das Abgewehrte dar. Das romantische Bild der Jäger, die ums Feuer herumsitzen, wird vorgeführt, und zugleich wird die überlieferte Tarnung der Szene weggezogen.

So kommt es wohl, daß mir, obwohl doch das Feuer genannt und anwesend ist, diese erste Strophe immer recht winterlich in Erinnerung war, als sei in ihr vom Frost die Rede, der das Land ringsherum auskältet, starr und zugedeckt alles sein läßt. Das Feuer hat nichts Anlockendes, wenn die Jäger daran ihr Süppchen kochen.

Die Welt der Jäger, das ist hier jene der Zweifelsfreien, für die schon lange ausgemacht ist, daß die einzig richtige Art zu denken ihre eigene ist. Ihr Anspruch an Wirklichkeit deckt sich mit dem, was sie sich zugebilligt haben. Sie fragen nicht, sie geben »Antworten« und erwarten nur Zustimmung, selbst »der Rauch ihres Feuers hat recht«.

Doch wir wissen, ihre unerschütterliche Sicherheit beruht auf den intensiven Übungen der Intoleranz, der Übung, wegzuhören, der Übung, nichts anderes wahrzunehmen als das, was sie, in der einmal von ihnen eingenommenen Blickrichtung, als Wirklichkeit akzeptiert haben. Das Festgelegte soll nicht aufgehoben werden, das Zugedeckte nicht aufgedeckt, so wollen es die Jäger. Aber es ist nicht nur ihre Sache.

Der Aufruf: »Schweigt still von den Jägern!« zu Beginn der ersten Strophe, wird in der zweiten Strophe weitergeführt, doch nun nicht mehr in Form der Abwehr, sondern als Zuspruch. »Nein, wir wollen fremd sein«, dies »wir« nimmt Verbindung zu Nelly Sachs auf, der dies Gedicht gewidmet ist, und zu jenen, die sich den Ordnungen der Jäger verweigern, sie nicht hinnehmen wollen, als gäbe es nur diese. Denn die Reihe der Namen derjenigen, die uns von anderen Möglichkeiten der Welterfahrung gesprochen haben, ist lang. Wir zählen sie zu den Ahnvätern unseres Überlebens. Günter Eich gehört zu ihnen mit seinen Texten und Gedichten, die er einmal als trigonometrische Punkte bezeichnete: »Bojen, die in einer unbekannten Fläche den Kurs markieren.«

»Sand im Getriebe sein«, »quer durch die Fährten gehn« – das sind Eichsche Wege. Fremd sein, um die Position des Staunenden, Hilfreichen, Ungeschützten halten zu können, Gegenposition definieren zu jener der Immergewissen, weil das Immergewisse zum unbeirrbaren, zielgerichteten Gebrauch der Flinten führt. Noch einmal also in der zweiten Strophe die Aufnahme des Bildes der Jäger, in dem von »Fährten« und »Flinten« gesprochen wird. Aber so wie Günter Eich sie hier benutzt, verlieren die Worte jede Belastung, die begleitende Begriffe wie Verfolger und Beute, Hatz und Schuß ihnen angehängt haben. Indem er eine veränderte Haltung fordert, dokumentiert er sie schon im Gebrauch der Sprache. Kommt, wir wollen »an die Läufe der Flinten rühren«.

Ja, da steht »rühren«. Nichts als eine geringfügige Bewegung, die selbst der Schwächste ausführen kann, wird verlangt, im Vertrauen darauf, daß sie, so unüblich angesetzt, Folgen haben wird. Günter Eich hat, mit dem, was er schrieb, dies immer wieder versucht, eine Bewegung auszulösen vom noch nicht benannten Ort aus.

GÜNTER EICH
ZU SPÄT FÜR BESCHEIDENHEIT

Wir hatten das Haus bestellt
und die Fenster verhängt,
hatten Vorräte genug in den Kellern,
Kohlen und Öl,
und zwischen Hautfalten
den Tod in Ampullen verborgen.

Durch den Türspalt sehn wir die Welt:
Einen geköpften Hahn,
der über den Hof rennt.

Er hat unsere Hoffnungen zertreten.
Wir hängen die Bettücher auf die Balkone
und ergeben uns.

HORST BIENEK
DIE GEKÖPFTE WELT

Neun Jahre lang war kein Gedichtband von Günter Eich erschienen. Die »Botschaften des Regens« aus dem Jahr 1955 hatten ein paar aufmerksame Kritiker vernommen, aber geschrieben wurde nicht sehr viel darüber. Es war die Zeit, da Eich mit seinen Hörspielen Furore machte. Die Leute saßen an den Radios und ließen sich allein durch Stimmen verzaubern, eine magische Bühne, ach was, eine magische Welt tat sich auf, es war dunkel, abends, und die »Mädchen aus Viterbo« kamen aus der Höhle nicht heraus, die »Stunde des Huflattichs« fing an zu singen, und alle zog es auf eine geheimnisvolle Weise in eine fremde, unbekannte, rätselhafte Stadt, obwohl sie doch gewarnt worden waren: »Geh nicht nach El Kuhwed ...« Die Magie des Hörspiels – heute, in der übermächtigen Welt der TV-Bilder, vermag sich keiner mehr davon eine rechte Vorstellung zu machen ...

Eich war damals der berühmteste, der erfolgreichste, der meistinszenierte deutsche Hörspiel-Autor. Aber Eich war ein Dichter. Neun Jahre nach den »Botschaften« kamen neue Gedichte heraus: mit dem kalten, ganz unlyrischen, eher wegwerfenden Titel: »Zu den Akten«. In dem Band war das Gedicht »Zu spät für Bescheidenheit« enthalten. Es erfaßte ziemlich genau das Bewußtsein jener Jahre. Auch das politische. Wir sind noch einmal davongekommen. Keine provisorische Baracke mehr. Wir sind wieder in einem festen Haus. Wir werden weiterkommen. Doch

die Sicherheit ist trügerisch. Vorräte sind zwar genug in den Kellern, und genug Medikamente sind da. Wir müssen nicht älter werden. Wir verhängen die Fenster. Wir schließen die Zeit aus. Wir leben weiter.
Aber wir haben die Tür nicht ganz geschlossen. Einen Spalt weit blieb sie offen. Und obwohl wir mit dem Weiterleben beschäftigt sind, sehen wir gelegentlich hinaus. Und was sehen wir zu unserem Erschrecken? Unser Ausschnitt der Welt, durch den Türspalt, ist ein geköpfter Hahn, der über den Hof rennt. Also eine Welt ohne Kopf. Und die Welt existiert weiter. Gut, wir geben auf. Wir kapitulieren. Wir hängen die weißen Bettlaken aus dem Fenster. Wir ergeben uns. Doch keiner will mehr unsere Übergabe. Nichts ist mehr so wie es einmal war. Früher stolzierte der Hahn langsam über den Hof, jetzt rennt er, ohne Kopf. Und verkörpert das Bild der Welt.
Ein einfaches Gedicht in der einfachen Sprache der neusachlichen Schule, das uns ganz in seinen Bann zieht, so daß wir Leser uns als Eingeschlossene in diesem Haus fühlen. Ja, *wir* hissen die weiße Fahne. *Wir* ergeben uns. Nicht dem Feind. Den Wörtern.
Und der Titel? Nein, Bescheidenheit, Demut, Angst – das alles rettet uns nicht mehr. Es ist zu spät. Es ist zu spät für alles. Die Barbaren sind vor der Stadt, sagt das Gedicht in Erinnerung an einen großen Dichter, an Kavafis. Draußen erwartet uns nicht nur ein geköpfter Hahn. Es erwartet uns eine geköpfte Welt.

GÜNTER EICH
ZUM BEISPIEL

Zum Beispiel Segeltuch.

Ein Wort in ein Wort übersetzen,
das Salz und Teer einschließt
und aus Leinen ist,
Geruch enthält,
Gelächter und letzten Atem,
rot und weiß und orange,
Zeitkontrollen
und den göttlichen Dulder.

Segeltuch und keins,
die Frage
nach einer Enzyklopädie
und eine Interjektion
als Antwort.

Zwischen Schöneberg
und Sternbedeckung
der mystische Ort
und Stein der Weisen.

Aufgabe, gestellt
für die Zeit nach dem Tode.

HANS EGON HOLTHUSEN
WORT-LIEBE

Das Motiv heißt »Segeltuch«. Ein dreisilbiges, einigermaßen klangvolles und ansehnliches Wort, das hier zunächst einmal nur für sich selber steht, für seine nichts-als-linguistische Identität und seinen Ort im alphabetischen System des Wörterbuchs, ungefähr auf halbem Wege zwischen »Schöneberg« und »Sternbedeckung«. Eine Aura von X-Beliebigkeit hängt ihm an: so stach man zu Zeiten mit der Stricknadel blindlings in die Bibel hinein, um »Wegzehrung« und geistliche Führung zu finden, als Adept chinesischer Weisheit bediente man sich zum gleichen Zweck des Buches »I Ging«. Auch der Dichter will Wahrheit, und zwar in der überwältigenden Form einer Offenbarung.

Seine Art von Frömmigkeit ist: Philologie, also Wort-Liebe, seine Methode wird hier definiert als: »ein Wort in ein Wort übersetzen«. Was ist damit gemeint? Doch wohl nichts anderes, als daß dies rein statistische, auf seine nackte »Semantik« beschränkte Wörterbuchdasein des Wortes durch die Arbeit der dichterischen Einbildungskraft in einen abenteuerlich-vielsagenden, mit raumzeitlichen Eigenschaften, mit »Erlebnis«, Erinnerung, Geschichte imprägnierten Doppelgänger seiner selbst verwandelt wird. Das wäre eine Antwort, aber wir werden sehen, daß sie nicht erschöpfend ist.

Günter Eich, den viele seiner Bewunderer für einen sensiblen und »träumerisch« veranlagten Gemütsmenschen mit edlen (»linken«) Grundsätzen gehalten haben, war im Kern seines produktiven Vermögens ganz etwas anderes, nämlich ein Mystiker. Griechisch »myein« heißt »die Augen schließen«: »mach die Augen zu, / was du dann siehst, / gehört dir«, so liest man's gleich im ersten Gedicht des Bandes »Zu den Akten«, dem auch unser Text entnommen ist.

Das Problem des Mystikers (aller Zeiten und Zonen) ist, daß er mit dialektischen Schwierigkeiten zu tun hat, die einen gelernten Hegelianer könnten erröten lassen. Weil das weltlos Eine immer nur durch Details von »Welt«, das sprachlose Geheimnis der Innewerdung nur durch ein sprachliches »Zum Beispiel« vermittelt und durch eben diese Vermittlung auch wieder verschleiert und recht eigentlich vorenthalten wird, darum wird in mystischen Texten nicht selten ein so rigoroser, schmerzlich überspannter Anspruch an den Scharfsinn des Lesers gestellt. Ein Wort in ein Wort übersetzen, das ist eben erst der Anfang einer schlechthin unabsehbaren Reihe von immer neuen Versionen, die sich ihrerseits als Übersetzungen von »etwas« wesentlich Unübersetzbarem verstehen müssen.

Man erinnert sich an das Hörspiel »Allah hat hundert Namen« aus einer Zeit (Mitte der fünfziger Jahre), in der Günter Eich als unbestrittener Meister der neuen Kunstform die Szene beherrschte. Es ging darin um die Suche nach dem hundertsten Namen Allahs als dem Inbegriff der Wahrheit, also um eine unverkennbar mystische Expedition, die von Damaskus nach Paris und zurück nach Damaskus führt, eine spannende und liebenswürdige Abenteuergeschichte, die unter geistreicher Verwendung der technischen Möglichkeiten des Mediums Rundfunk inszeniert wird und die damit endet, daß der hundertste Name des Höchsten mit Hilfe eines Besens in der »Glanz dieser Treppe« (der ägyptischen Botschaft in Damaskus) »übersetzt« wird.

Das waren goldene Zeiten, diese fünfziger Jahre, man konnte noch in Metaphern reden und mit gutem Gewissen »poetisch« sein. Zehn Jahre später gibt sich das Gedicht als Akten-Notiz, der Text besteht vorwiegend aus Gruppen von seltsam zusammengeschobenen Nomina, und das unsagbar Eine, in dem alles gesagt ist, wird unter Verzicht auf alle Übersetzungskünste in trocken theoretischer Prosa bezeichnet als »der mystische Ort«, dann gleich noch einmal als »der Stein der Weisen«. Dieser Ort findet sich, wie gesagt, zwischen zwei anderen mit S beginnenden Ortschaften, von denen die erste im Stadtgebiet von Berlin, die zweite in den Sternen liegt. Diese Ortsbestimmung aber wird ergänzt durch eine Art imaginärer Zeitangabe, die es weiß Gott in sich hat, denn durch sie wird das Bewußtsein des Gedichts über den Tod hinaus ins Unendliche erweitert, und mit einer mystisch-dialektischen Pointe wird der Leser entlassen: die zeitliche Existenz des Menschen, die sich, die ihren »unaussprechlichen« Sinn, erkennen will, wird sich, solange sie zeitlich ist, unweigerlich selber im Licht stehen.

BERNT VON HEISELER
AD ME IPSUM

Den Schmerz, der anklopft, laß ihn ein –
Was hülfe Furcht und Flucht?
Laß ihn das Kind im Hause sein,
Dann wurzelt er und wohnt sich ein
Und lohnt mit guter Frucht.

WOLFGANG LEPPMANN
ZUM HAUSGEBRAUCH

Kurze, sozusagen mit leichter Hand aufs Papier geworfene Zeilen. Man überfliegt sie, will schon die Seite wenden, hält plötzlich inne und fühlt den Widerhaken, der in der letzten Zeile verborgen ist und einen so bald nicht wieder losläßt. Denn die Vorstellung vom Schmerz als etwas Positivem und einer Belohnung für denjenigen, der sich mit ihm abfindet, anstatt ihn zu bekämpfen, ist uns abhanden gekommen. Wir sind längst daran gewöhnt, ihn aus unserem Bewußtsein zu verbannen, ob wir nun Drogen nehmen oder Vergangenes brav »aufarbeiten« oder uns als *workaholics* betäuben.

Und doch ist der Schmerz, vom antiken »Laokoon« über die Leidensgeschichte Christi bis zum modernen »Guernica«, eines der großen Themen der abendländischen Kunst. Und der deutschen, ja wohl aller Literatur; stellvertretend für zahllose andere Beispiele sei hier nur auf Höhepunkte verwiesen wie auf die Seelenpein des armen Gretchen oder die Qualen des sterbenden Rilke: *Komm du, du letzter, den ich anerkenne, / heilloser Schmerz im leiblichen Geweb*... Spätestens an diesem Punkt fragt man sich, von welchem Schmerz beziehungsweise welcher Frucht hier die Rede ist. Metaphorisch vom »lohnenden« Schmerz, den der Gekreuzigte für die sündige Menschheit erleidet? Vom Schmerz, den der Kranke in seinem Körper gewähren läßt, als sei er »Kind im Hause«? Ist die »Frucht« also das Seelenheil des gläubigen Christen oder der gnädige Tod als

Belohnung für geduldig ertragenes Leiden? Greifen wir damit zu hoch, handelt es sich am Ende bloß um Liebeskummer oder den Abschiedsschmerz, der uns die süße Frucht der Erinnerung beschert? Dem steht entgegen, daß der Schmerz »anklopft« und somit wohl eher körperlicher als seelischer Natur ist. Etwa der einer Frau, die ihr Kind zur Welt bringt.

Fragen über Fragen zu einem Phänomen, das mit dem Leben so eng verflochten ist wie sonst nur noch Geburt und Tod, die ihrerseits ohne Schmerz nicht denkbar sind. Beantworten kann ein Dichter solche existentiellen Fragen nicht; das können, die anhaltende Debatte über Sterbehilfe zeigt es, nicht einmal Theologen oder Mediziner. Aber er kann sie uns entlocken, und wenn er sein Geschäft versteht, dann formuliert er sie so einprägsam wie Heiseler in diesem Beispiel einer fast im Volksliedton dahinplätschernden Gedankenlyrik.

Es ist still geworden um Bernt von Heiseler (1907 bis 1969), fast so still wie um seinen Vater Henry, der einst zum George-Kreis gehört hatte. In der unmittelbaren Nachkriegszeit jedoch wurde Bernt, zumal im Ausland, gern als »guter« Deutscher gehandelt. Er teilte dieses Schicksal mit anderen religiös bestimmten Dichtern wie Albrecht Goes, Werner Bergengruen und Gertrud von Le Fort, der er das Theaterstück »Der Bettler unter der Treppe« gewidmet hat. Heiselers Zuordnung erklärt sich vor allem aus dem Roman »Die gute Welt«, aus einigen Essays sowie der Dramentrilogie über die Hohenstaufen. Es sind Werke, in denen Gottesglaube, politische Naivität und ein ausgeprägtes ethisches Bewußtsein eine für die damalige Zeit sehr typische Verbindung eingehen. Bei Heiseler kommt die sprachliche Gewissenhaftigkeit hinzu; ohne deutschtümelnd zu sein, hätte er sich lieber die Zunge abgebissen, als ein unnötiges Fremdwort zu gebrauchen. Heute ist das meiste davon vergessen, mit Ausnahme vielleicht der vor kurzem nachgedruckten Erzählung »Der Tag beginnt um Mitternacht«.

Schade ist es vor allem um die Lyrik, um die vorliegenden paar Zeilen, um Naturgedichte wie »Eisenhut im Gebirge«, Liebesgedichte wie »Sommerliches Zwiegespräch«, Dinggedichte wie »Pietà«. Doch wurden auch sie, Heiselers Naturell entsprechend, *Ad me ipsum* geschrieben, in erster Linie also an sich selbst gerichtet; nicht auf Publikumswirkung bedacht, sondern zum Hausgebrauch bestimmt. Damit stehen sie freilich in einer der ältesten Traditionen, die die Lyrik überhaupt kennt.

ALBRECHT GOES
EINEM, DER DAVONGING, NACHGERUFEN

Hier, hier ist Mozart. Hier Zerlinens C-Dur
Und Cherubinos Lied, das Lied der Liebe,
Hier das Quintett der Trauer ohnegleichen:
Trostlosigkeit als wie Essenz des Trostes.
Pamina freilich dachte, wie du dachtest,
Und die Oboen leihen dem Verhängnis
ein Übermaß der Süße: SO WIRD RUH
IM TODE SEIN – Kam denn zu dir
Von den drei Knaben keiner, der dich aufhielt?

Du Ungeduld'ger, hier ist Mozart, hier.
Ob sie in jenem anderen Bereich
– wie manche sagen: in vollkommnem Klang –
Dergleichen spielen, ob sie dort noch gelten:
Ferrandos Glut, die Prager Sinfonie –
Das steht dahin. Hier denn, hier war dein Platz.
Hier war's, daß einer, dieser Eine nur,
Bei angelehnter Tür, in Abschiedskraft,
Das Leben wußte – dennoch – hoch zu rühmen,
Zu bleiben einlud, einem Boten gleichend –

Wie, daß du aufstandst und zur Tür hinausgingst?

GERT UEDING
LEBENSLUST UND TODESERNST

In Albrecht Goes' Leben und Werk kommen vielleicht die schönsten Leitmotive aus Mozarts Musik. Er hat es selber gesagt: »Bach ist der Himmel, Mozart das Paradies.« Aber ein gar nicht jenseitiges Paradies, sondern Seligkeit aus Lebensfülle und Daseinsfreude, in welcher Leichtigkeit und Ernst so selbstverständlich und absichtslos zusammenstimmen. Wenn er visuelle Entsprechungen zu Mozarts Musik sucht, fällt Goes immer die Grundfarbe Blau ein. Für Goes und alle, die Mozart lieben, changiert sie zwischen dem zärtlichen Blau aus Mädchenaugen und dem prächtig leuchtenden Blau der venezianischen Malerei, zwischen Cherubinos Liebeslied aus »Figaros Hochzeit« und der Begegnung Paminas und Taminos vor dem Tempeltor: »Wohl dir, nun kann sie mit dir gehn, / Nun trennet euch kein Schicksal mehr, / Wenn auch der Tod beschieden wär'!«
Aber solche Analogien sind immer mißlich. Albrecht Goes weiß das und bekennt sich zugleich dazu. Wir sind zur Gleichnisrede ja verurteilt, weil die Sprache die Musik noch nicht erreicht, und selbst wenn sie, wie in der Oper, im Lied, zusammengehen, ziehen die Töne immer weit voraus. Die Musik ist der Triumph der sinnlichen Erkenntnis und zugleich ihr Überstieg, diejenige Mozarts in besonderer Weise. Womit ich den eigentlichen Gegenstand dieses Gedichts schon mehr als berührt habe. »Hier, hier ist Mozart«, aus dieser Anfangswendung entwickelt

sich durch thematische Erweiterung, durch Wiederholung und Variation das ganze Stück. Die unaufhörliche Gegenwärtigkeit des Vollkommenen ist der Sinn, daß wir mitten im Leben doch schon im Paradiese wandeln und es nicht woanders suchen müssen. Womit wir aber nicht auf eitel Freude und Sonnenschein rechnen dürfen. Auch die Trauer ist einbezogen, doch verwandelt; nicht desperat und aussichtslos, sondern – das g-Moll-Quintett von 1787 ist gemeint – durch Schönheit intensiviert und aufgelöst.

Vom – nun freilich verstörenden – Überschreiten einer anderen Grenze, der zum Tode hin, geht in dem Gedicht hauptsächlich die Rede. Denn die Hymne auf Mozarts Kunst ist zugleich Klagegedicht um einen, der sich davon nicht halten ließ und damit ja den irdisch möglichen Inbegriff des Vollendeten in Frage stellte. So hat er Unsicherheit und Erschütterung hinterlassen, die im beschwörenden Unterton des Leit-Themas spürbar sind. Auf sie antwortet, um Fassung bemüht, der Dichter, bekräftigt sein Credo für Mozart, für Kunst und Musik und bezweifelt nun seinerseits, was ihn zuvor angefochten.

Aber findet sich nicht jener vermeintliche schlimme Ausweg sogar in Mozarts Werk selber? In Paminas Verzweiflung, als sie glaubt, den Geliebten verloren zu haben: »Lieber durch dies Eisen sterben, / als durch Liebesgram verderben?« Aber da kommen ja schon die drei Knaben – »Mädchen, willst du mit uns gehn?« – und führen sie, die kurz zuvor noch Ruh im Tode suchte, ins Leben zurück: »Zwei Herzen, die von Liebe brennen, / Kann Menschenohnmacht niemals trennen.«

Kann es denn überhaupt einen vollkommeneren Klang »in jenem anderen Bereich«, jenseits des Lebens, geben, wenn vollendete Kunst, wie bei Mozart, gerade wesentlich gewordenes Leben ist? Was bleibt von den Entzückungen der Sinnlichkeit (»Ferrandos Glut« in Cosi fan tutte), von Lebenslust und Todesernst, wie sie in höchst gesteigertem Gegensatz die Prager Sinfonie erklingen läßt, wenn man das Irdische von ihnen abzieht, das sie so vollendet tönen lassen wie eine endgültig gestillte Sehnsucht?

Schließlich, als letzter Vergewisserungsversuch, der Hinweis auf den Schöpfer dieser »Lebensmusik, Liebesmusik« (wie Goes sie an anderer Stelle nennt). Ein Grenzüberschreiter auch er, doch Bote, der ins Zentrum der Welt, nicht aus ihr hinausführt, der sich hineingeschrieben hat in seine Botschaft mit aller Kraft des Heimwehs nach dem Leben. Doch diese Antworten, die Zweifel und Vermutungen lösen das als so paradox empfundene Rätsel nicht, das die Frage des letzten Verses noch einmal bohrend stellt. Es liegt dem Gedicht vorher wie das Negativ dem Positiv und wird von ihm nur in faßlicher Form widergespiegelt, so daß ein tief irritierendes Licht von vornherein über allen Vergewisserungsversuchen liegt: Der Tod könnte auch dieses Paradies zuschanden machen.

ALBRECHT GOES
MOTETTE

»Denn in ihrem Frieden wird euch Frieden sein.«
Jeremia 29,7 Übersetzt von Martin Buber

Liegen ungebunden auf der Erde
Fremde, Feindschaft und der schwarze Streit.
Mächte suchen Macht, und Macht will Beute,
Und wer mag, wird unrecht Gut gewinnen.
Du nicht, du. Es sollen diese Siege
Dir nicht Siege sein.

Such ihn nicht, den Schlaf des Ganz-Vergessens,
Träum ihn nicht, den fahlen Traum Vorbei.
Wohl, die Tür ist offen – und es winken
Die Befreiten dir, die Frühentfernten.
Steh! Kehr um! Es sollen ihre Schatten
Dir nicht Schatten sein.

Wags, zu wachen! Sprich den Unerlösten
Deinen Gruß nur zu, nur dies: ich weiß.
Liebe findet. Und die alten Zeichen
– Himmelswolke, Herzschlag des Vertrauens,
Blaues Waldgebirg und Kinderlachen –
Dein sind sie – und sieh: in ihrem Frieden
wird dein Frieden sein.

RENATE SCHOSTACK
GEIST DES PROTESTANTISMUS

Man kann diese Motette, die ihren Ursprung in einem *mot*, einem Wort der Bibel hat, als erbauliche Predigt lesen. Das Motto und die beiden ersten Verse deuten auf die Quellen, aus denen der evangelische Pfarrer und *poeta doctus* Goes schöpft: die Bibel und die Antike. Der »schwarze Streit«, das ist die Eris Homers, die Schwester des Kriegsgottes Ares, die mit ihrem Zankapfel den Trojanischen Krieg ausgelöst hat. Daß »Fremde« – ich lese das als Fremdsein, Entfremdung –, Krieg und Zwietracht nicht an der Kette liegen, das ist wahrlich heute so aktuell wie 1977, als das Gedicht entstand. »Gebunden« aber wird die alte Schlange, der Satan, so steht es in der Apokalypse, erst am Ende der Zeit.
Angesichts dieses Zustands gibt es zwei weltliche Verlokkungen: mitzuheulen oder auszusteigen. Der Tod – mehr antik als christlich gesehen – ist ohne Schrecken; die Toten sind die »Befreiten«. Doch da regt sich das protestantische Gewissen, der Bußruf erschallt: »Kehr um!« Die griechische Totenvorstellung, das Bild der Schatten, wird verworfen. Der Angeredete soll sich nicht von der Welt abkehren, nicht in ihr aufgehen. Seine Aufgabe ist das Wächteramt, die Einmischung. Den im Machtstreben Befangenen, den von Todessehnsucht Getriebenen soll gesagt werden, daß man um ihren Zustand weiß. Weiß, daß sie der Erlösung bedürftig sind. Deutlicher wird die Christlichkeit dieses Gedichtes nicht. Liebe findet, was

die Macht und Tod Suchenden nicht finden. Dem, der sich so verhält, wird menschliche Nähe und Teilhabe an der Natur zugesprochen.

Indes, soll dieser matte Lohn, dieser Rückzug in die Innerlichkeit – eine der den Protestantismus stets begleitenden Gefahren – wirklich die Botschaft des Gedichtes sein? Wer es so liest, läßt den Sprachduktus der Verse, den suggestiven, mitreißenden, von den Ausrufen gestauten Rhythmus, der die Polyphonie der freien Verse seinem Gesetz unterwirft, außer acht; übersieht das dichte Netz der Querverweise und Korrespondenzen (Liebe, Herz, Lachen als Gegenbegriffe zu Fremde, Feindschaft, Streit; das Finden gegen das Suchen; der Friede gegen die nichtigen Siege und Schatten des Todes; die Steigerung der Farben hin zum Blau der Romantiker); übersieht die Wucht der imperativen Aufrufe.

Ich lese das Gedicht deshalb als Selbstbeschwörung, als das Sich-zur-Ordnung-Rufen eines gefährdeten Ichs. Die Todessehnsucht ist seine stärkste Verlockung; in der zweiten Strophe stehen die lieblichsten Wörter, die meisten Imperative. Der Rückzug auf das Fundament positiver Werte, auf Religion, Kunst, menschliche Nähe in der dritten Strophe, die dem Getriebe der Welt entgegengehalten werden, ist für den vom Todesverlangen Gefährdeten eine notwendige Selbstvergewisserung.

Der Rückzug wird schließlich durch das Motto diskret pariert. Es ist einem Aufruf des Propheten Jeremia an das in der babylonischen Gefangenschaft lebende Volk Israel entnommen. »Suchet der Stadt Bestes«, heißt es dort in der Übersetzung Luthers, »denn wenn's ihr wohl geht, geht's euch auch wohl.« Der Friede, von dem Buber spricht, ist nicht der Seelenfriede, sondern der politische

Frieden der Stadt, das Gegenteil der *discordia*, des bürgerlichen Zwists, des »schwarzen Streits«. Ihn zu vermeiden ist ebenfalls Sinn des Wächteramts, das sich nicht in Friedensgrüßen erschöpfen darf. Wahrhaftig: ein Gedicht aus dem Geist des Protestantismus!

ALBRECHT GOES
ÜBER EINER TODESNACHRICHT

Fühlt es das Weltherz denn nicht,
Wenn so viel Liebeskraft stirbt?
Wiegt ihm ein Leben so leicht,
Weiß es so eilig Ersatz?
Wir, ach, wissen ihn nicht,
Und heißen wohl unersetzlich,
Was unsrem Herzen entreißt
Der großmächtige Tod.
Wege, ihr oftmals begangnen,
Wie endet ihr plötzlich im Dickicht!
Stimme, du zwiesprachvertraute,
Einsame, fürchtest du dich?

Sie freilich, die er uns nahm,
Der geheime Verwandler,
Schweigen sie dunkelen Schlaf,
Lauschen sie fernem Gesang?
Oder wärs, daß sie wirklich
Leicht nur ans Gitter gelehnt
Nachbar noch hießen und Freund
Jeglichem Lassen und Tun?
Wärs, daß wir rufen, und sie
Kommen, die selig Befreiten,
Wärs – und sie blieben für immer
Liebend auf unserer Bahn?

ECKART KLESSMANN
IM JAHR STALINGRADS

Bei manchen Gedichten tut man gut, sich ihres Entstehungsjahrs zu erinnern. Dieses wurde im Jahr Stalingrads und der Ausrufung des »totalen Kriegs« geschrieben: 1943. Fast scheint das widersinnig: Wer 1943 in Deutschland eine Zeitung aufschlug, der konnte sie nicht übersehen, diese aneinandergereihten Todesanzeigen, die mit dem Zeichen des Eisernen Kreuzes versehen waren. Sie meldeten den »Heldentod«, so hieß das damals, des Vaters, des Bruders, des Sohnes, des Ehemannes – »gefallen für Führer und Reich«.
Manchmal lasen wir in solcher Anzeige, daß nun der letzte von drei Söhnen »für Deutschland sein Leben gegeben« habe, und neben der »stillen Trauer« stand unter anderem das so entsetzlich geschmetterte, so entsetzlich falsche »in stolzer Trauer«. Es war die Zeit des Massensterbens, an der Front und daheim, als die Bomben auf die Städte fielen. Allein in Hamburg verbrannten 1943 in einer einzigen Nacht 35 000 Menschen. Und in Auschwitz, Treblinka, Maidanek starben noch weit mehr.
Widersinnig. Damit will ich sagen, daß da einer inmitten des millionenfachen Sterbens zu fragen wagt beim Tod eines einzigen: *Fühlt es das Weltherz denn nicht, / Wenn so viel Liebeskraft stirbt?* Ein Träumer, weltfremd? Aber der Fünfunddreißigjährige, der diese Klage in klassischen Distichen schrieb, war das gewiß nicht. Er befand sich damals als Wehrmachtspfarrer an der Front in der Sowjet-

union, und das Massensterben kannte er so gut wie den einsamen Tod des Deserteurs unter der Salve des Exekutionspelotons.

Weiß es so eilig Ersatz? Da wird ein Wort verwendet, das damals viel gebraucht wurde: Ersatz. Es gab ja für alles »Ersatz«, für Kaffee wie für Brotaufstrich, warum denn nicht auch für ein Menschenleben, das millionenfach auswechselbar schien? Sprach doch das Vokabular der Herrschenden unbefangen vom »Menschenmaterial«. Und wie austauschbar war der industrialisierte Massenmord in den Vernichtungslagern.

Beim Tod eines geliebten Menschen verlangt uns nach Erklärung: Warum? Und warum gerade dieser? Plötzlich wird einer von unserer Seite gerissen – aber wir hatten noch gestern mit ihm gesprochen, ihm geschrieben, an ihn gedacht. Warum? Was geschieht mit uns nach dem Tod? Ist es das Auslöschen einer Existenz für alle Ewigkeit? Oder kommt etwas danach?

Für diesen Dichter ist der Tod *der geheime Verwandler*, nicht der feindliche Vernichter. »Der Tod tröstet«, heißt ein Blatt von Käthe Kollwitz. Das erinnert an »Bin Freund und komme nicht zu strafen« – die Worte des Todes (»Freund Hein«) bei Matthias Claudius im Gedicht »Der Tod und das Mädchen«. Ich erinnere mich noch gut, daß damals – 1943/44 – am sogenannten »Heldengedenktag« im März das Radio stets Schuberts gleichnamiges Streichquartett übertrug, eine jener Perversitäten, in denen das Mörderregime nicht zu übertreffen war.

Hier nun wird nicht der Tod »Freund« genannt, sondern jene, die er aus der Welt genommen hat. Sie begleiten unsern Weg, sie existieren von uns getrennt – *leicht nur ans Gitter gelehnt* – liebend und schützend. Wohl, in den zwei

Strophen stehen jeweils drei Fragezeichen. Aber der Fragende weiß und bejaht, auch wenn er das behutsame *wärs* setzt, sonst spräche er nicht von *selig Befreiten*.

In den 45 Jahren, in denen dieses Gedicht nun da ist und auf uns wirkt, haben seine Verse ihre Bewährung vor dem Leben bestanden, haben wir ihre Wahrhaftigkeit erfahren. Vielleicht sind diese zwei Strophen darum so überzeugend, weil sie geschrieben wurden gegen die Lüge im verlogenen Geschrei, gegen den Massenmord und seine Heldenmaske, gegen die moralische Zerstörung des Menschen. Mitten im Jahr Stalingrads und der Gaskammern hat ein junger Dichter den Mut gehabt, ein Wort zu wagen für die täglich geschändete Menschlichkeit, von nichts anderem beschützt als von Wahrhaftigkeit und Liebe.

FRIEDRICH TORBERG
SEHNSUCHT NACH ALT-AUSSEE

In Kalifornien, 1942

Wieder ist es Sommer worden,
dritter, vierter Sommer schon.
Ist es Süden, ist es Norden,
wo ich von der Heimat wohn?

Kam ich auf der wirren Reise
nicht dem Ursprung wieder nah?
Dreht die Welt sich noch im Kreise?
Ist es Sommer dort wie da?

Gelten noch die alten Strecken?
Streben Gipfel noch zur Höh?
Ruht im bergumhegten Becken
noch der Altausseer See?

Bot sich einst dem Blick entgegen
spiegelschwarz und wunderbar.
Himmel war nach manchem Regen
bis zum Dachsteingletscher klar.

Kulm und Kuppe: noch die kleinern
hielten Wache rings ins Land.
Aufwärts ragten grün und steinern
Moosberg, Loser, Trisselwand.

Ins Plateau zu hohem Rahmen
wölbte sich die Pötschen schlank,
und es wuchsen die Zyklamen
nur auf ihrem drübern Hang.

Ach, wie war ich aller Richtung
sommerlich vertrautes Kind!
Ach, wie war mir Wald und Lichtung,
Bach und Mulde wohlgesinnt!

Treibt's mich heut zum See? Zur Klause?
Treibt's mich auf die Blaa-Alm hin?
Wird's beim Fischer eine Jause?
Wird's ein Gang zur Wasnerin?

Wo die Triften sanft sich neigten
vom Geröll zum Flurgeheg –
ach, wo ist's, daß sich verzweigten
Hofmannsthal- und Schnitzlerweg!

Ach, wo hat's mich hingetrieben!
Pötschen weiß ich und Plateau.
Aber welcher Hang ist drüben?
Aber die Zyklamen – wo?

ULRICH WEINZIERL
WEIT VON WO

Auf den Titel, eine Kurzformel des Inhalts, könnte man zur Not verzichten. Unentbehrlich zum genaueren Verständnis ist hingegen die Zeile darunter, die Orts- und Zeitangabe der Entstehung. Friedrich Torberg, der österreichische Jude mit tschechoslowakischem Paß, hat wie alle Emigranten unter der Krankheit Exil gelitten. Eines ihrer Symptome hieß und wird immer heißen: Heimweh. Höchst unfreiwillig hauste Torberg an der amerikanischen Westküste, wohin ihn im Herbst 1940 ein vor Hitlers Zugriff rettender Arbeitsvertrag der großen Filmstudios gebracht hatte. Die Städte im Mittelwesten erinnerten den unheilbaren Mitteleuropäer an ein imaginäres »Mährisch-Selbstmord mit Wasserspülung«, die Hügel rund um Los Angeles, war man erst mal oben, an »abgeflachte Parkplätze«.
Kein Wunder, daß die Lieblingsgegend seiner späten Kindheit, das steirische Salzkammergut, das Wunsch- und Traumleben beherrschte. Schon vor der Jahrhundertwende waren Kakaniens Literaten dem Zauber des Ausseerlands erlegen – von Schnitzler bis Herzl, ob Hofmannsthal oder Leopold von Andrian: Sie kamen nach Altaussee, um wiederzukehren. Das Dorf der Dichter am tiefdunklen Wasser mit den leuchtenden Eisfeldern am Horizont war mehr als eine ideale Sommerfrische. Es wurde zum Inbegriff von Österreichs Landschaft. Hier spielt die Natur Schubert und manchmal auch Mahler, sie

ist sanft und schroff zugleich, scheint in unbeschwerter Heiterkeit über düsterstem Abgrund zu tanzen.

Torbergs Gedicht wirkt so klar wie schlicht, es schlägt den Volksliedton an. Die gereimten Verse im vierhebigen Trochäus kennen keinerlei Avantgarde-Ehrgeiz, sondern entstammen der Tradition eines Grillparzer und Raimund. Passagenweise, wenn das Panorama der Berge – »grün und steinern« – aufgezählt wird, könnte man beinah an einen Fremdenverkehrsprospekt denken. Indes zeigt die vermeintlich touristische Topographie mit den beschwörenden Namen eine Seelenkarte, die nur Verluste und Trauer verzeichnet.

Vorbei ist die Geborgenheit von einst, dahin alle Ruhe, und aus dem munteren Treiben fiel der Vertriebene in einen Klagegesang voll Bangigkeit und Zweifel. Am schlimmsten trifft ihn freilich, daß er als Flüchtling quer durch zwei Kontinente den sinnlichen Kontakt zum Ausgangspunkt seiner Wandererphantasien verloren hat, die jederzeit abrufbare Vertrautheit noch mit den kleinsten Details vergangner Glücksmomente. Denn wer im Wortsinn ortlos ist, der steht mit einem Fuß bereits im Nichts. Darum hat die verkürzte Schlußfrage »Aber die Zyklamen – wo?« weniger mit Poesie zu tun als mit Sprache gewordenem Schmerz. Er schnürt dem Leser den Atem ab. Doch wem es just passierte, dem brach das Herz entzwei.

Torbergs älterer Schicksalskollege in Hollywood, der Wiener Alfred Polgar, erzählte 1936 die Anekdote von jenem jüdischen Deutschen, der auf der Flucht vor den »deutschen« Deutschen das Angebot einer Stelle in Sydney erhielt. »Sydney in Australien«, heißt es bei Polgar. »Er griff natürlich mit Freuden zu. ›Australien‹, sagte ein Bekannter zu dem Glücklichen, mein Gott, das ist aber weit!‹ … Die Antwort lautete: ›Weit? … Von wo?‹«

FRANZ BAERMANN STEINER
ELEFANTENFANG

Die zahmen tiere drohten schweigend,
Köpfe gesenkt vor schwarzem meer,
Das rastlos mahlte in der friedung,
Gellte, schnob.

Doch als die wildlinge, bemeistert
Von hungertagen und verschnürter Welt,
Nicht kraft mehr fanden, alte angst verstanden,
Ließ man die zahmen zu.

Die schlugen ein mit rüsseln und mit zähnen.
Erbarmungslos der wohlgenährten haß
Dem waldruch galt, dem fernherkommen:
Strafte mit lust.

MICHAEL HAMBURGER
DAS ERNSTE SPIEL MIT DEN WÖRTERN

Der Autor dieses Gedichts gehört nicht zu den Verschollenen und Vergessenen dieses Jahrhunderts, sondern zu den niemals anwesenden, ganz wahrgenommenen Dichtern; und zwar nicht nur, weil sein reifes Werk in der Emigration entstand und erst nach seinem Tode zum Teil veröffentlicht wurde, sondern auch weil er ein gelehrter Dichter, ein *poeta doctus,* war. Seine Spezialkenntnisse als Anthropologe, die sich von der griechisch-römischen Kultur zur jüdisch-arabischen und zur indianischen erstreckten, trugen nicht weniger zu seiner Lyrik bei als das Studium der deutschen Literatur und der deutschen Mystik.

Unter den deutschen Vorbildern war für ihn die Lyrik der Barockzeit ganz besonders wichtig; unter anderem wohl, weil in dieser Zeit der *poeta doctus* nicht als Ausnahme, sondern als die Regel galt und in Dichtung noch Geistlichkeit und Weltlichkeit, Leidenschaft und Witz, Ernst und Spiel, *engagement* und Artistik nicht als sich gegenseitig ausschließende Alternativen empfunden wurden. Als notwendige Spannungen wirkten sie innerhalb des Gedichts. Erst seit dem 18. Jahrhundert wurde die barbarische Alternative formuliert – als ob *homo sapiens* nicht zugleich *homo ludens,* dazu übrigens noch *homo ignorans* und vor allem *homo quaerens* sein könne und sein müsse, wenn er sich nicht programmatisch verstümmeln will.

In der Kunst Steiners wie in jener der Barockzeit fehlt die nun herrschende Spezialisierung der Mittel. Das Unerwartete, Unerhörte ergibt sich zwar aus der Erfindung, der Improvisation, der Suche nach der angemessenen Form, auch aus der Spannung zwischen den Gegensätzen; aber Steiner ging es eher darum, seine Individualität ins Gedicht zu versenken, als sie als Kennzeichen (oder auch Warenmarke) des Autors zur Schau zu tragen. Trotz der in seinem Werk auffallenden Verschiedenheit der Gedichtformen und Gedichtarten blieb seine Virtuosität immer eine angewandte. Bekenntnis und Gesellschaftskritik werden durch eine subtile und diskrete Formkunst ebenso realisiert wie die rein ästhetischen Zwecke, die Freude am gekonnten Spiel.

Auch *Elefantenfang* zeichnet sich durch Knappheit, Schlichtheit und Sachlichkeit der Darstellung aus. Die Stilmittel sind von einer fast klassischen Unpersönlichkeit. Daß es sich aber trotz des überwiegend jambischen, fast glatten Rhythmus um keine übernommene Gedichtform, sondern um eine frei erfundene, dem Thema genau angemessene handelt, ist für diesen Dichter charakteristisch.

Ein einziger Reim, innerhalb der siebten Zeile, deutet eine psychische Entsprechung zwischen dem Kraftverlust und der alten Angst an. Jede Variation in der Zeilenlänge und im Rhythmus erschüttert das prekäre Gleichgewicht des Gedichts. Hinter der sachlichen Beobachtung des zoologischen Vorgangs verbergen sich eine schwer leidende, schwer verwundete Sensibilität und der verschwiegene Vergleich mit dem *zoon politikon.*

Das Gedicht gibt sich nicht zeitgemäß, ist es aber – immer noch; schon dadurch, daß es das spätexpressionistische

Aufschreien überholte und sich in der härteren Zeit durch eine leise, aber harte Sprache bewährte.

ERNST MEISTER
GEDENKEN V

Grün nun
des ersten Frühlings:
ein Blatt
scheidet die Lippen ...
Wer ist tot, wer
lebt von uns zweien?

Einer ist da,
einer kommt.
Das Blatt zwischen uns,
Wie es duftet!

Grün ist das Schwarze
der langwährenden Zeit,
schwarz ist das Grüne.
Auf singender
wie verwesender Zunge
schläft
des Lebens Warum.

HANS-GEORG GADAMER
DAS BLATT ZWISCHEN UNS

Das letzte Gedicht einer Folge, die dem Gedenken an jemanden gewidmet wird, der dahingegangen ist. Ein Abschluß – vielleicht eine Bilanz? Ein Ende und Anfang? Wie jedes Ende ein Anfang?

Gewiß auch ein Anfang. Denn das erste Wort dieses Gedichts ist »Grün«, das Grün des ersten Frühlings. Doch zeigt sich, daß dieses Gedicht etwas ganz anderes sagen will. Das Grün spricht nicht wie ein erstes Versprechen, mehr wie eine Frage: was nun? Wie soll das »nun« bestanden werden, das als das erste Entfalten eines Blattes kommt? Es »scheidet die Lippen«. Das erste Grün ist wie ein Öffnen der Lippen für ein Wort, das mir etwas sagen will. Aber nun ist die ganze Antwort des Gedichtes, die anhebt: es gibt nicht einfach nur den Überlebenden. »Wer ist tot, wer lebt von uns zweien?« Die einfältige Eindeutigkeit des Am-Leben-Seins hält vor der Frage des neuen Hoffnungsgrüns nicht stand. Gewiß, man ist am Leben. Aber woran ist der, der am Leben ist? Ist er nicht einfach »dran«, ohne zu wollen, ohne ja zu sagen?

So scheint es zu sein. Die zweite Strophe spricht es aus: »Einer ist da, einer kommt.« Es heißt nicht: einer ging, einer kommt. Es ist eine Aussage, die uns alle umfaßt, uns allen gemäß ist. Beides, Dasein und Kommen, meint das »Da«. Aber was ist das Da? Ist es wirklich das, wovon der, der gegangen ist, ganz und gar abgeschieden ist, wie durch das erste Wort des Frühlings, das Blatt zwischen uns?

Was so die Lippen scheidet, ist jetzt anders gesehen. Es ist zwischen uns da. Mochte das »einer-einer« einen jeden von uns, uns alle, uns Menschen überhaupt meinen: das Blatt zwischen uns meint mich und dich. Aber es ist nicht länger nur das die Lippen scheidende, das sich entfaltende Blatt, das nur mich meint und nicht dich. Es ist da als Duft. Aber der Duft ist nicht des Blattes allein. Er ist in das »Da« verteilt, verbindend und nicht scheidend. Dieser Duft ist so sehr da, daß er alles verbindet und einhüllt, selbst das, das nicht mehr da ist. Eine intime Affinität verbindet Duft und Spur, Duft und Gedächtnis. Duft, das Flüchtigste, das uns entgegenweht und so rasch verweht ist wie wir, ist in das Da verteilt.

So kehrt die letzte Strophe die Frage zur Antwort um. Das Grün ist nicht länger das Dieshier des neu sich entfaltenden Blattes, das das Schwarzgrau der winterlichen Äste belebt, und auch nicht das Grün der Hoffnung, das sachte das Schwarz der Trauer überwächst. Der Beginn der Strophe mit dem gleichen Wort »Grün«, mit dem die erste anhob, ist wie der Anfang einer Berichtigung. Es ist nicht länger das Grün, das über das Schwarz siegt. Grün und Schwarz sind, wie tot oder lebendig, Hoffnung oder Trauer, Sein und Nichts, ineinandergespiegelt und ununterscheidbar.

Das »Schwarze – der langwährenden Zeit« – der Zeit, in der auf nichts gehofft wird, in der sich nichts als Grün der Hoffnung abhebt, ein dichtes, unartikuliertes Schwarz – ist selber grün, aber nicht grün wie alles Grüne ist. Denn »schwarz ist das Grüne«. Der Rhythmus dieser spekulativen Identität von Grün und Schwarz läßt die Antithese ganz und gar hinter sich. »Da« ist nicht länger das Da dessen, der da ist, dessen, der sich weiß und im Da hält. Keiner weiß sich. Auch die singende Zunge, die von der verwesenden Zunge, der zum Lob des Da nicht mehr fähigen Zunge, ganz geschieden scheint, weiß nicht, weiß keine Antwort auf »des Lebens Warum«.

Warum das ein gutes Gedicht ist? Oh, vielleicht, weil es so viel wegläßt und doch eindeutig ist. Oder vielleicht, weil es das fast erschreckend Abstrakte des letzten Wortes, das »Warum«, so einfach hinsagen darf und so, daß man versteht: Es heißt »warum« und nicht »wozu«. Man muß all die vielen Warumfragen mithören, die die Kinder fragen. Auch auf die Frage nach des Lebens Warum, diese Frage aller Fragen, kann keine Antwort genügen.

ERNST MEISTER

Langsame Zeit,
Zeitlangsamkeit,
Wortlangsamkeit,
langsam, ich sage
ein Zeitwort,
ich sage es dir
zum Vertraun,
es ist
Sterben darin,
Mond und Sonne,
die Glut,
die Häuser anzündet,
Glocken auch,
daß sie schimmern.

Ein Jahr
ist kein Glück,
die Toten
sind keine Helfer.
Darum
komme von deiner Seite
mir der Bescheid
irgendwie, wie
es weitergeh'
und so weiter
zuletzt.

WALTER HELMUT FRITZ
DOPPELGESICHT

Obwohl er während der vergangenen zwanzig Jahre in regelmäßigen Abständen Lyriksammlungen veröffentlichte, obwohl Kollegen immer wieder auf ihn aufmerksam machten, obwohl er eine Reihe von Preisen erhielt, hat der jetzt fünfundsechzigjährige Ernst Meister bis heute vergleichsweise wenig Echo gefunden.

Er arbeitet an einem strengen Werk, das dem Leser freilich nicht sehr entgegenkommt, sich auf weite Strecken eher zu verschließen scheint. Auch äußert er sich selten theoretisch zu dem, was er macht. Rudolf Hartung hat im Zusammenhang mit seinen Büchern von produktiver Unbestimmtheit gesprochen, Karl Krolow von darin sichtbar werdenden kryptischen Zügen, Walter Jens von Anspielungsreichtum, Otto Knörrich (in seiner Untersuchung »Die deutsche Lyrik der Gegenwart«) von einem hieroglyphischen Zeichensystem.

Auch das nebenstehende Gedicht ist – zumindest auf den ersten Blick – von der angedeuteten Undurchlässigkeit. Es hat – wie die (mit einer Ausnahme) anderen Stücke des Bandes »Sage vom Ganzen den Satz« – keine Überschrift, sondern ist Teil einer Suite. Kennzeichnend ist der hohe Ton, wie er Meisters Lyrik überhaupt eignet, ein Ton, der – nach dem Tod von Nelly Sachs und Paul Celan – bei uns selten geworden ist, der leicht Mißverständnissen ausgesetzt ist, da wir uns auf das in erster Linie lakonische Sprechen der zeitgenössischen deutschsprachigen Lyrik eingehört haben.

Liest man die erste Strophe von Meisters Gedicht, so ist man möglicherweise zunächst irritiert, weil man nicht gleich sieht, welches »Zeitwort« (im Sinn des grammatischen Begriffs) gemeint sein könnte. Bis man merkt, daß Meister das Wort »langsam« als Zeitwort (im inhaltlichen Sinn) versteht, als Wort, das in diesen Versen mit Altwerden und Tod zu tun hat, auch mit dem Altern der Gestirne, mit der Zeit, der »listigen Totschlägerin«, wie sie in einem weiteren Gedicht des Bandes genannt wird.

Die beiden Strophen sind möglicherweise auch ein – sehr diskretes – Liebesgedicht (seine in dem 1970 erschienenen Buch »Es kam die Nachricht« enthaltenen Liebesgedichte sind übrigens die unmittelbarsten, am meisten gelösten Gedichte, die Meister geschrieben hat). Darauf deutet unter Umständen – nach der Feststellung, daß die Toten keine »Helfer« sind – die Bitte an ein Du um »Bescheid«, wie es »weitergeh'«. Aber auf alle Fälle ist das menschliche Gegenüber von großer Bedeutung. Beunruhigende Fragen, Lebens- und Todesangst, Ratlosigkeit werden in den letzten Versen spürbar.

Ein Gedicht also, das manches in der Schwebe läßt, sich nicht durchweg in Eindeutigkeit zwingen lassen will, »Doppelgesicht« ist, Chiffre, gedanklich bestimmt, von einer Gedanklichkeit aber, die innerhalb der Imagination bleibt. Ein intensives, weitgehend hermetisches, der elliptischen Andeutung, der Formel, der Suggestion vertrauendes, auch ein einsames Gedicht.

Ein Gedicht zudem, in welchem – wie in vielen anderen Stücken Meisters – das Licht eine Rolle spielt: als Mond und Sonne, Glut und Schimmer. Einmal findet man die vor allem durch ihre Anschaulichkeit überzeugenden Zeilen: »Tellerrund / und von Äpfeln / und Birnen schwer / ist das Licht«. Eins der Gedichte des Bandes gilt einem Besuch am Grab Paul Valérys in Sète an der französischen Mittelmeerküste, eines Dichters, für dessen Poesie das Licht besonders wichtig war.

ERNST MEISTER
UTOPISCHE FAHRT

Des Motors Mondgebrumm.
Am Volant, einer schwarzen Schlange
Gewundenheit,
die Glacéhand von Madame.
Die hungrige Meilenkatze
in ihrem knisternden Haar
putzt sich nach jedem weißen Stein
den Bart.
Madame muß sehr weit fahren.
Es regnet eine Symphonie,
und einer grauen Taube Flügel wischt
von der Scheibe
Scherzo, Andante, Allegro
permanent.
Die Sanduhr rieselt geschwind
neben dem Tachometer.
Über die kühlen Brüste, die
duftenden Schultern von Madame
schießt mit dem Fahrtwind
die Zeit.
Madame muß fahren
fahren –
zu den Lenden des Zeus ist es weit.

EGON SCHWARZ
MADAME EUROPA

Ausdrücke wie »Motor« und »Scheibe« machen klar, daß es sich um eine Autofahrt handelt. Am Steuer sitzt eine offenbar elegante, gepflegte und gebildete Frau. Die Reise ist nicht nur weit, sondern steht auch unter einem unausweichlichen Zwang, den das »muß« in der ersten Strophe, seine Wiederholung und die inständige Verdopplung des »fahren« in der letzten suggerieren.
Beim zweiten Lesen entdeckt man neben dieser Schicht noch eine andere, durch die eine starke Ambivalenz erzeugt wird: Die mondänen, dem Maschinenzeitalter zugehörigen Aspekte stehen im Gegensatz zu urtümlichen, zeitlosen, die mechanischen zu biologischen. Schon die erste Zeile enthält einen solchen Kontrast: »Motor« und »Mond«. Die Alliteration, die beide zunächst zu verbinden scheint, macht auf ihre Unzusammengehörigkeit aufmerksam. Der Technik ist etwas Kosmisches, vielleicht Magisches, dem Neuzeitlichen etwas Ewiges zu- beziehungsweise entgegengeordnet.
Dieses Prinzip kann man im ganzen Gedicht beobachten. Neben »Volant« steht »Schlange« (wenn auch nur als Metapher für Hand), der Scheibenwischer wird mit dem Flügel einer Taube verglichen, dem Tachometer ist die altertümliche Sanduhr beigegeben. Bis in die phonetische Sphäre läßt sich diese Gegensätzlichkeit hineinverfolgen. Besonders in der ersten Strophe, der längsten, ist sie zu spüren: Den Assonanzen »Schlange«, »Madame«,

»Katze«, »fahren«, den a-Lauten »Haar« und »Bart« klingen die ei-Laute von »-heit« und »weißen Stein« quer dazwischen, zum Zeichen, daß nicht alles einhellig ist.
Mit den letzten Zeilen bricht in die bisher eher gedämpften Spannungen das völlig heterogene Bild des Zeus wie eine blendende Epiphanie ein. Die heraufbeschworene Sexualität des Gottes, auf die man freilich durch die weiblichen Brüste in der Strophe davor ein wenig vorbereitet war, überstrahlt die ohnehin schon in Frage gestellte Mechanik der Reise, indem sie sich triumphierend den biologischen und kosmischen zugesellt.
Auf welche Mythe wird hier angespielt, welche Geliebte des Zeus ist gemeint? Es kommt nur die phönizische Königstochter Europa in Frage, die dem Kontinent den Namen gegeben hat. Zwei Dinge berechtigen zu dieser Annahme: die Wahl des Fahrzeugs für die mythische Fahrt und die verwendeten Gallizismen. So wie das Automobil von seinem Aufkommen an zum Sinnbild der technischen Zivilisation wurde, die man die europäische nennt, so galt und gilt wohl noch immer die französische Kultur als repräsentativ für Europa. Die Ausdrücke »Volant«, »Glacéhand«, »Madame« sind zu auffallend, als daß sie zufällig sein könnten. Durch sie wird die Zentralgestalt zur Allegorie Europas. Die gräzisierende Vokabel »Tachometer«, die italienischen Bezeichnungen »Scherzo«, »Andante«, »Allegro« und das deutschsprachige Gedicht selbst vervollständigen das europäische Konzert. Technifizierung, Eile, modische Aufmachung sind seine dominanten, die Gegenkräfte Magie, Musik und Erotik seine unterschwelligen Erscheinungsformen.
Der Titel ist für die Interpretation unentbehrlich. Ihm verdankt der Leser die Einsicht, daß es hier um die Fortbe-

wegung Europas durch die Geschichte geht. Utopisch ist diese Fahrt, weil sie »permanent« ist, nie ans Ziel gelangt; utopisch ist sie ferner, weil sie ohne dieses Beiwort sinnlos wäre. Der Name Zeus am Ende steht für die griechischen Ursprünge, denen diese Kultur entstammt, und er steht für das Göttliche, mit dem sie sich wieder zu vereinigen bestrebt ist. Die erotische Sehnsucht nach einem die Gegenwart, das Gegebene transzendierenden Ziel ist das eigentlich Utopische. Ohne sie wäre die Fahrt ein mechanischer Leerlauf, ein geschichtlicher Unfug.

ERNST MEISTER
ZU WEM

Kein
Besinnen. Der
Drossel Gleichton
schwingt
so bald nach der Nacht, und

wie es kaum graut, so
hungerts die Feuer,
die Vögel.

Zu wem, wenn
also es
Tag wird
ums Leidenshaus, der
blinkende
Tau seinen Tod
eräugt

sage ich
Herrscher und Herr?

EVA ZELLER
ZWISCHEN NACHT UND TAG

In der Festschrift zu seinem sechzigsten Geburtstag hat Ernst Meister von seiner lyrischen Arbeit gesagt, es gelte für ihn, »des Werdecharakters von allem inne zu sein und überdies auf Totalität erpicht zu sein«. Die »reine Milieubezogenheit« bleibe für ihn »eine Befangenheit und Begriffslosigkeit«.

Vom Innewerden eines Wechsels spricht das Gedicht. Im Werden begriffen ist der Tag. Der Wechsel von der Nacht zum Tag aber ereignet sich so unbegreiflich rasch, daß dem lyrischen Ich (das sich erst in der vorletzten Gedichtzeile als Ich zu Wort meldet) »kein Besinnen« bleibt. So bald nach der Nacht schwingt »der Drossel Gleichton«, übergangslos mit dem Licht kommen die Vogelstimmen. Die Pünktlichkeit des Lichts und der Vogelstimmen versetzen den Dichter ins Staunen.

Diese vehemente Beziehung von Licht und Laut wird mit dem naturhaften Wort »hungern« hergestellt: »wie es kaum graut, so / hungerts die Feuer, / die Vögel.« Die Gleichsetzung Feuer/Vögel signalisiert die Lebendigkeit des jähen Vorgangs. Der morgendliche Vogelchor ist so gewaltig, daß er dem Element Feuer zugeschrieben wird.

Bis hierher ist der Leser eingestimmt ins Natursein. Etwas im wahrsten Wortsinn Alltägliches, Tag-tägliches (falls es dem Menschen von heute noch vergönnt ist, Vogelstimmen am Morgen zu vernehmen) wird Ereignis in der lyri-

schen Beschwörung: »wie es kaum graut«, wie das Auge kaum etwas wahrnimmt, wird dem Erwachenden der andere Sinn, wird ihm das Ohr geweckt.
Die dritte Strophe beginnt mit einer Frage (»Zu wem ...«) und kommt erst am Gedichtende in einem einzigen, großbogigen Satz zum Stimmeheben. Das Licht ist erschienen, die universale Vogelantwort setzt ein. »Zu wem, wenn / also es / Tag wird ...«, das unentbehrliche »also« besagt staunendes Hiersein, staunendes Sichvorfinden, aber wo? Im »Leidenshaus«.
Hier – also – ist der Ort, an dem der, der eben der Frühe inne ward, sich wahrnimmt. Meister gehört nicht zu den Autoren, die den sogenannten Nihilismus literarisch längst untergebracht haben, denen er zur Attitüde geriet, nicht zu den absichtsvollen, eifrigen Verweigerern jedweder Antworten und Verherrlichern des Sinnlosen, sondern zu den bohrenden Fragern, der »gekrümmt / zwischen zwei Nichtsen ... / Hier, auf dem / Zufallskreisel ... « noch Fragen hat. In Meisters Werk ist die Grundbefindlichkeit des Menschen als eines Leidenden der Preis für sein Bewußtsein, das betrachtete Leben ist tragisch zwischen Sein und Nichtsein.
Ehe die begonnene Frage des Gedichts zu Ende kommt, wird noch ein Meister-hafter Satz eingeschoben: »Wenn ... der / blinkende / Tau seinen Tod / eräugt«, ein Vers, ein Zerstörungsblitz, es braucht nicht ausgedeutet zu werden, wie auch diese sphärischen Augen des Taus ihren Tod eräugen. Das oft als hermetisch abgewehrte Werk Ernst Meisters erschließt sich dem unangestrengten Staunen. »Zu wem ... / sage ich / Herrscher und Herr?« Zur Nacht oder zum Licht? so muß die poetische Logik folgern. In diesen »spannungsvollen, negati-

ven Advent« (Ernst Meister über sich) wird der Leser versetzt.

Weshalb ich dieses Meister-Gedicht gewählt habe? Seiner unaufwendigen Gewalt wegen, und weil der Anspruch, mit dem hier gefragt wird, so unerfüllbar wie unaufgebbar ist.

HILDE DOMIN
ALTERNATIVE

Ich lebte auf einer Wolke
einem fliegenden Teller
und las keine Zeitung.

Meine zärtlichen Füße
gingen die Wege nicht mehr
die sie nicht gehen konnten.

Einander tröstend
wie zwei Tauben
wurden sie jeden Tag kleiner.

Gewiß ich war unnütz.

Der Wolkenteller zerbrach
ich fiel in die Welt
eine Welt aus Schmirgelpapier.

Die Handflächen tun mir weh
die Füße hassen einander.
Ich weine.

Ich bin unnütz.

HANS CHRISTIAN KOSLER
ZWISCHEN HÖHENFLUG UND KATZENJAMMER

Ihr Zimmer, so heißt es in einem ihrer bekanntesten Gedichte, richte sie sich in der Luft unter den Akrobaten und Vögeln ein. Das Bett auf dem »Trapez des Gefühls« sei wie ein »Nest im Wind«, und wenn sie nach einem Halt greife, dann genüge ihr »eine Rose als Stütze«. Hilde Domin liebt das Zarte, Fragile und Schwerelose. »Vögel mit Wurzeln« hat sie denn auch ihre Verse genannt und die Sprache mit einem Gefieder verglichen, das denjenigen, der es sich anlegt, gleichsam davontrage.

All dies könnte den Eindruck erwecken, daß sich hinter den Versen dieser Dichterin eine ätherische, zerbrechliche Seele verberge, die sich am liebsten im ungefähren Reich einer weit ausholenden und schwer nachvollziehbaren Phantasie aufhält. Doch wir sollten uns nicht täuschen lassen: Sosehr es ihr die Lüfte als Metapher für den Aufenthaltsort des Lyrikers auch angetan haben mögen, so wenig entschwebt sie uns doch in Gefilde, in die wir ihr nicht zu folgen vermögen.

Im Gegenteil: Mit ihrem Lehrmeister Brecht teilt sie die löbliche Auffassung, daß der Lyriker die Vernunft nicht zu scheuen habe, und ähnlich wie ihm ist ihr daran gelegen, daß man ihre Gedichte weniger erahnt als versteht.

Zierlich von Gestalt, aber vital von Temperament und ebenso gewitzt wie streitbar in ihrer Geisteshaltung, hat sich Hilde Domin in den sechziger Jahren ausgesprochen vehement dafür eingesetzt, daß auch das so schwer unter die Leute zu bringende lyrische Wort seine Leser findet.

Wie skeptisch sie trotz aller Bemühungen indes ihren eigenen Stellenwert als Dichterin beurteilt, geht aus diesem Gedicht hervor, das erstmals in dem 1964 erschienenen Band »Hier« zu lesen war. Daß sie sich angesichts der Fragwürdigkeit ihres Dichterberufs allerdings keineswegs in Selbstmitleid erschöpft, gibt bereits der Titel kund, der sich nach der Lektüre des Gedichts als eine ironische Replik entpuppt. Denn eine tatsächliche Alternative, jene in den sechziger Jahren so strapazierte Zauberformel, mag es für jeden geben, nur für den Dichter nicht. Ob er nun auf (s)einer Wolke schwebt oder aber sich an einer »Welt aus Schmirgelpapier« reibt: unnütz ist er so oder so. Fast meint man in der Beweisführung, die das Gedicht anstimmt, eine Art demonstrativ trotziger Genugtuung darüber ablesen zu können, daß dem so ist.

Doch schwingt nicht noch mehr in diesen klaren, lakonischen Versen mit? Ausnahmsweise ist es nicht jenes vielbeschworene »lyrische Ich«, das der Leser hier zu inspizieren hat, sondern das persönliche Ich der Hilde Domin, die rührend offenherzig Auskunft über ihre Befindlichkeit als Dichterin gibt. Darin liegt auch der besondere Wert dieses Gedichts: daß es sich über seine Transparenz hinaus demjenigen, der Hilde Domins Werk kennt, als ein Selbstporträt in nuce herausschält.

Sie lebe auf der Kippe, schrieb sie in ihrem autobiographischen Band »Von der Natur nicht vorgesehen«. Die Kippe, von der sie spricht und die sich in diesem Gedicht offenbart, kennt mehr oder weniger jeder, der schöpferisch mit Worten zu tun hat. Sie ist das extreme Entweder-Oder zwischen den Höhenflügen des Schreibens und dem Katzenjammer des Bilanzziehens, das stetige Auf und Ab zwischen dem Triumph des Geistes und den Niederlagen des

Lebens. Einen Normalzustand gibt es nicht. »Wer es könnte: Die Welt hochwerfen, daß der Wind durchfährt«, lautet ein weiteres Gedicht Hilde Domins. Sie weiß, daß sie es kann: in ihren Gedichten.

HILDE DOMIN
BITTE

Wir werden eingetaucht
und mit dem Wasser der Sintflut gewaschen,
wir werden durchnäßt
bis auf die Herzhaut.

Der Wunsch nach der Landschaft
diesseits der Tränengrenze
taugt nicht,
der Wunsch, den Blütenfrühling zu halten,
der Wunsch, verschont zu bleiben,
taugt nicht.

Es taugt die Bitte,
daß bei Sonnenaufgang die Taube
den Zweig vom Ölbaum bringe.
Daß die Frucht so bunt wie die Blüte sei,
daß noch die Blätter der Rose am Boden
eine leuchtende Krone bilden.

Und daß wir aus der Flut,
daß wir aus der Löwengrube und dem feurigen Ofen
immer versehrter und immer heiler
stets von neuem
zu uns selbst
entlassen werden.

ELISABETH NOELLE-NEUMANN
GEBET IN DER LÖWENGRUBE

Wo sind wir? Wir sehen in die Zukunft. Die Prüfungen liegen noch vor uns. Wir werden eingetaucht, durchnäßt, wir werden in die Löwengrube gestoßen werden, in den feurigen Ofen. So weit sieht das Gedicht in die Zukunft, daß die Dichterin selbst es nicht erkannte. Wahrscheinlich hielt sie es für einen Blick in die Vergangenheit, kein Wunder bei einer Vergangenheit, die erst wenige Jahre hinter ihr lag, als dieses Gedicht entstand, wahrscheinlich 1957 in Spanien in der »VERDAD« bei Malaga. Im April 1959 erschien es im »Hochland«. In ihre erste Gedichtsammlung im Herbst 1959 »Nur eine Rose als Stütze« schloß sie es nicht ein und in keine der folgenden, bis es endlich in die »Gesammelten Gedichte« zu ihrem 75. Geburtstag 1987 von ihr aufgenommen wurde. Da war diese Zukunft schon so nahe herangerückt, daß sie es plötzlich erkannte und als Weihnachtskarte 1990 verschickte und erschrocken handschriftlich hinzusetzte: »Wie entsetzlich aktuell ...« Die Katastrophen sind nicht vorbei, wie so viele denken. Gerade darum muß man dieses Gedicht jetzt auswendig lernen, um es immer bei sich zu führen und sich aufsagen zu können, wenn man Hilfe braucht.

Die erste Strophe enthält die Weissagung: Wir werden, wir werden ... wir werden eingetaucht, gewaschen, durchnäßt bis auf die Herzhaut. Wir werden überwältigt von der Katastrophe. Die passive Form legt sich über uns, wir müssen es erleiden. Was soll man tun, wie verhält man sich? Die Dichterin antwortet aus der Erfahrung eines Leidensweges durch unser Jahrhundert. Die zweite und dritte Strophe sprechen von Wünschen und von Bitten. Streng ist der Tonfall. Wir werden belehrt. Aber selbst im Strengen noch anmutig, poetisch: »Der Wunsch nach der Landschaft diesseits der Tränengrenze taugt nicht ...« Die Bequemlichkeit, die Feigheit, der Opportunismus, das Mitmachen, die Gleichgültigkeit, die Hoffnung, verschont zu bleiben – sie werden gegeißelt, mitten im Poetischen. Der Wunsch, den Blütenfrühling zu halten, sich der Katastrophe zu verweigern, wird verworfen. Aber noch mehr: er taugt auch nicht. Auf diesem Weg findet man keine Hilfe.

Die dritte Strophe sagt: Man muß bitten. Vor unserem inneren Auge steigt auf das Bild der Arche Noah. Sie wird nicht benannt, aber wir selbst stehen auf der Arche Noah und sehen bei Sonnenaufgang die Taube, die den Zweig vom Ölbaum bringt. Wie werden wir diese Zukunft erleben? So stark, daß die Frucht so bunt wie die Blüte ist, die wir fahrenlassen mußten mit dem Blütenfrühling? Werden wir erleben, daß noch die Blätter der Rose am Boden eine leuchtende Krone bilden, ein Zeichen des Sieges, des Triumphes?

Die vierte Strophe führt uns zum zweiten Mal durch die Erfahrung der »weißen schwärze« (Stefan George, zitiert in einem Aufsatz von Ulla Hahn über Hilde Domin). Noch einmal die Prüfungen in der Sprache des Alten Testaments. Wir erkennen, daß die Bitte ein Gebet ist, ein Gebet in der Löwengrube, im feurigen Ofen. Ein Gebet um Gnade; denn auch wenn wir versuchen, alle Prüfungen zu bestehen, tapfer zu sein, das Training in Wahrhaftigkeit auf uns nehmen, die Meinung der Dichterin bedenken:

»Der Mensch muß solidarisch sein mit seinem Schicksal« – so ist es ja keineswegs ausgemacht, daß auch für uns gilt: versehrter werden – heiler werden. Es ist eine Hoffnung, aber die einzige, die es gibt: stets von neuem zu uns selbst entlassen zu werden.

HILDE DOMIN
BRENNENDE STADT
(BEIRUT)

Die brennende Stadt
brennt lautlos
Ich sehe sie jeden Abend
mit immer neuen Namen
der Ansager
vorläufig
sagt Abend für Abend den einen
Ich kann das abstellen
vorläufig
Zumindest im Wachen

ERICH FRIED
VON FERNE GESEHEN

Dies ist eines von zwei Gedichten, die Hilde Domin »Fernsehgedichte« nennt. (Das andere heißt »Napalm-Lazarett«.) Was sie da sieht, hat ihr offenbar der Bildschirm gezeigt. Daher kein Lärm, kein Krachen: »Die brennende Stadt brennt lautlos«. Sie sieht sie jeden Abend, aber ihr fallen dabei immer andere Städte ein, die gebrannt haben, die brennen könnten oder – wer weiß? – brennen werden. Deshalb sieht sie die Stadt mit immer neuen Namen brennen. Deshalb steht der Stadtname Beirut nur in Klammern.

Gewiß, der Ansager sagt nur den einen Namen. Aber Hilde Domin schiebt zwischen Subjekt (Ansager) und Prädikat (sagt) fast gewaltsam das Wort »vorläufig« ein: Es muß nicht nur die eine Stadt bleiben, die da brennt.

Qualvolle Einsicht und Aussicht. Die Dichterin sagt in der nächsten Zeile kunstlos einfach: »Ich kann das abstellen«. Natürlich, sie kann die lautlos brennende Stadt auf dem Bildschirm abstellen, auch den vom Ansager allabendlich quälend wiederholten Stadtnamen Beirut, womöglich auch das unerträgliche Denken an die vorläufig weit entfernte Zerstörung. Die Zerstörung selbst kann sie nicht abstellen, kann ihr kein Ende bereiten. Nur dem Bild, dem Denken, dem Mitfühlen kann sie entrinnen, indem sie »das« abstellt.

Aber auch das nur »vorläufig«. Sie gebraucht das Wort zum zweiten Mal. Wieder, wie vor drei Zeilen, steht es allein in einer Zeile, so daß man wieder vorher und nachher eine kleine Pause machen muß. Und dann kommt die letzte Zeile, mit großem Anfangsbuchstaben, also stark abgesetzt: »Zumindest im Wachen«. Die verdrängten Bilder konnten also nicht ganz und gar abgestellt werden. Nicht im Traum, vielleicht nicht einmal im Tagtraum, der ihr andere Stadtnamen brennend in den Sinn kommen läßt.

Nur diese drei letzten Worte »Zumindest im Wachen« kommen zur Aussage hinzu, daß »es«, also das ganze Grauen, auf dem Bildschirm – nur auf ihm! – abstellbar ist. Aber diese kurze, unpathetische Einschränkung macht alle Hoffnung, dem Unerträglichen zu entrinnen, zunichte. Nicht nur der Brand von Beirut wird damit unentrinnbar, nein, auch der Brand jeder anderen Stadt, auch der, in der die Dichterin wohnt, auch der, in der wir oder unsere Kinder wohnen.

All dies in einem Gedicht von zehn Zeilen; davon hat eine sechs Worte, eine fünf, alle anderen noch weniger. Zwei bestehen nur aus dem Wort »vorläufig«.

Hilde Domin schreibt meistens kurze Gedichte. Ihre Form ist einfach, die Aussagen sind sehr klar, eindringlich, ohne je aufdringlich zu sein. Nicht durch überladene Worte, sondern durch dringende und drängende Bilder und Gedanken. Die Bilder sind alltäglich oder befremdlich und originell, furchtbar oder zart. Zuweilen erinnert die Offenheit und Eigenwilligkeit dieser Gedichte an Else Lasker-Schüler, aber sie kommen ohne deren Aufwand aus. Immer wieder, mit den Jahren in immer knapperen Aussagen, geben sie auch Auskunft von dem, was die Verfasserin gelitten hat. Dann schmerzen sie oft, aber sie sind nie wehleidig.

HILDE DOMIN
AUS: DREI ARTEN GEDICHTE AUFZUSCHREIBEN

Kleine Buchstaben
genaue
damit die Worte leise kommen
damit die Worte sich einschleichen
damit man hingehen muß
zu den Worten
sie suchen in dem weißen
Papier
leise
man merkt nicht wie sie eintreten
durch die Poren
Schweiß der nach innen rinnt
Angst
meine
unsere
und das Dennoch jedes Buchstabens

KARL KROLOW
ZIVILCOURAGE DES WORTES

Das Gedicht ist das Mittelstück eines Triptychons. Hilde Domin schrieb es in den Jahren 1967/1968, und die Texte sind in ihrem letzten Gedichtband »ich will dich« enthalten. Unter den drei Annäherungen an den Prozeß des Gedichteschreibens hebt sich dieses Gedicht durch seine Behutsamkeit, durch die Zurückhaltung ab, durch die Stille und Unmerklichkeit, die Unauffälligkeit, die über den Worten liegt.

Diese Handvoll Worte ohne Aufwand bringen dennoch vieles und Unterschiedliches zur Sprache. Einmal jenes Unaufdringliche und Leise, mit dem die Dichterin auf den Vorgang des Worte-Machens verweist. Die kleinen, aber genauen Buchstaben, die gesetzt werden, machen die »leisen Worte« möglich, eröffnen sie. Es sind Worte, die sich einschleichen, die plötzlich da sind, durchaus unvorhergesehen und unvorhersehbar, so scheint es. *Mehr* noch: die Worte stellen sich nicht lediglich einschleichend ein. Man muß sich um sie bemühen. Man muß sie nicht bloß unerwartet finden, um sich – vielleicht – bald schon mit ihnen abgefunden zu haben.

Hilde Domin wünscht und fordert dazu auf, daß man zu diesen Worten hingehe, sie suche »in dem weißen Papier«. Auch dies wiederum, diese notwendige Aktivität, wird »leise« genannt. Man setzt sich auf diese diskrete Weise zu ihnen in Beziehung, und die Worte wiederum kommen – einschleichend – entgegen: »man merkt nicht wie sie ein-

treten/durch die Poren«. Derart heimlich, aber auch derart selbstverständlich können die Worte – von sich aus – erwidern, die Beziehung bestätigen.
Der für sie Empfängliche, sie Aufsuchende wird von ihnen durchdrungen werden. Sie kommen nahe, körpernahe. Sie gehen gewissermaßen unter die Haut. Die Beziehung zu den Worten des entstehenden und Kontakt suchenden Gedichts ist denkbar intensiv. »Schweiß der nach innen rinnt.« Diese leise redenden, sich einschleichend artikulierenden Worte können Schweiß kosten, Angstschweiß zum Beispiel – »Angst/meine/unsere« – wie es andeutend heißt.
Die Worte Hilde Domins, so behutsam und mit kleinen, genauen Buchstaben gesetzt, wie sie sind, so leise sie formuliert sind, formulieren sich doch nicht leicht. Sie schonen nicht. Sie erregen etwas. Angst wird erregt oder doch erkannt: die eigene Angst und die gemeinsame Angst, die Angst der anderen, Angst des Am-Leben-Seins und Angst vor Verfolgung, vor Nachstellung. Auch den Worten, den Worten des Gedichts, wird auf diese vielleicht kaum merkliche Weise nachgestellt. Sie bekommen ihr Dasein zu spüren wie der Leser, der sie wahrnimmt und aufnimmt. Aber das kleine, behutsame, das überaus zurückhaltende Gedicht schließt nicht mit dem Angstwahrnehmen. Es verwahrt sich eher ihm gegenüber, indem es nochmals auf das zurückkommt, mit dem es begann: auf die Buchstaben, aus denen die Worte gebildet sind, die Buchstaben, die das alles erst ermöglichten, diese Voraussetzungen zum Wortemachen: »und das Dennoch jedes Buchstabens« behält das letzte Wort, und mit dem letzten Wort, der letzten Gedicht-Zeile das Widerstandleisten der Worte, die behutsame Kraft, die stille Renitenz. Jeder ein-

zelne Buchstabe wird zählen bei solchem Widerstandleisten.
Im letzten Gedicht des kleinen Zyklus »Drei Arten Gedichte aufzuschreiben« wird vom Menschen als vom »Tier das Zivilcourage hat« gesprochen. Im vorangehenden Gedicht hier ist das bereits vorbereitet. Denn das »Dennoch jedes Buchstabens« hat bereits mit der Zivilcourage des einzelnen Wortes zu tun.

HILDE DOMIN
KÖLN

Die versunkene Stadt
für mich
allein
versunken.

Ich schwimme
in diesen Straßen.
Andere gehn.

Die alten Häuser
haben neue große Türen
aus Glas.

Die Toten und ich
wir schwimmen
durch die neuen Türen
unserer alten Häuser.

WALTER HINCK
RÜCKKEHR NACH VINETA

Sie sind uns aus der Sage bekannt, die versunkene Insel und die versunkene Stadt: das geheimnisvolle Atlantis der Antike und Vineta, das spätere Wollin, in Ostpommern. An Vineta, die von den Wellen verschlungene Handelsstadt, mag man bei diesem Köln-Gedicht noch am ehesten denken. Auch das heutige Köln erhebt sich über einer versunkenen, allerdings unter den Gesteins- und Bauschichten der Jahrhunderte begrabenen Stadt: der römischen Colonia Agrippinensis.

Aber nicht diese auf dem Grund der Geschichte liegende römische Kaiserresidenz ist im Gedicht gemeint. »Für mich/ allein/ versunken«, sagt Hilde Domin von der Stadt, in der sie am 27. Juli 1912 geboren wurde. Und doch kann der Leser den Gedanken an ein anderes versunkenes Köln nicht abwehren: an die im letzten Krieg durch die Flächenbombardements zerstörte Stadt, aus deren Schutt wie ein mahnender Finger nur noch die gotische Kathedrale hervorragte.

Denn zwischen der Einebnung ganzer Straßenzüge und dem Versunkensein der Stadt, von dem im Gedicht die Rede ist, besteht ein unmittelbarer geschichtlicher Zusammenhang. Für Hilde Domin und ihre jüdische Familie ging die Stätte der Kindheit schon in jener antisemitischen Sturmflut unter, die 1933 in Deutschland zu wüten begann. Der Vater, ein Jurist, entwich mit der Mutter heimlich über die belgische Grenze, nachdem man jüdische

Rechtsanwälte auf Lastwagen mit Spott und Schimpf durch die Straßen Kölns gefahren hatte. Hilde Domin selbst ging nach Italien ins Exil, später mit ihrem Mann über England in die Dominikanische Republik.
Die aus dem Exil Zurückgekehrte hat der Stadt Köln ihre Verstoßung nie mit Groll vergolten, und sie hat hier als Dichterin neue Freunde gewonnen. Aber unter dem neuen Köln-Wollin liegt für sie immer noch das Köln-Vineta, der verlorene Ort der Kindheit, einer wahrhaft glücklichen Kindheit, in der fast kein Wunsch unerfüllt blieb. In ihrem autobiographischen Bericht »Mein Vater« erinnert sie sich an die Straßen, die Ahornbäume des Hansarings, die väterliche Führung durchs Wallraf-Richartz-Museum und das gemeinsame Schwimmen in der Badeanstalt am Rhein.
Das »Schwimmen« im Gedicht ist nicht mehr ein realer, sondern ein bildlicher Vorgang, zugehörig zur Metapher der vom Meer überspülten Stadt. Beide sind sie für die Dichterin da: die gegenwärtige, die neu erbaute Stadt, in deren Straßen leibhaftige Passanten gehen, vorbei an modernen Häusern mit großen Glastüren, und jene vergangene Welt, die sie nur mit den Toten teilt, mit den Eltern und anderen Nächsten: ihr »Vineta«. In den »neuen Türen« und den »alten Häusern« werden beide noch einmal verbunden.
Entscheidend im Bild der letzten Strophe ist für mich die Bewegung: die Dichterin »schwimmt« mit den Toten durch die »neuen Türen« hindurch. Das neue Köln hat sich ihr und dem Angedenken an die Toten nicht verschlossen, sie sich nicht ihm. Die Zurückgekehrte ist wieder aufgenommen, und sie hat Köln wieder angenommen.

HILDE DOMIN
LINKE KOPFHÄLFTE

In dieser kleinen Halbkugel
auf der mein Haar grau wird
wohnen die Wörter
dies Wörternest

Meine Hand
nimmt das Nest in die Hand

Die rechte sagt man
ist leer von Worten

Auslauf für das unbenutzte
Vokabular
der Erinnerung

GERTRUD FUSSENEGGER
VERWUNDERUNG ÜBER SICH SELBST

Von Hilde Domins gesammelten Gedichten ist mir der Text »Linke Kopfhälfte« besonders lieb geworden, er ist mir, wie man so sagt, besonders unter die Haut gegangen. Warum wohl? Das Gedicht ist – neben so vielen anderen glänzenderen, einladenderen – eher unscheinbar, leise, skeptisch: und sehr persönlich. Vielleicht ist es jüngeren Menschen fremd; älteren und alten dürfte es wohl einleuchten.
Das Gedicht geht von einer einfachen körperlichen Erfahrung aus: Die Hand tastet über die »kleine Halbkugel«, auf der »das Haar grau wird«, und erfährt dabei den eigenen Kopf wie ein neues, noch nie erfahrenes Ding, als »Nest«. Und schon beginnt das Hirn sich selbst zu denken; man hat ihm gesagt: In der linken Hälfte »wohnen die Wörter«, während die rechte »leer von Worten« sei. So denkt sich das Hirn als Zweigeteiltes: als sprachmächtig und sprachlos, redend und stumm, als dichtend und jeden Diktums bar. Das lyrische Ich erfährt das als Rätsel. Wie ist es möglich, daß ein Ort in ihm ist, der nichts von Sprache weiß, nichts von dem, worin es sich selbst begreift und immer begriffen hat?!
Da aber kommt ihm ein Bild zu Hilfe: das Bild des Nestes. Das ist etwas Dichtes, Warmes, Fruchtbares, die fast lebenslange Selbstinnewerdung in Sprache und Werk. Doch dieses Bild evoziert ein anderes: »Auslauf«. Was kann das heißen? Wer selbst einmal Geflügel gezogen hat, weiß,

daß es Auslauf braucht. Wenn es vom Nest kommt, vom Gelege, braucht es einen Freiraum zum Ausschwärmen und Scharren, zum Picken und Flügelschlagen.
»Auslauf für das unbenutzte / Vokabular / der Erinnerung« – So wird die rechte, die sprachlose Hälfte unseres Ich als Freiraum erkannt. Hier tummeln sich die Erinnerungen, die niemals Wort wurden; hier schwärmen sie aus, verlieren sich im Irgendwo, eine Masse gelebten Lebens, die sprachlos und ungestaltet bleibt.
Hilde Domin stellt in ihrem Gedicht die Frage nach der Gespaltenheit unserer Existenz, die Frage nach dem, dessen wir habhaft werden können, und nach dem, was sich von uns für immer »unbenutzt« verliert. Daß sie dabei die Bilder von Nest und Auslauf ins Spiel bringt, verleiht dem Text poetische Prägung. Doch der Ausgangspunkt bleibt das menschlich ergreifende Bild der Alternden, die sich in nachtastender Selbstbegegnung in die Vorbedingungen der eigenen Existenz versenkt.

HILDE DOMIN
RÜCKZUG

Meine Rechte (wer glaubt es ihr heut?)
war einstmals eine offene Rose
voller Schmetterlinge.
Plötzlich, fast ohne Vorbereitung,
wie einer gestoßen wird und fällt,
hat sie ihre Blätter verloren
und war blaß und nackt:
eine Menschenhand
wie alle andern.
Du erinnerst dich.
Die Schale meiner Linken,
die deine Vögel tränkte,
zerbrach.
Du weißt, wie lange die Scherben
in unserem Garten lagen.
Es ist wahr, ich konnte mich damals
in eine Wand von blühendem Wein verwandeln
für deine Bienen.
Die Jahreszeit war
kaum von Bedeutung –
vor diesem Tag,
an dem ich meine Hände
auf den Tisch legte,
und sie leer waren.

Seither bin ich bescheiden geworden,
ich gehe mit einem Netz auf den Markt,
wo gewogen und abgeschnitten wird,
und habe dir Tassen und Teller gekauft
wie eine richtige Hausfrau.

Aber wenn du weinst
und dich hilflos
im Schlafe beklagst,
dann wachsen meinem Herzen
kleine schmerzende Flügel,
und ich fühle seine Ungeduld
in meinem Hals,
daß mir der Atem vergeht.

SEBASTIAN KLEINSCHMIDT
WETTERWECHSEL

Es gibt Gedichte, die aus dem Ton, und solche, die aus dem Bild heraus sprechen. Jene sind lyrisch-akustisch, diese optisch-poetisch: Zeuge einer Erfahrung können sie beide sein. Hilde Domin gehört als Dichterin eher zu denen, deren Sprache vom Sehen lebt.

Das Gedicht »Rückzug« spricht von einer Erfahrung des Schreckens. Erschrecken über die Umstimmung einer Liebe. Es ist keine allmähliche, durch Gewohnheit und Dauer verursachte Umstimmung, sondern etwas Abruptes, die Erwartung Durchkreuzendes. Die Folge eines Bruchs. Worin er besteht, was geschah, verschweigt das Gedicht. Jedenfalls eine einschneidende Kränkung, Beugung, Enttäuschung, vielleicht ein Verrat an der Treue. Es ist wie ein Unfall der Natur, ohne Vorwurf und Schuld: *Plötzlich, fast ohne Vorbereitung, / wie einer gestoßen wird und fällt.* Das Geschehen bewahrt sein Geheimnis, wird nicht reflektiert, nur illuminiert. Wie es ja überhaupt Kennzeichen des gelungenen Gedichts ist, daß Erfahrung ursprünglich in ihm hervortritt, nackt und verwundbar.

»Rückzug« ist ein tragisches Liebesgedicht, weil es zeigt, wie dem Liebenden, der Plato zufolge höhersteht als der Geliebte, das Glück der Gebekraft genommen ist, das, was die Liebe leicht und zauberisch, erfindungsreich und fröhlich macht. Eros, der gliederlösende Gott, streikt nicht nur einfach oder bockt, sondern scheint gebrochen, im Innern zerbrochen. Das Funkeln an den Bruchstellen ist die

Schönheit des Gedichts. Aber auch ein Zeichen vielleicht, daß noch nicht alles zerstört und das Schweigen nicht endgültig ist. So geben die Verse nicht nur ein Bild des Endes von Pracht und Aufflug der Liebe, des Hohenliedes, sondern auch ein Bild ihrer Metamorphose, ihrer Transfiguration. Es zeigt, daß im Rückzug noch Rückkehr möglich bleibt.

So ist Hilde Domin auch hier Dichterin der Rückkehr, sie weiß, daß niemand Endgültiges weiß über die rätselhaften, unwillentlichen Rhythmen der Liebe, ihre kurzen und ihre langen Wellen. Doch das wäre schon ein anderes Gedicht. Hilde Domin hat es geschrieben, es heißt »Rückkehr der Schiffe« und enthält die Zeilen: *Aber nichts stirbt ganz. / Schläft nur in dir, dem fast Toten. / Alles kann wiederkommen. / Nicht so. / Aber doch, auf seine Art, / wiederkommen.* Das erste Paradies, das zweite Paradies, ihr großes Thema. Das Gedicht »Rückzug« will nicht und kann nicht bis dorthin. Wiederauferstehung? Vorerst bleibt es der traurige Zeuge, daß Liebe etwas Widerrufliches sein kann. Ähnlich widerruflich wie das Zuhause. Das wissen Emigranten.

Aber es ist auch ein Gedicht über die Vergeblichkeit. Zu denken, der Anfang ließe sich bewahren, erweist sich als Illusion. Daß die Anfänge verlorengehen, kann viele Anlässe haben, doch immer nur einen Grund, den der Vergänglichkeit selbst. Daß man die Höhe nicht halten kann, nicht in der Liebe, nicht im Geiste, nicht im Fühlen, das ist des Menschen ungewolltes Los, sein Anteil an der Metaphysik der Zeit.

HILDE DOMIN
TOKAIDOEXPRESS

Wie ein Tokaidoexpreß
sind wir durch die Geschichte gefahren
und kaum noch zu sehen
Ich rede in der Vergangenheitsform
während ich atme sehe ich mir nach
ich bin das Rücklicht
Als Rücklicht
leuchte ich vor euch her
euch Dichtern eines vielleicht zweifachen
Zuhauses
des Bodens auf dem ihr bleiben dürft
euer Land wird immer größer werden
wenn die Erdoberfläche sich zusammenzieht
und die Grenzen zurückweichen
unter den Flügeln der Menschen
ihr könnt gehen und doch bleiben
und im Worte wohnen
vielleicht im Worte vieler Sprachen zugleich
doch im deutschen zuerst
im deutschen
an dem wir uns festhielten
Ich der letzte
kämpfe für euch alle
um den Stempel in diesem Paß
um unsern Wohnsitz im deutschen
Wort

HELMUT KOOPMANN
DAS LEBENSZENTRUM DER SPRACHE

Das Erlebnis der Hochgeschwindigkeit war ursprünglich ein Eisenbahnerlebnis. »Die vorüberjagenden Landschaften«, das Durcheinanderrütteln der Welt, »die eigentlich nur noch aus Bahnhöfen besteht«: Das alles verband sich mit den modernen Expreßzügen. Aber es ist nicht erst eine Erfahrung unserer Zeit – so hat sich Joseph von Eichendorff 1845 geäußert. Heute würde jedes Kleinmotorrad den damaligen Expreß, der solche »Vehemenz« vermittelte, lässig hinter sich lassen.

Der Tokaidoexpreß ist wesentlich schneller. Er hat noch nicht die Geschwindigkeit, die Chamisso satirisch dem »Dampfroß« zuschrieb, als er die Eisenbahn der nach Westen laufenden Zeit hinterherrasen ließ, sie überholte und gestern von Osten wieder heraufkommen sah: fünf Jahre, bevor überhaupt der erste Zug in Deutschland fuhr. Dennoch ist das, was der Tokaidoexpreß dem Reisenden vermittelt, gar nicht so weit entfernt von dem, was Eichendorff und Chamisso verärgert oder satirisch beschreiben. Der Weg geht zwar nicht um den Erdball, sondern durch die Geschichte. Aber das Erfahrungs-Paradox ist ähnlich.

Die Dichterin als Rücklicht, das vor anderen herleuchtet, sich als vergangen betrachtend, während sie noch atmet: kein Eisenbahnerlebnis, sondern die Selbstbeschreibung eines Menschen, der eher ein Zuviel an Geschichte erfahren hat als ein Zuwenig. Und diese Geschichte war keine sehr freundliche. Sie, durch die die Dichterin so rasend hindurchgefahren ist, war eine ihr aufgezwungene. Sie hielt etwas bereit, was in der Regel Verlust, Tod und Untergang bedeuten konnte: Vertreibung, Flucht, Exil. Eine der großen leidvollen Erfahrungen unseres Jahrhunderts bestimmt auch das Gedicht vom Tokaidoexpreß.

Hilde Domin hat viele Gedichte über das Exil geschrieben, über das Fremdsein und über das Weggehenmüssen. »Der Wandrer / von Tag zu Tag / und von Land zu Land, / an dem das Wort / von der Flüchtigkeit / allen Hierseins / Fleisch ward«, heißt es in dem Gedicht »Apfelbaum und Olive«. »Fremder«, »Mit leichtem Gepäck«, »Vaterländer«, »Rückwanderung« – die Gedichttitel sprechen ihre eigene Sprache. Was blieb, war die Sprache, dieses eine Vaterland, das mitgenommen werden konnte und das das andere mitersetzen mußte.

Von Elias Canetti wissen wir, daß er im Londoner Exil Wortlisten anlegte, nur um nichts von der deutschen Sprache zu verlieren. Sprachverlust ist die vielleicht schlimmste Form des Exils. »Mein Geist fühlt sich in Frankreich exiliert, in eine fremde Sprache verbannt«, schrieb Heinrich Heine nach Jahren in seinem Pariser Exil. Aber Hilde Domin, die ein schlimmeres Exil durchmachte, hat die wirkliche Verbannung triumphal überwunden – mit Hilfe der Sprache. In einem offenen Brief an Nelly Sachs 1966 heißt es: »Da wird einer verstoßen und verfolgt, ausgeschlossen von einer Gemeinschaft, und in der Verzweiflung ergreift er das Wort und erneuert es, macht das Wort lebendig, das Wort, das zugleich das Seine ist und das der Verfolger.«

Dieses Lebenszentrum der Sprache blieb, und niemand weiß genauer um dessen Bedeutung als der, der nur noch jenen einen Wohnsitz hat, den »im deutschen Wort«. Wer so über die Sprache denkt, so mit ihr lebt und sie so braucht, für den gibt es keine Sprachschludereien. Für den kann das Gedicht sogar mehr sein als das Leben, nämlich »die Essenz des Gelebten: exemplarisch und vollziehbar gemacht«. Auch das steht im Brief an Nelly Sachs und ein Satz, der uns sagt, warum die Gedichte, die vom Exil handeln, nicht verlorengehen dürfen. Er lautet: »Die Sprache ist das Gedächtnis der Menschheit.« Mag der Tokaidoexpreß auch vorübergejagt sein, dieses Gedächtnis bleibt. Hilde Domin hat für alle Verfolgten gesprochen, stellvertretend und beispielhaft.

HILDE DOMIN
WER ES KÖNNTE

Wer es könnte
die Welt
hochwerfen
daß der Wind
hindurchfährt.

WALTER HELMUT FRITZ
DIE WELT HOCHWERFEN

Einige Worte, und schon wieder Stille. Früher hätte am Anfang der Zeilen vielleicht ein »ach« gestanden. Hilde Domin läßt es weg. Aber es ist mitgedacht.
Ein Gedicht, das offen ist für die Assoziationen, Gefühle, Gedanken von Menschen, die sich mit etwas herumschlagen, mit dem sie nicht fertig werden; die die Sehnsucht haben, daß etwas in Sicht kommt; die eine Besserung erwarten; hoffen, daß eine Erstarrung weicht. Mit einem Wort: die die Welt »hochwerfen«, das Unmögliche möglich machen möchten.
Hochwerfen: was für ein Wunsch; was für ein Anspruch; welch ungeheuerliche Hoffnung. Die Welt nicht nur aus den Angeln »heben«. Sie hochwerfen als Ball. Wie – vergleichsweise – bescheiden war der Versuch des Archimedes.
Das Wort »hochwerfen« bildet die Mitte des Gedichts. Davor, dahinter, symmetrisch dazu »Welt« und »Wind«: das Schwere und das Leichte, das Verharrende und das Bewegliche, das Massive und das Durchsichtige. Die Welt hochwerfen, damit der Wind die Möglichkeit hat, sie leicht, beweglich, durchsichtig zu machen.
Ein Gedicht, das sehr direkt spricht; direkter als manche der früheren Arbeiten aus den Bänden »Nur eine Rose als Stütze« und »Rückkehr der Schiffe«, in denen die Metapher die Zeilen gelegentlich nachdrücklicher bestimmte. Das heißt aber nicht, daß es weniger »poe-

tisch« ist. Denn es kommt aus einer starken Einbildungskraft.

Es ist zugleich lakonisch und »übermütig«. Es ist – so formuliert es Hilde Domin im Nachwort zu ihrer Anthologie »Nachkrieg und Unfrieden« im Hinblick auf das Wesen des Gedichts überhaupt – ein »gefrorener Augenblick, den jeder Leser sich wieder ins Fließen, in sein Hier und Jetzt bringt«. Es zeigt, daß die Strophen dieser Autorin auf ihrem Weg von dem Gedicht »Wen es trifft« (1953) bis zu »Abel steht auf« (1970) »Zurufe« geblieben sind, einfache, unverfälschte Worte.

Ist es unmöglich, die Welt hochzuwerfen? (Wer es könnte: er hätte die Lösung gefunden.) Möglich ist es zumindest im Gedicht.

MASCHA KALÉKO
GROSSSTADTLIEBE

Man lernt sich irgendwo ganz flüchtig kennen
Und gibt sich irgendwann ein Rendezvous.
Ein Irgendwas, – 'ist nicht genau zu nennen –
Verführt dazu, sich gar nicht mehr zu trennen.
Beim zweiten Himbeereis sagt man sich ›du‹.

Man hat sich lieb und ahnt im Grau der Tage
Das Leuchten froher Abendstunden schon.
Man teilt die Alltagssorgen und die Plage,
Man teilt die Freuden der Gehaltszulage,
... Das übrige besorgt das Telephon.

Man trifft sich im Gewühl der Großstadtstraßen.
Zu Hause geht es nicht. Man wohnt möbliert.
– Durch das Gewirr von Lärm und Autorasen,
– Vorbei am Klatsch der Tanten und der Basen
Geht man zu zweien still und unberührt.

Man küßt sich dann und wann auf stillen Bänken,
– Beziehungsweise auf dem Paddelboot.
Erotik muß auf Sonntag sich beschränken.
... Wer denkt daran, an später noch zu denken?
Man spricht konkret und wird nur selten rot.

Man schenkt sich keine Rosen und Narzissen,
Und schickt auch keinen Pagen sich ins Haus.

– Hat man genug von Weekendfahrt und Küssen,
Läßt mans einander durch die Reichspost wissen
Per Stenographenschrift ein Wörtchen: ›aus‹!

MARCEL REICH-RANICKI
KLEINE LIEBE IN DER GROSSEN STADT

Mascha Kaléko war eine polnische Jüdin und seine deutsche Dichterin, eine Berlinerin, die man vertrieben hat, eine Emigrantin, die nirgends eine Heimat finden konnte. Sie wurde 1907 in der polnischen Kleinstadt Chrzanow geboren, einem Ort in der Nähe von Auschwitz. 1914 kam sie nach Deutschland, ab 1918 lebte sie in Berlin, 1929 begann sie, Gedichte zu veröffentlichen, im Januar 1933 erschien bei Rowohlt ihr »Lyrisches Stenogrammheft«. 1938 emigrierte Mascha Kaléko in die Vereinigten Staaten, später lebte sie in Israel, sie starb 1975 in Zürich.
In Kindlers Literaturlexikon (zwanzig Bände) widmet man ihr (wie auch Alfred Polgar) keine einzige Zeile. Das mag Schlamperei sein und ist gleichwohl kein Zufall. Es hat mit der Besonderheit ihrer Poesie zu tun: Derartiges wird in Deutschland bisweilen gelobt und nie ganz ernst genommen. Die Themen? Liebe, Einsamkeit, Sehnsucht, Hoffnungslosigkeit, Enttäuschung. Nichts Neues also? Doch, durchaus neu, aber nicht die Motive sind es, sondern Ton und Hintergrund dieser Verse und auch manche der Lieblingsfiguren der Mascha Kaléko, der jungen Menschen, denen man beim Abgang von der Schule sagte, sie würden jetzt ins Leben treten, und denen man vom »ethischen Niveau« sprach: »Ich aber leider trat nur ins Büro«.
Oft ist von den Gefühlen und Leiden der kleinen, armen Angestellten die Rede und der zwar munteren, doch in

Wirklichkeit recht traurigen Sekretärinnen, oft von der kleinen Liebe in der großen Stadt, natürlich in Berlin – und vor allem am Wochenende. Eines dieser Gedichte schließt: *Von Booten flüstert's hier und dort. / Die Pärchen ziehn nach Haus. / – Es artet jeder Wassersport / Zumeist in Liebe aus.* Bedeutende Poesie? Ach, nein, es ist eben Gebrauchslyrik, es ist Dichtung für nüchterne Leute, die es eilig und nicht leicht haben, für solche, die sich um Literatur und Kunst nicht kümmern. Es ist Poesie für die Zeitung und also für den Alltag.

Man hat Heine zu den Vorbildern der Mascha Kaléko gezählt, wohl deshalb, weil sie im Exil besonders oft gerade ihn zitiert, nachgeahmt und auch parodiert hat. Aber das ist doch zu hoch gegriffen. Ich muß eher an Tucholsky denken, an Ringelnatz und vor allem an den in Deutschland immer noch zu wenig geschätzten Erich Kästner. Nur war Mascha Kaléko jünger als diese Autoren: Nicht der Erste Weltkrieg hat sie geprägt, vielmehr repräsentierte sie jene Generation, die in den späten zwanziger Jahren aufgewachsen war – in der Zeit der Not und der Arbeitslosigkeit und literarisch durchaus nicht mehr unter dem Einfluß des Expressionismus, sondern der Neuen Sachlichkeit.

Ihre Verse sind keß und keck, frech und pfiffig, schnoddrig und sehr schwermütig, witzig und ein klein wenig weise. Ganz natürlich klingt die Stimme der Mascha Kaléko, unverkrampft und immer etwas resigniert. Ihr ist nicht daran gelegen, den Leser zu beeindrucken, vielmehr hat sie etwas mitzuteilen, zu berichten, zu erzählen. Der Reim und der Rhythmus, die Pointen und die Scherze – in diesen Versen dient alles dem Inhalt.

Erich Kästner wurde ein lyrischer Reporter seiner Epoche genannt. Das gilt auch für Mascha Kaléko. Sie zeigt in der

»Großstadtliebe«, einem Gedicht, das ich besonders gern habe, die Erotik jener jungen Leute, die in möblierten Zimmern wohnen, wo man – da liegt der Hase im Pfeffer – keinen Besuch empfangen darf. Man trifft sich auch nicht im Café, denn eine Tasse Kaffee kostet 25 oder 30 Pfennig, da kommt man in der Eisdiele billiger weg. Noch billiger ist es auf den Parkbänken, allerdings kann man sich da nur küssen, mehr geht eben nicht.

Wenn sich die jungen Leute aber doch nach mehr sehnen, dann brauchen sie ein Paddelboot, das man leihen kann. Pathetisch ist diese Großstadtliebe natürlich nicht: *Man lernt sich irgendwo ganz flüchtig kennen.* Wenn man genug hat von *Weekendfahrt und Küssen* – dann macht man Schluß, am besten (Mascha Kaléko war Sekretärin) durch die Reichspost und per Stenographenschrift.

1956 war sie noch einmal in Berlin. Über das Wiedersehen mit der Stadt, die sie für ihre Heimat hielt, schrieb sie: ... *Und alles fragt, wie ich Berlin denn finde? / Wie ich es finde? Ach, ich such es noch!*

MASCHA KALÉKO
IM EXIL

Ich hatte einst ein schönes Vaterland –
so sang schon der Flüchtling Heine.
Das seine stand am Rheine,
das meine auf märkischem Sand.

Wir alle hatten einst ein (siehe oben!).
Das fraß die Pest, das ist im Sturz zerstoben.
O Röslein auf der Heide,
dich brach die Kraftdurchfreude.

Die Nachtigallen wurden stumm,
sahn sich nach sicherm Wohnsitz um,
und nur die Geier schreien
hoch über Gräberreihen.

Das wird nie wieder, wie es war,
wenn es auch anders wird.
Auch, wenn das liebe Glöcklein tönt,
auch wenn kein Schwert mehr klirrt.

Mir ist zuweilen so, als ob
das Herz in mir zerbrach.
Ich habe manchmal Heimweh.
Ich weiß nur nicht, wonach.

BEATE PINKERNEIL
REISEN NACH NIRGENDLAND

Sie war von jenem Baum, der ewig zweigte und nie Wurzeln schlug. Ein Leben lang hoffte sie auf Wunder und hielt die Koffer stets bereit. Die Notwendigkeit eines jähen Aufbruchs hatte ihre Kindheitsjahre geprägt. Aus dem galizischen Schidlow, wo die Jüdin Mascha Kaléko 1907 zur Welt kam, während des Ersten Weltkriegs verbannt, vollzog sie für den Rest ihres Lebens die Einübung ins unglückliche Bewußtsein, nirgendwo heimisch, überall ein Fremdling zu sein. »Wohin ich immer reise, / ich fahr nach Nirgendland. / (...) Die Wälder sind verschwunden, / die Häuser sind verbrannt. / Hab' keinen mehr gefunden. / Hat keiner mich erkannt«, schrieb sie in ihrem Lebensrückblick »Kein Kinderlied«. Daß die Wunde ihres frühen, unfreiwilligen Exils nicht vernarbte, machte sie zur Dichterin. Vaterlandslos geboren, schuf sie sich im Gedicht, in der Sprache ihr eigenes Vaterland. Es besaß den unschätzbaren Vorteil, transportabel zu sein, sie konnte es überallhin mitnehmen.

Im Berlin der ausgehenden zwanziger Jahre hatte sie zu schreiben angefangen. Eines ihrer ersten Gedichte mit dem Titel »Kassen-Patienten« erschien 1930 in der »Weltbühne«: eine unsentimentale, unerbittlich genaue Momentaufnahme menschlicher Schicksale in kahlen großstädtischen Wartezimmern. Da hockten sie, die vereinsamten Kranken, blätterten in welken Illustrierten und tauschten – echt berlinerisch – die Erfahrungen ihres

medizinischen Nummerndaseins aus: »Det weeß keen Doktor, wat uns richtich fehlt.«
Mit diesen und anderen lyrischen Tableaus aus dem Alltagsleben, in der Vossischen Zeitung und im Berliner Tageblatt abgedruckt, bewies die damals Dreiundzwanzigjährige, daß sie zu keiner literarischen Schule gehörte; auch wenn ihre Texte, zwischen salopper Selbstironie und wehmütiger Skepsis, zwischen Spottlust und heimlicher Trauer oszillierend, manchmal an Tucholsky und Kästner, Morgenstern und Ringelnatz denken ließen. Wer den eigenwilligen Ton dieser Lyrikerin instinktiv erfaßte, war Ernst Rowohlt. Als die junge Mascha Kaléko 1933 mit ihrem ersten Manuskript »Das lyrische Stenogrammheft« zu ihm kam, verlegte er es noch im selben Jahr. Der unscheinbare Band wurde zwar ein Erfolg, hatte aber – wie die kurz danach folgenden Gedichte »Kleines Lesebuch für Große« – keine Wirkung mehr. Die Nazis setzten beide Veröffentlichungen auf ihre Liste verbotener Schriften. Bei der großen Bücherverbrennung gingen sie mit in Flammen auf.
Mascha Kaléko konnte gerade noch rechtzeitig in die Vereinigten Staaten flüchten. Das New Yorker Künstlerviertel Greenwich Village wurde die nächste Station erzwungener Wanderschaft. Ein Zufluchtsort gewiß, aber mehr nicht. Sie litt an chronischer Sehnsucht nach Deutschland, nach seiner alten Reichshauptstadt »auf märkischem Sand«. In ihrem Heimweh versuchte sie heimisch zu werden, wie ihr »Exil«-Gedicht zeigt. Sie bewohnte künftig kein Land mehr, sondern bewanderte die Straßen dieser Welt: Minetta Street, New York, King George Street, Jerusalem, wohin sie 1966 mit ihrem zweiten Mann, dem chassidischen Musiker Chemjo Vinaver übergesiedelt war.
Was sie in jener Zeit bis zu ihrem Tod 1975 dichtete, kreiste

um den eigenen Schatten der Vergangenheit, um das unbarmherzige »Gewesen«. Den »Flüchtling Heine« nahm sie sich zum Wahlverwandten. Wie dieser empfand sie sich als Zeugin und Opfer ihrer Epoche, als ein »enfant perdu«; so der Titel des Gedichts aus Heines letzten Lebensjahren. Auf dessen Schlußzeilen »Doch fall ich unbesiegt, und meine Waffen / Sind nicht gebrochen – Nur mein Herze brach«, entgegnete Mascha Kaléko nach mehr als einem Jahrhundert: »Mir ist zuweilen so, als ob / das Herz in mir zerbrach.« Auf ihrer ersten Deutschland-Reise im Heine-Jahr 1956 setzte sie den Dialog mit dem Toten fort, im Gedicht »Deutschland, ein Kindermärchen«, ihre Antwort auf Heines satirisches Versepos »Deutschland. Ein Wintermärchen«.

Während freilich Heines Platz im Kapitel deutsch-jüdischer Geistesgeschichte gesichert ist, findet sich der Name Mascha Kalékos bis heute in keiner unserer Literaturgeschichten verzeichnet. Sie zählt immer noch zu den Unbekannten, obwohl ihr »Lyrisches Stenogrammheft« das hundertste Tausend längst überschritten hat.

MASCHA KALÉKO
KLEINE HAVEL-ANSICHTSKARTE

Der Mond hängt wie ein Kitsch-Lampion
Am märkschen Firmament.
Ein Dampfer namens »Pavillon«
Kehrt heim vom Wochenend.

Ein Chor klingt in die Nacht hinein,
Da schweigt die Havel stumm.
– Vor einem Herren-Gesangsverein
Kehrt manche Krähe um.

Vom Schanktisch schwankt der letzte Gast,
Verschwimmt der letzte Ton.
Im Kaffeegarten »Waldesrast«
Plärrt nur das Grammophon.

Das Tanzlokal liegt leer und grau.
(Man zählt den Überschuß.)
Jetzt macht selbst die Rotundenfrau
Schon Schluß.

Von Booten flüstert's hier und dort.
Die Pärchen ziehn nach Haus.
– Es artet jeder Wassersport
Zumeist in Liebe aus.

Noch nicken Föhren leis im Wald.
Der Sonntag ist vertan.
Und langsam grüßt der Stadtasphalt
Die erste Straßenbahn . . .

HORST KRÜGER
BERLINER AUGENBLICK

Gewiß, ein großes klassisches Stück deutscher Lyrik ist das nicht. Und eigentlich gibt es hier auch kaum etwas zu interpretieren. Form und Inhalt sind eindeutig; alles liegt direkt auf der Hand, meint das, was es sagt. Hier ist gar nichts zu entziffern. Und doch liebe ich diese Verse, halte sie für bemerkens- und bewahrenswert; denn hier ist die Zeit eingefangen: Berliner Augenblick.

Ein Stück deutscher Geschichte wurde dingfest gemacht: ein Zeitgedicht. So konnte, so mußte man einmal schreiben, und so schrieb man damals eben, wenn man begabt und empfindlich war: Tucholsky, Kästner, Ringelnatz und eben auch diese Mascha Kaléko: Berlin. Anfang der Dreißiger, halb Kabarettext, halb Leierkastensong: romantische Ironie mit Schnoddrigkeit. Natürlich, auch Brecht, auch Heine stehen im Hintergrund.

»Kleine Havel-Ansichtskarte« wurde vor gut vierzig Jahren geschrieben. Es stand 1933 im ersten Lyrikband einer jungen Frau, die damals nach Einzelveröffentlichungen in der »Vossischen Zeitung« und im »Berliner Tageblatt« plötzlich wie ein neuer Stern am Berliner Literatenhimmel aufging; aufzugehen schien, muß man nachträglich sagen. Rowohlt hatte sich ihrer erfolgreich angenommen, in Romanischem Café rezitierte sie abends umjubelt. Hermann Hesse und Thomas Mann feierten sie als »Dichterin der Großstadt«. Doch war sie Jüdin. Damit ist alles gesagt: ein Aufbruch brach ab. Mascha Kaléko mußte emigrieren.

»Das Lyrische Stenogrammheft« wurde mit auf den großen Scheiterhaufen der Nazis geworfen. Verbrannte es ganz?

Ich meine nicht. Aber vielleicht muß man gebürtiger Berliner sein, um heute, vierzig Jahre später, zu spüren, wie genau und treffsicher im Ton dieses Gedicht das Lebensgefühl in der damaligen Reichshauptstadt kurz vor Hitler fixiert: Melancholie und schöne Selbstverletzung, spöttische Sentimentalität. Heute müßte man eine Berlin-Ansichtskarte durchaus anders schreiben. Jürgen Becker hat es getan, aber damals? »Der Mond hängt wie ein Kitsch-Lampion / Am märkschen Firmament«; das ist genau jener Berliner Sarkasmus, der eingeborene Gefühligkeit keß kaschiert, also sagbar machte, damals. Zarte Bosheit, die soziale Trivialitäten anerkennt und zugleich verhöhnt: »Ein Chor klingt in die Nacht hinein / Da schweigt die Havel stumm.« Und gleich darauf, noch frecher: »Vor einem Herren-Gesangsverein / Kehrt manche Krähe um.«

Die beiden letzten Verse scheinen mir die gelungensten. Leicht, schwebend, durchaus impressionistisch wird dieser Abend daußen am Wannsee durchgebildert, aber plötzlich wird das Verspielte ernst, beinahe sentenzhaft grundsätzlich: »Die Pärchen ziehn nach Haus. / Es artet jeder Wassersport / Zumeist in Liebe aus.« Ein schöner, runder, durchaus klassischer Satz, in dem pralle Sinnlichkeit lebt: Großstadt-Eros. Dann verschwebt das wieder. Dann löst sich so unbestreitbare Lebenswahrheit wieder im Ungefähren und doch Genauen auf: »Noch nicken Föhren leis im Wald. Der Sonntag ist vertan.« Man weiß schon, was kommt; weil es aber bewußt ironisch eingesetzt ist, ist seine Trivialität: »Stadtasphalt grüßt die erste

Straßenbahn« im doppelten Wortsinn schon wieder aufgehoben: vernichtet und zugleich bewahrt.

Möglich, daß man in einem Land, das das Schwere, Tiefe und Dunkle vorzüglich liebt, über diese Verse die Nase rümpft. Aber wenn, wie man heute gern sagt, Literatur Gesellschaft reflektieren soll, so sind die Verse dieser sensiblen und stillen Frau in ihrer Art hochliterarisch: ein Zeitgedicht, das Auskunft gibt, das also bleibt.

FRITZ GRASSHOFF
BLUES

Rosa nasses Löschpapier
zerrissen –
keiner sucht es
keiner wird's vermissen.
Laßt es liegen, Kinder,
laßt es liegen.
Löschpapier ist überall zu kriegen.

Seht, zwei Tintenkleckse
blaß zerronnen:
Säuferaugen
tote Whiskysonnen.
Laßt sie schwimmen, Kinder,
laßt sie laufen.
Tinte gibt es überall zu kaufen.

Wenn der Regen kommt,
der große Regen,
wird er's sicher
in den Gully fegen.
Wird's durchlöchern, Kinder,
wird's durchsieben –
Löschpapier mit mir beschrieben.

EVA DEMSKI
TROTZ ALLEM UND JETZT GRADE

Einst war sie ein Bestseller, die »Große Halunkenpostille« des Fritz Graßhoff, aus der dieser Blues stammt. Über achtzigtausendmal verkauft in einer Zeit, da Deutschland noch mager und gottlob geschlagen war und wo das Leben sich in den Kellern regte, genährt und beflügelt von amerikanischen Zigaretten und geschmuggeltem Schnaps.
Dazu haben sie gepaßt, die melancholisch-schnoddrigen Texte des Quedlinburgers Graßhoff, der ebenso bitter wie lebenssüchtig aus dem Krieg zurückgekommen war, geographisch gesehen in Arno Schmidts Nachbarschaft, nach Celle – aber in Deutschland war es ihm zu eng und die Luft dick von Geschichte. Also raus, nach Schweden, sechs Jahre in den Fünfzigern, Bellman übersetzt, und vielleicht ein wenig vom Ton seiner Stimme angenommen. Nach Deutschland zurück – aber da war alles gleich geblieben, nur lauter und reicher geworden. Und irgendwie hatte man den Dichter, Songschreiber und Romancier Fritz Graßhoff vergessen.
Wer wird es vermissen, das Löschpapier, auf dem die Buchstaben verlaufen?
Es gab immer Dichter, die auf dem Zeitgeist zu reiten verstanden wie die Hexen auf dem Besen, es gab sie immer, die Igel der Literatur, die »ich bin schon da« schrien – er, Graßhoff, war das Gegenteil und ist es bis zum heutigen Tag geblieben.
Keiner weiß, wessen Texte er mitsummt, wenn in der

Evergreen-Sendung »Nimm mich mit, Kapitän, auf die Reise« gespielt wird oder die »Kleine weiße Möwe« – es sind seine. Von so was kann man leben, wenn es mit der Dichterei nicht hinhaut. Blaßblaue Innerlichkeit, lyrische Zähren über die Herbheit der Welt und insbesondere der Literaturkritiker waren seine Sache nicht. Denn man beachte die Farbe des Löschpapiers, jenes Symbols für die Vergeblichkeit alles dichterischen Tuns – es ist rosa! Die Farbe der Morgenröte, eine Trotzdem-Farbe, Zuckerstangen sind rosa und Mädchenwäsche – es ist eine lebenszugewandte Farbe, dieses Rosa, und immerhin geht's darauf nicht nur um Tinte, sondern auch um Whisky.
Wenn schon alles für die Katz ist, wollen wir doch, bis uns der Teufel holt, ein bißchen Spaß haben.
1980 erschien sein Roman »Der Blaue Heinrich« – die Geschichte einer Straße und einer Kindheit, vom Krieg erzählt Graßhoff, und wieder hat er diesen fast heiseren Ton von Trotz allem und Jetzt grade, auch wenn *sub specie aeternitatis* sowieso alles egal ist. Das aber wollten die Leute am Beginn der achtziger Jahre wohl nicht mehr lesen. Und Graßhoff, in seinem schönen Haus, weit weg vom stickigen Europa, Hudson/Quebec, mit einem weiten Blick über den Fluß, der so breit ist, daß man das andere Ufer nicht sehen kann, sagt: »Da hab ich Weltliteratur gemacht. Es hat nur keiner gemerkt.«
Jetzt, mit achtzig Jahren, groß, weißhaarig und einäugig wie ein Pirat, macht ihm das alles nichts mehr aus. Hier in Kanada lebt er nun schon viele Jahre, amüsiert sich aus sicherer Entfernung über den Literaturbetrieb, ist erstaunlich gut informiert. Literaturpreise? Fehlanzeige. Die Bilder aber, die er seit vielen Jahren malt, schöne, verschrobene, wilde Bilder mit Teufeln, Ratten, Bäumen und

Dichtern drauf, werden ausgestellt. Nicht alles wird der große Regen in den Gully fegen, und wenn er es doch tut, dann ist es eben so – Tinte gibt es überall zu kaufen.

HERMANN LENZ
REGEN

Nun der Regen strömt und rinnt,
Rauch ich meine Pfeife.
Keiner ist mir wohlgesinnt,
Was ich gut begreife.

Frierend wart ich, doch es kommt
Nichts, und nichts wird besser.
Rußlands Nordwind, der mir frommt,
Schneidet mit dem Messer.

Darum mach ich einen Biß
In das Brot, das kalte.
Meine Pfeife mit dem Riß
Knistert: Bleib der Alte.

JOCHEN HIEBER
DIE ANGST AUSHALTEN

Der Mann, dem seine lädierte Tabakspfeife zuknistert, er solle »der Alte« bleiben, ist noch keine dreißig. Seit gut zwei Jahren dient er in Hitlers Krieg als Gefreiter der Wehrmacht – Offizier zu werden wie sein Vater, lehnt er ab, sonst aber paßt er sich den Umständen an und muckt nicht auf. 1942 hat es ihn mit seiner Kompanie aus dem südlichen Frankreich in den Nordwesten Rußlands verschlagen, in die Nähe von Narwa am Finnischen Meerbusen: »Der Leerlauf dieses Stellungskriegs, dieses Warten«, das die Kameraden zermürbt, ist ihm gerade recht.

In dem 1975 erschienenen Roman »Neue Zeit« hat Hermann Lenz sein Leben während der Nazizeit beschrieben, hat erzählt, wie aus dem eleganten und nicht eben sehr ehrgeizigen Studenten der Kunstgeschichte, der indes als Dichter erste Erfolge erntet, ein Soldat wurde und ein Scharfschütze. Freilich einer, der seinen Auftrag auch an der russischen Front auf höchst eigene Weise zu erfüllen gedenkt: »Bis heute«, sagt Eugen Rapp, das *Alter ego* des Hermann Lenz, im Roman zu sich selbst, »hast du Glück gehabt und niemand umgebracht; und hoffentlich mußt du das nie.«

Ein klein bißchen Schwejk, ein wenig Simplizius: durch den Krieg jedoch bringt den stillen Lenz vor allem sein schwäbisch-gediegener Sinn für die jeweilige Situation. Und um dem Krieg standzuhalten, dem Grauenhaften ebenso wie dem grauen Alltag, flüchtet er sich ganz bewußt in die Vergangenheit. »Du ertrügest nicht die neue Zeit ohne Erinnerung an die alte«, meint Lenz mit Rapp. Er erfindet Geschichten, die im Wien der Jahrhundertwende spielen. Er liest Mörike und schreibt über dessen Leben. Er verfaßt, »damit du deine Angst aushalten kannst«, eigene Gedichte, von denen sein väterlicher Lehrmeister Georg von der Vring 1943 einige in der Anthologie »Die junge Front« veröffentlichen wird.

»Regen« gehört nicht dazu. Aber wie die anderen Poeme aus jenen Jahren ist auch dieses mit Bedacht ein »altes« Gedicht, traditionell und schlicht in der Form, fast bieder erscheinend in der Wahl von Szene und Stoff. Es sind die unmittelbaren Umstände seines Entstehens, die es zu einem literarischen Zeitdokument machen.

Ein versprengter russischer Offizier aus der Wlassow-Armee ist erschossen worden. Zusammen mit einem Kameraden erhält Hermann Lenz den Befehl, ihn mitten im Sumpf zu »beerdigen«. Sie werfen den Leichnam in einen Tümpel, aber er geht nicht unter. Sie beschweren ihn, »doch immer wieder drängten die Füße herauf ... Da gingen sie beiseite und ließen alles liegen, wie es war«.

»Keiner ist mir wohlgesinnt, / Was ich gut begreife«, heißt es im Gedicht »Regen«, das sogleich nach der Rückkehr in die Stellung geschrieben wird. Aber der einzige, der dem »gutmütigen Kameraden« Hermann Lenz alias Eugen Rapp in diesem Augenblick nicht wohlgesonnen sein kann, ist, was man gut begreift: er selbst. »Vielleicht verachtenswert«, notiert er im Roman und meint das Schreiben des Gedichts. Es ist jedoch zugleich eine »Schutzschicht«, die ihn »von der Verzweiflung trennt«.

Der Romancier Hermann Lenz, dessen umfangreiches erzählerisches Werk in den vergangenen fünfzehn Jahren die verdiente Anerkennung fand, hat zeitlebens, aber gleichsam *en passant* auch Gedichte geschrieben. Über ganz wenige hat er dabei soviel Auskunft gegeben wie über den »Regen«. Der Gegensatz zwischen dem äußeren Anlaß, dem es sich ›verdankt‹, und der inneren Hinwendung zum alten Leben, zu der des Dichters Pfeife rät, mag fast unerträglich sein, ist aber alles andere als verachtenswert. Im Gegenteil: mir ist »Regen« gerade deshalb das kostbarste Gedicht von Hermann Lenz.

CHRISTINE BUSTA
AM RANDE

Manchmal auf einer Schwelle sitzen,
ausruhn vom Gehn, das nicht ankommt,
die Tür hinter dir und nicht klopfen.

Alle Geräusche wahrnehmen
und keines verursachen.
Das Leben, das dich nicht annimmt, erhören:
im Haus, auf der Straße,
das Herz der Maus und des Motors,
die Stimmen von Luft und Wasser,
die Schritte des Menschen, der Sterne,
das Seufzen von Erde und Stein.

Manchmal setzt sich das Licht zu dir
und manchmal der Schatten,
treue Geschwister.
Staub will nisten auf dir
und unbetretbarer Schnee.

Langsam unter der Zunge
wärmt sich dein letztes Wort.

GERTRUD FUSSENEGGER
RAST AUF DER SCHWELLE

Ein leiser Text, ein Text der Stille, doch keinesfalls der Sprachlosigkeit, die sich heute paradoxerweise so oft wortreich literarisch formuliert und als Anzeichen innerer Wüstung verstanden sein will. Die Stille in diesem Gedicht lebt, sie ist die flüsternde Fülle des vorkreativen und dann des kreativen Augenblicks.

Da ist das lyrische Ich, das sich zuerst nur mit einem Wunsch in Form eines elliptischen Infinitivs zu Worte meldet: »Manchmal auf einer Schwelle sitzen, / ausruhn ...« Wer kennt diesen Wunsch nicht? Man ist stundenlang unterwegs gewesen, man sehnt sich nach einem Rastplatz, und wäre er auch nur eine Treppenstufe, eine Schwelle, da könnte man »ausruhn vom Gehn, das nicht ankommt«, denn man will ja gleich weiter. Die Tür soll geschlossen bleiben, man klopft nicht an, will nicht bemerkt werden, denn – kaum hat man sich der sanften Wohltat der Rast überlassen, sammelt sich die eigene Aufmerksamkeit auf »das Leben, das dich nicht annimmt«, das es dennoch zu »erhören« gilt.

Erhören? Das kann hier zweierlei bedeuten: er-hören im Sinne von erlauschen, dann aber auch im Sinn barmherziger Zuwendung. Es scheint, daß dem lyrischen Ich eins ins andere verschmilzt und verschmelzen soll, und auch dieser Wunsch wird von einem elliptischen Infinitiv transportiert, die in diesem Fall wohl zarteste Form, ein Streben auszudrücken.

Dieses Streben ist, wie ich zu erraten glaube, das noch schwankende Um-sich-Tasten und Sehnen, das jedem kreativen Prozeß vorausgeht. Es greift sich dies und das: Haus, Straße, Ticken des Mäuseherzens, Grummeln eines Motors, Stimmen von Luft, Wasser, Stein ... Dann – in neuer Strophe – bricht es zu indikativischer Aussage durch; Lebenserfahrung wird resümiert: »Manchmal setzt sich das Licht zu dir / und manchmal der Schatten ...« Das ist schön gesagt; noch schöner: »Staub will nisten auf dir / und unbetretbarer Schnee.« Staub – das heißt wohl Mühsal, Enttäuschung, Alltags-Banalität. Dann aber: »unbetretbarer Schnee«. Dieses Bild kann nichts anderes signalisieren als die metaphysische Kategorie, das Gipfellicht, dessen Widerschein auf der Stirn des denkenden, fühlenden, des betenden Menschen aufstrahlt.
In den nächsten zwei Zeilen erfolgt ein unerwarteter, ein rätselhafter Schluß. Was sich da »langsam unter der Zunge / wärmt ...«, soll es uns an den Kieselstein erinnern, mit dessen Hilfe Demosthenes gegen die Brandung ansprechen lernte? Oder an die Münze, die man den Toten unter die Zunge schob, damit sie die Überfuhr ins Schattenreich bezahlen konnten? Oder ist hier einfach nur ein Noch-Ungesagtes angedeutet, das als Rest bleibt? (Das Rätsel ebendieser Zeile hat mich an dem Gedicht fasziniert.)
Noch eins fiel mir auf: dieser Text, der doch nichts anderes als ein Selbstgespräch enthält, sagt nie *ich*. Er bewegt sich zuerst im Infiniten, dann wendet er sich an ein *du*. In dieser sanften Spaltung gibt sich weibliche Gemütsart kund, vorfeministische.

CHRISTINE BUSTA
SIGNALE

Damals, um zwei Uhr nachts
im Bahnhof von Nürnberg:

niemand stieg aus oder zu,
man hat nur die Post verladen,
Botschaft von Schläfern für Schläfer.

Zwischen Gleisen und Weichen
eine verirrte Grille
schrie und schrillte und schrie.

HEINZ PIONTEK
EINER MUSS WACHEN

Wodurch mir Christine Busta schon früh auffiel, ist ihre Unbeirrbarkeit gewesen. Gewiß, damit kann man es sich leicht machen, einfach nicht nach rechts und links sehen, nichts von dem, was sich verändert, zur Kenntnis nehmen, allen Fragen und Irritationen ausweichen. Doch was wäre das für ein Lyriker, der sich so ängstlich oder so ungerührt verhielte! Christine Busta hat die Entwicklungen, Moden, Trends sehr wohl verfolgt, aber ihr Talent nicht hierhin und dorthin gehetzt, sondern – angesichts der Veränderungen – an sich selbst weitergearbeitet.

Jetzt gelingen der sechzigjährigen Wienerin Gebilde von großer Schlichtheit und Ausgewogenheit. Dabei sind sie alles andere als wohltemperiert. Eines der Gedichte, das »Signale« heißt, kann als Beispiel dienen. Die Busta begnügt sich hier mit ganzen acht Versen, die in drei Strophen gegliedert sind. Kein Reim, kein Metrum, allenfalls ein Anklang von Daktylen – dennoch der Eindruck von etwas Festgefügtem, das durch Satzbau und Semantik strukturiert ist.

»Damals, um zwei Uhr nachts / im Bahnhof von Nürnberg:« Der Auftakt des Gedichts scheint zunächst nichts weiter als eine Orts- und Zeitangabe, aber mit dem Stabreim »nachts« und »Nürnberg« schlagen die beiden Verse einen Ton an, der merkwürdig beklommen macht. Obwohl nächtliches Reisen für viele zur Selbstverständlichkeit geworden ist, kann uns bei einem Blick durchs Zugfenster in eine halbdunkle leere Bahnhofshalle nach Mitternacht plötzlich unsere Vereinzelung zu Bewußtsein kommen, bis zur Bangigkeit. Wie verloren jene wenigen, die dem Schlaf nicht nachgeben; wie riesig ihnen gegenüber die Zahl derer, die sich zwischen ihren Bettpfosten ausgestreckt haben, wie betäubt daliegen! »Niemand stieg aus oder zu, / man hat nur die Post verladen...«

Während wir die nächtlichen Bilder von Öde, Vereinzelung, Ungeschütztheit noch auf uns wirken lassen, Menschenleere in ihrer Tristheit bis in die Eingeweide empfinden, nimmt das Gedicht eine Wendung, indem es uns eine neue, eine »poetische« Einsicht eröffnet. Das ab- und zugeladene Postgut »entpuppt« sich als »Botschaft von Schläfern für Schläfer«. Jetzt, spüren wir, ist nicht länger mehr von zufällig Wachenden und zufällig Schlafenden die Rede; Wachen und Schlafen erscheinen als diametrale, äußerste Zustände des Bewußtseins. Menschen können sich auch tagsüber wie Schläfer verhalten, so dahindämmern, während umgekehrt andere, immer hellwach, selbst nachts kaum Schlaf finden. »Eine verirrte Grille / schrie, schrillte und schrie.« So wird ein einzelnes Insekt zum Inbild. Der Schmerz der Schlaflosigkeit und der Schmerz über das, was schlaflos macht, geht in diesem feinen hartnäckigen Schreien ineinander über.

Doch da das Gedicht »Signale« heißt, sollten wir auch an das Wachen aus Wachsamkeit denken. Grillengesang ist nicht wohltuend, eher schrill, alarmierend. Vielleicht ein Warnsignal? »Einer muß wachen«, heißt es bei Kafka, »einer muß da sein«. Es ist der, der uns warnen kann, wenn wir schlafen. Und sollten wir wach sein wie er, mitten in der Nacht, so wird uns der Ton seiner Stimme bedeuten, daß wir nicht allein sind.

STEPHAN HERMLIN
TERZINEN

Die Worte warten. Keiner spricht sie aus:
Auf ihren Lidern eine Handvoll Nacht,
Ihr Haar wärmt Nest und Brut der Wintermaus.

Aus ihrem Säumnis ist mein Traum gemacht,
Mein langer Tag aus ihrer Endlichkeit.
Die Schwalben sind vom Winde überdacht.

Nur sie sind ganz allein im Fluß der Zeit,
Die Uhren schlagen ihre Namen fort,
Vermächtnis, Schwur und Mahnmal ungeweiht.

Der Regen wäscht aus Tafeln Wort um Wort,
Rinnt auf Mont-Valérien und Plötzensee.
Die Schwalben liegen in der Hand des Nord.

Ich weiß noch, wenn ich dann im Dunkel steh:
Den Blick voll Bläue, Hand und Atemzug,
Die Abende von lauem Gold wie Tee.

Die Unerschrockenheit, die sich betrug,
Als sei die nächste Woche schon gewiß,
Die Stadt erfüllt mit Geisterfahnenflug,

Mit Fahnen, die der Wind der Zukunft spliß.
Geknebelt mit Gesängen gingen sie
Dahin. Jetzt schmilzt ihr Fleisch vom Rattenbiß

Sechs Fuß tief in des Wartens Euphorie,
Wenn sich die Regensäulen auf sie lehnen.
Der Schwalbensturz allein vergißt sie nie,

Die langsam treiben unter den Moränen.

ELISABETH ENDRES
EINE TOTENKLAGE

Diese Verse schrieb Stephan Hermlin im Jahre 1946; ein deutscher Dichter jüdischer Abstammung, seiner Konfession nach Kommunist. Er hatte Deutschland verlassen müssen, hatte in Palästina, Ägypten und England gelebt. Er war mit den Antifaschisten verbündet in einem Frankreich, das die Nazi-Truppen besetzt hatten. Er floh in die Schweiz, kam in das besiegte Deutschland zurück, nach Frankfurt am Main. 1947, ein Jahr nachdem dies Gedicht entstand, ging er in die sowjetische Zone. Er lebt in Ost-Berlin. Ein DDR-Dichter also? Gewiß. Man liest in den letzten Jahren viel über Hermlin hier, bei uns im Westen. Er protestierte gegen die Ausbürgerung Wolf Biermanns, er hielt vor dem Schriftstellerverband der DDR eine Rede, in der er sich für die lebendige Kultur einsetzte und ihre Freiheit.

Stephan Hermlin ist ein deutscher Dichter: Er versteht sich auf die List, die Wahrheit zu sagen. Man soll bei aller Bewunderung für diese List nicht vergessen, daß er Kunst geschaffen, neben wichtiger Prosa Gedichte geschrieben hat, die vielleicht gerade durch die Ungewöhnlichkeit ihres Stils faszinieren.

Die Gedichte der vierziger Jahre sind zu einem großen Teil eine lyrische Hommage für die Toten. Für die von den Nazis hingerichteten, ermordeten Menschen, für das Stück Glück, für das Stück Sehnsucht, das in jedem einzelnen dieser Individuen vorhanden war, das durch den Tod ganz und gar niedergebrannt wurde.

Ein Dichter schreibt Terzinen. Er übernimmt eine kunstvoll verschlungene Reimordnung, die Dante für seine »Divina Commedia« benutzt, die Hofmannsthal verwendet hatte. Er verbindet damit ihre kühne Metaphorik, in deren surrealen Reiz man sich verlieren möchte. »Ihr Haar wärmt Nest und Brut der Wintermaus«. Es gibt keine Wintermaus. Aber sie lebt in unserem Geist, wenn man sich ihr Nest am Körper des Toten vorstellt, der ausgeliefert wurde der Kälte und den Tieren, die in die Erde ihre Löcher graben. Es ist etwas Tröstliches dabei. Das Haar des Vernichteten wird zum Haus für eine frierende Brut. Die Toten haben ihr Stück Hoffnung bei sich. Neben dem Rattenbiß auch »des Wartens Euphorie«.

Die Lebenden vernehmen die Zwischentöne. Manche Verse berichten von den Unerschrockenheiten, von »Fahnen, die der Wind der Zukunft spliß«. Hermlin mag hier an Freunde gedacht haben, die an Fahnen und an die Zukunft glaubten. Wenn sie recht behalten hätten, wäre alles mühelos verlaufen. Aber hätte der Dichter dieser Nuancen der Klage bedurft, wenn sie recht behalten hätten? Hätte er sich dann nicht auf Fanfarentöne verlassen können? Er zieht das komplizierte Naturbild vor, übersetzt die Totenklage in eine andere Welt: Da sind Schwalben, sie sind überdacht ..., sie werden vom Nordwind getragen ..., der Schwalbensturz wird zum Symbol für das Nichtvergessen.

Der Dichter beschwört ein bißchen Schönheit; das Gold der späten Abende wird mit Tee verglichen. Die Privatheit dieser Impression hat ihren Grund. Die Verse sind von vornherein relativiert. Die erste Zeile lautet: »Die Worte warten. Keiner spricht sie aus:« Der Doppelpunkt widerspricht der Aussage. Einer redet, einer beschwört die Toten. Aber genügt das? Zumal, wenn es sich auch hier um einen Betroffenen handelt, also um einen, von dem gerade nicht letztendlich die erlösenden Worte stammen sollten. Er kann surreal schreiben, er kann realistisch schreiben, Mont-Valérien nennen und Plötzensee, die Hinrichtungsstätten von Paris und Berlin. Schließlich wird er nur klagen können über den Regen, der die Namen langsam unleserlich macht.

HANS PETER KELLER
FOLGE

I

der triftige Grund

weswegen Fallschirme
   in die Luft hängen –?

(so
aufgeblasene
Munterkeit)

die Aufenthalte sind unsicher

ein
Schritt in das
Bodenlose

– schon angekommen

II

du

lehne dich an mich und
ich
habe Halt

solang wir fallen sind
wir
nicht unten

HILDE DOMIN
REISEBERICHT

Diese Gedichtfolge von Hans Peter Keller halte ich für sehr heutig in ihrem heiklen Lebensgefühl und für sehr charakteristisch für das Werk dieses Lyrikers. Knapper geht es nicht mehr.

Gerade schreibt mir eine Studentin: »Was die Wirkung von Gedichten angeht ... Sensibilisierung vielleicht. Und wenn sie eintritt, gehen die Menschen daran kaputt, in dieser unserer Umgebung. Nervenklinik, Alkohol, Valium.« Hans Peter Keller diagnostiziert die Lage ähnlich wie diese Studentin. Aber er zeigt, wie man in dieser kaputten Welt die eigene Hilflosigkeit weglacht.

Um den Hintergrund zu geben, auf dem ein Gedicht wie diese Folge gelesen werden muß, zitiere ich aus Kellers »Turmluke«. »Nicht hinauslehnen«, heißt es da, »die Luft ist voll Schwindel ... Taubendreck, Atemnot.« Und in der letzten Zeile fordert der Autor sich auf: »Komm ins Parterre.« Keller, der jetzt, am 11. März, seinen 60. Geburtstag feiert, ist also ein sehr solider Mann, der sich selbst zu relativieren imstande ist, ein Realist, ein Luftikus nur der Sprache, obwohl er oft über seine »Begegnung mit der Luft« schreibt.

Wenn wir einmal beim Fallen sind, denn vom Fallen handeln diese Gedichte, so stellt sich als erstes für einen solchen Mann die Frage nach einer unbeschädigten Landung. Die möglichen »Fallschirme« sieht der Autor optisch: etwas »Munteres«; fast ein Volksvergnügen. Kurz: etwas

Unnützes. Wer sie »in die Luft hängen« könnte – vermutlich man selbst –, das wird nicht gesagt, nur auf das Fragwürdige einer solchen Rettungs- und Aufhalteaktion hingewiesen. Die »Aufenthalte«, die »unsicher« sind, könnte der Leser sowohl auf die Aufenthalte im Fallen, direkter wohl auf die Aufenthalte des Menschen auf Erden beziehen: übrigens ein theologisches Konzept. – Wo der Boden aufhört, da ist »Ankommen« kein Problem. Das Bodenlose wird zum Ziel, das man nicht verfehlt, »ein Schritt – schon angekommen«. Die sprachliche Umwertung des Erleichterungsseufzers, dieses »schon angekommen«, in sein Gegenteil, in die Bruch- und Zerbrechlandung, wird noch weiter getrieben in der das débacle persiflierenden Überschrift. »Der triftige Grund« ist der absolut zwingende, dem man nicht durch Ausreden entkommt. Der Grund also, in diesem Falle auch im wörtlichen Sinne, auf dem der ins Bodenlose Gestürzte zerschellt: eine »Trift« zugleich, weit unten, unabweisbar, auf der dies beklagenswerte »Angekommensein« stattfindet.

Dagegen gibt es nur einen Trost: die Gemeinsamkeit in der fatalen Lebenslage. Das »Ich« gibt noch im Fallen dem »Du« eine Stütze. In dieser prekären Hilfeleistung wird das »Ich« zum »Wir« und gewinnt eine illusorische Festigkeit, den »Halt«, den der Fallschirm nicht bietet. – Hinzuweisen wäre noch auf die den Text ironisierenden Zeilenbrüche. Die Zäsuren in diesem kurzen Gedicht, das fast aus seinen Atempausen besteht, verzögern sozusagen phonetisch und als Schriftbild das Fallen. Sie sind, wenn man so will, die »Fallschirme«, die der Autor in seinen luftigen Text hängt. So hält das Fallen dieses »Wir« etwas vor, unaufhaltsam, wie es doch ist; es wird geradezu als ein Aufschub genossen. Dieser »Genuß« liegt nicht nur im

Faktum der Zweisamkeit, er liegt mindestens so sehr im Spaß an der souveränen Formulierung seiner Paradoxe.
So wäre an diesen Gedichten von Hans Peter Keller der sich vor Sensibilisierung ängstigenden Gedichteleserin vielleicht gezeigt, wie das Gedicht zugleich befreit von der Bedrückung, die es artikuliert. Eine Befreiung, die immer für beide gilt, für den Autor wie für den Leser.

KARL KROLOW
ARIEL

Auf irgendwas
ein Gedicht, wie wenig,
denkt man, und turnt
den Handstand im Wind
aus anderer Richtung.
Die Zehen tragen den Himmel,
die Wolke wie Frauenhaar
weht durch die Luft, und so froh
bleibt ein kleiner Engel.
Sein Bilderbuch hält er
mir vor. Meine Übung
macht müde, am Ende
kommt man doch wieder
auf seinen Füßen zu stehn.
Irgendwas
ließ ich aus, vielleicht nur,
wie zwischen den Beinen
die akrobatische Landschaft
ganz oben ist, dauernd
zu hoch.

PETER HÄRTLING
IM HANDSTAND

Woran erinnert sich dieser Ariel? In welcher Verfassung befindet er sich? Nein, in welcher Fassung? Er nimmt sich, scheint es, leicht. Außerdem gäbe es ihn sowieso nicht ohne Wörter und ohne Wind. Also eine in jeder Hinsicht windige Existenz.

Das war nicht immer so. Anfangs tritt der Geist fest auf als ein biblischer Held, ein Löwe. Und in einer mythischen Metapher wird er sogar zu Stein, zu einer Stadt. Von Hesekiel wird er vermessen, »zwölf Ellen lang und zwölf Ellen breit im Geviert«, und dient als »Gottesherd«, als Altar. Bei Jesaja wächst er sich zur Stadt aus, zur hochgebauten: »Weh Ariel, Ariel, du Stadt, wo David lagerte.«

Wie, in welchen Anrufungen und Gesichten hat er sich hernach aus dem Stein destilliert und verflüchtigt? Diese arielischen Kapitel sind wohl noch nicht geschrieben oder wurden wieder vergessen. Den Ariel Krolows ficht das nicht an. Er nimmt seine Geschichte locker: »Auf irgendwas / ein Gedicht, wie wenig, / denkt man«. Daß dieses Irgendwas doch mehr bedeutet, führt uns der Poet im Handstand vor. Doch ehe wir ihn und den Luftgeist dabei beobachten, möchten wir an jene arielischen Zustände erinnern, ohne die die spätere Akrobatik gar nicht möglich ist. An den Ariel in Shakespeares »Sturm« und an den in Goethes »Faust«. In beiden Versionen tritt der Luftgeist als Mittler zwischen Natur und Mensch auf, er dient für die Dauer eines Spiels Prospero und »weckt« Faust.

Von solcher Macht ist dem Ariel des Gedichts wenig geblieben. Er versteckt sich erst einmal zehn Zeilen lang in seinem Autor, in dem formelhaften Kürzel »man«. Was »man« da denkt, hört sich beiläufig an und verrät gleichwohl ein Stück der Krolowschen Poetologie: »Auf *irgendwas* ein Gedicht.« Dazu turnt man den Handstand im Wind / aus anderer Richtung«. Ganz und gar spielerisch drückt sich hier Renitenz aus. Der Widerstand wird zum Kunststück.

Noch hat sich der Dichter nicht entschieden, Ariel zu sein. Er übt ihn, läßt offen, was aus dem Gedicht wird und damit auch aus Ariel. Immerhin steht er verkehrt und im »Wind aus anderer Richtung«. Ist ein Luftgeist dazu imstande? Oder macht ihn das Dagegen womöglich erst sichtbar, läßt ihn erst sein? »Man« hält diese Fragen offen – sie könnten das Gedicht beschweren. Vor allem aber dem lästig werden, der auf den Händen steht und mit den Zehen den Himmel trägt! Die arielischen Zehen reichen. Es braucht keinen Atlas.

Um die bodenlose Leichtigkeit oder gar Leichtfertigkeit dieser Anstrengung zu verdeutlichen, geraten die Verse nun ins Rokoko. Eine Wolke löst sich in Frauenhaar auf. Ein Engel mit Bilderbuch entert die neunte Zeile. Das ohne Zweifel nicht nur »froh«, sondern mit Bedacht. Er schafft es nämlich, daß aus dem Amalgam von Poet und Geschöpf sich für einen Moment einer löst – Ariel *oder* der Dichter. Auf alle Fälle einer, der sagen kann: »Sein Bilderbuch hält er / *mir* vor.« Das genügt schon. Das ist schon zuviel. Einen Vers darauf gibt das Ich sein Kunststück von vorher auf, verliert der Dichter die arielische Kraft. Wer redet nun, Ariel oder sein Poet? »Meine Übung / macht müde, am Ende / kommt *man* doch wieder / auf seinen

Füßen zu stehn.« Vielleicht sollten wir den Schluß des Gedichtes ganz einfach zweistimmig hören.

Der wieder auf den Füßen steht, kann nicht davon lassen, im Handstand zu denken. Noch einmal simuliert er ihn, in einem »Vielleicht nur ...« Da sieht das Ich – wer? der Poet? Ariel? – zwischen den Beinen die »akrobatische«, die verkehrte Landschaft und muß vergnügt feststellen, daß sie »dauernd zu hoch« sei. Worauf der Dichter und Ariel sich endgültig vereinen, zu einer dauerhaften wie windigen Existenz.

Karl Krolow schrieb das Gedicht 1964, vor sechsundzwanzig Jahren. Der nun Fünfundsiebzigjährige ist dem Geist Ariels so zugetan wie je.

KARL KROLOW
BESUCH KOMMT

Ich habe mir
zurecht gelegt,
was ich brauche:
eine gediegene Fußangel, Kuchen-
stücke, Bierwärmer,
diese beliebten
Kleinigkeiten der Gastfreundschaft,
besonders schöne Messer,
alte Fotos, stockfleckig,
ein Terzerol unterm Tischtuch
an geeigneter Stelle,
Fleckenreiniger, kalte
Pastete vom Wild,
eine Gläserpyramide,
eine aufmerksame Stutzuhr,
eine gestreifte Katze
zum Schmeicheln.
Ich sitze
unter meinen Habseligkeiten,
glücklich, sie dienstbar
machen zu können.
Wenn es läutet,
schwärze ich den Kaffee.
Langsam blättert
eine Zeitung
ihre Todesanzeigen auf.

Das macht die Zugluft.
Sie kommt von der Tür,
die ich öffne.

GABRIELE WOHMANN
DAS ABWINKEN, DAS SICHENTFERNEN

Wer wird erwartet, für wen die Abwehrstrategie ins Bewirtungsprogramm geschmuggelt? Und wer ist zwar keine Vorfreude, aber kultivierte Aufmerksamkeit wert? Das weiß nur der Gastgeber. Er inventarisiert, was er nach den verdächtig unterlaufenen Gesetzen guter Manieren vorbereitet hat, ruhig auch bei den Abstechern ins Beunruhigende. Alles klingt selbstverständlich. Die Bestandsaufnahme setzt gewohntes Zubehör mit dem Heikel-Abwegigen gleich. Im schönen Stilleben lauert die ganz schön gefährliche Täuschung. Bis zuletzt »Zugluft« die trügerische Ruhe stört. Gleichmäßig höflich distanziert sich der Gastgeber von seinem befremdlichen Geselligkeitsregister, wodurch, paradox, die tückischen Werkzeuge zwischen den üblichen »Habseligkeiten« kaum auffallen.
»Was ich brauche«: ein irritierender Cocktail. Die »Kuchenstücke« können den Argwohn, den die »Fußangeln« wecken, doch nicht verwischen. Wer zu den »beliebten Kleinigkeiten« ein »Terzerol« zählt und versteckt, hält sich abschußbereit. Nie, was Reiz und Risiko steigert, verrät der Hausherr sein Motiv. Ich stelle mir einen Mann vor, dessen taktvolle Geduld als Resultat von Wohlerzogenheit und bezähmter Ungeduld dem Zweck dient, sich keinem zu erkennen zu geben, als einen, der längst genug hat, weiter will. Dagegen, daß der Besuch ihn festnageln könnte, hat er sich gewappnet.
Die Hauptirritation (und der Gewinn für das luftig-

leichte, nur scheinbar bagatellhafte Gedicht) bewirkt das Verweigern jeglicher »Aussage« und darüber hinaus, daß kein Zorn vibriert (trotz Schußwaffe!), kein Selbstmitleid anklagt. In der unaufwendigen Vermischung des Real-Alltäglichen mit dem Surrealen erscheinen die zweideutigen Vorkehrungen als absonderlich und selbstverständlich zugleich. In aller Ruhe stiftet der Berichtende Unruhe. »Zugluft« blättert nicht nur Zeitungsseiten auf, sie durchweht auch das Wörter-Impromptu, macht es porös. Ich muß an Schuberts Dur denken, das nicht weniger lebensabgewandt ist als sein Moll. In dieser Transparenz bleibt Phantasiespielraum.

Krolow läßt uns mitspielen: Wurden die »besonders schönen Messer« in bester Absicht oder um zuzustechen gedeckt? Den Kaffee »schwärzen«? Die Hausfrau im Literaturzirkel denkt: Aha, er nimmt Zichorie, aber an dunkle Machenschaften denkt sie auch. Der Abiturient, trainiert aufs Herauszwingen dessen, »was der Dichter uns sagen will«, tippt auf den Tod und daß der es ist, dem am Ende die Tür geöffnet wird. Pausiert denn nicht auch der Wind ausgerechnet bei den »Todesanzeigen«? Könnte sein, höre ich Krolow, dem Pathos nicht geheuer ist, in Ironie ausweichen. Sein Gedicht betrügt sich nicht durch Selbsterklärung um seine schwerelose Anmut.

Nach missionarischem Eifer, chiffrierten Kassibern sucht man in Krolows Opus vergebens (ich suche nicht, mich freut das Fehlen von Belehrungen), und keine Tendenz ist zu entdecken außer einer privaten: im Gestus des Abwinkens, des Sichentfernens. Selbst wenn »Besuch kommt« und der Gastgeber bleiben muß, sehe ich in ihm einen, der weggeht. Die Krolow-Doppelgänger, zum Verwechseln einander ähnlich (die privaten und die schreibenden), schleichen sich auf irgendeine Weise immer davon, und wenn sie, wie es sich gehört, doch dableiben, trügt der Anschein. Ihnen ist es am liebsten, in Ruhe gelassen zu sein. Gewissermaßen in einem Atemzug sagt Krolow: Es ist schlimm und das ist halb so schlimm.

An einem Überblick haben wir teilgenommen, an mehr nicht. Ein Gedicht, das konkret und doch offen bleibt, nicht moralisiert, kein Rezept ausstellt: So glückt das nur einem, der sich auskennt. Nun, Karl Krolow ging zeitlebens und behende, probierte den Tod zu Lebzeiten, sehr schnell ging er dauernd schon weg – und ist doch sehr lang geblieben. Und im Juni vierundachtzigjährig gestorben.

KARL KROLOW
DAS BILD, DAS MAN HINTERLÄSST

Langsam fortgehn, ohne daß jemand
etwas merkt.
Ich verstehe nichts mehr.
Eine Tür in die Nacht öffnen,
nicht schwanken, sich entfernen,
als könnte nichts geschehn.
Man hinterläßt das Bild,
das sich manche von einem machen,
mit dunklen Stellen.
Langsam fortgehn, sein Tagebuch
hinter sich lassen,
Gehörtes, Gesehnes verschwindet,
unkorrigierbar,
den Willen ablegen wie
Benennungen –
Nacht, ein Wasser,
das vor den Fall kommt,
ein Rauschen, das man
nicht mehr wahrnimmt –
Tod, der einen endlich übernahm
vom Leben, das man führte.

WALTER HELMUT FRITZ
ARBEIT AM GEDICHT

Das Bild, das Karl Krolow – ich verdanke ihm viel – hinterläßt, ist geprägt von Offenheit, Vorurteilslosigkeit, Fähigkeit zu Freundschaft, Treue, Diskretion, Präsenz. Das Gedicht stand bereits in dem vor fast dreißig Jahren erschienenen Band »Zeitvergehen«, in dem das, was der Titel andeutet, immer wieder zur Sprache kommt, von der Zeile »aufwachen und genug haben« über den Gedanken an das »Ende vom Lied« bis zur Notiz vom Tod als »Zeit-Trick«.

Jeder Leser antwortet auf dieses Gedicht mit seinen eigenen Vorstellungen, Erfahrungen, Ängsten; etwa auf die Zeile »Ich verstehe nichts mehr« (obwohl man allzu gut versteht), oder auf die Einsicht in die Unkorrigierbarkeit des Lebens, das den Charakter einer Skizze, eines Entwurfs behält.

Zum Bild, das Karl Krolow hinterläßt, gehört das erwähnte Tagebuch, das ihn begleitete, das er brauchte, von dem er, als Beispiel, »poetische« Seiten veröffentlichte. Dem Tagebuch wandte er auch bei anderen Autoren einen nicht geringen Teil seiner Aufmerksamkeit zu. Gelegentlich hat er davon gesprochen, daß er selbst die Folge seiner zahlreichen Gedichte als eine Art Tagebuch ansehe.

Krolow war ein Lyriker, der verwegene, nicht selten geisterhafte Gedichte geschrieben hat, voller Lust manchmal – besonders in den letzten Jahren – an der Desillusion; Gedichte, die »eine Tür in die Nacht öffnen«, Schwieriges wie nebenbei sagen, Echos aus der Geschichte der Lyrik in den eigenen Ton aufnehmen und häufig aus zwei Einstellungen dem Dasein gegenüber kommen, die sich scheinbar ausschließen: Überdruß und Anhänglichkeit.

Oder aus dem Ineinander von Lachen und Bedrücktsein. Die Schriftstellerin Gabriele Wohmann, Krolows Nachbarin auf der Darmstädter Rosenhöhe, wo er seit 1956 gelebt hat, schrieb: »Karl Krolow ist mein einziger Kollege, mit dem ich in die sonderbar kathartischen Miniaturen von Albernheitsanfällen geraten kann, richtige Lachanfälle, haltlos wie von Entronnenen . . .«

Wenn ein Werk überzeugt, ein Leben als »Einheit« erscheint, sagt man gern, das eine und das andere habe sich folgerichtig entwickelt, entfaltet. Krolow: »Nichts war folgerichtig.« Er spricht von der Passivität, die ihm eigen war, der Neigung zu »Geschehenlassen und Abwarten«. Zugleich konnte, wie er betont, oft gerade das wichtig werden, »was keines Wortes wert schien«, wie etwa – so heißt es in einem anderen Gedicht des Bandes – »das Kunststück des täglichen / Erwachens und Einschlafens«.

Krolows Leben: das war vor allem die Arbeit am lautlosen, konzentrierten Gedicht mit seiner Zartheit, Trauer, Traum-Nähe, auch seinen »dunklen Stellen«; die Wahrnehmung der Wandlungen des Gefühls, des Blicks, des Nachdenkens; die Erweiterung der sprachlichen Modulationsfähigkeit, der syntaktischen, metaphorischen Erfindung.

Daß er zudem Prosa schrieb, die zum Teil bestimmt war von ihrer engen Nachbarschaft zum Gedicht; daß er französische und spanische Lyrik übertrug; daß er sich in vielen Aufsätzen und Essays zu Problemen des Gedichts geäußert hat – das alles gehört in das Bild, das er hinterließ, als er langsam fortging, »als könnte nichts geschehen«, aus einem »zugleich komplizierten und einfachen, mit wenigen Gewohnheiten und Umständen auskommenden Leben«, wie er es einmal im Zusammenhang mit Paul Valérys »Monsieur Teste« formulierte.

KARL KROLOW
DER NÄCHTLICHE

Für Friedrich Rasche

Zwischen meinen wilden Haaren
Hängt das Licht.
Schlafwind ist hindurchgefahren,
Mondtier lauerte im Klaren,
Stürzte sich ins Angesicht.

Ist mir übern Rock gekrochen
Kalt ins Tuch,
Hat nach Mähdesüß gerochen,
Trocknem Quendel, den seit Wochen
Überall die Wiese trug.

Hab im Ohr die feinen Stimmen
Aus dem Laub.
Seh im Fluß die Ratte schwimmen
Und das Schilficht rötlich glimmen
Unterm feuchten Sternenstaub.

Mir im Nacken Wolken fliegen.
Und ich fühl
Sich im Napf die Eichel biegen,
Aron seine Früchte wiegen,
Von der Nacht geschwärzt und kühl.

Spür die Leimkrautblüte offen.
Ungehemmt
Hat ihr Atem mich getroffen,
Mischt sich mit den dunklen Stoffen
Um mich her und wird mir fremd.

Will mit krummen Fingern schreiben
In die Luft,
Mit der Erdenkälte treiben.
Und es soll von mir nichts bleiben
Als ein kurzer Windhalmduft.

DIETER KÜHN
HIER IST EIN GEDICHT

Dies ist nicht mein »Leibgedicht«, aber einer der wenigen lyrischen Texte, die mir – bewußt oder halbbewußt – über einen langen Zeitraum hinweg präsent geblieben sind. Alle paar Jahre habe ich es wieder einmal gelesen – auch, um kritische Distanz zu gewinnen?

Ich lese dieses Gedicht nun anders als der gleichnamige, kaum noch mit mir identische Leser früher Lyrikbände Krolows. Aber: was ich hier mit neuen Augen lese, mit neuen Ohren höre, das verstärkt und bestätigt die Resonanz, die von Anfang an da war.

Hinzugekommen ist nun Bewunderung für das Handwerkliche. Seit ich für die Biographie eines Liedermachers eine Reihe von Liedtexten übersetzte, weiß ich, wieviel Detailarbeit notwendig ist, um ein Gedicht zu schreiben in einem Strophe für Strophe taktgleichen Schema, in einem konsequent durchgeführten Reimschema.

Was heute vorherrscht, ist (auch bei Krolow) das knappe, dichte Parlando – eine kunstvolle Einfachheit. Verglichen damit ist »Der Nächtliche« ein fast altmodischer Text, der unablässig signalisiert: Hier ist ein Gedicht! Vielleicht aber ist dieser Text Vorbote (wieder) kommender lyrischer Texte: Gedichte auch als *Klanggebilde!*

Selbst wenn man den Inhalt dieses Gedichts vergißt – es kann sich als Ohrwurm im Gedächtnis einbohren. Da können rhythmische Sequenzen dieses Gedichts auftauchen – wie Figurationen einer Komposition. Mit diesen

Taktfolgen können Formulierungen, ja, Zeilen auftauchen dieses suggestiven Gesangs: »Mondtier lauerte im Klaren, / Stürzte sich ins Angesicht.«

Eigentlich habe ich wenig Sinn für Naturmagie; bei manchen Formulierungen solcher Gedichte schüttle ich den Kopf. Aber: hier ist etwas, das vorher nicht in der Sprache, im Bewußtsein war: Schlafwind, Mondtier ... Und solche Einzelfunde, Einzelerfindungen in einem zwingenden Kontext.

Krolow hat dieses Gedicht 1944 geschrieben – der zweite seiner lyrischen Texte, die er in seine Gesammelten Gedichte aufnahm. Als Krolow, damals 29 Jahre alt, diesen Text schrieb, war an eine Publikation nicht zu denken – dieses Gedicht lag außerhalb der Normen des von Nationalsozialisten besetzten, beherrschten Sprachraums. Ein Text, der sich den politischen Vorgängen jener Zeit verschloß – und zwar hermetisch! Ein Text zugleich, der sich der allgemeinen Sprachregelung konkret widersetzte. Krolow hat ihn erst 1948 veröffentlicht.

Ein mittlerweile schon historisches Gedicht. Zugleich ein Gedicht, so scheint mir, das gegenwärtig geblieben ist: in der lapidar knappen Intonation, im bezwingenden Rhythmus, in der Suggestivität der *Bilder* wie des *Sprachklangs.*

KARL KROLOW
DIE GOLDENE WOLKE

In goldner Wolke – sieh, der Intellekt
oder ein andres Wort Latein versteckt
die Liebenden in der Mythologie.

Am liebsten ließe man im Konjunktiv
auf sich beruhen, was wie Liebe lief:
entrückt, als Möglichkeit. Doch denkt man nie,

daß, was in jener Wolke rasch verschwindet,
vergoldet zwar, plötzlich direkter ist,
und Intellekt und Mythos nur als List
dienen für etwas, das zusammenfindet

sich mit Haut und Haar und liebt
besessen ohne alles Denken, ohne
Besinnung auch. Darum verschone

die Liebenden, die es doch wirklich gibt.
Laß ihnen Obsession und laß zum Lohne
die Möglichkeit, daß man in Wolken wohne.

GERT UEDING

WUNSCHBILD UND WIRKLICHKEIT

In der Mythologie der Liebe spielen die Wolken eine wichtige Rolle, nicht allein als Projektionsfläche weithin ziehender, sehnsüchtiger Wünsche und Träume, so daß vom sicheren Lager zwischen Gras und Blumen sich die Blicke nicht ins Blaue hinein verlieren, sondern in der Höhe zusammentreffen und dort das zaubrisch schwanke Werk der Phantasie aus den weißen Quellgebilden errichten. Liebende, sagt man, schweben auf rosaroten Wolken, und meint damit, daß sie die Wirklichkeit über der reinen Möglichkeit ihrer Hoffnungen vergessen, vielleicht gänzlich realitätsblind werden. Die Redensart hat ihren Ursprung aber nicht in der Umgangssprache, in ihr hallen vielmehr Bedeutungen aus ganz anderer, gleichsam höhergelegener Gegend wider, und von ihnen handelt Krolows Gedicht recht eigentlich. Es korrigiert nämlich die Vorstellung von den Wolken als dem Reich des Unwirklichen, Phantastischen, das gegenüber der Erde, dem festen Grund des Wirklichen, keinerlei konkreten Gehalt besitze.

Dabei werden die vielen Bilder, die Kunst und Mythos von den weichen, vollgerundeten oder bizarr verwobenen Liebeswolken sich abgemalt haben, nur ein wenig angespielt. Das Wolkenversteck benutzten den Sagen nach die Götter, wenn sie sich den Menschen näherten, entzogen darin sich selbst und ihre Schützlinge der Nachstellung neugieriger oder neidischer Blicke. Auch wurde die Wolkenburg selber als Sitz der Götter vorgestellt, und Wolkenführer oder Wolkenversammler lautet ein Beiname des Zeus in der Odyssee; wenn sich der oberste der Götter auf dem Olymp niederließ, breiteten sich Wolken darüber aus. Doch waren sie ihm auch sonst zu seinen eher frivolen Zwecken behilflich: in Gestalt eines Goldregens näherte sich Zeus der schönen Danae, und auch Jo überwältigte er in einen Wolkenmantel gehüllt; in dem Zyklus »Die Liebschaften des Zeus« hat Correggio diese mythologischen Szenen mit schönster Delikatesse ausgemalt. Ist das alles nur ein schöner Schein, in dem die Menschen ihre irrealen Wünsche ausfabulierten und damit ihre prosaischen Erfahrungen vergoldeten?

»Doch denkt man nie...« – man könnte fast eine Schopenhauersche Wendung vermuten, die hier kurz vor der Mitte des Gedichts einsetzt. Freilich nicht in jenem kruden Sinne, daß der unbewußte Zweck dieser ganzen Liebesidolaterie bloß im Lebenswillen des neuen Individuums zu suchen wäre, auf das es der Geschlechtstrieb angeblich nur abgesehen hat. Die Phantasie der Liebeswolke, dieses Produkts aus Intellekt und Mythos, ist alles andere als eine Chimäre, sie ist das Medium, in dem die Liebenden zueinanderfinden; gleichsam eine List der Poesie, die eine eigene Unmittelbarkeit und Realität erlangt: »besessen ohne alles Denken, ohne/Besinnung auch.«

Beide gehören zusammen: die Obsession und das Wolkenheim; da wird nichts an den Himmel verschleudert, was nicht zuvor irdisch genossen wurde, und da gibt es keine Wirklichkeit, die nicht im Wunschbild überstiegen würde, um in ihm erst ihren eigentlichen goldenen Horizont zu finden. Der Dichter, der sich hier, wie immer schon in der Geschichte, zum Anwalt der Liebenden gegen eine prosaische Welt macht, weiß, wovon er redet: auch für ihn ist ja das riesige Feld der Möglichkeit die wahre Heimstatt und der Konjunktiv die Weise, in der er davon zu reden vermag; das Gedicht selber, mit seinem Wechsel von Indikativ und Konjunktiv, liefert dafür das nächste Exempel. Es ist ein Hochzeitslied, in dem das Greifbare und das Traumwesen der Liebe zusammengeführt werden. Von ferne vernimmt man das Echo anderer Verse, und man kann Krolows Gedicht auch als eine Antwort darauf lesen, denn es ergänzt sie um jene irdische Dimension, ohne die alle Liebeswolken nur Himmelsschemen bleiben: »O Lieb', o Liebe,/So golden schön/Wie Morgenwolken/Auf jenen Höhn.«

KARL KROLOW
DIESE ALTEN MÄNNER

Diese alten Männer, die niemand
mehr ansieht, Hausierer mit Phantasie,
reale Nullen, bei Abschaffung ihres Lebens,
unter Bäumen im Park wartend
auf nichts anderes als auf Vergangenheit –
eine Landkarte aus Staub.
Versteckte Sätze leben in ihnen weiter
im trockenen Mund.
Einige haben ein schönes Gesicht
für Augenblicke. Beinahe körperlos,
sagt man. Wer weiß etwas
von diesen schmalen Figuren,
die sich entfernen?

SARAH KIRSCH
WERMUTENGEL

Das Gedicht setzt mit einem Vorwurf, nahezu einer Beschimpfung ein, den Leser geneigt zu machen. Gewöhnlich entziehen die Beschworenen sich allgemeiner Betrachtung, sind lange ins Abseits gedrängt, eine Randerscheinung im Park der Gesellschaft. Sie geben den unästhetischen Gegenpol ab für »jene jungen Mädchen«, von denen wir gemeinhin freudiger hören. »Diese alten Männer, die niemand«, Zeilenschluß, Seufzer, Schnappatem wie kurz vorm Ersticken, »mehr ansieht« – Erleichterung, Enttäuschung aber auch ob des niederen Gedichtgegenstands.

Doch einer ist nicht niemand, der Dichter hat sie erblickt, jene Alten, deren einziger Überfluß Phantasie ist, die er ihnen gleich pfundweise zugesteht als Kollege sicher auf diesem Gebiet. Wenn das Wort Hausierer noch fällt, ist endgültig klar, daß nicht von Rentnern die Rede ist, die sich eben mal sonnen, sondern von Profis auf dem Wege nach Glockenreich hin, Stadt- und Landstreichern niedrigster Ränge. Weil der Leser mit ihnen tatsächlich kaum rechnet und sie ihm vollkommen als Nullen erscheinen, wird er dem Dichter weiter gern folgen über die Anfütterung hin.

Obgleich in der Überzahl durch ungerecht höhere Lebenserwartung, aber weil sie sich gewöhnlich ordentlich führen, wirbeln alte Frauen weniger Staub auf als diese obszönen Gestrüppe. Wie sie dort springen und lachen,

nicht in Pflegeanstalten zu halten und munter damit befaßt, die Abschaffung eigenen Lebens tätig voranzutreiben.
Neid kann aufkommen bei jemand, der nicht so erfolgreich bei diesem Geschäft ist und anstatt der Bäume im Park ein langwieriges Dach überm Kopf hat, manche eigentümliche Verpflichtung. Die dort sind frei wie ein beliebiger Vogel, sie fallen durch die großzügigen Maschen versicherten Sozialnetzes und können richtig aus dem vollen sterben, verschwenderisch, ausschweifend.
Bevor aus der Gegenwart Vergangenheit wird oder die Zukunft so heißt, wovor der schmale Gedankenstrich beiläufig umsonst warnt, ohne Geschütze aufzufahren, deren Standort wir kennen. Was sie sagen und denken, diese alten Männer, wir werden es nie erfahren wegen vorherrschender großer Entfernung, so nah der Chronist sie noch zu bringen sich müht.
Zum Schluß macht er aus diesen Wermutbrüdern gotische Engel. Ausgeflippte Gestalten ohne Erdenschwere, pünktliche Mahlzeit. Schmale Figuren, leicht übersehbare Seelen unter den schönen, noch haltbaren Bäumen des Sommers. Die sich im Gegensatz befinden zu anderen alten Männern, nicht solchen Nullen, aus einem zweiten Gedicht gleichen Anfanges. Das nicht unbedingt neu geschrieben werden muß, weil es in unserem zwischen den Zeilen schon steckt.
Ein knapper Text von denen, die Furcht einjagen, wenn sie aus ihren Ländern strahlend in unsere Zimmer steigen von den Mattscheiben her.

KARL KROLOW
ES WAR DIE NACHT

Es war die Nacht, in der sie nicht mehr lachten,
die Nacht, in der sie miteinander sprachen
wie vor dem Abschied und in der sie dachten,
daß sie sich heimlich aus dem Staube machten,
die Nacht, in der sie schweigend miteinander brachen.

Es war die Nacht, in der nichts übrig blieb
von Liebe und von allen Liebesstimmen
im Laub und in der Luft. Wie durch ein Sieb
fielen Gefühle: niemandem mehr lieb
und nur noch Schemen, die in Nacht verschwimmen.

Es war die Nacht, in der man sagt: gestehe,
was mit uns war. Ist es zu fassen?
Was bleibt uns künftig von der heißen Nähe
der Körper? Es wird kalt. Ich sehe,
wie über Nacht wir voneinander lassen.

WERNER FULD
ENDE EINER LIEBE

Das liest sich zunächst einfach: Dreimal fünf Zeilen, dreimal die Anfangsworte wiederholt zu einer beschwörenden Feststellung, zu einem Festhalten der Zeit, die schon Vergangenheit ist. Wenn eine Liebe zerfällt, bleibt oft die Frage, wann man es hätte merken können. Ohne Antwort wird sie zur Selbstqual, weil sie stets mit der Illusion verknüpft sein wird, man hätte zum gewußten Zeitpunkt noch alles ändern können. Hier ist exakt von jener entscheidenden Spanne die Rede, und am Ende, wenn die Szene wieder in die erinnerte Gegenwart zurückgeholt ist, wird dem noch nicht distanzierten Beobachter deutlich: Es läßt sich nichts ändern.
Die Erinnerung vereint die Zeitebenen. Das »nicht mehr« der ersten Zeile schließt selbstverständlich ein, daß die Liebenden in ihren Nächten zuvor miteinander lachen konnten; welch sanfte Weisheit zeigt Krolow, daß er das Ende einer Liebe mit dem Verlust gerade dieser Gemeinsamkeit beginnen läßt. Nun sprechen sie zwar noch miteinander, aber nicht mehr in rückhaltlosem Vertrauen, sondern die Vorteile abschätzend, um vor den drohenden Abstürzen den eigenen schmerzlosen Rückzug zu sichern. Die gemeinsam erlebten Tage und das fraglose Glück, das für diese Liebenden als Widerschein ihrer Gefühle sogar in der Natur sichtbar war – all dies wird zerstört, weil die Worte jener letzten Nacht ihre unverwechselbaren, nur einem einzigen Paar verständlichen Zwischentöne verlo-

ren haben. Man spricht, doch man sagt sich nichts mehr. In diesem Verschweigen stürzen alle bisherigen Gewißheiten zusammen.

Nicht nur im übertragenen Sinn des Verstehens, sondern ganz wörtlich drückt die Frage »Ist es zu fassen?« tiefste Hilflosigkeit aus, denn dem Verlassenen bleibt nichts mehr in Händen; übrig sind »nur noch Schemen, die in Nacht verschwimmen«. Was war, ist entwertet. Eine Liebe ist zu Ende, in der stets gewinnt, wer als erster geht und ein Stück Leben mitnimmt. Eine alltägliche Geschichte also, die durch Krolows Kunst hier in drei Strophen so endgültig verdichtet erscheint, daß man sich fragen muß, was umfangreiche und hochgerühmte Liebesromane eigentlich mehr erzählen.

Doch zur komplexen Einfachheit dieses Gedichtes gehört, daß die Schwierigkeit seines Aufbaus übersehen wird. Karl Krolow hat nämlich eine ungewöhnliche Versordnung gewählt. Schon die fünfzeilige Strophe ist nicht üblich: Ein Vers bleibt übrig. Krolow nimmt diese überzählige fünfte Zeile ins Gedicht hinein, indem er sie mit der jeweils zweiten Zeile zusammenschließt. Man könnte das Gedicht auch ohne diese dreimal zwei Zeilen lesen, dann bleiben nur noch gleiche Reime, die zusammen mit den wiederholten Anfangsworten wie eine Litanei wirken. Erst das scheinbar Überständige »von Liebe und von allen Liebesstimmen« gibt dem Gedicht den Tiefenraum der Erinnerung, »was mit uns war«. Nur durch solche erinnerte Gemeinsamkeit ist das »wir« in der letzten Zeile wieder möglich. Es ist ein Liebesgedicht, nach dem Ende.

KARL KROLOW
FÜR ALLE ZEIT

Hat man genug getan?
Weiß man Bescheid?
Es krähte nach mir kein Hahn. –
Für lange Zeit

trieb mich ein Leben um,
das wie Papier
raschelte, ging Gesumm
von Namen mir

nicht aus dem Kopf, bis ich
in meinem Kopf genug
hatte und über mich
zog als ein dunkles Tuch,

namenlos und befreit:
Tun oder nicht getan.
Man gab für alle Zeit
niemals genug Bescheid.
Kräht nach mir erst der Hahn,
ist es soweit.

GERHARD SCHULZ
UMSONST VERSCHWIEGEN

»Alles ist ganz eitel«, sagt der Prediger Salomo, denn »was hat der Mensch für Gewinn von all seiner Mühe, die er hat unter der Sonne?« Was bringt es, das Tun? Was nutzt es, das Wissen? Weiß man wirklich mehr seit den Tagen, da nach einem kein Hahn krähte und da man anfing nachzudenken und aufzuschreiben? Hat man am Ende wirklich genug getan? Und was heißt überhaupt genug? Die Fragen sind alt und ungelöst.

Kein Prediger freilich spricht im Gedicht, sondern ein Poet, ein Wortkünstler. Nur hat auch er erkannt, wie sehr sein Leben im Dienst der Eitelkeit stand, ist sie doch eine Erbsünde jener Dichterei, die das Privateste öffentlich ausstellt und intimste Dinge sagt um der Aufmerksamkeit und des Beifalls der Welt willen. So ist Dichterleben ein Leben auf dem Papier und für das Papier. Auf Papier stehen die eigenen Worte, und auf ihm stehen die fremden Worte über die eigenen, die man geschmeichelt für reine Wahrheit nimmt, wenn sie Freundliches sagen, oder für blassen Neid und böse Feindschaft hält, wenn sie Mißfallen äußern.

Wie lange treibt man ernsthaft das Spiel solcher Dichterei? Nicht jedem ist gegeben, von sich und seinem Tun zurückzutreten und um diesen Preis wissender zu werden im Laufe der Jahre. Die Fähigkeit, sich nicht zu wiederholen, sich zu wandeln, ohne sich aufzugeben, ist selten. In jedem Fall schließt sie das Bewußtsein des Altwerdens ein.

Lebensüberschau entsteht, Weisheit, auch Skepsis, wie sie das Jahrhundert gebietet. Die Philologie spricht dann gewöhnlich von Altersstil. Bei Goethe, dem Meister des Sich-Wandelns, bedeutet er über alles Sprachliche hinaus zunehmendes Nachdenken über das Dichten im Gedicht.

Gleiches geschieht in Karl Krolows Versen. Ohne Schnörkel stehen sie da, einfach in den Worten, Bildern, im Metrum und in den Reimen, ohne Affektation, klar, vernünftig und doch im einzelnen »ein bißchen unvernünftig«, wie Goethe es von allem Lyrischen erwartete. Denn dies erst ist es, was sich festhakt in den Köpfen der Lesenden und dort weiterwirkt.

»Für *lange* Zeit« also war man bemüht, etwas »für *alle* Zeit« zu tun. Umtriebig blieb dieses Tun und ohne Resultat, weshalb denn der Weg zur Freiheit des Stillseins führte im Reime von »genug« und »Tuch«, einem Reim, der entweder norddeutsches Relikt oder hessische Konzession des in Darmstadt lebenden Hannoveraners ist. Man möchte Ironie herauslesen, denn für so arglos wie Gretchen, die ihr »Ach neige / Du Schmerzensreiche« betet, will man den wissenden Autor nicht halten.

Ein bißchen »unvernünftig« ist zudem das metaphorische Spiel mit den Hähnen, die als zwei sehr verschiedene Hähne krähen. Der Herr des Hühnerhofes ist Richter über das Bedeutende und Unbedeutende. Derjenige zählt nicht, nach dem er nicht kräht. Aber auch Zeitmesser ist er in der Morgenfrühe, Verkünder des nahen Sonnenaufgangs. Ein neuer Tag demnach, wenn es am Ende soweit ist? Heißt das womöglich gar, daß jenseits aller Skepsis der Schimmer der Erwartung aufleuchtet? Ist also tatsächlich alles so eitel, wie es scheint? Ist da kein Gewinn, keine

Erkenntnis aus allem Lernen und Tun? Fragen über Fragen, die ein Gedicht stellt, ohne sie zu beantworten, es sei denn durch sein reines Dasein.

Denn schließlich steht es eben auf Papier im Widerspruch zur Erkenntnis, die es verkündet. Aporie nennen die Philosophen die Unmöglichkeit, ein Problem aufzulösen, weil in der Sache und den Begriffen selbst Widersprüche liegen. »Dichter ist umsonst verschwiegen. / Dichten selbst ist schon Verrat«, läßt statt dessen Goethe seinen Hatem sagen. Solche Aporie im Gedicht auszudrücken verlangt nach Kunst und Altersweisheit in einem. Karl Krolow ist die Verbindung auf eine Weise gelungen, die des Bezugs zu dem Weimarer Kollegen von einst würdig ist.

KARL KROLOW
MIT FEUCHTEN HÄNDEN

In Badehäusern errät man
alle Möglichkeiten
der Wasserlust.
Aurora malt
mit abgebrochenem Buntstift
eine Himbeerstadt,
ehe es zu heiß ist
und die Thermometer zerbrechen.
Mit weißer Binde
vor den Augen
ruht höhere Bildung.
Die Ideale
bekommen feuchte Hände
im prallen Sonnenland.

REINHOLD GRIMM
IN DER WOLLUST DES SOMMERS

Lyrik, schrieb Brecht einmal, sei dazu da, »unseren Lebensgenuß zu erhöhen«. Sie schärfe die Sinne und verwandle selbst die Schmerzen in Genuß.

Karl Krolow gehört zu den wenigen, die das bis heute beherzigt haben. Auch in diesem Gedicht ist etwas davon spürbar. Freilich »errät man« zugleich einiges andere. Denn Krolows Verse scheinen zwar lediglich eine hochsommerliche Miniatur zu entwerfen, reduziert auf Hitze und Horizontales, auf ein paar Striche unter der gleißenden Helle aus »Wasserlust« und »prallem Sonnenland«. Doch schon die seltsam anmutende »Himbeerstadt«, die mit dickem Farbstift mitten in diese Idylle gemalt wird, verändert das Bild. Sie fügt ihm nicht nur ihre grelle Buntheit ein, sondern, zeitweilig jedenfalls, das Element des Vertikalen, das übrigens spielerisch auch in den »Thermometern« auftaucht. Als typisch Krolowsches *Concetto* verwandelt sie die ursprüngliche Skizze, ohne deren Grundstimmung aufzuheben.

Viel über die »Möglichkeiten« sommerlicher Lust verraten in den »Badehäusern« auch die obszönen *Sgraffiti,* die man an den Bretterwänden studieren kann. Darauf verweist noch nachträglich, mit einem Sinn-Enjambement gewissermaßen, jenes Malen des zweiten Satzes, dessen »Witz« nicht zuletzt in einer unverkennbaren Doppeldeutigkeit besteht. »Aurora« ist ja nicht bloß mythologische Figur, sondern auch Name: einer Frau; genauer: eines kleinen Mädchens. Einerseits »malt« Aurora konkret »mit abgebrochenem Buntstift« ihre kindliche Phantasiestadt. Andererseits aber, als preziöse Bezeichnung der Morgenröte, nimmt sie ihre Malerei am Himmel vor. Dort, wo Hölderlin einst »unzählig die Rosen« erblühen sah, erscheint nun, in bewußter Verschränkung von Naturhaftem und Künstlichem, Krolows *Concetto.* Verknüpft mit der Zeile »ehe es zu heiß ist«, ergibt sich dabei zusätzlich eine zeitliche Bewegung, die jedoch bald in der Glut und panischen Stille des Mittags zur Ruhe kommt. Unnachahmlich, mit zarter Heiterkeit, ist dann das auf den Stränden ausgelegte Fleisch in seiner dumpfen Indolenz ins Bild gefaßt. Der Schluß wirkt wiederum mehrdeutig: die »feuchten Hände« rühren ebenso von der Hitze her wie vom allmählichen Erschlaffen der »Ideale«, dem trägen Brüten der Begierden in den hingebreiteten Körpern.

Der eigentliche Reiz dieser Verse erwächst aber daraus, daß sie nicht nur zu erhöhtem Genuß befähigen, sondern daß sie – Brechts Diktum umkehrend, doch gerade dadurch bestätigend – in solchem Genuß noch den Schmerz zu vergegenwärtigen wissen. Ihre lässige Nonchalance ist in zweifachem Sinne fragil. Bereits das wiederholte Motiv des Zerbrechens läßt – rein assoziativ – Bedrohung, selbst Scheitern ahnen. Auch die »Binde vor den Augen« derer, die sich hier in so manchem sonnen, ist mehr als Scherz, ist halblaute Warnung vor blindem Vergessen. Ja, sogar jener vergänglichen »Himbeerstadt« eignet, trotz aller Verspieltheit, etwas süßlich Synthetisches, ein banal, aber ungut Chemisches, das mit seiner falschen Buntheit die arglosen Dinge überspinnt. Überall meldet sich, zierlich verzerrt, ein leises Schmerzgefühl. »Mit feuchten Händen« (nicht umsonst stehen sie im Titel) atmet und schreibt daher auch der Dichter: Angst, zumindest einen Herzschlag lang, spricht aus diesen beziehungsreichen Worten. Dem Schreibenden bangt, mitten in der Wollust des Sommers, daß nicht allein die Kunst, sondern das Allereinfachste gefährdet sei: *Nichts weiter als Leben.*

Mit sparsamsten Mitteln setzt Karl Krolow solche Zeichen. »Luftlinien«, »Horizonte«, »Perspektiven«: so lauten, in anderen Gedichten, seine Schlüsselbegriffe. Eine fast geometrische Kargheit. Dennoch errät man aus ihr noch immer fast alle Möglichkeiten moderner Lyrik.

KARL KROLOW
NOCH EINMAL

Ein trockner Wind geht, steigert die Geräusche.
Die morschen Türen drehn sich in den Angeln.
Ich möchte, daß ich mich noch einmal täusche.
So denke ich, es wird an nichts mir mangeln.

Ich täusch mich gern. Ich sehe, wie ein junger
zu einem alten Mann wird, unerfahren
noch immer, ahn den wahren Liebeshunger
der Welt, der sich nicht ändert mit den Jahren.

Ich hör den Wind als Sturm. Es trifft ein kalter
Atem nun meinen Nacken. – Wird sich zeigen,
was Leben war und wie es war im Alter
und wie man sich verhielt zu Scham und Schweigen?

LUDWIG HARIG
TÄUSCHUNGSLUST

Die Nackenschläge beginnen um die sechzig. Es können Stiche, können Hiebe, können Schüsse sein: Hexenschüsse, die ins innerste Mark treffen. Karl Krolows Gedicht las ich, als ich in der Klinik lag, der kalte Atem, von dem er spricht, hatte in meinem Kreuz eine Ischialgie hervorgerufen, sie zeigte an, wie die morschen Türen des Körpers in den Angeln zu knirschen beginnen. Soll ich schamhaft davon schweigen? Soll ich freimütig darüber sprechen? Krolows Gedicht jedenfalls hat mich nicht nur getröstet, es hat mir eine Erfahrung bestätigt: Neugier hält jung. Er möchte, daß er sich noch einmal täusche, sagt er; über die pure Neugier hinaus zeigt er seine Lust an, Befriedigung als Täuschung, vielleicht als anregendes Phantasiestück zu erleben, das immer neue Interessen weckt.

Karl Krolow ist ein Radikaler. Ein Leben lang hat er Hand an sich gelegt, ist er sich an die Wurzel gegangen. Nicht mit dem Messer hat er es getan, sondern mit dem Wort im Gedicht, von dem Wolfgang Weyrauch zu Anfang der fünfziger Jahre behauptet hat, es sei sein Messer. »Ich darf nicht stumpf werden«, sagt er. Es sind Messer, die Matrosen »nach dem Vorhang Nacht« werfen, wie es in Krolows Gedicht »Verlassene Küste« aus den späten vierziger Jahren heißt, dem ersten Gedicht, das ich von ihm gelesen und bis heute nicht vergessen habe. Diese Messer sind mir im Gedächtnis geblieben als Waffen, mit deren Hilfe man den Vorhang zerschneiden kann, der das Wissen um die

Welt und ihre Zusammenhänge verbirgt, aber auch als Wörter des Dichters, die es noch am ehesten vermögen. Doch die Messer »wurden schartig in dem scharfen Wind der Ewigkeit, die wacht«, endet das Gedicht. Es gibt keine Gewißheit, alles bleibt zweifelhaft, fraglich, umstritten: »Wenn man es recht besieht, so ist überall Schiffbruch«, lautet das Motto von Petronius, das Krolow seinem Gedicht mitgegeben hat.

So hat er in Gedichten, Betrachtungen, Romanen unaufhörlich von seinen Schwächen, seinen Verlusten, seinen Täuschungen gesprochen und sich zu ihnen bekannt. Nur daß es dem Ende entgegengehe, sei sicher, »den Bach hinunter«, wie es in einem anderen Gedicht von Karl Krolow heißt. Diesen Feststellungen lausche ich, aber auch den Einwürfen meines Neurochirurgen, der den »aufrechten Gang«, diese vielgepriesene und -strapazierte Seinsmetapher, ins Spiel brachte. »Ohne Kenntnis des scharfen Knicks zwischen Kreuzbein und Lendenwirbeln haben sich Philosophen und Soziologen mit dem aufrechten Gang beschäftigt«, sagte er zu mir, und viel zu lange hätten Orthopäden und Neurochirurgen ihnen dieses heikle Feld überlassen. Der Dichter nimmt sich dieser Defekte und Debakel auf seine Weise an, doch er, der Ratlose, der Irrende, der sich Täuschende, prahlt nicht, als wüßte er um die Beschaffenheit der menschlichen Natur und ihrer heiklen Reflexe Bescheid. Nein, er ahnt, und er fragt. Er fragt: Wird es sich einmal zeigen? Der Dichter bleibt neugierig.

Karl Krolows Gedicht, auch wenn es ein Abgesang zu sein scheint, ist alles andere als pessimistisch: Es ist ein Lied, in dem sich die Lüste des Menschen aussprechen, die, wie der Hunger, universal sind und unaufhörlich nach Sättigung verlangen. So verstanden, ist es auch ein Gedicht gegen das Sterben, gegen den Tod: Solange man sich den Rätseln, den Verlockungen, den Täuschungen nicht verschließt, lebt man. Und man lebt wahrhaftiger als die Selbstsicheren, die nach Widerspruchsfreiheit drängen und sich dabei mit falschen Gewißheiten belügen. Nur die Befunde der Wahrnehmungen sind die Gewißheiten, von denen der Dichter spricht, die Folgerungen bleiben Fragen, weisen ins Offene.

Mir gefällt diese schöne Ambivalenz zwischen Täuschung und Sicherheit, zwischen Ahnung und Wissen, aber auch zwischen Diagnose und Spekulation, philosophischer Theorie und neurochirurgischer Praxis. Nichts ist realistischer als das Paradoxe, nichts natürlicher als Täuschungslust.

KARL KROLOW
SIEH DIR DAS AN

Sieh dir das an, das könnte
einer sein, der einfach weg geht
aus seinem weltlichen Leben,
nachdem er sich mit einem Rest
Saint Emilion den Mund gespült hatte,
der höflich verschwindet, ohne Panik
seinen Abgang voraussah, als er sich
zum erstenmal fragte, was er hier solle
unter anderen, die das alles
ganz selbstverständlich hinkriegen.
Niemand gab ihm Feuer fürs Weiterleben,
und die sinnliche Revolution
verschaffte keine Erleichterung.
Von diesem Augenblick an
fiel es ihm nicht mehr schwer,
sich zu sagen, daß es
ziemlich gleichgültig sein müsse,
in welche Richtung man sich
entferne.

GABRIELE WOHMANN
DIE LETZTE PARTY

Ein Mann hat es eilig, aber er sagt es in gelassener Ruhe. Kein melodramatisches Tremolo drückt auf das gleichwohl wie in einem Reisefieber vibrierende Vorhaben: nichts wie weg, auf und davon. Noch tarnt er das schwerwiegende Denkspiel im leichten Konjunktiv, als sei Direktheit ihm zu rücksichtslos. Der Mann, der einfach wegwill, bevorzugt die Diskretion. Wenn aber ebenso *cool* wie beiläufig gestreift wird, wie unverlockend die ausprobierten Bedingungen des Lebens sind, was sollte, gegenüber dem Verschwinden, für das Bleiben sprechen? Dieser Reisefertige ist auf dem Sprung. Ein letzter Schluck St. Emilion: schön elitär und etwas, das zu den wenigen lohnenden Angeboten dieses »weltlichen« Lebens gehört hat (als Doppelkorn-Konsument hielte er es ganz gut immer weiter aus).

Ich stelle ihn mir am Rande einer Geselligkeit vor, längst zur endgültigen Distanz entschlossen, doch wird er den anderen Gästen seine persönliche Ich-habe-genug-Arie nicht vortragen. Einen wie ihn trennt von den plump-vertraulichen Durchdiskutierern eine Art Aristokratie des altmodisch-höflichen Verschweigens. Gedankenlose Lebensgeduld hat zu seinem Stil gehört, er nimmt das gerade noch mit wie eine Party, diesen Rest, während er sich die Vollstreckung ohne Wehmut vorflüstert: Behende wird er sich davonmachen, wortlos, ein französischer Abschied.

Er ist einer, der weder in Sentimentalität noch in Panik gerät, wenn er nicht erkennen kann, *was er hier solle*. Es deprimiert ihn nicht, eher, mit einem Überlegenheitsgefühl, amüsiert es ihn, daß er ein Fremder ist zwischen den *anderen, die das alles/ganz selbstverständlich hinkriegen*.

So Folgenschweres wie die Trennung von der Welt, worüber gewöhnlich vor Schmerzen gestöhnt und Tränen vergossen werden, scheint bei Krolow leger als Schnappschuß auf, als sei ihm die Großaufnahme seines Gemütszustands nicht der Mühe wert, und diese spröde Zurückhaltung unterstützt die Aussage: Gar nichts mehr ist ihm der Mühe wert. Ein veritables St.-Emilion-Adieu. Die elegante Arroganz dieses Abwinkens bedeutet für jene, die alles hinkriegen, eine saftige existentielle Kränkung. Den Weiterwuselnden und leicht Zufriedenzustellenden muß die Mir-genügt's-und-hat-doch-nie-genügt-Haltung als verletzender Hochmut erscheinen. Mir tut sie gut. Sie behauptet ihren Anspruch auf Einzelgängerstolz inmitten heruntergewirtschafteter Solidaritätsheucheleien. Das Tempo des Gedichts, gleichzeitig ruhig und ungeduldig, nimmt Takt und doch Entschiedenheit des Wegstrebenden auf. Aufputsch- und Beruhigungsmittel in einem Schluck, Gas geben und bremsen zugleich: So geht man geschickt mit seiner letzten Party um.

Nicht Gefühle werden verhandelt, enttäuschten Hoffnungen wird nicht hinterherlamentiert. Vielmehr findet der illusionslose Überblick zum Fazit: Hier gibt's nichts mehr zu versäumen. Lakonisch zwingt Krolow unsere Menschenaufgeregtheiten auf den ziemlich beschämenden Status des Uninteressanten hinunter.

Und nun soll es auch noch *ziemlich gleichgültig sein, in*

welche Richtung man sich/entferne. Oh, ihr bedauernswerten Wegweisersucher unter den Lesern, das schlägt euch nun wirklich k.o. Kein Rat, kein Trost – welch ein Schock! Aber ihr habt überlesen, daß sich die Entfernung vom *Weltlichen* angebahnt hat. Und sie ist es, die dem Gedicht die Bodenhaftung nimmt. Krolow, ein Experte in Sachen Schwerelosigkeit, Astronaut im Umgang mit den Wörtern, muß nicht erst in einem Shuttle den Schwebezustand im Orbit üben. Das Gedicht verweigert jede Tendenz. Die Gleichgültigkeit über die Richtung, die der Weggehende einschlagen wird, läßt dem Gedicht sein Rätsel. Bestens trainiert und mit äußerstem Kunstinstinkt weiß Krolow, wovon er zu schweigen hat, nämlich erst recht auch davon, worüber man reden kann. (Reden *könnte*, hieße es bei ihm.)

KARL KROLOW
STELE FÜR CATULL

Tot in toter Sprache: –
unbeweglich
im schwarzen Zimmer Roms
perdita juventus.

Doch der Vogelflug der Worte
fällt immer wieder
aus vollem Himmel.

Ihre hellen Körper
bewegen sich in unserer Luft.
Wir legen sie ins Grab dir,
in dem du ganz allein bist
mit dem toten Sperling –

Catull, von leichten Buchstaben
der Liebe geschützt,
vom Alter jener Augen,
die sich nicht mehr schließen.

Passer mortuus est
meae puellae.
Ein Flüstern noch
in Pappeln.

ECKART KLESSMANN
IN DIE LUFT GESCHRIEBEN

Was wird einmal unsere kleine physische Existenz überdauern? Nur selten das, von dem wir es wünschen. Selbst das Werk so manches großen Poeten blieb nur sehr zufällig überliefert. Von Sappho ein paar Fragmente, kein geschlossenes Buch; von Gaius Valerius Catullus, dessen Erdenleben nur dreißig Jahre währte, immerhin mehr als hundert Gedichte, doch kaum ein paar Sätze, die seine Biographie uns erhellen. Auch kein physiognomisches Abbild.

Für den Dichter, der das Bildnis eines Poeten in Versen nachzeichnet, bedeutet das Freiheit vom Stoff, doch nicht von Stofflichkeit. Kunst will in Kunst überführt sein, so wie es die Komponisten hielten, die musikalische Nekrologe verfaßten, etwa Maurice Ravel in »Tombeau de Couperin«, an dessen wohllautendluftige Grazie mich diese Strophen erinnern.

Kein Wort über eine lateinisch-antike Dichterexistenz zwischen 80 und 50 vor Christus, nur das Zitat, »passer mortuus est meae puellae«, der dritte Vers des dritten Catull-Gedichts. Auch dies ein Nekrolog: Auf den toten Sperling seiner Geliebten (»meae puellae« – wie zärtlich kann das Lateinische sein), nur die weichen vokalgesättigten Jamben des Originals haben den deutschen Dichter zweitausend Jahre später inspiriert. Kein Monument des erzenen Worts, eher dies »Flüstern noch / in Pappeln« über dem Grab des Poeten, der so genau den »Vogelflug der Worte« gekannt hat, der zärtlichen, klagenden, lüsternen, haßgeschüttelten, die sich durch die Zeiten hindurch immer wieder »aus vollem Himmel« niedergelassen haben in der Dichtung des Abendlands.

Nach dem Glauben der frommen alten Ägypter war niemand tot, solange sein Name im Mund und Gedächtnis der Nachgeborenen blieb. Tot die physische Existenz des jungen Veronesers Catull, tot seine Sprache, aber gelesen, gesprochen, geliebt noch heute »in unserer Luft« und darum noch immer lebendig.

Was dieses Gedicht so kostbar macht, ist seine vollkommene Mischung aus Totenbeschwörung mit ganz leiser Stimme und unausgesetztem Gespräch, aus statuarischer Festigkeit – »vom Alter jener Augen, / die sich nicht mehr schließen« – und verhaltenem Flüstern im Blattwerk: Das in die Luft Geschriebene tönt.

Was es sonst noch gibt in den Versen Catulls, die lateinischen Phrasen der Schmähung und der Verwünschung, diese Hagelschauer des Hasses, das wird auch weiterhin die Philologen beschäftigen. Dem Dichter aber, der dem Frühverstorbenen nachsinnt, bleiben jene Verse Teil seines Selbst, in denen ein Dasein »von leichten Buchstaben / der Liebe geschützt« ist, zart wie der Flaum eines Sperlings.

KARL KROLOW
WAS WAR, WAS IST

Was war, was ist:
es bleibt die Frist,
die uns gesetzt.

Nicht eine Spur –
wir wissen nur,
was bis zuletzt

uns eigen war.
Doch Haut und Haar
erbleichen jetzt.

Es fällt noch Licht
auf ein Gesicht,
das Abschied netzt:

im Lichte feucht.
Die Hand: sie scheucht,
was uns verletzt,

was fassungslos
uns macht und bloß
noch uns entsetzt.

WALTER HELMUT FRITZ
DIE FRIST

In Karl Krolows späteren Gedichten hat sich verstärkt Ratlosigkeit durchgesetzt, Ausdruck von Leben, das fassungslos auf Bedingungen blickt, unter denen es sich vollzieht. Schwierige Erfahrungen haben so viel Eigengewicht bekommen, daß sie selbst durch den scheinbar beiläufigen Ton in ihrer Härte kaum gemildert werden. Freilich ist auch zu spüren, daß Krolow das alles zumindest teilweise »in der Hand« hat. Traurigkeit nennt er eine Geschichte, ein Lied, ein Abenteuer des Kehlkopfs. Ironie, Sarkasmus kommen hinzu. Was ihn umtreibt, ist das Fremdwerden der Dinge, der Zerfall von Wirklichkeit. Er ist auch ein »Don Juan des Weiterfragens«, wie ihn Nietzsche skizzierte: »Er hat Geist, Kitzel und Genuß an Jagd und Intrigen der Erkenntnis.« Er weiß, daß man um so fruchtbarer ist, je reicher die Gegensätze in einem sind.

Entsetzen angesichts der »Frist«, die uns gesetzt ist – die Erfahrung, die in dem Gedicht »Was war, was ist« Sprache wird, könnte kaum grundsätzlicher, kaum allgemeiner sein und zugleich kaum persönlicher. Es ist ein Ineinander von menschlicher Unmittelbarkeit und künstlerischer Überzeugungskraft, von Rückhaltlosigkeit der Mitteilung und Formwillen, von Erkenntnis-Erschütterung und poetischem Gelingen.

Die Frist als festgelegter, endlicher Zeitraum (im Gegensatz zur Zeit als einer gleichsam aus dem Unendlichen kommenden, ins Unendliche laufenden gleichmäßigen Linie) ist uns gegeben als »Gnadenfrist«, als »Galgenfrist«. Wir fristen unser Leben, an dessen Ende es Abschied zu nehmen heißt, auch wenn wir nicht – im Sinne Rilkes – gelernt haben, allem Abschied »voran« zu sein.

Es kann plötzlich von Abschieden geradezu wimmeln, schreibt Karl Krolow an anderer Stelle. Sie machen bewußt: je unaufhaltsamer das Leben wegschmilzt; je deutlicher sich sein Medusa-Blick zu erkennen gibt; je öfter man sieht, daß etwas verkehrt läuft; je mehr offenbar wird, daß das Denken an die Vergangenheit nicht selten sich in einen Kampf mit Gespenstern verwandelt, desto rascher entschwinden alle einfachen Nenner im Hinblick auf das, »was bis zuletzt / uns eigen« war.

Das Gedicht ist lapidar und voll Zartheit, lautlos, konzentriert, offen für die Wahrnehmung alltäglich vertrauter Vorgänge oder Gesten: das erbleichende Haar, die scheuchende Hand, das Licht auf einem von Tränen feuchten Gesicht.

Es ist enthalten in dem Band »Als es soweit war«, der die angedeutete Fassungslosigkeit in vielen Nuancen entfaltet. Die Erinnerungsfelder, die sich in immer größere Ferne dehnen; die Ungewißheit, ob Selbsttäuschungen zu- oder abnehmen; die Einsicht, daß sich gerade aus Widersprüchen Augenblicke des größten Zaubers und Schreckens ergeben können; das Anwachsen des Wunsches nach Wachheit und zugleich nach Betäubung; Reue über das Versäumte, Nicht-Getane; die Unerbittlichkeit der Zeit, das befristete Dasein als Skandal – das alles zeigt, »was war, was ist«. Zu den anrührendsten, bewegendsten Gefühlen in diesem Zusammenhang gehört zudem die Sehnsucht (wie sie sich im letzten Gedicht des Bandes artikuliert) nach der Möglichkeit, sich noch einmal zu täuschen.

CHRISTINE LAVANT
DER MOND KNIET AUF

Der Mond kniet auf. Im Laub der Feuerbohnen
verstummt die Grille, langsam füllt der Tau
die gelben Teller aller Sonnenblumen.
Mit langen Fingern greift das Grummetgras
der Nebelkatze, die am Fluß sich streckt,
ins graue Fell. Das Schilf verbirgt die scheuen
Schwärme der Vögel, die nicht weiterkönnen.
Manch einer ruft sehr lange vor sich hin;
das klingt so traurig, daß der Weidenzweig,
vor dem ich stehe, über mir erzittert.
Vielleicht ist's Tau, vielleicht Zykladenschaum,
was jetzt herabtropft über meine Wangen.

MICHAEL KRÜGER
FRAU HIOB

Wer schreckhaft veranlagt ist, sollte sich zum nächtlichen Spaziergang nicht gerade Christine Lavant als Begleitung wählen. »Hochsommernacht und so voll Frost«, ruft sie aus, als wollte sie die Ordnung der Welt und alle Naturgesetze auf den Kopf stellen. Die Schöpfung, so ihr vernichtendes Fazit, ist verfehlt. Und wir sind unfähig, mit diesem Provisorium umzugehen.

Christine Lavant ist die letzte deutschsprachige Dichterin, die es mit Gott persönlich aufgenommen hat, im Vergleich zu ihr sind alle »katholischen« und »protestantischen« Dichter sanfte Sozialarbeiter. »Das war mein Leben, Gott, vergiß das nicht«, herrscht sie ihn an, »sag keins der lauen Worte deiner Frommen! / Ich will ja nicht in ihren Himmel kommen!« Die Lavant, von Armut und Krankheit zeitlebens gezeichnet, ist Häretikerin – und zugleich voller Demut und Liebe. Sie liebt ihren Gott, aber es scheint fraglich, ob Gott die Liebe dieser aufbegehrenden und fordernden Dichterin erwidert hat.

Christine Lavant, während des Ersten Weltkrieges in Kärnten geboren und 1973 in Wolfsberg gestorben, gehört noch immer zu den unbekannteren deutschsprachigen Dichterinnen, trotz des Fürspruchs von Ilse Aichinger und Thomas Bernhard. Dabei steht ihr 1956 erschienenes Buch »Die Bettlerschale« gleichrangig neben der im selben Jahr veröffentlichten »Anrufung des Großen Bären« von Ingeborg Bachmann: Es war das Jahr, in dem Benn und

Brecht starben, die beiden agnostischen Dichter, die den Himmel leer geräumt hatten.
In diese pragmatisch gewordene Welt, als deren negative Chronisten bald Beckett und Ionesco gefeiert wurden, ragen die naturmystischen Versenkungen der Christine Lavant wie unzeitgemäße Zaubersprüche. Man kann sich kaum vorstellen, daß sie »gemacht« wurden; eher schon, daß eine dunkle Inspiration sie hervorgebracht hat. »Überhaupt ist mir das Dichten so peinlich«, hat sie einmal geschrieben, weil sie offenbar selbst am tiefsten von dem überrascht war, was sich auf dem Papier versammelte.
Dabei sind nicht nur die Vorbilder erkennbar, Rilke und Trakl vor allem, sondern es wird auch die Arbeit des Gehörs deutlich: Die vielen Doppelvokale (auf, Laub, Tau, grau, traurig) und die versteckten Reime zwingen den Leser, der Stimme der Dichterin in die schattigen Bezirke ihrer Einbildungskraft zu folgen. Ich kann mir gut vorstellen, daß viele heutige Leser diese exzentrische, schwermütige Poesie ablehnen.
Ich selbst dagegen werde immer wieder von ihrem magisch-lockenden Lyrismus eingefangen, gerade weil er eine Welt beschwört, die mit unserer Realität nichts, aber auch gar nichts gemein hat. Auf jeden Fall muß man immer an die arme Frau aus dem Lavant-Tal denken, wenn man, auf langen Spaziergängen, plötzlich sieht, wie das Grummetgras der hingestreckten Nebelkatze ins graue Fell greift.

CHRISTINE LAVANT
KREUZZERTRETUNG

Kreuzzertretung! – Eine Hündin heult
sieben Laute, ohne zu vergeben,
abgestiegen in die Hundehölle
wird ihr Schatten noch den Wurf verwerfen.

Oben bleibt der Vorhang ohne Riß,
nichts zerreißt um einer Hündin willen,
und der Herr – er ließ sich stellvertreten –
sitzt versponnen bei den ganz Vertrauten.

Auch die Toten durften nicht herauf!
Vater, Mutter, – keines war am Hügel,
und die Sonne hat sich bloß verfinstert
in zwei aufgebrochnen Augensternen.

Von der Erde bebte kaum ein Staub,
nur ein wenig sank die Stelle tiefer,
wo der Balg, dem man das Kreuz zertreten,
sich noch einmal nach dem Himmel bäumte.

Der Kadaver – da ihn niemand barg –
kraft der Schande ist er auferstanden,
um sich selbst in das Gewölb zu schleppen,
wo Gottvater wie ein Werwolf haust.

KERSTIN HENSEL
DIE HÖLLENHÜNDIN

Will man glauben, daß dieses Gedicht in der zweiten Hälfte unseres Jahrhunderts geschrieben wurde? Die Verse, deren Trochäen wie Ohrfeigen wirken, teilen etwas mit, das scheinbar nicht der Gegenwart angehört, sondern sich irgendwann zwischen dreizehntem und neunzehntem Jahrhundert abspielt. Sind sie der kruden Phantasie einer kranken, verzweifelten Dichterin entsprungen? Oder war die Realität ihres Lebensortes, des kärntnerischen Lavant-Tals, eine derart bedrückende, daß es sie zu dieser groben und großartigen Blasphemie führte?
Christine Lavant (1915 bis 1973) starb mehr, als sie lebte. Unvorstellbare Armut und Lebenstristesse haben sie zu einer Tiefgläubigen gemacht. Die eingeprügelte Demut, wie es die von ihr geliebten Mystiker des Mittelalters predigten, hat sie zum radikalen Verzicht auf Wollen und Wünschen, auf eigene Pläne und Ziele, auf Freunde und Verwandte gebracht und in den absoluten Gehorsam getrieben. In der Abgeschiedenheit des weltfremden Kaffs hält sie innigste Zwiesprache mit Gott, wie es weiland Meister Eckhart im Kloster getan hat.
Das Gedicht handelt von der Abwesenheit Gottes. *Kreuzzertretung!* weist in drei Richtungen: das Zertreten des Zeichens des Martyriums (des Todessymbols), der Bruch mit dem Glauben und das Brechen des Kreuzes (des Willens). Der Leser erfährt sowohl Kraft als auch Machtlosigkeit des lyrischen Subjektes. Dieses wird nicht als Mensch,

sondern als *Hündin* gezeigt. Der Hund, im Christentum Symbol der Treue, aber auch – in der mystischen Symbolik – das niedrigste aller Tiere, die Kehrseite des Göttlichen, ist Lavant selbst. In *Sieben Lauten* heult die Hündin magisch ihre Nichtigkeit: Sie steigt ab in die Hölle, denn nur der (Kreuzes-)Tod des MENSCHEN, nicht der des Viehs, ist Voraussetzung für die Geburt Gottes. Aus der Unterwürfigen ist ein Höllenhund geworden. Sein Gift in der Unterwelt ist das Gift des Phantastischen, Irrationalen.

Die irdische Einsamkeit wird in den Orkus verlagert. Die Hündin bellt den Vorwurf: Der Herr (bei Lavant immer auch als »liebender Mann« zu lesen) rührt keinen Finger für sie. Während bei Jesu Himmelsaufstieg ein rauschendes Naturereignis inszeniert wurde, *bebt* bei Lavants Höllenrutsch *kaum ein Staub*. Selbst den schon Toten (Vater und Mutter), denen sie im Jenseits wiederzubegegnen hofft, wird der Auftritt verweigert. Mit einer Mischung aus Einsicht und Wut, Gott nicht erreichen zu können, wehrt sich die schon totgetretene Hündin *noch einmal*, indem sie den Weg nach oben nicht aufgibt. Es ist der Weg zur Unsterblichkeit, der durch die Welten des Bewußtseins und des Unterbewußtseins, also durch Oben und Unten führt.

Jesus trennte sich am Kreuz von seinem Körper, indem er seine Schmerzen überwand und so die Herrschaft des Geistes über die Materie demonstrierte. Die Lavant spricht vom Gegenteil, von sich, dem *Kadaver* und der *Schande*. Diese Schande sah sie in ihrem Leben, das sie als »einen einzigen Makel« beschrieb. Ihr Gotteshaß war Sünde wider den Geist, also der einzigen Sünde, die nicht vergeben wird. Die auf Erden gemarterte Kreatur kann den Himmel nur noch als Ekel empfinden. Trotzdem treibt es sie nach dem Scheinort des Glücks. Gott wird sein unheilvolles Wirken als Wolfsmensch fortführen. Der Hund, dem Wolf verwandt, hat ihn von seinem Thron gestoßen und sich selbst erhöht. Eine trotzige, gesetzeswidrige Auferstehung. Christine Lavant tat die hexische Arbeit einer Gottesanbeterin. Für ihre Katastrophe macht sie Gott verantwortlich.

CHRISTINE LAVANT
SEIT HEUTE, ABER FÜR IMMER

Seit heute, aber für immer,
weiß ich: Die Erde ist wirklich warm –;
ich gebe der Nessel den Brand zurück
und dem Igel die Stacheln.

Seit heute ist alles mein Schutzpatron
und die ganze Welt eine Weidenwiege,
darin uns der Windstoß zusammenschaukelt
und unsren Atem verknotet.

HANS MAIER
WIE AUF AUSGESPANNTEN FLÜGELN

Unter den Gedichten der Christine Lavant sind viele, die vor Zorn und Empörung beben, die wie Fluchgebete klingen: Schreie einer Kranken, zeitlebens von Schlaflosigkeit Gepeinigten; Aufschreie vor Gott und gegen Gott; Lästerungen und Loblieder.

Unverkennbar ist die persönliche Bildsprache, die oft das Skurrile und Gewaltsame streift: nur der Lavant gehören die beinernen Misteln und diebischen Rosenkranzbeeren, die schwankende Hirnschale, die durch Weihrauchwolken treibt, die Zungenwurzel und der Wespenkrug, die heillosen Messen mit klirrendem Brot und eisigem Wein: »in jeder Hand eine salzene Wunde, in jedem Aug eine süße Feige und die Zunge hinterm Gaumen«. Unverkennbar ist der Rhythmus, in dem, vielleicht vermittelt durch den heimischen Kärntner Dialekt, älteres Deutsch nachschwingt (so sehr die frühe Lyrik der Lavant von Rilke und Trakl »erweckt« wurde): ich wüßte für diesen manchmal assoziativ gleitenden, manchmal dumpf gleichmütig pochenden Rhythmus nur ein Gegenstück in unserer Literatur: die Parzivalstrophe Wolframs.

Hier nun, in diesem kleinen Gedicht, ist nichts von dem Dumpfen, Drängenden, Kataraktischen typischer Lavant-Strophen. Ausgeglichen, beruhigt, wie auf ausgespannten Flügeln kommen die Verse daher. Wirkt sonst das kleine zitternde Ich wie ausgeliefert an die Natur (»fremdblütig im Herzen der Nacht, staubtrocken unter dem Regen«), erscheinen die Spuren Gottes »hinter siebenmal Nebel« für diese gläubige Christin »verweint und verweht und vernesselt«, so sind diese beiden Vierzeiler durchlichtet von Zuversicht: Sicherer geworden, lächelnd und gelassen schaut das Ich in die Welt, verkostet ihre Wärme, gibt der Nessel den Brand, dem Igel die Stacheln zurück.

»Kunst wie meine, ist nur verstümmeltes Leben, eine Sünde wider den Geist, unverzeihbar. Das Leben ist so heilig, vielleicht wissen Gesunde das nicht. Ich weiß es ganz. Deshalb werde ich mich vermutlich nie umbringen. Ich hab ja auch Zeiten, wo ich grundlos glücklich bin« (an Gerhard Deesen, 27. März 1962). Grundloses Glück – es spiegelt sich in diesem scheuen Liebes-, ja Ehegedicht (»seit heute, aber für immer«), das man in Christine Lavants Werk fast übersieht, weil es so empörungslos gelassen, so selbstverständlich zustimmend dasteht.

Ein schwankendes Glück freilich – aus Weide, Atem und Wind geflochten. Die starken Farben, die harten Töne, die bohrende Rhythmik – sie sind auch im Werk dieser gläubigen Magd und guten Sünderin dem täglichen Inferno, der pünktlich wiederkehrenden Verzweiflung vorbehalten. Und nur vor diesem Hintergrund gewinnen diese Verse das Lichte, Schwebende, Kaum-Glaubliche, die Seligkeit und Stille, die sie unvergeßlich macht.

CHRISTINE LAVANT
WIE GUT

Wie gut, daß ich verborgen bin
und niemals wieder sichtbar werde.
Mein Kern – im Widerspruch zur Erde –
begab sich selbst zum Monde hin,
jetzt kannst du ruhig schlafen.
Der Ort, wo wir uns trafen,
war niemals wirklich in der Zeit.
Verzeih mir dies – aus Einsamkeit
herausgeschälte – Wissen.
Vielleicht fühlt sich dein Kissen
trotzdem auch manchmal tauig an,
vielleicht verkündet dir der Hahn
vom Hühnerbaum her oft zu grell,
daß jetzt der Morgen wieder hell
gläsern über deinem Dach
heraufsteigt, während du ganz schwach
und übernächtig bist?
Ich bin es nicht, die dich dann quält,
ich bin die Magd, die Äpfel schält
im Mond und keinen ißt.

BARBARA FRISCHMUTH
DER HAHN VOM HÜHNERBAUM

Christine Lavant, die sich nach dem Fluß nannte, an dem sie lebte (1915 bis 1973), wurde als neuntes Kind einer Bergarbeiterfamilie geboren, skrofulös, schwerhörig, schwachsichtig, anhaltend von Fieber und Eiterungen gequält und zu kränklich, um die Hauptschule länger als ein Jahr zu besuchen. Bis sie als Dichterin in den fünfziger Jahren bekannt, publiziert und mit Preisen geehrt wurde, verdiente sie ihren Lebensunterhalt mit Stricken. Rilke war ihr Erweckungserlebnis. Später beschäftigte sie sich mit naturwissenschaftlichen Büchern und mit mystischen Geheimlehren. Sie las Meister Eckehart und Jakob Böhme, besaß die Gabe des Vorherwissens und ahnte angeblich den Tod von Freunden voraus.

Die Gedichte der Christine Lavant sind magische Sprachschöpfungen: Sie erklärte nichts, korrigierte selten und blieb bis zum Ende mondbefangen. Darüber befragt, wie es ihr gelinge, die Naturdinge so zum Sprechen zu bringen, soll sie geantwortet haben: »Ich schreib' einfach nach.« Dieses Gedicht stammt aus dem Band »Die Bettlerschale«, der 1956 erstmals erschienen ist. Die Trauer, die aus ihm hervorscheint, ist die der Trennung, einer oft versuchten, vielleicht längst vollzogenen Trennung, die doch keine endgültige sein kann, wie endgültig der Anspruch auf einen gemeinsamen Ort in der Zeit sich auch rückwirkend verbieten mag.

Noch verbindet die vorgestellte Schlaflosigkeit des Geliebten ihn mit der Liebenden, die schon als gleichsam Entrückte zu ihm spricht. *Was ist das Herz? Ein bitterlicher wilder Apfel*, heißt es an anderer Stelle, aber die Äpfel in diesem Gedicht erinnern auch an jenen, dessen Kerne Persephone aß, den Granatapfel, diese alte Liebes- und Todesfrucht vieler Mythen. Er wird noch geschält, aber nicht mehr gegessen. Wozu auch: sein Kern, der Nukleus, der diese Liebe enthält, hat sich längst zum Mond hin begeben. *Wie gut, daß ich verborgen bin / und niemals wieder sichtbar werde* ..., nicht als Kern, aber möglicherweise als neues Wesen der Liebe oder als neues Liebeswesen, *jetzt kannst du ruhig schlafen*... Die bedrängende Nähe hat sich mondweit entsetzt, sich dem alten Symbol der Verwandlung anheimgegeben und einen neuen Ort in einer nicht an die Erde gebundenen Zeit gewählt.

Aber die Anspielung sucht das Körperliche. Der Hahn vom Hühnerbaum (eines der für die Lavant so typischen Doppelworte) kündigt nicht nur den Morgen an, er bekräht auch trotz des betonten Verzichts die – wie oft schon? – versäumte Nacht eines glücklichen Beieinanderliegens. Es ist wohl kein Trost, daß auch der Geliebte sich schwächt am Nichtvollzug und sich übernächtigt an seiner Einsamkeit, doch läßt sich darin eine letzte Spur von Gemeinsamkeit ausmachen.

Ich bin es nicht, die dich dann quält, wohl das verräterischste Versprechen, das Liebe geben kann. Und sie gibt es nur, weil sie davon überzeugt ist, daß der Geliebte nicht gequält zu werden braucht, daß er sich selber bis zur Erschöpfung gequält hat, nachdem er die Trennung zuließ, sie vielleicht sogar erzwang. Was von der Wortwahl her so dorfnah und naturverbunden klingt, ist Kaschierung und Beschwörung zugleich. Die Liebe, die unerfüllte (im Widerspruch zur

Erde), wird in eine andere, aus der irdischen Zeit ausgeklammerte Seinsweise überstellt, in der das gegenseitige Quälen vielleicht wirklich einmal aufhören darf und die Äpfel (des Todes?) nicht mehr gegessen werden müssen.

Dies – aus Einsamkeit / herausgeschälte – Wissen stand der Dichterin Christine Lavant ins Gesicht geschrieben. Ihre übergroßen dunklen Augen dominieren jedes Porträt, seien es die Holzschnitte von Werner Berg oder die paar veröffentlichten Fotos. Übrigens führte sie die einzige größere Reise, die sie zeitlebens unternahm, nach Istanbul. Sie bildete sich ein, noch von den Türkenkriegen her ein wenig türkisches Blut in den Adern zu haben.

JOHANNES BOBROWSKI
ANRUF

Wilna, Eiche
du –
meine Birke,
Nowgorod –
einst in Wäldern aufflog
meiner Frühlinge Schrei, meiner Tage
Schritt erscholl überm Fluß.

Ach, es ist der helle
Glanz, das Sommergestirn,
fortgeschenkt, am Feuer
hockt der Märchenerzähler,
die nachtlang ihm lauschten, die Jungen
zogen davon.

Einsam wird er singen:
Über die Steppe
fahren Wölfe, der Jäger
fand ein gelbes Gestein,
aufbrannt' es im Mondlicht. –

Heiliges schwimmt,
ein Fisch,
durch die alten Täler, die waldigen
Täler noch, der Väter
Rede tönt noch herauf:
Heiß willkommen die Fremden
Du wirst ein Fremder sein. Bald.

WERNER KELLER
FRIEDLICHE LANDNAHME

Eine Liebeserklärung an zwei Städte eröffnet das Gedicht. Mit expressivem Pathos werden Jugend und Heimat erinnert, Rückkehr und Einkehr in die Geschichte des Ichs und seiner Landschaft vergegenwärtigt. Verse, wie so oft, auf der Suche nach der verlorenen Identität? Ein Blick auf die Biographie des Autors widerlegt diese Vermutung. Bobrowski wurde 1917 in Tilsit geboren und wuchs an beiden Ufern der Memel auf. Als Soldat der Wehrmacht, die am 24. Juni 1941 Wilna, am 15. August Nowgorod besetzte, betrat er russischen Boden; am heftig umkämpften Ilmensee begann er zu schreiben. Ein ergreifender Vorgang: Mitten im Krieg entdeckt ein Deutscher, unberührt von Vorurteil und Propaganda, in Feindesland seine imaginierte, doch mit der Konkretion des Erlebten wahrgenommene Heimat.

Der zweite Gedichtabschnitt, der den persönlichen Erinnerungsraum durch den Gegensatz des Einst und des Jetzt erweitert, betrauert den verlorenen »Glanz« und beklagt den vereinsamten Erzähler. Die Jahreszeiten bezeichnen Lebensstadien. Warum wurde der erfüllte Sommer verschenkt? Rief die »Jungen« der Krieg weg, oder lockte sie die geschichtslose Ferne? Erläuterungen werden hier und später ausgespart. Die Kurzverse konstatieren lediglich die Folgen und begnügen sich damit, die archaische Situation von Sagen und Mären zurückzurufen: nächtens, »am Feuer«, der Erzähler, das poetische Gedächtnis der Frühzeit.

Zunächst der reichen Jugend, dann der verarmten Gegenwart zugewandt, nimmt die Ode im dritten Abschnitt die düstere Zukunft vorweg: Der »Gesang« variiert die alte und immer neue Litanei von Raub und Jagd, von Gewalt und Widerstand. Die Wölfe »fahren« – auch wenn das Gedicht der Aktualisierung widerstrebt, deuten diese Verse an, daß Wolfszeit herrscht, von Hitlers Wolfsschanze aus dirigiert. Ist ihr der Jäger gewachsen? Sein Bernsteinfund tröstet, der Widerschein des Lichts im Dunkel der Nacht und der Geschichte.

Die entscheidenden Schlußverse verheißen, daß selbst in der Zeit des Unheils »Heiliges« anwesend ist, die hilfreiche Gegenwart der alten Natur und der Geist des Anfangs. »Heiliges schwimmt / ein Fisch«: Bobrowski bemüht altes Wissen. Aus den Einzelbuchstaben von Ichthys, dem griechischen Wort für Fisch, leiteten die Kirchenväter Christi Wesen ab. Das kühne Bild erinnert überdies an jene Legende, wonach die Ikone Nikolajs, des russischen Nationalheiligen, von Kiew nach Nowgorod schwamm.

Altrussische Frömmigkeit – »der Väter Rede« – verlangt Gastfreundschaft auch in gewalttätiger Zeit. Damit geht der »Anruf« über in einen Aufruf und schließt wie ein Nachruf auf den, den die Fremden zum Fremdling stempeln werden. Nur um den bitteren Preis des Fremdwerdens konnte ein deutscher Soldat in Nordrußland seine Heimat finden.

Die Ode, nach überlanger Inkubationszeit 1957 niedergeschrieben, irritiert durch ihren expressionistischen »Schrei«, durch die Beschwörung des Altvergangenen und der Altvorderen, und sie befremdet durch die archetypische Figuration von Erzähler und Jäger und den mystifizierten Geschichtsgang. Doch hier findet keine Spurensicherung des Archaischen um seiner selbst willen statt: Was als Flucht aus der Gegenwart erscheint, organisiert in Wahrheit den Widerstand gegen ihre Bedrohung. Das Gedicht übernimmt die Rolle des »Sängers«, der die Gegenwärtigkeit des Vergangenen vor Vergeßlichkeit und Gewalt zu retten sucht. Seine »Sarmatischen Gedichte«, die mit »Anruf« beginnen, begriff Bobrowski als individuelle Sühne für eine generelle Schuld. Er kam mit den Eroberern, doch erschloß er unserem Bewußtsein Sarmatien, für Ptolemäus das Land östlich der Weichsel, in friedlicher Landnahme.

JOHANNES BOBROWSKI
BERICHT

Bajla Gelblung,
entflohen in Warschau
einem Transport aus dem Ghetto,
das Mädchen
ist gegangen durch Wälder,
bewaffnet, die Partisanin
wurde ergriffen
in Brest-Litowsk,
trug einen Militärmantel (polnisch),
wurde verhört von deutschen
Offizieren, es gibt
ein Foto, die Offiziere sind junge
Leute, tadellos uniformiert,
mit tadellosen Gesichtern,
ihre Haltung
ist einwandfrei.

ANDREAS F. KELLETAT
DIE WEHRMACHT UND DAS MÄDCHEN

Ein Partisan, so belehrt uns 1989 das »Universalwörterbuch« des Mannheimer Dudenverlages, kämpft »als Angehöriger bewaffneter, aus dem Hinterhalt operierender Gruppen gegen den in sein Land eingedrungenen Feind«. Partisanen, so bestimmt es die in diesem Punkt erst 1949 geänderte Haager Landkriegsordnung von 1899, genießen bei Ergreifung keinen Schutz, wegen ihrer Hinterhältigkeit. Kurzen Prozeß kann man mit denen machen. So werden sie auch mit Bajla Gelblung verfahren sein, dem Mädchen aus dem Warschauer Ghetto, das bis Brest-Litowsk gelangt war, auf seiner Flucht durch die Wälder. Vielleicht wurde vor der Erschießung noch ein Protokoll, ein »Bericht« aufgesetzt, und das Mädchen hat erzählen müssen, wo und wie es an die Waffe und an den »Militärmantel (polnisch)« gekommen ist und wie in diese Partisanengruppe.

Nach dem Krieg aber werden sie verdrängen und bestreiten, von den Ghettos, den Massenerschießungen, den jüdischen Partisanen je etwas gehört zu haben. Wehrlos waren die Juden immer gegen ihre Verfolger, das weiß man doch. Und die Verfolger dieser wehrlosen Juden waren die SS-Schergen und Himmlers Sonderkommandos in den Dörfern und Wäldern um Brest-Litowsk – weit hinter der tapfer kämpfenden Front. Die haben all das Schreckliche begangen. Aber die Wehrmacht, die hat damit nichts zu tun, deren Offiziere haben sich einwandfrei verhalten. Hat

Hitler nicht selber wegen der zögerlichen Befolgung seines »Kommissarbefehls« vom Juni 1941 das Oberkommando des Heeres beschimpft, es wolle aus »dem Soldatenberuf möglichst einen Pastorenstand« machen, und hat er nicht selber geklagt, was noch alles unterblieben wäre, wenn er seine SS nicht hätte?

Johannes Bobrowski, der 1917 in Tilsit geboren wurde und 1965 in Berlin gestorben ist, hat als Soldat der deutschen Wehrmacht an den Überfällen auf Polen und die Sowjetunion teilgenommen. In Kaunas erlebte er am 28. Juni 1941 das Pogrom, bei dem 3800 Juden erschlagen wurden. Lange war er an der russischen Nordfront stationiert, sah das zerstörte Nowgorod. Auch von Partisanen sprechen Notizen in seinem Nachlaß: »Moor, Nacht, Peipus-See / Partisaneneinsatz, Friedr. abgesprengt, Stimmen, Partis.gr. – Lager, dort alles †.« Bis Weihnachten 1949 blieb er in russischer Kriegsgefangenschaft. Unmittelbar danach schrieb er über seine ersten Jahre in der Gefangenschaft eine autobiographische Skizze, in der immer wieder das Wort »Haltung« abgeklopft wird, bis es schließlich ganz hohl klingt. Denn »Haltung« zeigten die Soldaten nur in »allen Kleinigkeiten, im Essen und ebenso in der Frage der Notdurftverrichtung«, aber es fehlte diesem vermeintlichen Zeichen männlicher Charakterfestigkeit jeder Inhalt, jede klare Überlegung, jede innere Entscheidung. »Haltung«, das war »eine Schale, eine Hülle, der der Kern fehlte«. Und kam das Gespräch der Gefangenen auf die Kriegsverbrechen, so hieß es nur: »Ein anständiger Mensch erwähnt so etwas nicht einmal!«

An dieses Schweigegebot der »Rußlandkämpfer« hat sich Bobrowski nicht gehalten. Sein im Januar 1961 entstandener »Bericht« versucht zwar nicht, Wehrmacht und SS-

Einsatzkommandos auf eine Stufe zu stellen, aber er sagt, daß die Angehörigen der Wehrmacht gewußt haben, was in den von ihnen eroberten Ländern geschehen ist. In dieser Feststellung steckt die Provokation des Textes. Noch 1983 diskutiert Heinrich Böll in einem »Mordnachweis« überschriebenen Essay die Frage, ob die Wehrmacht »es« gewußt habe: »Wo sind die Augenzeugen, wo ihre Fotos?« Drohend klingt in solchem Kontext von Verdrängung, Leugnung und Unfähigkeit zur Trauer der genau zwischen die doppelte Nennung der »Offiziere« gesetzte Hinweis: »es gibt / ein Foto«. Oder ist es weniger Drohung als Aufruf an das Erinnerungsvermögen des Lesers von 1961: Denk nach, ob du nicht auch dieses Bild gesehen hast...?

Denn das Foto existiert tatsächlich. Es erschien während des Krieges in einer deutschen Zeitschrift, um den Haß gegen die hinterhältigen Partisanen und die jüdischen »Flintenweiber« zu schüren. Durch diese Veröffentlichung während der Nazi-Zeit wurde der Name des jüdischen Mädchens aus dem Warschauer Ghetto bewahrt. Bobrowskis Beschreibung des Verhörs der Bajla Gelblung stimmt. Auf dem Foto erkennt man das Mädchen und die jungen deutschen Offiziere – mit tadellosen Uniformen in einwandfreier Haltung.

JOHANNES BOBROWSKI
DER MUSCHELBLÄSER

Der schöne Luftgeist bläst auf dem Muschelhorn,
dem rötlichen, gespitzten, er teilt den Schall
mit seiner Hand, der hier- und dorthin
fliegt, soviel anders als Ufervögel.

Mein Freund, der Luftgeist, liebt in den Weiden dort
zu schlafen, und ich lernte schon dies und dies
bei ihm, nun lern ich nicht, wie er so
leicht nur zu ruhn, an den Rand gelehnt nur

der Dunkelheit und immer im Lichten noch,
und kindlich runden Augs zu erwachen bald.
Wie soll ich meinem Freunde gleichen:
nur mit der Lieb, ohne Schlaf, im Regen?

HARALD HARTUNG
SEIN FREUND, DER LUFTGEIST

Stünde »Der Muschelbläser« hier ohne Verfassernamen – wer käme sogleich auf den Namen Johannes Bobrowski? Klopstock!, würde man vielleicht raten; auch weil es sich um eine Ode handelt. – Oder ein Poet aus dem Hainbund? Hölty vielleicht? Dafür sprächen die Zartheit der Verse und ihr mythologischer Anklang. – Doch Hölty hätte ungescheut von »Ariel« und vom Muschel blasenden »Triton« gesprochen, während unser Dichter auf mythologische Ausstattung verzichtet. – Wo aber der Luftgeist »kindlich runden Augs« erwacht, ist man mehr als bloß ein Jahrhundert weiter. Trakls Elis ist »ein Ruhender mit runden Augen«. Ende des Ratespiels: Der hier dichtet, dichtet nach Trakl, aber in einer Weise, wie man *vor* Trakl dichtete – er nannte Klopstock seinen »Zuchtmeister«.

Johannes Bobrowski schrieb den »Muschelbläser« am 8. Juni 1958, drei Jahre vor Errichtung der Mauer, drei Jahre vor Erscheinen seines ersten, so lang ersehnten Gedichtbandes »Sarmatische Zeit«. Aber mit dem sarmatischen Projekt, mit dem groß angelegten Versuch, die »Schattenfabel« von der Verschuldung des deutschen Volkes an den Völkern des Ostens zu dichten, hat »Der Muschelbläser« aus Bobrowskis zweitem Band »Schattenland Ströme« so gut wie gar nichts zu tun. »Der Muschelbläser« ist ein Solitär.

Wir hören eine zarte, eine filigrane Musik, erzeugt auf einem Muschel- oder Tritonshorn, wie es die größte

Schnecke des Mittelmeeres hinterläßt. Der Elementargeist, der darauf spielt, hat so viel Körperlichkeit, daß er »schön« genannt werden kann; und so viel Atem, daß er den Ton, den er erzeugt, absichtsvoll mit seiner Hand modulieren und über die Szene lenken kann – anders, nämlich kunstvoller als die Ufervögel. Ähnlich graziös folgen diesem Spiel die Zeilen der alkäischen Strophe: zweimal in Elfsilblern aufsteigend, im Neunsilbler die erreichte Höhe haltend, endlich in Daktylen und Trochäen zum Strophenschluß fallend. Schön gegliederte Atemeinheiten, die keines Reims bedürfen, um als Kunst zu erscheinen.

Da auch der Dichter nach alten Regeln der Kunst seinen Ton gliedert, nimmt er sich heraus, den Luftgeist vertraulich seinen Freund zu nennen. Diese Vertraulichkeit ist überaus zart. Sie achtet die Überlegenheit des schönen Freundes, dem er nur nachstreben kann. Und wenn er auch betont, »dies und dies« gelernt zu haben, so fehlt ihm doch das Entscheidende: die Leichtigkeit des Seins. Aber der Dichter drückt sich nicht in Begriffen, sondern in Analogien aus, um das Besondere, Bewundernswürdige jenes Geist-Natur-Wesens zu verdeutlichen, das zwischen Dunkel und Licht seine Ursprünglichkeit zu erneuern vermag.

Und wieder gelingt das Paradox der Kunst. Was dem Menschen versagt ist, bildet sie nach. Ein einziger Satz, der Vers- und Strophengrenzen anmutig überflutet, ist Ausdruck jenes schönen Seins. Er stößt auf die Barriere einer Frage, die ihren traurigen Befund schon vorwegnimmt: »Wie soll ich meinem Freunde gleichen: / nur mit der Lieb, ohne Schlaf, im Regen?« Noch einmal hebt sich der Ton, doch der Schlußvers fällt in drei Stufen herab. In der Trauer und Ratlosigkeit ist aber auch so etwas wie Selbst-

behauptung zu spüren: Der Mensch hat etwas, was dem Luftgeist abgeht.
Wir wollen nicht erklären, warum es gerade diese drei Dinge sind, die ihn, den schwerblütigen Menschen, daran hindern, einem Muschel blasenden Luftgeist zu gleichen. Die dunkle, schwermütige Coda gehört zur heiter-schönen Evokation der luftigen Kunstfigur. In dieser fast rokokohaften Pièce erleichterte der gedankenvolle Bobrowski, noch fern vom ersehnten »kleinen Ruhm«, sein Gemüt. Elementargeister gelten als dem Menschen freundlich gesinnte Geister – außer wenn sie gereizt werden. So ist die Ode vielleicht auch ein Stück Beschwörung, Gegenzauber.

JOHANNES BOBROWSKI
DER SAMLÄNDISCHE AUFSTAND 1525

Bauern, ein Heer, gekommen
mit Kreuzen, gerufen vom Herzog
auf das Feld Lauth, betrogen
dort im Geschwätz der Herrn, gerichtet,
heißt es, in Königsberg, in den Dörfern
Laukischken und Kaymen
und auf dem Felde Lauth.

Kaspar, Müller zu Kaymen,
über den Hügeln dein Ruf,
ein Kranich mit tropfender Schwinge,
heimisch dein Roß in Wäldern,
im Rauch der niedrigen Feuer,
die sich am Feldkreuz fanden,
nächtlich, singen: Nun bitten
wir den heiligen Geist.

Vor der Dämmerung wieder
der Himmel ein Krähenbaum.
Kaspar, schartige Frucht
dein Mund, ich find deine Hände
nicht, ich geh, sie zu suchen,
Dörfer und Weiler ab,
ich steh auf dem weißen Ufer.
Steig, schrei ich, mein Haff!

RUDOLF JÜRGEN BARTSCH
LOKALTERMIN, HISTORISCH-POETISCH

Johannes Bobrowski, der in Königsberg während seiner Gymnasialzeit vom Domorganisten Eschenbach in Harmonielehre unterwiesen wurde, wird den Tatort gekannt haben. Im sechzehnten Jahrhundert bestand Königsberg in Preußen noch aus den selbständigen Städten Kneiphof, Altstadt, Löbenicht: »der dreyen Städte Pracht« (Simon Dach in seiner Kürbishütten-Elegie). Das senkenfreie »Feld Lauth«, nordostwärts vom Kneiphof gelegen, ist mit dem späteren Devauer Feld identisch: Schauplatz königlicher Feldparaden und Flugplatz zu Bobrowskis Schulzeit.

Auf dieser offenen Ebene hatte der erste Preußen-Herzog dem Aufstand der knapp dreitausend Rebellen tückisch ein Ende bereitet (»betrogen dort im Geschwätz der Herrn«). Dreizehn Bauern ließ er gleich am Ort köpfen, die Hauptleute Kaspar und Gericke wurden in ihren Heimatdörfern hingerichtet. Denn angefangen hatte es im Kirchspiel Kaymen, einem winzigen Weiler rund zwölf Kilometer vom Kurischen Haff entfernt und wie Laukischken zum Kreis Labiau gehörend.

Warum diese Erhebung? Die freien Bauern wurden entgegen ihren verbrieften Rechten zum Hofdienst als Scharwerker herangezogen. Hinzu kam, daß der Kämmerer Andreas Rippe ein übler Leuteschinder war, was erst den Müller Kaspar – eine Mühle ist eine gute Nachrichtenbörse – zum Widerstehen herausforderte.

In der Nacht vom zweiten auf den dritten September versammelte Kaspar seine Bauern, berief sich in seiner Ansprache auf das Evangelium (»gekommen mit Kreuzen«) und erzählte ihnen die Geschichte seines Nacht für Nacht wiederkehrenden Traums. Ein alter Mann habe ihm zugerufen: »Auf, auf, Müller! Es ist nichts daran gelegen, wie gering und schwach du seyst. Nur frisch und getrost daran!« Eine männliche Jeanne aus dem alten Preußenland.

Sie stürmten die Burg, führten den Rippe als Gefangenen mit sich und zogen vor das Ordensschloß Labiau. Unterwegs hatten sie den Dorfpastor von Legitten gebeten, sie zu begleiten, um einen des Lesens Kundigen dabei zu haben. Eine Hellebarde in der Hand wie der Bischof den Krummstab (»Nun bitten / wir den heiligen Geist«), so zog Pastor Sommer ihnen voran. Nun, alle Aufenthalte der Stärkung und Verstärkung eingerechnet, werden sie morgens zeitig in Labiau eingetroffen sein. Ich kenne den Weg, bin ihn so manche Sommernacht als Halbwüchsiger mit dem Fahrrad gefahren, einen Aufruhr ganz anderer Art im Kopf.

Kurzum: Die Labiauer lieferten die geforderten Amtmänner aus, und über Tapiau ging es pregelabwärts auf die Dreistadt zu. Das Ende ist bekannt. – »Vor der Dämmerung wieder / der Himmel ein Krähenbaum.« Bei aller Bedeutungsvielfalt ist die Krähe als Todesbotin auch in Bobrowskis Versen zu erkennen. Indessen will mir »Krähenbaum« hier nicht als Nist- oder Schlafbaum des Vogels erscheinen, sondern als Metapher. Eine Wolke von schwärmenden Zugkrähen – ohnehin in diesem Landstrich heimisch – nimmt im Begriff, niederzustoßen, die Gestalt eines Baumes an. Die Unbestatteten ziehen die

Unglücksvögel an. Deshalb auch der letzte Vers: »Steig, schrei ich, mein Haff!«

Historie – kritisch gespiegelt – im Gedicht. Entstanden ist es am 27. Dezember 1956, erschienen jedoch erst im Nachlaßband, den Eberhard Haufe herausgab. Episodisch kam Johannes Bobrowski noch zweimal auf den Stoff zurück: im Roman »Litauische Claviere« und in der Erzählung »Von nachgelassenen Poesien«. Zu lesen und zu interpretieren als Variationen seines großen von ihm selbst so definierten Themas: »Die Deutschen und der europäische Osten. Eine lange Geschichte aus Unglück und Verschuldung, seit den Tagen des deutschen Ordens, die meinem Volk zu Buch steht.«

JOHANNES BOBROWSKI
DORFMUSIK

Letztes Boot darin ich fahr
keinen Hut mehr auf dem Haar
in vier Eichenbrettern weiß
mit der Handvoll Rautenreis
meine Freunde gehn umher
  einer bläst auf der Trompete
  einer bläst auf der Posaune
Boot werd mir nicht überschwer
hör die andern reden laut:
dieser hat auf Sand gebaut.

Ruft vom Brunnenbaum die Krähe
von dem ästelosen: wehe
von dem kahlen ohne Rinde:
nehmt ihm ab das Angebinde
nehmt ihm fort den Rautenast
  doch es schallet die Trompete
  doch es schallet die Posaune
keiner hat mich angefaßt
alle sagen: aus der Zeit
fährt er und er hats nicht weit

Also weiß ichs und ich fahr
keinen Hut mehr auf dem Haar
Mondenlicht um Brau und Bart
ab gelebt zuendgenarrt

lausch auch einmal in die Höhe
   denn es tönet die Trompete
   denn es tönet die Posaune
und von weitem ruft die Krähe
ich bin wo ich bin: im Sand
mit der Raute in der Hand

GERHARD SCHULZ
TOD UND VERKLÄRUNG?

Allein Götter und Dichter können sich über Leben und Tod erheben. Den einen sagt man nach, daß sie reale Welten erschaffen, wenngleich sie selbst nur Gebilde unserer Phantasie sind. Die anderen existieren in Fleisch und Blut unter uns, ihre Schöpfungen dagegen kommen erst in unserer Einbildungskraft zum Leben. Beide aber lassen den Menschen gelegentlich einen Blick über sich hinaus tun, damit er ein wenig besser weiß, wo er steht.

Bobrowski hat den Helden seines Gedichts ein Stück auf der Reise in jenes unentdeckte Land begleitet, von »des Bezirk«, nach Hamlets Worten, »kein Wandrer wiederkehrt«. Von der Grenze, vom sandigen Ufer des Letheflusses sozusagen, kommt dieser Bericht. Der Tote reflektiert oder – um den fremden Ausdruck beim Wort zu nehmen – er blickt zurück.

Man hat ihn in einen einfachen Sarg aus vier ungestrichenen, weißen Brettern gelegt, wie er für die armen Leute in den Dörfern des Baltenlandes üblich war; »Nasenquetscher« pflegte man so etwas im Volksmund zu nennen. Die Raute, das »Totenkraut« des Aberglaubens und übrigens auch Nationalblume von Bobrowskis poetischer Heimat Litauen, hat man ihm nicht verweigert; Schutz soll sie bieten gegen Angriffe des Bösen auf der letzten Überfahrt.

Aber würdig war er in den Augen der guten Freunde solchen Talismans und Schmuckes wohl nicht. Vom Dorfziehbrunnen mit dem großen, schräg emporragenden Brunnenbaum, vom Umschlagsort gesunden Volksempfindens also, tönt der Schmähruf der Krähe, seit alten Zeiten der Lästervogel. Man hält nicht viel von dem, den man mit Musik zu Grabe trägt. Er gleicht dem törichten Manne, von dem Jesus sagte, daß er »sein Haus auf den Sand baute. Da nun ein Platzregen fiel und kam ein Gewässer und wehten die Winde und stießen an das Haus, da fiel es und tat einen großen Fall.« Und da, meint man, wird auch der Bauherr wohl liegen bleiben.

Aber was geschehen soll, geschieht nicht. Das Boot bewegt sich, ist nicht überschwer, und man läßt dem Toten auch sein Angebinde für gute Fahrt, denn etwas hat sich schützend über ihn gebreitet: Dorfmusik. Die geringen, subtilen Veränderungen im Kehrreim der drei Strophen sind der Schlüssel zu diesem Gedicht. Mit einem »doch« als Abwehr gegen Nachrede und Geschwätz erscheint der Refrain das zweite Mal, und die Musiker sind jetzt hinter der Musik verschwunden. Die aber erhält auf einmal neuen Klang und andere Kraft.

»Denn es wird die Posaune schallen, und die Toten werden auferstehen unverweslich, und wir werden verwandelt werden«, schreibt der Apostel Paulus an die Korinther. Der aus der Welt Gefahrene, der seine Bibel kennt, verspürt etwas von der Macht solcher Musik. Das Urteil der anderen gilt nicht mehr, das Schreien der Krähe verhallt allmählich, die Narrenspiele sind vorüber: Tod und Verklärung? Davon sagt dieses Gedicht nichts.

Die Grenze ist überschritten, aber der größere Teil der Reise steht noch bevor, und aus welcher Höhe die Töne tatsächlich kommen, weiß man nicht. »Iich hoa ann Gewißheet«, sagt der pietistisch fromme alte Hilse in

Hauptmanns »Webern«, als er einmal seinen Glauben bekennt. Die Gewißheit dieses Menschen hier ist die Raute, die er aus der Welt mitbringt, das »kleine Kraut aus Tränen und Küssen«, wie sie Bobrowski in einem anderen Gedicht nennt. Und es ist die verwandelte Dorfmusik, die forttönt, weiterklingt und hallt: »Denn es tönet die Posaune ...«

Eine Entscheidung darüber, ob dergleichen als Gewißheit ausreicht, ist jedermanns eigene Sache. Das Wörtchen »denn« heißt in der Grammatik eine kausale Konjunktion. Von einem Urheber der Musik, einer *causa*, ist im Gedicht nicht die Rede. Der Dichter ist kein Priester, und das Gedicht ist ganz und gar ein Kunstwerk, das in Bildern zu unserer Einbildungskraft, unserer Phantasie spricht.

Die Gewalt von Bobrowskis einfachen, klaren Metaphern ist offenbar. Ich zögere nicht, diese Verse hier eines der schönsten deutschen Gedichte unseres Jahrhunderts zu nennen.

JOHANNES BOBROWSKI
HÖLDERLIN IN TÜBINGEN

Bäume irdisch, und Licht,
darin der Kahn steht, gerufen,
die Ruderstange gegen das Ufer,
  die schöne
Neigung, vor dieser Tür
ging der Schatten, der ist
gefallen auf einen Fluß
Neckar, der grün war, Neckar,
hinausgegangen
um Wiesen und Uferweiden.

Turm,
daß er bewohnbar
sei wie ein Tag, der Mauern
Schwere, die Schwere
gegen das Grün,
Bäume und Wasser, zu wiegen
beides in einer Hand:
es läutet die Glocke herab
über die Dächer, die Uhr
rührt sich zum Drehn
der eisernen Fahnen.

HERMANN BURGER
SCHATTENRISS

Mit weichem Blei, doch mit spärlichen Strichen skizziert Johannes Bobrowski das Neckarufer und den Hölderlinturm in Tübingen. Wer den geisterhaften Kahn gerufen hat, wissen wir zunächst nicht, bis vom »Schatten« die Rede ist. Vielleicht denkt der Autor an Hölderlins Wort von den »seligen Schatten am Lethe« und sieht im Weidling mit der Stakstange Charons Hadesfähre.

Vergangenes wird gegenwärtig: Ruhelos auf und ab gehend, wartet der kranke Prophet, der Dichter des »Hyperion«, auf sein Ende, schon zu Lebzeiten nur noch ein Schemen. Sein Schatten fiel – und fällt – auf den grünen Neckar.

Bobrowski beschwört den Namen gleich zweimal, sozusagen in der Vergangenheits- und in der Gegenwartsform, denn er weiß um die Bedeutung des Fluß-Symbols in der Hochklassik.

Bei Goethe und Hölderlin wird der Strom zum Sinnbild für den schöpferischen Genius. Hier ist seine Dynamik erloschen. Ein stehendes Wasser, das an einen Böcklinschen Totenteich erinnert. Die Schlußzeile der ersten Strophe klingt an Hölderlins Ode »Der Neckar« an: »...doch weicht mir aus treuem Sinn/ Auch da mein Neckar nicht mit seinen/ Lieblichen Wiesen und Uferweiden.«

In der zweiten Strophe spielt Bobrowski auf die allgemeine Situation des Dichters an. Er meint mit dem Hölderlinturm auch den Elfenbeinturm und wünscht, daß er bewohnbar sei »wie ein Tag«. Er setzt die Schwere der Mauern gegen das Grün des Wassers und der Bäume, die sprachliche Form gegen die fließende Zeit. Mauerwerk als Metapher für eine hermetische Kunstsprache, mit der man sich einkerkert wie der irre Hölderlin, oder aber für das transparente Wort.

Es hält den Forderungen des Tages stand: Der Turm kann ein Wachtturm sein und zur Not ein Pulverturm. Das poetische Zeichen hebt Vergangenheit und Gegenwart auf, bringt sie in eins, schafft aber auch die Balance zwischen dem Dunklen, Abgründigen und der ordnenden Kraft des Geistes: »zu wiegen/ beides in einer Hand«. In dieser zentralen Gebärde des Gedichts manifestiert sich das Gleichgewicht von Form und Inhalt.

Die Schlußverse weisen mit dem Bild der »eisernen Fahnen«, das an die klirrenden Fahnen in Hölderlins »Hälfte des Lebens« erinnert, wieder auf den Turmhäftling zurück. Auffallend ist das Nebeneinander von Glockenläuten und Wetterfahnen. Aus ihrem Quietschen glaubte Baudelaire die Stimme des Todes zu hören. Für Hölderlin war das Tote die sprachlose Welt des Winters, die in »Hälfte des Lebens« vorausgeahnte Umnachtung.

Die Glocken deuten auf das Erhabene. Doch die »Tore an Schönheit«, wie Hölderlin die Schallfenster in einem späten Fragment bezeichnet, sind für ihn nicht mehr erreichbar. In der Doppelbedeutung des Wortes »Fahne« ist der Verlust der Lebensfülle enthalten: Aus der rauschenden Festflagge wird ein metallenes Ding, das sich starr im Wind dreht.

Bobrowskis Gedicht schließt mit dieser feierlich-tödlichen Dissonanz: Das Glockengeläute und das Drehen der eisernen Fahne bedingen sich wechselseitig. Das Schöne

öffnet erst die Augen für das Vergängliche – und umgekehrt. Zu wiegen, auch da, beides in einer Hand wie in einer Nußschale, die Polarität in nuce.
Das Beeindruckende an diesem Schattenriß Hölderlins liegt darin, daß Bobrowski die literaturgeschichtlichen Elemente ohne didaktisches Forcieren vermittelt. Das Schattengedächtnis, das Andenken wird nahtlos in die Stimmung des Tübinger Sommertags eingebunden. Der Kahn liegt da, der Leser kann hinübersetzen, er kann ihn als Symbol befrachten oder für das eine konkrete Boot nehmen. Diese Freiheit entspricht der modernen lyrischen Notation in spärlichen Zeichen und freirhythmisch akzentuierten Zeilen.

JOHANNES BOBROWSKI
HOLUNDERBLÜTE

Es kommt
Babel, Isaak.
Er sagt: Bei dem Pogrom,
als ich Kind war,
meiner Taube
riß man den Kopf ab.

Häuser in hölzerner Straße,
mit Zäunen, darüber Holunder.
Weiß gescheuert die Schwelle,
die kleine Treppe hinab –
Damals, weißt du,
die Blutspur.

Leute, ihr redet: Vergessen –
Es kommen die jungen Menschen,
ihr Lachen wie Büsche Holunders.
Leute, es möcht der Holunder
sterben
an eurer Vergeßlichkeit.

WERNER KELLER
ZU TILGEN UND ZU SÜHNEN

Schon Homer und Pindar bestimmten ihre Verse dazu, Taten im Wort zu bewahren. Was für ein bedrückender Unterschied: Autoren unserer Zeit sind genötigt, Untaten beim Namen zu nennen, damit sie nicht dem Vergessen – und damit der Wiederholbarkeit – anheimfallen.

Bobrowski erinnert an den russischen Erzähler Isaak Babel, der in seiner »Geschichte meines Taubenschlags« von dem Judenpogrom in Odessa im Jahre 1905 berichtet, bei dem der Elfjährige den Großvater und seine lang ersehnte, eben erstandene Taube verlor. Seiner Miniaturtechnik gemäß erzählt Babel lakonisch, ohne zu klagen oder anzuklagen, doch der Leser der »Geschichte« ist verstört, denn es ist ein an den Rollstuhl gefesselter Kranker, der das Tier tötet, ein armer Teufel, der sich an einem anderen Armen vergeht. Bobrowski spart dies aus. An einem Kinderschicksal und in kindlicher Syntax verdeutlicht er Neid und Haß, Unrecht und Leid – an einem konkreten Vorgang, da abstrakte Statistiken wenig besagen. Er wählt bewußt ein mit uralter Bedeutung angefülltes Detail, denn die Taube verbildlicht nach 1. Mose 8,11 den Frieden und nach Matthäus 3,16 den Geist, die beide mitgeopfert werden.

Auch der zweite Abschnitt gilt der genauen, schaubaren Erinnerung, diesmal an ein dörfliches Idyll, dem alles Gewalttätige fremd zu sein scheint und das dennoch zum Schauplatz für Rassenwahn und Verbrechen wird. Der

Leser, vertraulich angesprochen, erfährt nichts vom Täter und wenig vom namenlosen Opfer, aber als Mitwisser einbezogen – »Damals, weißt du« –, kennt er die »Blutspur«, die die Geschichte unseres Jahrhunderts durchzieht.

Die geläufigen Erwartungen an ein zeitgenössisches Gedicht – als hermetisch-esoterisches Selbstgespräch – wehren die Schlußverse brüsk ab. Bobrowski, der nach der Rückkehr aus russischer Gefangenschaft in Vers und Prosa unvergleichlich viel für die Aussöhnung mit den Völkern des Ostens getan hat, tritt in direkter Anrede hervor: »Leute, ihr redet: Vergessen –.« Das »Gerede« plädiert für das Vergessen, dem es zugleich zuarbeitet; die »Leute« sprechen vom Vergessen und um zu vergessen. Die bitteren Folgen: Die Verdrängung der Älteren bedingt das Unwissen der Jungen.

Die Toten mahnen, doch die Vergeßlichkeit der Lebenden bringt sie um den einzigen Schimmer von Sinn, den ihr Opfer hat. Daran »möcht«, darüber könnte der Holunder verdorren, dessen alte Bedeutungen für den Volksglauben das Gedicht zurückruft. Mit ihm, der zur Sommersonnwende in Blüte steht, verbindet sich Liebeszauber; er ist zudem Schutzbaum, in dessen Schatten Kleists Käthchen ihr Inneres preisgibt; als unvergänglicher Lebensbaum steht er mit dem Tod in untergründiger Verbindung. Der Holunder »möchte« absterben, wenn sich Menschen der aus Leid und Schuld gebildeten Vergangenheit entziehen. Das Gedicht besteht auf Erinnerung, die den verliebten Jungen ihr Lachen beließe, doch diesem mit der Unwissenheit von seiner Oberflächlichkeit nähme.

Nietzsche statuierte, Handeln sei ohne Vergessen nicht möglich. Bobrowski widerspricht zornig aufgrund seiner und unserer Erfahrung: Das Leben benötigt – so die Logik seiner Bildlichkeit – das Erinnern zum Überleben. Was das Gedicht einklagt, leistet es selbst vielfältig: Indem es Babels trauriger Erinnerung Raum gibt, dient es auch dem Gedenken an diesen Prosaisten, der sich der Revolution anschloß, mit Budjonnys Reiterarmee zog, im Volkskommissariat für Bildung tätig war und dennoch im März 1941 im Lager umkam.

Durch die Blutspur eines anonymen Opfers erinnert das Gedicht an alle, die im Zeitalter der Ideologien litten. Es erinnert die Alten an das getane, die Jungen an das latente Böse in uns, das in Ausnahmesituationen ausbricht; es erinnert schließlich an Bobrowski und dessen lyrische Versuche, »zu tilgen und zu sühnen«. Im September 1960 geschrieben, ist das Gedicht heute gültig wie damals.

JOHANNES BOBROWSKI
IM STROM

Mit den Flößen hinab
im helleren Grau des fremden
Ufers, einem
Glanz, der zurücktritt, dem Grau
schräger Flächen, aus Spiegeln
beschoß uns das Licht.

Es lag des Täufers Haupt
auf der zerrissenen Schläfe,
in das verschnittene Haar
eine Hand mit bläulichen, losen
Nägeln gekrallt.

Als ich dich liebte, unruhig
dein Herz, die Speise auf schlagendem
Feuer, der Mund, der sich öffnete,
offen, der Strom
war ein Regen und flog
mit den Reihern, Blätter
fielen und füllten sein Bett.

Wir beugten uns über erstarrte
Fische, mit Schuppen bekleidet
trat der Grille Gesang
über den Sand, aus den Lauben
des Ufers, wir waren gekommen

einzuschlafen, Niemand
umschritt das Lager, Niemand
löschte die Spiegel, Niemand
wird uns wecken
zu unserer Zeit.

HEINRICH DETERING
SCHATTENFABEL VON SCHULD UND SÜHNE

Es war ein Ereignis, als der noch weithin unbekannte Johannes Bobrowski dieses Gedicht 1962 der »Gruppe 47« vorlas. Sonderbar leicht bewegte sich der Dichter, der schwer und fast bäuerlich wirkte, in den Spuren Hölderlins und Klopstocks; gelassen vereinte er den hohen Odenton mit der Askese einer hermetischen Moderne. Die Landschaften des europäischen Ostens, das mytische »Sarmatien«, hatten seine ersten Gedichtbände beschworen, »Sarmatische Zeit« und »Schattenland Ströme«. Was zu erzählen war von dieser Geschichtslandschaft, das nannte Bobrowski in einem damals gleichfalls vorgelesenen Gedicht »An Klopstock« die »Schattenfabel von den Verschuldungen / und der Sühnung«. Die deutsche Geschichte war damit gemeint, die jahrhundertalte Schuld an Polen, Litauern, Russen, an den vergessenen Pruzzen und den ermordeten Juden, die wie Schattenbilder durch Bobrowskis Gedichte wandern. Staunend lauschte man der dunklen Stimme.
Die Erinnerung an »das Wirkliche« habe er gewollt, schreibt Bobrowski im »Klopstock«-Gedicht. Die Orte dieser Erinnerung sind auf der Landkarte zu finden; Memel oder Njemen heißen die Ströme in Bobrowskis Sarmatien, Don und Dnjepr. In diesem Gedicht aber scheinen sie zusammengeflossen zu einem einzigen, namenlosen »Strom«. Und wenn darüber das Bild Johannes' des Täufers erscheint, des Bußpredigers und Propheten des Mes-

sias, dann wird hinter der vertrauten Landschaft Bobrowskis eine fernere, biblische sichtbar. Aber wie kommt der Jordan nach Sarmatien?

Vergangenes wird heraufbeschworen in diesen schwermütig daktylischen Versen, mit ungewissen Beziehungen. Wenn einmal ein Satz mit den Worten »Als ich dich liebte« anhebt und Klärung der zeitlichen Verhältnisse verspricht, dann zerfällt er vor unseren Augen wieder in Bruchstücke eines Satzes, der sich nicht mehr eindeutig zusammensetzen läßt. Wann und warum das Erinnerte geschehen ist und in welcher Reihenfolge, bleibt ungewiß. Allenfalls erahnt man eine Kahnfahrt zweier Liebender auf dem Strom, flackernde Bildreste von Feuer, Regen und Nacht, von Liebe und Schlaf in einem Bett, das zugleich das des Stromes ist. Doch als habe die Schwerkraft sich umgekehrt und als liefe die Zeit rückwärts, ist dieser Strom als Regen davongeflogen, »mit den Reihern«. Wo eben noch Wasser floß, geht nun der Grillengesang über den Sand; und zugleich sind die Blätter gefallen, so viele, daß sie das Flußbett ausfüllen und wir uns die Bäume am Ufer also entlaubt vorstellen müssen. Einmal mißtrauisch geworden gegenüber dem schönen Naturbild, könnte man weiterfragen, ob es wirklich nur Lichtreflexe sind, von denen die Rudernden sich »beschossen« sehen, und ob »das Lager« nur ein Nachtlager meint. Im Zwielicht des Schattenlandes verschwimmen die Konturen; wo nichts mehr geheuer ist, könnte alles ein Ungeheuer sein.

Was immer aber in diesem Dämmern geschehen sein mag, es ist zugelaufen auf eine tödliche Erstarrung, die nun, im Augenblick des Gedichts, endgültig eingetreten ist. Gelöscht sind die Wasserspiegel, erloschen also ist das Licht. Und über dem ausgetrockneten Fluß schwebt das

Bild des Gemordeten, in seinem Haar die Hand des Henkers, die selbst schon die Spuren der Verwesung zeigt – als sei nichts dem Tod entronnen, auch die Mörder nicht. »Wir waren gekommen / einzuschlafen«, erinnert sich der Sprecher, am Schluß blickt er unvermittelt auf das kommende Wecken voraus. In der ausgesparten Zwischenzeit muß man sich diese Verse gesprochen denken, aus einer Art von Schlaf heraus, die mit Nachtruhe nichts mehr zu tun hat: einer Zeit nach der Zeit.

Die Schuld, die diese Schattenfabel umkreist, bleibt ohne Sühnung: Ermordet ist der Täufer, verflogen das Wasser der Reinigung von der Sünde. Auch die Fische sind hier erstarrt, in denen man das urchristliche Symbol des Erlösers nicht ahnen muß, aber darf. Was sich in der verdunkelten Landschaft dieses Gedichts zeigt, ist eine Welt nach dem Tode Gottes. Wo einmal dieses Wort gestanden hat, auch in früheren Gedichten Bobrowskis, da ist nun »Niemand«. Aber wie zweideutig wird dieses Wort hier gebraucht: mit großem Anfangsbuchstaben, als benenne es den Unnennbaren. Genauso erscheint dieser paradoxe Name wenig später in Paul Celans »Psalm«. »Gelobt seist du, Niemand«. Mystische Redeweisen, des Juden- wie des Christentums, klingen hier wie dort an und das poetische Vorbild des russischen Dichters Ossip Mandelstam. Aber was bedeutet das Paradoxon – die Abkehr von aller Hoffnung auf Vergebung und Leben jenseits von Verschuldung und Tod oder das Festhalten daran? Eine Antwort deutet das Gedicht so zart wie möglich an, in seinem Metrum und seinem Temporalgebrauch. Denn unvermittelt haben nach dem hypnotischen Fall dreihebiger Verse nun zwei zweihebige das letzte Wort, wie leise Gongschläge. Und zugleich kippt in diesen Schlußversen das elegische Präteritum der Vergangenheitsbeschwörung um in den Indikativ Futur. Das Unglaubliche, hier wird es geglaubt. Und so behutsam, so indirekt und im Wortsinne schuldbewußt berührt Bobrowskis Dichtung die Letzten Dinge.

Magie, nicht Allegorie sei das Ziel seiner Verse, hat er in einem Brief notiert. Deshalb läßt sich auch die präzise Fügung seiner Bilder und Verse zwar sehr wohl verstehen, nicht aber auflösen in die Alltagssprache. Bobrowskis Schattenfabel umkreist das Dunkel eines Geheimnisses, das sich vor allen Ausleuchtungsversuchen sanft und energisch wieder verschließt.

JOHANNES BOBROWSKI
IMMER ZU BENENNEN

den Baum, den Vogel im Flug,
den rötlichen Fels, wo der Strom
zieht, grün, und den Fisch
im weißen Rauch, wenn es dunkelt
über die Wälder herab.

Zeichen, Farben, es ist
ein Spiel, ich bin bedenklich,
es möchte nicht enden
gerecht.

Und wer lehrt mich,
was ich vergaß: der Steine
Schlaf, den Schlaf
der Vögel im Flug, der Bäume
Schlaf, im Dunkel
geht ihre Rede –?

Wär da ein Gott
und im Fleisch,
und könnte mich rufen, ich würd
umhergehen, ich würd
warten ein wenig.

JÜRGEN THEOBALDY
OHNE MYTHOS

Das Gedicht steht als vorletztes in Johannes Bobrowskis zweitem Gedichtband, ein verdeckter Schluß, ein Resümee, der Lyriker gibt sich Rechenschaft über sein Projekt »Schattenland Ströme«. Der Titel des 1962 erschienenen Bandes weckt die zarte, bildlose Vorstellung eines Gleitens und Rauschens, er atmet Weite, durchzogen von den Namen osteuropäischer Dichter und Denker, Fürsten und Gottheiten, von Resten der ausgestorbenen pruzzischen Sprache. Jene Weite ist von keinem Staats- oder Staatengebilde zu umschließen; es ist die Weite Sarmatiens, des legendären, von den Römern so genannten Landes östlich der Weichsel, das die Deutschen in mehreren Eroberungskriegen heimsuchten, weshalb Bobrowski die Pruzzen »das vom Deutschen Ritterorden ausgerottete Volk« nannte.

Eine Lyrik, die ein solches Sarmatien vergegenwärtigen will, braucht einen tragfähigen, ausschwingenden Ton, den Odenton, hier elegisch herabgestimmt im schlichten Benennen, das keine übergeordneten Satzbögen und kaum Verschachtelungen kennt. Ein Spannungsgefüge entsteht: Ohne klangmagische Mittel, ohne die Eingängigkeit von Reim und festem Metrum geraten die Verse zur Beschwörung. Gelassen hebt das Ich an und führt die zentralen Wörter seiner Lyrik zusammen. Wenige Abweichungen von der gewöhnlichen Syntax reichen aus, diese erste Strophe von einer bloßen Aufzählung zu scheiden.

Die zweite Strophe beginnt nach einem Innehalten. Das Gesehene wird in Begriffe gefaßt. Und: »es ist / ein Spiel«, dieses Dichten als ein Anrufen der Dinge. Die gemeinsame Herkunft des Ichs mit den »Zeichen« und »Farben« aus dem Vorsprachlichen ist vergessen, muß es sein, weil mit dem Vermögen zur Sprache eine andere Weise des Daseins einsetzt. Seit Wittgenstein wissen wir: Das Sprachspiel ist Lebensform. Der richtige Ausdruck für das mythische Erleben dagegen, so Wittgenstein, ist »kein in der Sprache geäußerter Satz«, es ist »die Existenz der Sprache selbst«.

Und hier sorgt sich das Ich, ob seine Dichtung seinem ans Mythische rührenden Sarmatien auf der Grenze der sprachlichen Ausdrucksmöglichkeit gerecht werde. Selbst wenn es einen Gott gäbe, der helfend eingriffe, würde es vor ihm nicht in Demut verharren. Von allem eingangs Benannten zählt es in der dritten, deutlich auf die erste bezogenen Strophe »Strom« und »Fisch« nicht zu jenen Dingen, in denen, romantisch gesagt, ein Lied schläft. Der Strom markiert die fließende Grenze zwischen Landschaft und Mensch; auch den am Feuer zubereiteten Fisch behält das Ich vor Augen – und dazu braucht es keine mythenumrankte Gottheit.

»Immer zu benennen« – dies bleibt Möglichkeit, selbst über die »lange Geschichte aus Unglück und Verschulden« hinweg, die das Verhältnis der Deutschen zum europäischen Osten ausmacht. Bobrowskis Schreibabsicht ist oft zitiert worden und war kaum je so dringlich einzulösen wie heute. Nachdem die einen in wenigen Jahren ihre Geschichte abgeschüttelt haben, sind sie nun konfrontiert mit den andern Deutschen, die immer noch an der falschen Antwort auf diese Geschichte leiden. Mag auch absehbar sein, wann der Fisch auf dem Grill zum Wochenendvergnügen beider werden wird, die Geschichte der Landschaften östlich des geeinten Deutschlands bleibt in die unsrige verstrickt. Für die, die Bobrowskis Lyrik lesen, ist das nicht nur zum Erschrecken.

JOHANNES BOBROWSKI
J. S. BACH

Unbequemer Mann,
Stadtpfeifergemüt, mit Degen
wie mit Neigung zum Sentiment
(praktikabel, versteht sich),
einer Kinderfreude
an plätschernden Wassern, stetig
wirkendem Gang der Flüsse;
so sind der kahle Jordan
und der von Himmeln trächtige
Euphrat ihm
freundlich.

Daß er die Meerbucht sah –
einen dort, der herging
hinter Feuern unsichtbar
der die Planeten rief
mit einer alten Qual –,
manchmal
im blitzenden Köthener Spiel
im Bürgerprunk
der Leipziger Jahre
taucht das herauf. Zum Ende
hat er des Pfingstgeists Sausen
nicht mehr gehört mit Trompete
oder Posaune (auf 16 Fuß).

Flöten gehn ihm voraus,
als er müdegeschrieben
tritt vor sein altertümliches Haus,
den fliegenden Wind
spürt, die Erde
nicht mehr erkennt.

ECKART KLESSMANN
AUS WASSER UND WIND

Um Johann Sebastian Bach hat der Nachruhm eine Aureole aus Legenden, Schwärmereien und Anhimmelung gewoben, wie sie in diesem Ausmaß kaum einem anderen Komponisten widerfahren ist. Trotz intensiver Forschung ist Bachs Persönlichkeit aber nur schemenhaft sichtbar geworden, ist er uns als Individuum fremd und unnahbar geblieben.

Für ein Gedicht, das diesen Mann porträtieren möchte, kann der Mangel an biographisch verwertbarem Material von Vorteil sein. Bobrowski zeichnet in diesen am 25. Juni 1958 niedergeschriebenen Strophen keinen Lebenslauf faktisch nach. Daß Bach ein »unbequemer Mann« war, sagen uns die Akten, die ihn uns als störrisch, ja auch querulantisch darstellen. Er kam aus einer Stadtpfeiferfamilie und mußte sich in jungen Jahren einmal mit dem Degen gegen einen persönlichen Angriff zur Wehr setzen. In seinem Lebenslauf waren die Jahre als Hofkapellmeister in Köthen und als Thomaskantor in Leipzig die wichtigsten Stationen. In jeder Biographie ist das nachzulesen. Verknüpft sind sie, die Wegmarken eines fünfundsechzig Jahre währenden Daseins, mit der Musik.

Andere Dichter haben das Statuarische betont, das Mächtige, Pathetische. Bobrowski hingegen setzt den Akzent auf das Flüchtige und Fließende. Etwa die »Kinderfreude an plätschernden Wassern« in Bachs Musik, wie sie uns lautmalend so oft in den Kantaten und Choralvorspielen begegnet, sobald der Text von bewegtem Wasser spricht und das Wort die Musik zum illustrierenden Nachzeichnen inspiriert. Vom Jordan und Euphrat zur Lübecker Bucht: Bachs Besuch bei dem, »der die Planeten rief«, Dietrich Buxtehude. Hier fügt Bobrowski seiner Strophe eine Annäherung an sein Buxtehude gewidmetes Gedicht »Nänie« bei, deren Herzwörter »Feuer« und »Planeten« wiederaufgenommen werden. Doch zum Ende des Bach-Gedichts ist es dann nicht mehr das Wasser, sondern »des Pfingstgeists Sausen« und jener »fliegende Wind«, den der in den letzten Wochen seines Lebens erblindete Komponist spürt.

Und so tritt er dann in diesem Finale »vor sein altertümliches Haus«, jenes mächtige Kunstgespinst, von den Zeitgenossen als antiquiert und abseitig empfunden, offenbar nicht mehr ganz von dieser Welt, da er »die Erde nicht mehr erkennt« und auch nicht hergeht »hinter Feuern unsichtbar«. Zugeordnet sind ihm die Elemente Wasser und Luft, die flüchtigen, die an den verwehenden Nachruhm erinnern, an das »ach wie flüchtig, ach wie nichtig« jenes Chorals, den eine der schönsten Kantaten Bachs umspielt.

Was irdisch gewesen ist am Lebensgange Bachs, wird knapp benannt, als beschreibe man ein Instrument, dessen einzige Aufgabe es ist, Musik zu erzeugen, Musik, wie sie »der von Himmeln trächtige Euphrat« oder des »Pfingstgeists Sausen« inspiriert, von dieser Welt und zugleich schon von ihr sich lösend.

JOHANNES BOBROWSKI
MÄRKISCHES MUSEUM

Die Bäume treten
aus ihren Wasserschuhen, es wird
hörbar Gelb, eine Sprache der Steine, Sand
geht auf Händen, es dreht sich
die heitere Luft.

Im Laub
hoch, in den Schatten
die Lichter, die kleinen Blitze
im Tierfell, dort erblickt
die Katze mit weißen Augen
das Nachtweib,
es springt durch die Bäume,
es sitzt auf dem trockenen Ästchen
in engen Kleidern, tut
das Haar vors Gesicht.

SARAH KIRSCH
WETTERZEICHEN

Die Überschrift konfrontiert mit wirklich vorhandenem Gebäude. Eine U-Bahn-Station gleichen Namens existiert doch, wir erinnern uns dieses Museums. Ehrwürdige Grundmauern, Ausgrabungsreste, gewundene Gänge, frühchristliche Engel. Je weiter man nach oben gerät, desto neuer die Zeit. Ein Fontane-Zimmer, Fabrikmodelle.

Ich stieg ein mit dem Kind, wenn sonntags die großen Orchestrions, die Flötenuhren für eine Stunde in Gang gesetzt wurden. Es gab eine Nachkriegsausstellung mit Töpfen aus Stahlhelmen, Brotmarken, dem ersten Schuhwerk nach der Befreiung. In diesem Museum hatte Christa Reinig eine vorübergehende Arbeit. Das war vor langer Zeit, das Kind nicht auf der Welt.

Aber dieses Museum hat der Dichter nicht vor Augen gehabt. Eher eine Freiluftausstellung, die wirkliche Mark. Föhren und Sand, Seen, Neuruppin, Schinkels Wohnhaus vielleicht inmitten der Bilderbögen. Ein oder das andere historische Schlachtfeld. Der Winter wie Krieg ging, es blühten der Raps und der Mohn. Ende des Sommers eine lang dauernde Regenzeit.

Jetzt treten die Bäume aus ihren Wassergaloschen, plötzlich ist das Gras auch schon gelb, es raschelt. Der Ausnahmezustand, die Überschwemmung sind aufgehoben. Feuchtigkeit von der Sonne gefressen. Die Wurzeln leben, die verwitternden Steine knirschen zerspringen. Der wir-

belnde allgegenwärtige Sand. Brandenburgische Streusandbüchse, ein Windstoß, unten und oben verkehrt sich, wie ein Clown auf den Händen oder Lenz im Gebirge, körperlich bewegt sich der Sand. Übermut Galgenhumor zwischen den Kriegen.
Es dreht sich die heitere Luft. Ein Satz zum Küssen. Wer da mithalten kann. Wäre erst mal gerettet. Blickte in die Waldinseln ein zwischen den großen Genossenschaftsfeldern, Geriesel Lichts und der Schatten. Durchschießende Sonne. Das kann der lesende Mensch gleich erleben, hat selbst schon Helles und Dunkles gesehen. Tierfelle getüpfelt gestreift. So erscheint das Laub in unserer Einsicht. Noch eine Steigerung, der Dichter, wir ebenso, könnten nun einen Schnaps gebrauchen.
In die Leoparden-Blatt-Assoziation wird eine altbekannte Katze geworfen. Das bekommen wir hin. Sie spaziert in angemessener Höhe und erblickt mit weißen unvoreingenommenen Augen das Nachtweib. Zusammengeboren aus Sehnsucht, geringer Furcht. Ein Gesicht, ein unverwechselbares, das einer vor Augen hat, der aus dem christlichen Verlag täglich mit der S-Bahn nach Friedrichshafen fährt. Dort in der Ahornallee das Harmonium schlägt, Buxtehude beschwört, das eingebundene Dasein vergißt.
Das Nachtweib sitzt nicht zur Rechten Gottes. Erst springt es leibhaftig durchs Laubwerk, dann ruht es aus auf trockenem Ästchen. Das knistert verführerisch, kann auch brechen. Und die erlebbare Bewegung, Kinosequenzen: tut das Haar vors Gesicht. Es gibt viel auf der Welt, das anzusehen ein Nachtweib nicht aushält. »Wetterzeichen« heißt der Gedichtband, in dem dieser Blitz steckt.

JOHANNES BOBROWSKI
NAMEN FÜR DEN VERFOLGTEN

Der hereinkommt,
im verhängten Fenster
spricht er die Namen nach,
die ich ihm gebe,
Vogelnamen und
den Namen des Raubaals.

gerwe sagt er
wie eine Kranichfeder die Luft
streicht,
angurys wie unter der Wasserfläche
ein Schatten sich naht

Zuletzt gebe ich ihm
den Namen Holunder, den
Namen des Unhörbaren, der
reif geworden ist

und steht voll Blut.

SIEGFRIED LENZ
VOR DEM FENSTERKREUZ

Auch ich bin in Sarmatien geboren, in dem legendären Reich im Osten, das bis zum Dnjepr hinabging und das der Dichter Bobrowski poetisch neu zu vermessen versuchte. Sarmatiens Geschichte stellt sich nicht zuletzt dar als eine Geschichte des Glaubens, und das heißt: als Fieberzeit zwischen Glaubensabfall und Glaubensannahme, als Auseinandersetzung zwischen alter heidnischer Überlieferung und neuem christlichem Weltgefühl, als lange Entscheidungsnot zwischen Perun, dem paganischen Gott im Holz, und dem neuen, sanften Messias. Immer wieder hat Bobrowski versucht, diesen Augenblick aus seiner Geschichtlichkeit herauszuheben und ihm durch poetische Zeichen dauerhaften Ausdruck zu geben: dem Augenblick des Schwankens zwischen verschiedenen Glaubensgewißheiten. Peruns Holzpfahl, des heidnischen Gottes Sinnbild, wird dem Wasser übergeben, doch außer Sichtweite erhebt er sich und kommt unter neuem Namen zurück: Elias.

Namensgebung – damit beginnt das Gedicht. Es ist ein ritueller Akt, ein Schutzakt, ein Hoffnungsakt, Namen zu verleihen; es heißt ja in der »Kalevala«, daß nichts existiert und geduldet wird, was keinen Namen trägt. Der, dem hier die Namen zugedacht, angepaßt werden, steht »*im verhängten Fenster*«, und das heißt wohl, vor dem Kreuz, dem Fensterkreuz, dem Kreuz der Botschaft und des Martyriums. Der Verfolgte spricht die Namen nach, die ihm angeboten werden, er prüft sie, er erwägt sie, Decknamen, verheißungsvolle Namen der Anpassung, die seine Identität verbergen könnten.

Ein herausforderndes, ein blasphemisches Angebot, das der Dichter dem Heilsbringer macht: Es läuft darauf aus, das eigene Schicksal zu korrigieren mit Hilfe eines Vogelnamens oder unter dem Namen des Raubaals. Geborgenheit im Heidnischen wird da in Aussicht gestellt, ein Ende der Verfolgung womöglich, wenn nur die Tarnung gelingt. Doch die angebotenen Namen besagen auch, daß verbale Tarnung allein auf die Dauer nicht genügen wird: *gerwe* und *angurys*, das sind pruzzische Wörter, die für Kranich, für Breitkopfaal stehen. Der Verfolgte kennt diese Wörter, er wiederholt sie und erläutert und bedenkt sie im Hinblick auf verheißene Möglichkeiten: leichter, herrscherlicher Kranichflug, in den Lüften zu Hause, frei und sanft über allem, oder eine Existenz in der bergenden Tiefe der Ströme, schattengleich und vielleicht selbst ein Verfolger. Er wiederholt die Namen und schweigt, und das heißt, er hat sie verworfen, vielleicht, weil er erkannt hat, daß er sich der Erde nicht entziehen darf, daß er seinem Schicksal nicht entkommen kann.

Offensichtlich kommt es zu keinem Einverständnis, es werden wohl weitere Namen anprobiert, und zuletzt bleibt nur das Wort übrig, das dem Verfolgten die Wahrheit über das Schicksal eröffnet, für das er ausersehen ist: »Holunder«. Es ist sein Schicksalsname. Unhörbar und doch überall wie der Schwarze Holunder, frei bei den Häusern, durch Hecken und Büsche schießend, zäh und schnellwachsend zugleich, wie es dem »Sambucus Nigra« entspricht: so wird sich der Name des Verfolgten behaup-

ten. Und wir werden ihn aufnehmen in uns mit dem Blut der schwarzen Beere.
Wie Hamann, so glaubte auch Johannes Bobrowski, daß Sinne und Leidenschaften sich vornehmlich in Bildern äußern und ebenso in Bildern verstehen. Wie er, der Magus des Nordens, traute aber auch Bobrowski dem poetischen Bild einen äußersten Erkenntniswert zu. Dies Gedicht ist ein Beispiel dafür.

JOHANNES BOBROWSKI
NÄNIE

Stimmen, der Wind
über die Bucht
kommt, Rohrwerke, Helsingör
hat so getönt: über dem Sund
die Küste, gestreckt
gegen den Himmel, dort
auf dem Absturz steht,
der mich gerufen hat,
Helios, breiten Mundes
unter dem Augenbogen
dunkel – die Feuer um ihn
um Schulter und Haar, die rasselnden
Züge, erbrausend: Planeten,
der mörderische
concentus der Welt.

Über der Bucht,
weit,
über dem Regen
farbenstrahlend aus Nebeln
der Bogen – Frieden
ist uns versprochen.

ECKART KLESSMANN
GESPIEGELT IM UNENDLICHEN KLANG

Eine Totenklage (»Nänie«) sagt wohl weniger etwas über den Toten aus als darüber, was er dem Verfasser bedeutet. Und ganz natürlich schließt die Klage immer auch das Rühmen ein, das Rühmen in der Form andeutender Nachzeichnung. Die Musik hat das schon früher verstanden als die Poesie. Im siebzehnten Jahrhundert, als die literarische Totenklage oft genug identisch war mit Wortbombast, entwickelten die Komponisten den in Frankreich »tombeau« genannten musikalischen Nekrolog, worin dem Verstorbenen ein subtiles Klangmonument errichtet wurde.

Bobrowskis 1962 veröffentlichtes Gedicht »ist gerichtet an Dietrich Buxtehude«, heißt es in der Anmerkung, gilt also dem 1637 vielleicht in Helsingör geborenen großen Orgelmeister des norddeutschen Barocks. Die Musik jener Epoche verstand sich noch als kosmisches Abbild. Die Harmonia Mundi, von der Johannes Kepler spricht, war Buxtehude so vertraut wie später noch Goethe (»Die Sonne *tönt* nach alter Weise ...«). Bobrowski spricht vom »concentus der Welt«, und *concentus* bedeutet Harmonie, Einklang, Gesang, der hier »mörderisch« genannte Generalbaß jener Zeit unmittelbar nach dem Dreißigjährigen Krieg.

Aber so wie der Regenbogen nach der Sintflut gesetzt wurde als Zeichen des Friedens, so kündet auch der Gang der Planeten von ewiger Ordnung über vergänglicher

Welt, steht der Kontrapunkt aus Sonnenfeuer und Regen, der den farbigen Bogen schafft, kommt der Wind in das Rohrwerk der Bucht und tönt wie in den gleichfalls »Rohrwerk« genannten Orgelpfeifen von jenem sonoren Klang, mit dem ein Organist gern den *cantus firmus* einfärbt.

»Feuer um ihn«, da ist das Geschehen von Pfingsten im Bild mitgedacht, die feurigen Zungen auf jenen, die dann »in Zungen reden«, vom göttlichen Feuer inspiriert. Und ähnlich spricht es aus den Zungen der Orgel in Buxtehudes Musik. Sooft ich dieses Gedicht lese, denke ich an seine Ciacona e-Moll, in der eine nur viertaktige Grundfigur die Welt ausschreitet und die Oberstimmen sie immer dichter umspinnen in einunddreißig Variationen. Und mag der »concentus der Welt« noch so mörderisch sein, auch er ist letztlich Teil jener unbeirrbaren Grundfigur.

Die Sprache kann den musikalischen Vorgang nicht beschreibend nachzeichnen. Rilke beruft sich in seinen Gedichten, die von Musik sprechen, auf andere Kunstwerke (»Atem der Statuen«, »Stille der Bilder«). Bobrowski entwirft ein Seestück wie eine lavierte Federzeichung, worin weder der Name Buxtehude noch seine Musik benannt werden, wo einzig das Wort tönt (wobei »tönen« sowohl ein musikalischer als auch ein malerischer Begriff ist). Landschaft zwischen Wasser und Himmel, das Gewölk gerändert von der Sonne, ein Bild der Verheißung, des Friedens, gespiegelt im unendlichen Klang. Keine geschenkte Harmonie, sondern eine vom Menschen täglich zu gewinnende, Abbild der immer wieder neu geschaffenen Musik.

RAINER BRAMBACH

Meine Vorfahren kamen nie vom Norden los
auch mein Vater und meine Mutter nicht.
Vielleicht haben sie mich gezeugt
damit ich hierherfahren konnte
in das Hügelland voll von Reben und Eichen
in dieses steinige wilde Land der Zypressen
in das Wacholder Ginster Olivenbaumland –

Verstaubt und durstig hocke ich auf einem Stein
und sage mir: dieses Land
ist ein steinhartes Gedicht voll holpriger Zeilen,
Geruch von Öl, braunem Wein,
Dornen, Augen aus Leder, die vor sich hinbrüten,
bis der Wind weht, der die Olivenzweige
silbern aufschimmern läßt.

Siepi, Toskana, Ende März
(Ruedi Bettschart gewidmet)

KURT MARTI
WIE FÜR MICH GESCHRIEBEN

In manchen Gedichten ist's ein Ton, eine Schwingung, die mich plötzlich öffnen. In anderen Gedichten sind es Bilder, die mich durch ihre Fremdheit in eine Art von Erregung versetzen oder mit der Vertrautheit eines vermeintlichen Déjà-vu überraschen.

Wie liest man Gedichte? Ich weiß es nicht. Oft gleiten meine Augen über diese seltsamen Gebilde, neugierig zwar, doch ohne daß sich etwas ereignet. Hie und da aber bleibt die Aufmerksamkeit hängen, ich buchstabiere zurück, werde wach, lese von neuem, wundere mich, lese noch einmal, fühle mich erraten, erkannt, formuliert. So erging's mir mit Brambachs Metapher: »dieses Land / ist ein steinhartes Gedicht voll holpriger Zeilen«. Gemeint ist eine Landschaft der Toskana, »Ende März«. Mich aber versetzte die Metapher zurück auf die griechische Insel, von der ich kürzlich zurückgekehrt war, steinig wild auch sie. Und sofort sah ich auch wieder vor mir die »Augen aus Leder« ägäischer Ziegen. (Was für eine poetische Trouvaille übrigens: »Augen aus Leder«!)

Woher wohl die mühelose Übertragbarkeit dieses Gedichts von einer toskanischen auf eine griechische Landschaft? Weil Brambach, denke ich mir, in Siepi die wesentlichen Elemente mediterraner Ländlichkeit intuitiv eräugt, erschnuppert und benannt hat. Ganz einfach, denkt man sich beim Lesen. So einfach, wie alles Geglückte, Gekonnte, hinterher einfach erscheint, weil es sich die Mühsal der Erarbeitung nicht mehr anmerken läßt.

Auf der ägäischen Insel durchhuschte mich eines Tages der Gedanke an meine Eltern, die nie in diese Weltgegend reisen konnten. Wie hätten sie sie wohl erlebt, wie auf sie reagiert? Alsbald war der flüchtige Gedanke wiederum vergessen, scheinbar für immer. Bis ich dann auf dieses Gedicht stieß, in dem Brambach von seinen Eltern sagt: »Vielleicht haben sie mich gezeugt / damit ich hierherfahren konnte...«. Ja, warum nicht, wer kennt sich schon aus in der Genetik der Wünsche, ihrer Vergeblichkeiten und Erfüllungen von einer Generation zur anderen? Jedenfalls hat das Gedicht einen rasch verwehten Gedanken wieder eingefangen für mich.

Die Süd-Bilder der poetischen Tradition waren Brambach vertraut. Auswendig rezitierte er, dessen Gedächtnis Günter Eich als »Gedichtnis« gerühmt hat, Hölderlin-Hymnen. Doch nicht in idealisierendem Eben- und Versmaß begegnete ihm die toskanische Landschaft, sondern als »steinhartes Gedicht voll holpriger Zeilen«. Trotz seiner Fruchtbarkeit erzählt dieses Land weder von müßigen Göttern noch von Dolce-far-niente-Paradiesen, vielmehr von Arbeit, Mühsal, Existenzkampf (»steinhart«, »holprig«). Dafür hatte Brambach, der einst als Torfstecher, Land- und Gartenbauarbeiter körperlich schwer arbeitete, ein untrügliches Gespür. Seine Gedichte sind gesättigt mit Körpererfahrungen, mit Sinneserlebnissen, wie sie nur macht, wer die Natur am eigenen Leibe erfährt, hautnah, sinnenhaft, bald feindselig, bald freundschaftlich.

Am 13. August 1983 ist Rainer Brambach plötzlich gestorben, als er auf sein Fahrrad steigen wollte. Er wurde 66 Jahre alt.

SILJA WALTER
TÄNZERIN

Der Tanz ist aus. Mein Herz ist süß wie Nüsse,
Und was ich denke, blüht mir aus der Haut.
Wenn ich jetzt sacht mir in die Knöchel bisse,
Sie röchen süßer als der Sud Melisse,
Der rot und klingend in der Kachel braut.

Sprich nicht von Tanz und nicht von Mond und Baum
Und ja nicht von der Seele, sprich jetzt nicht.
Mein Kleid hat einen riesenbreiten Saum,
Damit bedeck ich Füße und Gesicht
Und alles, was in diesem Abend kauert,
Aus jedem Flur herankriecht und mich mißt
Mit grauem Blick, sich duckt und mich belauert,
Mich gellend anfällt und mein Antlitz küßt.

Sprich nicht von Tanz und nicht von Stern und Traum
Und ja nicht von der Seele, laß uns schweigen.
Mein Kleid hat einen riesenbreiten Saum,
Drin ruht verwahrt der Dinge Sinn und Reigen.

Ich wollte Schnee sein, mitten im August,
Und langsam von den Rändern her vergehn,
Langsam mich selbst vergessen, ich hätt Lust,
Dabei mir selber singend zuzusehn.

PETER VON MATT
DAS GLÜCK JENSEITS DER SPRACHE

So hinreißend beginnt das Gedicht, so sinnlich-glücklich spielt es dahin in der ersten Strophe, daß man das Bedrohliche lange nicht wahrhaben will. Wie kann ein so herrlicher Anfang überhaupt ins Dunkle und Zweideutige geraten? Wie kann er sich in das Schlimme verwandeln, das am Schluß der zweiten Strophe auch den Leser *gellend anfällt*?

Wenn man das Ganze studiert, beobachtend und nachdenkend, wird klar, daß der unvergleichliche Beginn gar nicht möglich wäre ohne den Hintergrund einer ganz anderen Verfassung. Allerdings sträubt man sich hier mehr als sonst gegen die analytische Operation. Man möchte die Verse nur tönen und verhallen lassen und nichts weiter sehen als ihr Leuchten über der finsteren Tiefe. Die geschärfte Betrachtung erweist sich indessen als so spannend, hinter den Bildern erscheinen Konturen einer so dramatischen Erfahrung, daß wir die Aufforderung zur Reflexion, die von dem Gedicht ebenso nachdrücklich ausgeht wie die Aufforderung, die Reflexion zu unterlassen, auf die Dauer nicht abweisen können.

Alles wird regiert vom Paradox, daß vom Tanz gesprochen wird in der Form eines wiederholten Befehls, vom Tanz nicht zu sprechen. Das Gedicht entfaltet sich als einziger Verstoß gegen seine oberste Maxime: *Sprich nicht vom Tanz ... sprich jetzt nicht ... Spricht nicht ... laß uns schweigen ...* Wie kann es aber falsch sein, sich in Ruhe über das

Wunder auszusprechen, von dem die erste Strophe so ungestüm berichtet?

Der entscheidende Vers ist der zweite: *Und was ich denke, blüht mir aus der Haut.* Das gilt im Augenblick noch, für kurze Zeit, solange der Tanz fortbebt im lebendigen Körper und das Herz noch *süß wie Nüsse* ist. Gleich wird es vorbei sein, denn der Tanz ist aus. Die Schroffheit der ersten vier Worte darf nicht überhört werden. Sie markieren den Schnitt, die Trennung von dem, was war. Was war, begreifen wir aus dem zweiten Vers. Im Tanz ist das Denken ein Ereignis des ganzen Körpers. Es ist sprachlose Erkenntnis, mächtige Verständigung mit sich selbst und allen andern, ganz ohne die Wörter mit ihren abgemachten Bedeutungen, ohne die Sätze mit ihren eingeübten Regeln. Der Tanz ist nicht ein Abschütteln des Denkens, wie man meinen könnte, sondern dessen höchste Gestalt. *Cheirosophos* haben die alten Griechen den Tänzer genannt, das heißt: »der mit den Händen Weise«; einer, der nur in den unerhörten Bewegungen seines Körpers denkt, begreift, erkennt.

An dieses Denken reicht die mit der Sprache verknüpfte Reflexion nicht heran. Deshalb muß geschwiegen werden, solange noch eine letzte Vibration des Tanzes über die Haut läuft, ein letztes Licht seiner Weisheit in der Luft zittert. Und unheimlich packend ist die Warnung, *ja nicht von der Seele* zu reden. Man kann daraus auf die Einsichten schließen, die der Tanz dieser Tänzerin über das Innerste des Menschen eröffnet hat. Daher ist der Wunsch, sich selbst zu vergessen, sich aufzulösen wie ein Schneefleck im Sommer, nicht etwa ein Streben zum Tod hin. Es ist das Begehren zurück zu jenem andern Wissen, das sich im Tanz ereignet hat und jetzt versperrt wird vom alltäglichen Bewußtsein.

Das Kleid mit dem *riesenbreiten Saum* nimmt sich als Element der Trennung und Vermittlung zugleich aus. Im Tanz flog es mit der entzückten Frau dahin und war ein Teil von ihr. Jetzt bewahrt es die Erinnerung an das Verlorene auf. Vom höheren Wissen getränkt, besitzt es die Kraft einer magischen Abwehr gegen die kalte Welt.

Silja Walter war wenig über zwanzig Jahre alt, als sie dieses Gedicht schrieb. Heute lebt sie, achtundsiebzig Jahre alt, als Nonne in einem Kloster bei Zürich.

PAUL CELAN
ANABASIS

Dieses
schmal zwischen Mauern geschriebne
unwegsam-wahre
Hinauf und Zurück
in die herzhelle Zukunft.

Dort.

Silben-
mole, meer-
farben, weit
ins Unbefahrne hinaus.

Dann:
Bojen-,
Kummerbojen-Spalier
mit den
sekundenschön hüpfenden
Atemreflexen –: Leucht-
glockentöne (dum-,
dun-, un-,
unde suspirat
cor),
aus-
gelöst, ein-
gelöst, unser.

Sichtbares, Hörbares, das
frei-
werdende Zeitwort:

Mitsammen.

JÜRGEN THEOBALDY
DIE DICHTUNG IST UNTERWEGS

Das Gedicht steht in dem Band »Die Niemandsrose«, der 1963 erschienen ist. Seinen Titel (»Hinauf-«, auch »Zurückzug«) teilt es mit dem berühmten Augenzeugenbericht des griechischen Philosophen und Historikers Xenophon. Der Zeitgenosse Platons begleitete 401 v. Chr. einen persischen Kriegszug ins Innere Kleinasiens und führte nach dessen Scheitern die griechischen Söldner auf einem langen, entbehrungsreichen Marsch durch unbekanntes Feindesland zurück.

Celans Gedicht wählt den Moment, an dem die Übriggebliebenen endlich das Schwarze Meer erblicken. Aber den Ruf: »Thalatta! Thalatta!« (»Das Meer! Das Meer!«) zitiert Celan nicht. Sein Gedicht löst sich rasch von Xenophons Überlieferung, behält aber die Bewegung bei: Nicht nur das »Hinauf«, sondern auch das »Zurück« ist ein Schritt in die Zukunft. Was Ausgangspunkt war, wird somit zum fernen Ziel. Diese Erkenntnis klingt nicht unvertraut; in ihr gründet der utopische Gehalt des Gedichts. Das Ziel selbst scheint noch keinen Namen zu haben. Mit einer elementaren Gebärde wird darauf verwiesen: »Dort«. Das Gedicht beschreibt den Weg dahin nicht, vielmehr verbinden sich in ihm die Wörter zu Wegmarken. So wird es selbst Station und gibt die weitere Richtung an: »ins Unbefahrne«.

Der erste vage Eindruck, daß es sich hier um einen Aufbruch handelt, ist nun deutlicher faßbar. Es geht um einen

Aufbruch in der Sprache, es geht um Dichtung. Da ihre künftige Entwicklung sich nicht vorhersagen läßt, bleibt ihr Weg offen wie das Meer und ebenso verheißungsvoll. Das Gedicht entwächst dem Kummer, verwebt Sichtbares mit Hörbarem und hebt den reinen Jubel ins Wort. Das Zitat aus Mozarts Motette »Exsultate, jubilate« schlägt den Bogen von dort, »woher das Herz atmet«, zur »herzhellen Zukunft« in der ersten Strophe. Der Aufbruch, einmal »ausgelöst« und selbst Erwartungen auslösend, wird durch das Gedicht »eingelöst« und somit »unser«.
Jedoch hat sich die Dichtung nicht selbst zum Ziel; Celan war kein Lyriker des L'art pour l'art. Die Dichtung setzt ihren Gehalt frei, indem sie sich zur Vorbotin solidarischer Gemeinschaft entfaltet: »Mitsammen«. Und wenn sie diese Gemeinschaft nicht herstellt, so gibt sie ihr doch im Wort die vorläufige Unterkunft.
Den düsteren Kontext der »Niemandsrose« übersteigt das Gedicht »Anabasis« durch seine Zuversicht und seine helle, lichte Tönung. Es ist reich an Verweisen, und darunter sticht Heideggers oft zitierte Bestimmung der Sprache als einem »Haus des Seins« hervor. Bei Celan hat die Dichtung dieses Haus verlassen und befindet sich unterwegs, gar im Exil. Sie ist in mehrfachem Wortsinn flüchtige Sprachbewegung. Unter Opfern legt sie ihre »unwegsam-wahre« Strecke zurück. Das ist ein Weg nach vorn, auf dem sich Vergangenes erhellt. Aus- und Rückzug münden in den Schriftzug. Das Ziel hat noch keinen Ort.

PAUL CELAN
ASSISI

Umbrische Nacht.
Umbrische Nacht mit dem Silber von Glocke und
Ölblatt.
Umbrische Nacht mit dem Stein, den du hertrugst.
Umbrische Nacht mit dem Stein.

Stumm, was ins Leben stieg, stumm.
Füll die Krüge um.

Irdener Krug.
Irdener Krug, dran die Töpferhand festwuchs.
Irdener Krug, den die Hand eines Schattens für immer
verschloß.
Irdener Krug mit dem Siegel des Schattens.

Stein, wo du hinsiehst, Stein.
Laß das Grautier ein.

Trottendes Tier.
Trottendes Tier im Schnee, den die nackteste Hand
streut.
Trottendes Tier vor dem Wort, das ins Schloß fiel.
Trottendes Tier, das den Schlaf aus der Hand frißt.

Glanz, der nicht trösten will, Glanz.
Die Toten – sie betteln noch, Franz.

RUTH KLÜGER
DER HEILIGE UND DIE TOTEN

»Assisi« besticht zunächst durch den Sog seiner Musikalität, die Harmonie von Kurz- und Langzeilen, die Wortwiederholungen, die Alliteration (»trottendes Tier«), die aufeinander abgestimmten Vokale, die punktuell eingesetzten Reime. Strukturell ist auf den ersten Blick einsichtig: drei stark rhythmisierte Vierzeiler wechseln mit drei Reimpaaren. Eine Art Magie wird besonders beim Lautlesen spürbar. Aber was ist der Sinn des Ganzen?

Zwar pfeifen es die Spatzen längst von den Dächern: Die Frage »Was will der Dichter uns sagen?« ist unzulässig, ist kindisch, beziehungsweise schulmeisterlich. Gedichte können komponiert sein wie Musikstücke, an die man ja auch die verpönte Frage nicht stellt. Trotzdem suchen wir nach Anhaltspunkten, wenn wir aussagefähige Wörter lesen. Ein noch so wohllautendes Kauderwelsch oder ein Gedicht in einer uns unbekannten Fremdsprache hält unserer Neigung zur Unaufmerksamkeit nicht stand.

Orientierung bietet der Ortsname im Titel und der Eigenname am Ende. Wir befinden uns in der Landschaft des Heiligen, dem alle Kreatur lieb war, daher das Grautier des zwölften Verses. Die Figur der Hand drängt sich auf, variiert als Töpferhand, Schattenhand, schneestreuende Hand, schlafbietende Hand, der das Tier vertraut. Zu Anfang trägt einer eine Last, einen Stein, in dieses von Schatten, von Toten beherrschte Umfeld. (Im wiederholten »Umbrien« schwingt wohl das lateinische *umbra*, Schatten, mit.) Die Reimpaare ordnen sich ein als Übergang von *einem* Zeichen- und Symbolkreis zum nächsten, von Nacht und Stein zu Krug und Hand zu Tier und Hand, wobei das »stumme Leben« des fünften Verses immer stärker hervortritt.

Wie Zaubersprüche, wie ein »Sesam öffne dich«, stellen die beiden ersten Zweizeiler Forderungen im Imperativ. Auf den Befehl »Füll die Krüge um«, tritt sofort der Krug in Erscheinung als Dominante jedes der vier folgenden Verse. Auf den nächsten Imperativ »Laß das Grautier ein«, trottet das Tier viermal in die Strophe. Die Reime akzentuieren formelhaft Spruchartiges.

Die Beschwörung ist wirksam und doch vergeblich, denn die Zugänge sind versperrt. Der Krug entsteht zwar als Wortbild, wird aber nicht gefüllt, denn er ist durch die unheimliche festgewachsene Töpferhand verschlossen. So findet auch das Tier keinen Einlaß; wider Erwarten fällt statt einer Tür das Wort ins Schloß. Das sind traumhaft unlogische Verschiebungen: Statt Futter frißt der Esel den Schlaf aus der Hand, und »die nackteste Hand« (ein vergleichloser Superlativ) streut Schnee. Von der surrealistischen Malerei sind wir an Gegenstände gewöhnt, die auftauchen, wo sie realiter nicht hingehören. Auch bei komischen Versen (bei Morgenstern, auch bei Jandl) bereiten uns Vertauschungen, die unserem Verständnis der wahrgenommenen Welt widersprechen, mehr Heiterkeit als Schwierigkeit. Bei Celan gibt es einen todernsten Unsinn, der uns gewisse sprachliche und psychische Strukturen vorführt, hier den Wechsel von Gelingen und Versagen, Beschwörung und Verweigerung.

Im letzten Zweizeiler steht der Heilige in der Glorie, die nicht tröstet, umgeben von bettelnden Toten. Vielleicht sind diese Ungetrösteten sein Gefolge, seine Mönche und Brüder, die ihn nicht anbetteln, sondern *mit* ihm betteln, denn die Franziskaner sind ja ein Bettelorden. Dann wäre Celans »Franz«, anders als Giottos Franziskus, der in der Basilika in Assisi im Triumph strahlender Farben leuchtet, der Abt dieser Ruhelosen, die vereiteltem Leben nachtrauern.

In Celans später Lyrik gibt es noch weniger Wegweiser als in unserem relativ frühen Gedicht von 1955. Bezeichnend auch für das Spätwerk bleiben die Sprachmelodie und die gleichzeitige Verunsicherung des Lesers durch Sinnentstellungen oder Sinnenthaltungen. Geheimnisse oder nur Rätsel, wie man will. Ist unser Gedicht ein Kunstwerk oder nur ein Kunststück? Die Antwort hängt weitgehend davon ab, ob Wort- und Lautstrukturen uns als sinngebend, als sinnersetzend einleuchten.

PAUL CELAN
AUF REISEN

Es ist eine Stunde, die macht dir den Staub zum Gefolge,
dein Haus in Paris zur Opferstatt deiner Hände,
dein schwarzes Aug zum schwärzesten Auge.

Es ist ein Gehöft, da hält ein Gespann für dein Herz.
Dein Haar möchte wehn, wenn du fährst – das ist ihm
verboten.
Die bleiben und winken, wissen es nicht.

HANS-ULRICH TREICHEL
IMMERWÄHRENDER EXODUS

Im September 1948 erhielt der in Bukarest lebende Schriftsteller und Übersetzer Alfred Margul-Sperber eine Ansichtskarte mit einer Fotografie des Innsbrucker Goldenen Dachs. Die Karte war allerdings nicht in Innsbruck, sie war – am 10. des Monats – in Paris aufgegeben worden, und sie enthielt auch keine Urlaubsgrüße, sondern das Gedicht »Auf Reisen«, ohne jeden weiteren Kommentar und nur mit der Unterschrift des Dichters versehen. Möglicherweise hatte Celan gerade nichts anderes zur Hand als dieses Touristenmotiv, vielleicht aber schien es ihm auch ironisch und passend, sein Gedicht auf diese Weise in das Land zurückzuschicken, aus dem er soeben emigriert war und welches er niemals mehr wiedersehen sollte. Denn »Auf Reisen« zu sein, das war für Celan denkbar weit entfernt von jeder touristischen Erfahrung, ja, es sprach dieser geradezu hohn.

Daß Paul Celan in dem Gedicht eine höchstpersönliche Erfahrung anspricht, darauf verweist »das Haus in Paris«, der Ort seines endgültigen Exils. Daß er diese Erfahrung in einem gesteigerten, zuweilen hohen und prophetischen Ton beschreibt, macht deutlich, daß es ihm um mehr als bloß Biographisches geht. Den Ort seines künftigen Exils erblickt Celan vorausschauend – das Gedicht ist noch vor seiner Ankunft in Paris entstanden. Und Paris wird ihm hierbei zur »Opferstatt« seiner Hände – zur Stätte des Schreibens also, ist letzteres doch für den Autor »Sache der

Hände«, ein Handwerk, zumal, so Celan in einem Brief an Hans Bender (1960), »nur wahre Hände wahre Gedichte schreiben. Ich sehe keinen prinzipiellen Unterschied zwischen Händedruck und Gedicht«. Doch werden die opfernden, schreibenden und »sich gebenden« Hände, folgen wir dem Doppelsinn der Formulierung, auch selber geopfert. Sie werden stumm, so wie das Auge zum schwärzesten Auge, ganz und gar blind wird.

Paris also soll dem Emigranten nicht zum Ort einer Rettung und wohl auch nicht zur sicheren Stätte des Schreibens werden. Denn er weiß, daß der Staub, den er in der Stunde seiner Abreise aufwirbelt, ein allzu treuer Gefährte ist, der ihn auch am Ziel nicht verläßt. So wie der Schrekken, den sein »schwarzes« Auge gesehen hat, immerfort gegenwärtig sein wird. Der Reisende fährt dem Verstummen entgegen. Sein Herz wird von diesem ein wenig unheimlichen »Gespann« fortgetragen, sein Haar darf nicht wehen, was wohl auch heißen soll: er bleibt in Wahrheit regungslos und wie gebannt an seinem einzigen möglichen Ort – dem immerwährenden Exodus.

Daß die ganz persönliche Prophetie dieses Gedichts, der Ausblick auf Paris als »Opferstatt«, sich für Celan auf bittere Weise erfüllen sollte, das hat er noch zu Lebzeiten in dem Gedicht »Zwölf Jahre« bestätigt. Der Text, den der Autor 1963 in dem Gedichtband »Die Niemandsrose« publizierte, beginnt mit den Zeilen: *Die wahr- / gebliebene, wahr- / gewordene Zeile: ... dein / Haus in Paris – zur Opferstatt deiner Hände*. Doch noch lebte Celan, der im April 1970 Selbstmord beging, und noch konnte der Dichter einer bitteren Vorahnung lyrisch begegnen. Noch konnte er sagen, in dem gleichen Gedicht: *Es wird stumm, es wird taub / hinter den Augen. / Ich sehe das Gift blühn. /*

In jederlei Wort und Gestalt. Was er nicht sagte und was die, die blieben und winkten, nicht wußten: daß das Haus in Paris am Ende zu einem Totenhaus werden sollte und daß die Blume »Herzgespann«, der man heilende Kräfte nachsagt und die der Dichter beim Wort nahm, die Krankheit, die sie heilt, auch hervorzurufen vermag.

PAUL CELAN
BEI WEIN UND VERLORENHEIT

Bei Wein und Verlorenheit, bei
beider Neige:

ich ritt durch den Schnee, hörst du,
ich ritt Gott in die Ferne – die Nähe, er sang,
es war
unser letzter Ritt über
die Menschen-Hürden.

Sie duckten sich, wenn
sie uns über sich hörten, sie
schrieben, sie
bogen unser Gewieher
um in eine
ihrer bebilderten Sprachen.

CHRISTOPH PERELS
EINE SPRACHE FÜR DIE WAHRHEIT

Man sieht sie vor sich, die Schreiber mit den gebeugten Rücken, Chronisten, Theologen, Dichter, die mit Hilfe ihrer Sprachen die Zeichen der Zeit zu deuten hoffen. Sie wissen nicht oder wollen nicht wissen, daß Endzeit angesagt ist.

Das Gedicht selbst läßt die Sprache des Propheten Jeremia durchschimmern: »Denn also spricht zu mir der Herr, der Gott Israels: nimm diesen Becher Wein voll Zorns von meiner Hand, und schenke daraus allen Völkern, zu denen ich dich sende.« Und der Prophet schenkt ein »allen Königen ... in der Nähe und Ferne« und sagt ihnen seinem Auftrag gemäß den Untergang an: »Der Herr wird brüllen aus der Höhe, und seinen Donner hören lassen aus seiner heiligen Wohnung; er wird brüllen über seine Hürden; er wird singen ein Lied wie die Weintreter über alle Einwohner des Landes, des Hall erschallen wird bis an der Welt Ende.« Nicht mehr in Menschensprache, nur im Tierlaut noch und im Gottesgesang, in zwei Ausdrucksweisen, die sich der Aufspaltung in ein Zeichen und in das, was es bezeichnet, entziehen, ist Wahrheit.

Und Celans Gedicht selbst, spricht es nicht, entgegen seinem eigenen Verdikt, in einer »bebilderten« Sprache? Es ist ja aus Wörtern gemacht und hat teil an der Grundverfaßtheit aller menschlichen Sprache. Aber es radikalisiert das Bilderverbot des Alten Testaments zum Zeichenverbot überhaupt. Es hat zu jeder Zeit menschliche Erfahrungen gegeben, die sich der Sprache entzogen, etwa die Gotteserfahrung in den mystischen Überlieferungen der verschiedenen Religionen, und Celan hat sich intensiv mit diesen Überlieferungen auseinandergesetzt.

Doch dieses Gedicht hat andere Voraussetzungen. Was der Prophet als bevorstehend ansagt, ist bereits eingetreten, der Text spricht von Vergangenem. Es sind die für Celan niemals zu überwindenden Erfahrungen der Judenvernichtung, einer Apokalypse, so über alles Maß furchtbar, daß jedes Sprechen davon die Wahrheit verfehlt. Da der Dichter aber auf die Sprache angewiesen bleibt – denn in einem erweiterten Sinn von lyrischem Sprechen als von Singen zu reden macht ja die Verwendung von Sprache nicht ungeschehen –, führt er im Gedicht selbst gegen die »bebilderten Sprachen« einen Prozeß.

Am Wort »Neige« läßt sich etwas von diesem Prozeß zeigen: lesen wir es als Wort der deutschen Sprache, so wird das in der dritten Zeile aufgehoben, wir sollen in ihm auch das französische »neige« (»Schnee«) hören und in der elften das englische Wort für »Gewieher« (»neigh«) – Celan weicht hier bewußt vom »brüllen« im lutherschen Bibeltext ab. Der Zusammenhang von Sprachzeichen und dem, wofür es steht, löst sich auf, den Schreibenden, Lügenden wird ihr vertrautes Notationssystem entzogen.

Aber der Dichter selbst ist mitbetroffen: der von diesseits des Untergangs spricht, negiert zugleich, daß es irgendeine der vorher geltenden Sprachen noch geben könne. Nicht daß es über alle Sprachen verfüge, zeigt das Gedicht, sondern daß Sprache erst wieder zu schaffen sei, Sprache, die das Unfaßbare nicht verleugnet. Auch dies gibt den Sprechenden der »Verlorenheit« anheim, von der am Beginn des Gedichts die Rede ist.

»Wirklichkeitswund und Wirklichkeit suchend«, so hat Celan sein Dichten einmal charakterisiert. Es ist auch auf Sprachsuche. In ihm ertönt die Klage über das Ende einer Epoche, die den Menschen als das Wesen, das Sprache hat, definiert. Wo diese Klage seitdem in der deutschen Literatur gehört wird, wächst die Hellhörigkeit für verlorene Redeweisen und verlogene Bilder rings um uns.

PAUL CELAN

DAS FREMDE
hat uns im Netz,
die Vergänglichkeit greift
ratlos durch uns hindurch,

zähl meinen Puls, auch ihn,
in dich hinein,

dann kommen wir auf,
gegen dich, gegen mich,

etwas kleidet uns ein,
in Taghaut, in Nachthaut,
fürs Spiel mit dem obersten, fall-
süchtigen Ernst.

ERICH FRIED
AUCH EIN LIEBESGEDICHT

Oft wird behauptet, Paul Celans Gedichte, namentlich die späteren, seien unverständlich und sein Ansehen stütze sich auf den schönen Klang, auf die Dunkelheit seiner Verse und auf die Eindringlichkeit der wenigen verständlichen Stellen. In diesem Gedicht hier – aus dem Nachlaßband »Zeitgehöft« – sind Sprache, Inhalt, Lebens- und Sterbensgefühl unverkennbar Celans Eigenart. Das Gedicht ist auch auf den ersten Blick als einheitlich zu erkennen. Es fordert die Frage, wieviel verstanden werden kann, geradezu heraus.

Die ersten zwei Zeilen geben die Grundsituation an. Ein Schicksal hat uns im Netz. Ein Schicksal, das anscheinend von außen kommt, mit dem der Dichter sich nicht identifizieren und das er nicht ganz enträtseln kann. Daher »Das Fremde«.

Eine Macht, die auch *in* diesem Netz waltet, ist die Vergänglichkeit. Sie ist unser Los und macht uns zuletzt zunichte, gleichviel wie wir uns zu unserem Dasein im Netz stellen, ob es uns fremd ist, ob wir mitspielen wollen. Die Vergänglichkeit greift durch uns hindurch und beweist so, daß unsere Körper, und nicht nur sie, nicht so fest sind, wie wir manchmal meinen. Dieses Durch-uns-Hindurchgreifen der Vergänglichkeit hat aber auch etwas vom rücksichtslosen, gnadenlosen Durchgreifen einer Tyrannei oder ihrer Behörde, der der Dichter sich im Leben ausgesetzt fühlt. Aber auch diese mächtige Vergänglichkeit (deren Macht freilich nur im Vergehen und Vergehenmachen besteht) hat nicht Sinn und Zweck. Sie greift *»ratlos«* durch uns hindurch.

Durch *uns.* Es ist ein Gedicht vom Ausgesetztsein, aber es ist kein Einsamkeitsgedicht. Das »uns« steht nicht für ein Kollektiv, nicht für viele, sondern offenbar für Zwei. Für zwei durch eine innige Beziehung verbundene Menschen. »... zähl meinen Puls, auch ihn, / in dich hinein« – das ist die engste Vereinigung, die Menschen möglich ist; sie wurde noch nie zuvor so in Worte gefaßt. Auch ein Liebesgedicht also, wenn man es in der Verdüsterung im Netz so nennen darf. Diese innige Vereinigung, in der das Du neben anderem auch den Puls des Ich in sich hineinzählt, hat außerdem auch Bündnischarakter. Nur ist es ein sonderbares Bündnis: »dann kommen wir auf, gegen dich, gegen mich«.

Ein Liebesbündnis gegen das Schicksal (»auch gegen die Vergänglichkeit?«), das dann aber zuweilen wie ein Abkommen zwischen dem Schicksal und jeweils einem der Partner gegen das Aufkommen des anderen wirken kann? Vielleicht ist die Partnerin, die den Puls, auch ihn, in sich hineinzählen soll, auch die Vergänglichkeit selbst; oder seine Gefährtin im Netz erscheint ihm als die Vergänglichkeit, weil die Vergänglichkeit so oder so immer mit im Spiel ist.

Die letzte Strophe macht die Situation der Ausgesetztheit wieder deutlich: »etwas kleidet uns ein«. Offen bleibt, ob dieses *etwas* das Fremde ist, das uns im Netz hat. Die Einkleidung ist Einkleidung für ein Auftreten, für ein Spiel, aber für ein Spiel mit einem ungleich stärkeren Partner, »fürs Spiel mit dem obersten, fall-/süchtigen Ernst«.

Wer das ist, das schimmert durch die Umschreibung

durch. Die Silben- und Zeilentrennung »fall-süchtigen« betont noch stärker das schließliche Fallen, und wie krankhaft der oberste Ernst auf dieses Fallen versessen ist. Taghaut und Nachthaut sind die beiden Hüllen, in die wir für dieses Spiel mit vorbestimmtem Ausgang eingekleidet sind.

Also eigentlich ein sehr verständliches Gedicht. Verständlich auch dort, wo es mehrdeutig wird oder einen fast schon unverhüllten Gegensinn enthält, etwa wenn wir *aufkommen,* wenn aber einschränkend dazugesagt wird »gegen dich, gegen mich« (abwechselnd wie Taghaut und Nachthaut). Das ist natürlich ein sehr fragwürdiges Aufkommen, durch das auch gleich der Sinn des Liebesbündnisses in Frage gestellt wird: Ist der Pulsschlag der innigen Vereinigung nicht zugleich Zeitmaß der ratlosen Vergänglichkeit?

Mir bedeutet dieses Gedicht unter anderem deshalb so viel, weil es das alles ungleich kürzer und einfacher und vielfacher sagt, als diese meine Erklärung es kann.

PAUL CELAN
DIE LÄNGST ENTDECKTEN

Die längst Entdeckten
flüstern sich Briefworte zu,
flüstern das Wort ohne Blatt, das umspähte,
groß wie dein Taler,

hör auch
mein starkes
Du-
weißt-wie,

das hohe Herbei, die Umarmung
ist mit uns, ohne Ende,
auf der Treppe
zum Hafen,

der Stechschritt erlahmt,
Odessitka.

HELMUT KOOPMANN
GRENZGÄNGERISCHES

An diesem Gedicht scheint zunächst einmal alles verständlich zu sein, bis auf das letzte Wort; und doch ist dieses, das scheinbar Unverständliche, das einzige, von dem wir am ehesten wissen, was es bedeuten könnte. Denn es ist offensichtlich kein Name, sondern bedeutet Bewohnerin von Odessa, der Stadt am Meer mit einer früher sehr großen jüdischen Bevölkerung.

Doch genau betrachtet ist dieses Gedicht eine einzige Sammlung von Undeutlichkeiten. Am ehesten können wir noch etwas mit dem erlahmenden Stechschritt assoziieren: diese militärische Gangart war und ist aus westlicher Sicht in östlichen Ländern beliebt, während diese den Stechschritt mit Preußen identifizieren: jeder kennt Bilder derart westlich-östlich paradierender Soldaten. Aber – wer sind die »längst Entdeckten«? Wer sind Du und Ich? Und was sollen die Andeutungen, die sich vom Gedicht her nicht entschlüsseln lassen, aber auch nicht von einer Ebene jenseits des Gedichtes? Sind Fragen nach einem in sich kohärenten Sinn überhaupt erlaubt? Widersteht das Gedicht nicht jeglicher Exegese?

Es steht in Celans letztem Gedichtzyklus »Fadensonnen«. Celan hat es am 21. November 1965 in Paris niedergeschrieben und mehrfach verändert. In einigen Handschriften fehlt *das umspähte, / groß wie dein Taler* – also das, was dem Gedicht zusätzliche Dunkelheiten gibt. Andererseits: Lediglich die letzte Fassung nennt »die Umarmung«. Es

hieß (etwa in der dritten Fassung) nur: *das hohe Herbei, / auf der Treppe zum Hafen, / ist mit uns, ohne Ende* – oder, in Fassung 5: *das hohe Herbei, / auf der Treppe zum Hafen, / hat kein Ende.*
Die letzte Fassung läßt also am ehesten erkennen, was dieses Gedicht ausdrücken will. Sind es Verfolgte, spricht sich hier – der Hinweis auf Odessa könnte es nahelegen – eine jüdische Leidensgeschichte aus, sind die Worte die einer religiösen Botschaft? »Kann sein, auch nicht«, ist man versucht, mit Kleist zu sagen. Das Bild der Treppe ist offenbar Zitat: Celan spielt an auf eine Szene in Sergej Eisensteins Film »Panzerkreuzer Potemkin«, die Soldaten auf der Treppe zum Hafen zeigt. Der erlahmende Stechschritt könnte die gescheiterte Meuterei symbolisieren, das »hohe Herbei« sich auf das von den Sowjets errichtete, daran erinnernde Monument auf dem großen Platz oberhalb der Treppe. Also: ein politisches Gedicht? Es ist aber wohl auch ein Liebesgedicht, ein ebenso undeutliches wie eindringliches. Wir können uns als Kernszene jenen Satz vorstellen: *Die Umarmung / ist mit uns, ohne Ende, / auf der Treppe / zum Hafen* – und von dorther, von diesem gemeinsamen Gang die Treppe hinab, ist die vorletzte Zeile zu entschlüsseln. Sie hat natürlich nichts zu tun mit einem militaristischen Paradeschritt, sondern beschreibt exakt den Gang eine Treppe hinab. Und die »längst Entdeckten« – sind es also Liebende? Sind die Briefworte Liebesworte, und setzt die zweite Strophe dieses Liebesgeflüster fort? Ist hier von einer heimlichen Liebe die Rede, die freilich, umspäht, längst entdeckt ist?
Es steht jedem Leser frei, das zu vermuten, so wie es ihm freisteht, derartiges als Phantasie abzutun. Das Gedicht sagt nicht das geringste aus über die Worte, die wir ergän-

zen müssen, also darüber, wie das »Du-weißt-wie« weitergeht. Freilich: die Strophe, die das Gedicht zum Liebesgedicht macht, ist unmißverständlich. Die Umarmung ist endlos – aber das Ende kommt mit dem Ende der Treppe, und was ewig schien, ist von kurzer, von allzu kurzer Dauer.

Liebesgedichte sind spärlich eingesprengt in diesen Gedichtzyklus der »Fadensonnen«, aber von einem »Du« ist immer wieder die Rede. Der erste Zyklus dieser Sammlung umfaßt 22 Gedichte; in 16 von ihnen begegnet ein Gegenüber. Wenn eine derartige Wortstatistik auch nicht viel besagt, so legt sie doch wenigstens den Kontext dieses Gedichtes frei. Von Abschied, Reiseglück, vom Gehen über das Land, von einer »Du-Schlucht« und einer »Mundbucht«, von der »Schlucht, wo du mir zufielst«, aber auch vom Schmerz und vom »verschollenen Ziel«, von erbrochenen Siegeln, von Brücken und Straßen handeln viele Gedichte dieses ersten Zyklus. In den folgenden Zyklen: das Meer, Muscheln, Anker, salzwasserklamme Stricke, ein steifes Segel und die »gerunzelte Flut« – und immer wieder ein Du. »Es ist, als könntest du hören, als liebt ich dich noch«, heißt es wenig später. Wäre auch unser Gedicht ein Liebesgedicht – es wäre wohl einzigartig. Jedenfalls bewegt sich Celan am äußersten Rande dessen, was noch von der Sprache begehbar ist. »Das ist etwas Randgängerisches«, hat er zu »Fadensonnen« gesagt. Aber auch: »In der Dichtung wird nicht gemogelt.« Und so dunkel die Sprache Celans auch sein mag – das ist keine lyrische Falschmünzerei, sondern die Wahrheit einer Erfahrung, die einen politischen Bezug nicht ausschließt, sondern einbezieht.

PAUL CELAN

Ein Knirschen von eisernen Schuhn ist im Kirschbaum.
Aus Helmen schäumt dir der Sommer. Der schwärzliche
Kuckuck
malt mit demantenem Sporn sein Bild an die Tore des
Himmels.

Barhaupt ragt aus dem Blattwerk der Reiter.
Im Schild trägt er dämmernd dein Lächeln,
genagelt ans stählerne Schweißtuch des Feindes.
Es ward ihm verheißen der Garten der Träumer,
und Speere hält er bereit, daß die Rose sich ranke ...

Unbeschuht aber kommt durch die Luft, der am meisten
dir gleichet:
eiserne Schuhe geschnallt an die schmächtigen Hände,
verschläft er die Schlacht und den Sommer. Die Kirsche
blutet für ihn.

ECKART KLESSMANN
ANDROGYNE BILDLICHKEIT

Was geht vor? Es ist, als ob eine sehr alte Ballade erzählt wird. Von gepanzerten Männern ist die Rede mit all ihren Insignien: Sporn, Schild, Feind, Speer, Schlacht. Es ist hoher Sommer, die Kirsche gereift und die Rose. Beim allerersten, flüchtigen Lesen scheint es, als ließe sich ein Inhalt erzählen. Aber dieser Inhalt ist verfremdet wie ein Traum; seine Bilder wirken fast präraphaelitisch.
»Ein Knirschen von eisernen Schuhn ist im Kirschbaum«: Dieses (hörbare) Bild ist wohl aus der Assoziation von »Kirsche« und »Knirschen« entstanden. Was mag knirschen? »Eiserne Schuhe«, und sie assoziieren Ritter in Rüstung, in Helmen und Sporen. Der fruchtreiche Kirschbaum meint Sommer, tiefe Bläue mit schäumenden Wolken; das sinnliche Kuckucksecho eingeritzt wie von einem Diamanten in das Glas der Himmelsreinheit. Nach einem alten Volksglauben – hat Celan ihn gekannt? – darf man am 22. Juni, dem »Tag der 10000 Ritter«, keinen Kirschbaum besteigen, sonst fällt man herab und ist tot.
Die zweite Strophe gleicht dem Adagio nach dem Allegro maestoso der Eingangsverse, was bei lautem Lesen sofort deutlich wird. Der Reiter ist helmlos (sein Trinkgefäß) und trägt das Lächeln der Geliebten (der Geliebten des Dichters) im Schild wie ein umgekehrtes Medusenantlitz. Doch dieses ganz heraldische Lächeln ist »genagelt ans stählerne Schweißtuch des Feindes«. Man würde die Schönheit dieser Verse schänden, wollte man ihre Bildhaf-

tigkeit übersetzen in Alltagsrede. Man muß diese Bilder und ihre bewußte Widersprüchlichkeit lange nachempfinden, dann öffnet sich ihr Sinn, obwohl genug Dunkelverborgenes bleibt.

Der helmlos Gewappnete ist den Träumern zugesellt, ihr Garten (nicht Schlachtruhm und militärischer Sieg sind ihm verheißen) wird seine Speere aufnehmen, nicht länger Waffen, sondern Spalier der rankenden Rose. Trotz der Härte des Mittelteils halte ich diese zweite Strophe für eminent erotische Poesie. Es mag die Andeutung genügen, daß der Speer ein männliches Symbol ist, wie die Rose ein weibliches. Der Reiter ist ohne aggressive Männlichkeit. Er erscheint helmlos, also ungeschützt, fast passiv, hat den Feind – vielleicht – überwunden durch das Lächeln der Geliebten, deren Paradies ihm im Bild des Gartens verheißen ist.

Die dritte Strophe gleicht einem Andante. Ein Herab-Schwebender, schuhlos die empfindlichen Füße, aber die »eisernen Schuhe« der ersten Strophe jetzt an den »schmächtigen Händen«, ein androgyner Genius gleicht er der Geliebten. Er verschläft, wie von Dornröschens Dornenhecke verzaubert, »die Schlacht und den Sommer«. Und das Gedicht nimmt den Anfang wieder auf. Ist der Kirschbaum mitsamt seiner Frucht eingangs ruhendes Bild, so tritt die Natur aktiv zur Gestalt des geharnischten Unbekannten: »Die Kirsche blutet für ihn.«

Vielleicht wird mancher die Geharnischten in diesen Versen als bedrohlich empfinden. Für mich gleichen sie eher den Gewappneten aus Märchen und Sagen, verirrt etwa im Wald Broceliande, eher der Geliebten oder dem Einhorn auf der Fährte denn einem wirklichen Feind, an dessen Stelle die Kirsche – ein altes erotisches Symbol – ihr Blut vergießt. Ich empfinde diese Strophen als ein verschlüsseltes Liebesgedicht, dessen androgyne Bildlichkeit die leidvolle Trennung des Geschlechts überwunden hat.

PAUL CELAN
GROSSES GEBURTSTAGSBLAUBLAU MIT REIMZEUG UND ASSONANZ

In der R-Mitage,
da hängt ein blauer Page.
Da hängt er, im Lasso:
er stammt von Picasso.
Wer hängt ihn ab?
Das Papperlapapp.
Wo tut es ihn hin?
Nach Neuruppin.
In den Kuchen.
Da könnt ihr in suchen.
Da könnt ihr ihn finden,
bei den Korinthen
aus der époque bleue,
links von der Kö,
rechts von der Düssel,
in einer blauen Schüssel.
Er hockt auf der Kante
und schwört aufs Blümerante.

WULF SEGEBRECHT
VOM GROSSEN BLABLA ZUM SCHÖNSTEN BLAUBLAU

Celan macht Spaß. Das heißt: Er treibt seine Scherze. Das heißt aber auch: Es macht Vergnügen, seine Gedichte zu lesen. Schon mit dieser Feststellung verletze ich ein Tabu. Macht die »Todesfuge« etwa Spaß? Sind nicht die Gedichte von Paul Celan so tiefernst und abgründig, so hermetisch und von quälender Strenge, daß es geradezu blasphemisch wäre, sie mit irgendeinem »Spaß« in Verbindung zu bringen? Paul Celan – ein Spaßmacher, ein Spaßvogel? Ja, behaupte ich, das auch. »Da habe ich sie alle überm Hals«, die Celan-Deuter und -Exegeten, die Betroffenen und die Eingeweihten.

Das »Geburtstagsblaublau« soll mein Kronzeuge sein. Auf heitere Art, so scheint mir, demonstriert dieses Gedicht eine Verfahrensweise, die für Paul Celans Lyrik durchaus typisch ist; denn es weckt die Entzifferungslust, das Dekodierungsvergnügen des Lesers, auf das alle Gedichte Celans angewiesen sind. Sie wollen verstanden werden, aber sie verweigern sich zugleich jeder bequemen Vereinnahmung durch simple Verständlichkeit. Sie wollen entziffert werden, aber sie sind doch nicht vollständig entzifferbar. Sie eröffnen einen Deutungsspielraum: Sie erzwingen Assoziationen, aber sie geben dem Leser zugleich auch die Freiheit zur eigenen Imagination.

Das beginnt schon beim Titel des übrigens in zwei Fassungen überlieferten Gedichts, das Celan 1962 für den Verleger und Schriftsteller Victor Otto Stomps zu dessen 65. Geburtstag geschrieben hat. Bei solchen Jubel-Anlässen erhebt sich im allgemeinen ein großes Geburtstagsblabla aus konventionellen Glückwünschen, gutgemeinten Geschenken und schönen Redensarten. Mit einem einzigen Buchstaben macht Celan aus solchem unverbindlichen Blabla ein ebenso farbkräftiges und reich ausgestattetes wie rätselhaftes Angebinde, ein mit allerlei poetischen Mitteln (»mit Reimzeug und Assonanz«) glänzendes, zuletzt aber doch unauflösliches Kunststück, ein »Blaublau«.

Das Blau durchzieht das ganze Gedicht, vom »blauen Pagen« über die »époque bleue« und die »blaue Schüssel« bis hin zum »Blümeranten« (»bleu mourant«). Das Blau ist gewissermaßen das Geheimnis des Gedichts, das es zu lösen gilt und das doch nicht zu lösen ist. Die Farbe Blau ist zugleich eine versteckte Hommage für Stomps, der in den dreißiger Jahren in seiner Rabenpresse »Die blaue Reihe« herausgab, in der Werke von Paul Zech, Kurt Heynicke, Max Herrmann-Neiße und über Gottfried Benn erschienen sind. Und gleich in der ersten Zeile wird dem Jubilar mit der »R-Mitage« ein zweites Mal gehuldigt. Denn Stomps begründete nach dem Krieg die inzwischen legendäre Eremiten-Presse (eine »R-Mitage«) als ein Forum für die vielen poetischen Begabungen, die entdeckt zu haben zugleich seine größte Leistung war.

Vermutlich hing in der »Eremitage« des Vauo Stomps kein »blauer Page«, kein echter Picasso. Er hängt auch nicht in der viel berühmteren Eremitage von St. Petersburg, obwohl sich dort eine ansehnliche Picasso-Sammlung befindet. Der »blaue Page« Picassos hängt überhaupt nirgends. Er ist eine kongeniale Erfindung des Picasso-Kenners und -Übersetzers Celan (»tres bleu« übersetzt er mit »blaublau«!) und verdankt seine Existenz vor allem dem Reimzwang, dem Zugeständnis an die poetische Konvention also, die Celan dazu nutzt, ganz und gar Unkonventionelles und Fernliegendes spielerisch miteinander zu kombinieren. Dieses Prinzip beherrscht das ganze Gedicht: Der Reim veranlaßt die Erfindungen. Er ist gleichsam das Lasso, durch das der blaue Page zu Beginn eingefangen wird; und als »Papperlapapp«, als wortspielerische Entgegnung auf den Unsinn, ist der Reim auch für den weiteren Weg des blauen Pagen verantwortlich.

Dieser Weg führt nach Art eines gereimten Bilderbogens scheinbar vom Hundertsten zum Tausendsten: von Neuruppin über den Korinthenkuchen und zur Düsseldorfer Kö, zur blauen Schüssel und schließlich zurück zum rätselhaften blauen Pagen – eine schwindelerregende *Tour d'horizon*, bei der auch dem gewieftesten Interpreten blümerant zumute werden kann. Und das geschieht ihm ganz recht.

PAUL CELAN
IN ÄGYPTEN

Du sollst zum Aug der Fremden sagen: Sei das Wasser.
Du sollst, die du im Wasser weißt, im Aug der Fremden
suchen.
Du sollst sie rufen aus dem Wasser: Ruth! Noëmi!
Mirjam!
Du sollst sie schmücken, wenn du bei der Fremden liegst.
Du sollst sie schmücken mit dem Wolkenhaar der
Fremden.
Du sollst zu Ruth und Mirjam und Noëmi sagen:
Seht, ich schlaf bei ihr!
Du sollst die Fremde neben dir am schönsten
schmücken.
Du sollst sie schmücken mit dem Schmerz um Ruth, um
Mirjam und Noëmi.
Du sollst zur Fremden sagen:
Sieh, ich schlief bei diesen!

ECKART KLESSMANN
LIEBENDE FREMDE

Im Roman »Heinrich von Ofterdingen« des Novalis heißt es: »Die Ströme sind die Augen einer Landschaft.« Auch in diesem Gedicht werden Wasser und Auge wie zwei kontrapunktische Motive miteinander verknüpft. Der Titel »In Ägypten« läßt an Pharaonenzeit und die Auffindung Mosis denken, dessen Name bedeutet (in Luthers Übersetzung): *Ich habe ihn aus dem Wasser gezogen*. Frauennamen der Bibel: Ruth, die Liebe und Heimat bei Boas fand; Noëmi, ihre Schwiegermutter; Mirjam, die Prophetin. Sie sind hier dem Wasser verbunden, und wir erinnern uns, daß im Hohenlied die Geliebte als »Gartenbrunnen« und als »ein Born lebendiger Wasser« besungen wird. Nun ist hier das Wasser zugleich der Nil, jener Fluß, aus dem Moses gefischt wurde und der als Lebensader Ägyptens auch Symbol der Unterdrückung der Kinder Israel gewesen ist.
Es hieße aber die Deutung dieses Gedichts unzulässig verengen, wollte man es auf die in der Bibel erzählten Ereignisse und die mit ihnen verbundenen Namen reduzieren. Ruth, Noëmi und Mirjam stehen hier als hebräische Frauennamen; sie erinnern zwar an Gestalten des Alten Testaments, meinen sie aber nicht im historischen Sinn. Die Jahre der Versklavung im pharaonischen Ägypten haben sich im Leidensgedächtnis des jüdischen Volkes für immer eingeschrieben bis hin zu jenem ganz anderen Exodus in unseren Tagen, der alles in Jahrhunderten Durchlittene an Grauen und Schmerz übertraf.

Du sollst sie rufen aus dem Wasser: Das Wasser ist ein Bild für verfließende Zeit, und der Ruf geschieht aus der Zeitlosigkeit, die Jahrtausende verschmilzt, denn auch die Erinnerung namenlosen Leidens ist zeitlos. *Du sollst sie rufen aus dem Wasser:* Denn das Wasser bewahrt nichts, aber die Namen müssen der Flüchtigkeit des Vergessens entrissen sein. *Du sollst:* Neunmal wird das ausgerufen – in der Zahlenmystik ist das die potenzierte heilige Drei –, und da jeder Vers als eigener, abgeschlossener Satz erscheint, wird ihm so eine archaische Statik verliehen.

Ruth! Noëmi! Mirjam! Namen, die für ein ganzes Volk stehen. Um diese drei Namen ist Schmerz; wir müssen uns ihre beschwörende Anrufung als ein Totengedenken vorstellen, und der Schmerz um die Genannten ist zugleich ein Schmuck der *Fremden*, die doch bei aller Fremdheit ganz nahe ist und deren *Wolkenhaar* an jene Wolkensäule denken läßt, die den Kindern Israels beim Auszug aus Pharaos Land vorausging.

Die Fremde: Dem Dichter innig verbunden, aber nicht zugehörig der Leidensgemeinschaft. Im Hohenlied Salomons wird von der schwarzen Geliebten gesagt, sie sei bei der Suche nach ihrem Freund von den Wächtern Jerusalems mißhandelt worden. Und auch des Moses geschmähte Mohrin mußte sich als Fremde fühlen: fremd unter Fremden, verfolgt von Verfolgten. Aber sie wird nicht ausgeschlossen, diese namenlose Fremde, sondern einbezogen in den *Schmerz um Ruth, um Mirjam und Noëmi* durch die Liebe und das liebende Erinnern an die Dahingegangenen: *Sieh, ich schlief bei diesen! – Seht, ich schlaf bei ihr!* Nur diese beiden Verse sind ohne das eherne *Du sollst.*

Es gehört zum vollkommenen Gedicht, daß es mehrdeutig

zu uns spricht und sich an die mitschaffende Phantasie des Lesers wendet. Das Gedicht will unser Vorstellungsvermögen freisetzen, den Gedanken Flügel verleihen und den Lesenden auffordern, sich ganz seinen Eindrücken und Assoziationen zu überlassen. Das Liebesgedicht als Totenklage, das Totengedenken als liebende Anrede. So kommt es den für unser Verständnis so oft verrätselt scheinenden Bildern nahe, die wir in ägyptischen Gräbern der Pharaonenzeit bewundern. Sie sind von unserem Fühlen und Denken um Jahrtausende fern und fremd, und lassen uns doch Nähe und Gegenwart erahnen.

PAUL CELAN
IN MEMORIAM PAUL ELUARD

Lege dem Toten die Worte ins Grab,
die er sprach, um zu leben.
Bette sein Haupt zwischen sie,
lass ihn fühlen
die Zungen der Sehnsucht,
die Zangen.

Leg auf die Lider des Toten das Wort,
das er jenem verweigert,
der zu ihm sagte,
das Wort,
an dem das Blut seines Herzens vorbeisprang,
als eine Hand, so nackt wie die seine,
jenen, der du zu ihm sagte,
in die Bäume der Zukunft knüpfte.

Leg ihm dies Wort auf die Lider:
vielleicht
tritt in sein Aug, das noch blau ist,
eine zweite, fremdere Bläue,
und jener, der du zu ihm sagte,
träumt mit ihm: Wir.

KARL KROLOW
EINE VERWEIGERUNG

Das frühe Gedicht Paul Celans aus dem Bande »Von Schwelle zu Schwelle« muß Anfang der fünfziger Jahre entstanden sein. Es ist ein geisterhaftes Gedicht über eine Beziehung, die schwierig war, die nicht zustande kam, wie es derjenige erhofft hatte, der hier eines Toten gedenkt: des surrealistischen Dichters Paul Eluard, der relativ früh, sechsundfünfzigjährig, im November 1952 nach einer beispielhaften und langen poetischen Laufbahn gestorben war. Sein Einfluß auf Celan ist nur zu vermuten. Zu erkennen ist jedoch die Verehrung und die Trauer um die nicht zustande gekommene literarische Freundschaft.
Das Gedicht will wenigstens zweierlei beschreiben: Paul Eluard selbst, ihn allein, und allein *das*, was er schrieb und *wie* er es schrieb, wie er die Wörter gebrauchte. Und es spricht ebenso von den Dichtern überhaupt, den Lyrikern, denen man – wie keinen anderen – ihre Worte, ihre Gedichte ins Grab legen kann und denen man ihre Texte nachsprechen wird, wieder und wieder.
Der Typ des Dichters wird im Verlaufe des Gedichts dominierender als die Individualität des toten Eluard. Gerade aus diesem Grunde ist die Verweigerung, die spürbar bleibt, um so schmerzender. Die Rede ist von der Schwierigkeit des Verständnisses, des Verstehens überhaupt im Leben und in der besonderen Beziehung, im Verhältnis des Lebenden zum nun Toten. Denn es gibt Worte, die »an dem Blut seines Herzens vorbei sprangen«, eines Her-

zens, das bereit war, das sich näherte und Kontakt suchte, weil es diesen Kontakt brauchte. Wie immer man es auslegen mag: es bleibt diese vergebliche Bereitwilligkeit.

Jener andere, der »du« zu dem Toten sagte und dem das Wort verweigert wurde, sieht auf die Schwierigkeiten angesichts dieses geendeten dichterischen Lebens. Das »wir« konnte in jenem Falle nur »geträumt« werden. Es war eine Hoffnung, eine erhoffte Übereinkunft, ein sensibles Bündnis der Herzen mit Hilfe der Wörter, die verweigert wurden, aus welchen Gründen immer: aus einem Mangel heraus vielleicht, der poetisches Leben heißt. Das Wort »vielleicht« taucht in Celans Gedicht auf, steht da, abwartend, hoffend, angesichts der offenen Augen des Toten, in die der Betrachtende schaut, wohl jener, dem das Wort verweigert worden war. Er läßt diese toten Augen nicht aus dem Blick. Er erwartet gleichsam noch die Lösung eines Rätsels, eines Geheimnisses – dieser Verweigerung – aus des toten Dichters Augen.

Das Rätsel bleibt. Und das »Wir«, das lebend nicht zu verwirklichen war oder das nicht gewollt wurde, wird zum Grabspruch: WIR. Ein zu später Wunsch, ein Traum, der dennoch erlaubt bleibt. Gemeinsames kommt ins Grab: Sprache, die zu dichterischem Wort wurde. Einen Augenblick lang findet sich alles im letzten Wort des Gedichttextes zusammen.

PAUL CELAN
IN PRAG

Der halbe Tod,
großgesäugt mit unserm Leben,
lag aschenbildwahr um uns her –

auch wir
tranken noch immer, seelenverkreuzt, zwei Degen,
an Himmelssteine genäht, wortblutgeboren
im Nachtbett,

größer und größer
wuchsen wir durcheinander, es gab
keinen Namen mehr für
das, was uns trieb (einer der Wievielunddreißig
war mein lebendiger Schatten,
der die Wahnstiege hochklomm zu dir?),

ein Turm
baute der Halbe sich ins Wohin,
ein Hradschin
aus lauter Goldmacher-Nein,

Knochen-Hebräisch,
zu Sperma zermahlen,
rann durch die Sanduhr,
die wir durchschwammen, zwei Träume jetzt, läutend
wider die Zeit, auf den Plätzen.

ROLF SCHNEIDER
VOM TOD UMFANGEN

In diesem Gedicht ist von ekstatischer Liebe die Rede wie vom Sterben: davon vor allem. »Der halbe Tod, großgesäugt mit unserm Leben«, heißt es bei Paul Celan. Wir wissen, daß mitten im Leben der Tod schon in uns wohnt. Sein Symbol ist die Sanduhr. In Prag reckt sich der Knochenmann allstündlich die Glieder und zeigt seine Gerätschaft vor, überm Tor des Altstädter Rathauses. Unentwegt wird die Stadt bei Celan zitiert: die Karlsbrücke mit ihren Heiligenfiguren – »eine der Wievielunddreißig« –, der Aufstieg der Prager Burg über die Neruda-Gasse – »der die Wahnstiege hochklomm« –, des spätmittelalterlichen Baumeisters Ried Daliborka, »ein Turm«, das rudolfinische Alchimistengäßchen mit »lauter Goldmacher-Nein«.

Auch der Ausgang dieser schimärischen Stadtwanderung, dort, wo, »seelenverkreuzt, zwei Degen an Himmelssteine genäht« sind, zitiert einen bestimmten auffindbaren Ort: jene Stelle am Altstädter Ring, da man nach der Schlacht am Weißen Berg zu Beginn des Dreißigjährigen Krieges die protestantische Aristokratie Böhmens hingerichtet hat: »wortblutgeboren«. Das Blut der Enthaupteten rann jenem »Nachtbett« entgegen, durch das die Moldau fließt.

Die Namen und Orte der Stadt werden zu Schauplätzen einer ekstatischen Umarmung, zugleich auch zu einem Hindernis. Denn der Turm, den der »Halbe«, das ist der

Tod, vor die Liebenden stellt, und schließlich der gesamte Hradschin, aus der Hand desselben Architekten, das alles will diese Liebenden mit Namen wie mit Gewichten behängen.

Selbst zu obszönen Gebärden rafft sich der Tod schließlich auf. Der alte jüdische Friedhof in Josefov, dem Getto, wo die Skelette und Tomben aus mehreren Jahrhunderten übereinander liegen, ein wahrer Kalvarienberg, »Knochen-Hebräisch«, er wird »zu Sperma zermahlen« (was für ein Bild) und den Zeitläuften beigemengt.

Dagegen wird dann die Utopie aller Ekstatiker aufgeboten. Wir kennen das reichlich aus den Schriften der Mystiker. Die Ekstase, und nur sie, könne die Zeit anhalten, die Vergänglichkeit besiegen – »zwei Träume jetzt, läutend wider die Zeit, auf den Plätzen«. Dies sind die letzten Worte des Gedichts. Es ist die endgültige Versicherung. Darf man ihr glauben?

Jedenfalls gibt es keinen Zweifel, wer hier spricht. Der den halben Tod »aschenbildwahr« um sich sieht, schleppt das Trauma der Krematorien mit sich, und wenn ihm bei der Umarmung der Judenfriedhof einfällt, dann auch deswegen, weil seinesgleichen dort liegen. Gegen die Angstbilder der zu Asche gewordenen Toten half die Ekstase des Liebens und Lebens nur auf Zeit. Man durchschwimmt die Sanduhr. Es scheint ganz einfach. Schwimmen als der äußerste Ausdruck der Seligkeit. Im Bette der Moldau ließ sich damit gegen den Tod aufbegehren.

Vor zehn Jahren, Ende April 1970 (das genaue Datum ist nicht bekannt), hat im Bette der Seine der jüdische Dichter Paul Celan aus Czernowitz sich freiwillig dem Tode ergeben.

PAUL CELAN
KEINE SANDKUNST MEHR

Keine Sandkunst mehr, kein Sandbuch, keine Meister.

Nichts erwürfelt. Wieviel
Stumme?
Siebenzehn.

Deine Frage – deine Antwort.
Dein Gesang, was weiß er?

Tiefimschnee,
　　　　Iefimnee,
　　　　　　　　I – i – e.

MARTIN LÜDKE
DAS RÄTSEL DER STUMMEN

Ich kann mich noch gut daran erinnern, wie ich vor gut zwanzig Jahren auf dieses Gedicht gestoßen bin. Paul Celan, der dann im April 1970 in Paris Selbstmord beging (in der Seine), lebte noch. Sein Gedichtband »Atemwende«, unlängst erschienen, lag bei einem Freund auf dem Fensterbrett. Ich blätterte in dem Buch, bis ich hängenblieb: »Keine Sandkunst mehr«, dann am Ende »I – i – e«. Sogar ein Punkt, zum Abschluß. Die graphische Struktur dieses Gebildes, das regelrecht auszutropfen schien, irritierte mich einen Augenblick lang. Doch dann durchzuckte es mich: Das war das Gedicht, nach dem ich jahrelang schon gesucht hatte, Poe und Baudelaire im Hinterkopf, das »Museum der modernen Poesie« in der Jackentasche und auch Hugo Friedrichs »Struktur der modernen Lyrik« im Reisegepäck.
Hier hatte ich nun das Gedicht der Moderne überhaupt gefunden. »Keine Sandkunst« mehr und erst recht »keine Meister«, der Fortschritt also als Prozeß, der einer Logik gehorcht, der Logik des Zerfalls, hier wörtlich zu nehmen und sinnbildlich zu sehen. Ein Gedicht, klar und rätselhaft, ebenso durchsichtig wie dunkel, das in sich, in seinem Fortgang, noch einmal den Verlauf der Moderne abbildet: ausgehend von den Verneinungen, von der Absage an die Tradition über die Absage an den Zufall, »nichts erwürfelt«, über den fast heiteren, achselzuckenden Zweifel, was wissen denn »Frage«, »Antwort« und sogar »Ge-

sang«, bis hin zum Versinken und Versickern, bis hin zum Zerfall, »Tiefimschnee«. Walter Benjamins Engel der Geschichte, dem eine Kette von Katastrophen, die wir einst Fortschritt nannten, ihre Trümmer vor die Füße schleudert, war hier, schien mir, beim Wort genommen. »I – i – e.« Und dann: der Punkt.

Die erste Frage, die das Gedicht stellt, »Wieviel / Stumme?«, irritierte mich damals kaum. Nach all den Diskussionen um die Möglichkeit eines Gedichts nach Auschwitz, das war doch klar. Celan, mit der »Todesfuge« in die Schulbücher eingegangen, stand damit für beides ein: für die Möglichkeit und für den Beweis des Gegenteils. Gedichte – nach dem Bild des Schweigens geformt. Eine Sprache, die nur noch ansetzt, um zu verstummen. Diese »Stummen«, so unterstellte ich damals einfach, mußten sein. Nur daß es eine derart exakt benannte Anzahl war, blieb verwunderlich und noch verwunderlicher die mir altertümlich erscheinende Schreibweise der Zahl: »siebenzehn«. Damals sah ich darin wohl einen Verweis auf die Logik des Zerfalls, die den Kern einer Geschichtsphilosophie nach Auschwitz ausmacht. So ließ sich das überzählige »en« erklären. Nicht aber die Anzahl der ausgerechnet siebzehn Stummen.

Heute sage ich mir, daß diese Stummen wie auch die »Meister«, die nicht mehr sind, aus jener Landschaft kommen müssen, aus der Paul Ancel, der sich erst später Celan nannte, zu uns herkam, aus der »Landschaft« der »chassidischen Geschichten«, einer »Gegend«, in der »Menschen und Bücher lebten«, gleichsam eingeschrieben in die Heilige Schrift. Ob dieses Gedicht das Gedicht der Moderne ist, erscheint mir heute weniger wichtig. Unterdessen sind mir einige Gewißheiten, die ich damals in Celan hineingelesen habe, abhanden gekommen. Geblieben ist das Rätsel der Stummen.

PAUL CELAN
SPRACHGITTER

Augenrund zwischen den Stäben.

Flimmertier Lid
rudert nach oben,
gibt einen Blick frei.

Iris, Schwimmerin, traumlos und trüb:
der Himmel, herzgrau, muß nah sein.

Schräg, in der eisernen Tülle,
der blakende Span.
Am Lichtsinn
errätst du die Seele.

(Wär ich wie du. Wärst du wie ich.
Standen wir nicht
unter *einem* Passat?
Wir sind Fremde.)

Die Fliesen. Darauf,
dicht beieinander, die beiden
herzgrauen Lachen:
zwei
Mundvoll Schweigen.

LUDWIG HARIG
EIN GEDICHT NACH AUSCHWITZ

Es ist dreißig Jahre her, seit ich mit vierzehnjährigen Volksschülern, Mädchen und Knaben, Paul Celans Gedicht »Sprachgitter« las und auszulegen versuchte. »Interpretation« ist ein zu dürftiger Begriff, das weitreichende Umfeld erst des Auffassens, Verstehens, Aneignens, dann des Klärens, Erläuterns, Deutens zu beschreiben: Dichterwort und Deutungswort, sach- und sinnverwandt, doch nicht deckungsgleich, im Kern zwar, nicht aber an den Rändern übereinstimmend. Die Annäherung an dieses Gedicht ist ein mühseliges Ackern mit Wörtern auf Wortfeldern, deren Grenzsteine oft ins Uferlose gerückt sind. Lehrer und Schüler zogen auf ein waghalsiges Abenteuer der Enträtselung aus.
Das Kriegsende mit der Befreiung der KZ-Häftlinge lag zwanzig Jahre zurück. Hinter verschlüsselten Wortbildern eines Gedichts suchten wir nach Schreibanlässen und -absichten des Dichters aus jüdischer Familie, der Eltern und Verwandte in Arbeitslagern durch Krankheit und Ermordung verloren hatte. Ich erinnere mich einer lebhaften Deutschstunde, in der Schüler und Schülerinnen den Schauplatz eines gescheiterten Zwiegesprächs entwarfen. Fast mit Händen greifbar beschworen sie den Gefangenen hinter Gitterstäben, seinen irrenden Augenaufschlag, seine gramfeuchten Tränen, seine armselige Hoffnung auf Begreifen der Notlage. Im flackrigen Licht einer Zelle bildete sich die Gestalt des Verstoßenen heraus, nahm mehr und

mehr festen Umriß an, wurde zur anwesenden Figur: Wer nach Helligkeit drängt, zeigt sein noch nicht erstarrtes Herz!

Wir begriffen: Ein- und zugleich ausgesperrt harrt auf kalten Fliesen ein sprachlos gewordener Häftling aus in der Zuversicht, sich vielleicht doch mit seinem Gegenüber verständigen zu können. Noch läßt er sich ausforschen, noch läßt er sich prüfen. Eingeklammert zwei Feststellungen und eine Frage des Besuchers vor dem Gitter: Er denkt sich aus, wie er leben würde bei vertauschten Rollen, erinnert sich an gemeinsam durchstandene Unbill, erkennt aber die Sprachnot entfremdeter Freunde. »Herzgrau«, heißt es, ist der Himmel, sind die beiden Lachen, in denen er sich spiegelt: das Firmament verdunkelt, das Auge getrübt, das Blut aus den Adern gewichen. Einander gegenüber stehen sich zwei Menschen, denen »das Herz voll ist«, doch »der Mund nicht übergeht«, weil sie, fremd geworden, am Verstehen zweifeln. Beide, der eine vor, der andere hinter dem Gitter, schweigen verschämt.

Es war nicht einfach, mit Vierzehnjährigen vom Bild auf den Sinn, von der Szene auf das Wesen, vom Sprechen auf die Sprache zu kommen. Wir fragten uns, ob der Dichter in diesem Gefangenen einen KZ-Häftling hinter Stacheldraht, einen Zuchthäusler hinter Gefängnisstäben oder einen Mönch hinter dem Sprechgitter eines Klosters gesehen habe oder ob er nicht vielmehr jeden von uns gemeint haben könnte vor dem undurchdringlichen Zaun, der zwischen uns Sprechenden und der Sprache aufgerichtet ist. Ein Wort sei ja nicht das Ding selbst, das es bezeichnet, bemerkte ich, durch die Buchstaben hindurch müsse man die wirkliche Welt erkennen.

Doch die Schüler waren nicht aufzuhalten, Auschwitz mit

seiner Grenzsituation menschlichen Zusammenlebens ins Spiel zu bringen: Ich konnte sie nur zögernd vom Besonderen zum Allgemeinen hinführen. Und so liebäugelten wir mit der Antwort: Wenn die Sprache selbst vergittert ist und wir mit jedem ausgesprochenen Wort an Hindernisse prallen, oft hohe Wälle und dichte Palisaden, hinter denen ein Angesprochener lauscht, aber nicht versteht, dann müssen wir Hilfe bei den Dichtern suchen.

Sie sind am innigsten mit der Sprache verbunden; sie sind es, die das Begreifen stiften. Zauberkräftig verwandeln sie die Gitter der Sprache in Pfeiler eines Geländers, an dem entlang wir den Weg zueinander und zu den Dingen finden. Am Beispiel des Gedichts »Sprachgitter« ging uns ein Licht auf, daß es nicht barbarisch ist, nach Auschwitz noch Gedichte zu schreiben, wie Adorno entschied, sondern eine höchst zivilisierte Tätigkeit, den nach Verstehen und Verständigung Lechzenden das Brett vom Kopf zu nehmen, das ihnen die Widersacher der Poesie tagtäglich vor die Stirne nageln.

PAUL CELAN
TODESFUGE

Schwarze Milch der Frühe wir trinken sie abends
wir trinken sie mittags und morgens wir trinken sie nachts
wir trinken und trinken
wir schaufeln ein Grab in den Lüften da liegt man nicht eng
Ein Mann wohnt im Haus der spielt mit den Schlangen der schreibt
der schreibt wenn es dunkelt nach Deutschland dein goldenes Haar Margarete
er schreibt es und tritt vor das Haus und es blitzen die Sterne er pfeift seine Rüden herbei
er pfeift seine Juden hervor läßt schaufeln ein Grab in der Erde
er befiehlt uns spielt auf nun zum Tanz

Schwarze Milch der Frühe wir trinken dich nachts
wir trinken dich morgens und mittags wir trinken dich abends
wir trinken und trinken
Ein Mann wohnt im Haus der spielt mit den Schlangen der schreibt
der schreibt wenn es dunkelt nach Deutschland dein goldenes Haar Margarete
Dein aschenes Haar Sulamith wir schaufeln ein Grab in den Lüften da liegt man nicht eng

Er ruft stecht tiefer ins Erdreich ihr einen ihr andern singet
und spielt
er greift nach dem Eisen im Gurt er schwingts seine Augen
sind blau
stecht tiefer die Spaten ihr einen ihr andern spielt weiter
zum Tanz auf

Schwarze Milch der Frühe wir trinken dich nachts
wir trinken dich mittags und morgens wir trinken dich
abends
wir trinken und trinken
ein Mann wohnt im Haus dein goldenes Haar Margarete
dein aschenes Haar Sulamith er spielt mit den Schlangen

Er ruft spielt süßer den Tod der Tod ist ein Meister aus
Deutschland
er ruft streicht dunkler die Geigen dann steigt ihr als
Rauch in die Luft
dann habt ihr ein Grab in den Wolken da liegt man nicht
eng

Schwarze Milch der Frühe wir trinken dich nachts
wir trinken dich mittags der Tod ist ein Meister aus
Deutschland
wir trinken dich abends und morgens wir trinken und
trinken
der Tod ist ein Meister aus Deutschland sein Auge ist blau
er trifft dich mit bleierner Kugel er trifft dich genau
ein Mann wohnt im Haus dein goldenes Haar Margarete
er hetzt seine Rüden auf uns er schenkt uns ein Grab in der
Luft

er spielt mit den Schlangen und träumet der Tod ist ein
Meister aus Deutschland

dein goldenes Haar Margarete
dein aschenes Haar Sulamith

PETER VON MATT
WIE IST DAS GOLD SO GAR VERDUNKELT

Ein einziger Reim! Er steckt im Gedicht wie die Kugel im Erschossenen. Er ist die Kugel, von der er redet, ist so banal, wie das winzige Blei-Ding, aber auch so präzis gefertigt. Er tut den Dienst perfekt. Das reimt sich, wie es tötet, tötet zum tausendsten Mal, wie es sich schon tausendfach gereimt hat: trivial, glatt, genau. Das Reimwort redet zugleich vom Reimakt, den es vollzieht. »Sein Auge ist blau / er trifft dich genau.« Die poetische Routine korrespondiert grausig der Routine des Ermordens.

Dieser einzige Reim in dem langen Gedicht! Er gehört zu den Rätseln des Textes, neben der »schwarzen Milch« und dem »Meister aus Deutschland«. Was ihn zu erklären vermöchte, müßte auch alles andere deutlicher machen. Ob er jenen »deutschen Reim« darstellt, von dem in einem anderen Gedicht aus den gleichen Jahren die Rede ist? Denkbar wäre es, denn das »blaue Auge« steht für das Deutsche wie das »aschene Haar« für die Juden. Dann wird hier also gleichzeitig ein Urteil gesprochen über das deutsche Gedicht? Dann fällt hier ein schreckliches Wort über alles, was sich vernehmen läßt als deutsches Wort?

Gerade jene anderen Verse, in denen vom »deutschen Reim« die Rede ist (»Nähe der Gräber«), zeigen, daß es so einfach nicht geht. Es sind Verse an die ermordete Mutter. Sie reden still und klagend mit der am fernen Bug begrabenen Frau und schließen: »Und duldest du, Mutter, wie einst, ach, daheim, / den leisen, den deutschen, den schmerzlichen Reim?« Celans Mutter hat die deutschen Dichter heftig geliebt, hat diese Liebe an den Sohn weitergegeben, und die beiden haben schon früh spielerisch gewetteifert im Zitieren schöner Stellen. Erträgst du das jetzt noch, fragen die Verse, jetzt, als Erschossene, eine von so vielen? Aber in der Art des Fragens liegt bereits die Antwort: der leise, schmerzliche, deutsche Reim, der sich hier selbst wieder reimt mit einem traurigen »daheim«, ist als Klang und Verlautung gerade nicht Teil des Schrecklichen und Bösen, sondern der Ort letzter Zuflucht. In einer geisterhaften Weise wird er zum Medium der Verbindung mit der Toten, und fast könnte man die Frage als Bitte lesen: Dulde ihn doch bei deinem Sohn, Mutter!

Von da ergibt sich ein Zugang zum fundamentalen Paradox des Gedichts: daß es eine verzehrende, eine wahnsinnige Sprachmagie entfaltet, um über das äußerste Verbrechen zu reden. Die betörendsten Klänge deutscher Poesie gleiten hier ineinander, das irre Singen der Lorelei, die süchtige Morbidität von Rilkes Cornet, die zwielichtige Grandeur Georges, aber alles anverwandelt einem endlosen Lied, als spielte ein verrückter Geiger immerzu voran, immerzu die gleichen paar Tonfolgen nacheinander und durcheinander, ein Geiger wie vom frühen Chagall: Ashasver als irrender Musikant.

Daß das Gedicht zuerst »Todestango« hieß, versteht sich so ohne weiteres. Es hätte auch »Bolero« heißen können. So genau sich die Strukturen einer Fuge mögen nachweisen lassen, der Bolero-Effekt ist deutlicher – wie ja auch auf den alten Totentänzen, an die das Wort »Todestango« anklingt, der Tod offensichtlich keine Choräle spielt, sondern aufreizend schmierende Geigenstücke.

Das Wort »Meister« verweist auf alles, was je große Kunst

war in Deutschland und süß und traumgeboren. Und im gleichen Zug verweist es auf den Genozid, das magistrale Morden. Beides fährt ineinander, untrennbar: »spielt süßer den Tod ... streicht dunkler die Geigen.« Dennoch fällt das Gedicht kein Urteil über jene Schönheit. Es tut, was schwerer ist, es hält die Paradoxie aus – man kann das Wahnsinn nennen oder Poesie. Im schroffen Paradox der ersten zwei Worte entdeckt sich die Beschaffenheit des Ganzen. Die Mutter und die deutsche Sprache und der »deutsche Reim« sind eins – Nahrung der Frühe. Das ist nun ganz tot und doch ganz lebendig: tot wie die erschossene Frau, wie der schreckliche einzige Reim, lebendig wie die Liebe des Sohnes, wie sein versiegeltes Dichten – schwarze Milch.

PAUL CELAN
TÜBINGEN, JÄNNER

Zur Blindheit über-
redete Augen.
Ihre – »ein
Rätsel ist Rein-
entsprungenes« –, ihre
Erinnerung an
schwimmende Hölderlintürme, möwen-
umschwirrt.

Besuche ertrunkener Schreiner bei
diesen
tauchenden Worten:

Käme,
käme ein Mensch,
käme ein Mensch zur Welt, heute, mit
dem Lichtbart der
Patriarchen: er dürfte,
spräch er von dieser
Zeit, er
dürfte
nur lallen und lallen,
immer-, immer-
zuzu.

(»Pallaksch, Pallaksch.«)

WALTER HINCK

DAS GEDICHT AM RANDE SEINER SELBST

Dieses Gedicht, am Tag nach einem der Besuche Paul Celans in Tübingen im Januar 1961, ein Vierteljahr nach der Verleihung des Georg-Büchner-Preises entstanden, flicht wie kaum ein anderer Text des Lyrikers lebensgeschichtliche Bezüge, literarische Verweise und poetologische Winke ineinander. Es rührt an eine Licht- und zugleich Schattenseite unserer Dichtung, an die Erhabenheit und die unglückliche Existenz des Genies. Und es endet mit dem Eingeständnis von Ohnmacht und dem Einverständnis mit ihr.

An einen der klassischen Eingangssätze unserer Prosaliteratur erinnert der Titel. Der Satz lautet – in der Fassung, die Celan in der Büchnerpreis-Rede zitiert –: »Den 20. Jänner ging Lenz durchs Gebirg.« Er eröffnet Büchners Novelle »Lenz«, das erzählerische Protokoll der beginnenden geistigen Zerrüttung des Sturm-und-Drang-Dichters Jakob Michael Reinhold Lenz, den man schließlich im Mai 1792, am letzten Ort seines Elends, morgens tot auf der Straße fand.

Konkreter wird das Motiv der geistigen Umnachtung mit dem Turm, in dem der Schreiner Ernst Zimmer den kranken Hölderlin pflegte – der Plural registriert die Beobachtung des im Wasserspiegel des Neckars verdoppelten, ja vermehrfachten Turms. Das Gedicht schließt mit einem Sonderwort des Turmbewohners, das sowohl Bejahung wie Verneinung bedeuten, Sinn und Gegensinn vereinen und so zu einer Chiffre für den Zustand des kranken Hölderlin werden konnte. Das »Pallaksch. Pallaksch« wird keineswegs dadurch relativiert, daß es in Klammern gesetzt ist. Celan hat diesen Schluß handschriftlich der Typoskriptfassung vom 29. Januar 1961 hinzugefügt. Dem heutigen Leser erscheint das »Wahnwort« (Axel Gellhaus) auch wie ein geheimes Signalwort für die spätere Bewußtseinskrise des Dichters Celan, den man an einem Tag des Frühjahrs 1970 tot aus der Seine barg.

Der Gedichtanfang übernimmt mit dem Blindheitsmotiv ein altes Attribut der Sängergestalt, ein häufiges Motiv Hölderlins. Doch ist hier Blindheit nicht mehr verhängt, sondern durch Überredung herbeigeführt, also die alte Rolle erst nach Widerstand angenommen worden. Vers drei bis fünf schalten ein Zitat aus Hölderlins Rhein-Hymne ein. Vervollständigt man es, so wird eine andere Einschränkung deutlich. Bei Hölderlin heißt es: *Ein Rätsel ist Reinentsprungenes. Auch / Der Gesang kaum darf es enthüllen.* Die mitschwingende Bedeutung, ein Enthüllungsverbot, greift schon dem Redeverbot der dritten Strophe Celans vor.

Die drei Verse der zweiten Strophe knüpfen an die Hölderlin-Welt an und verschieben sie zugleich ins Surreale. In der folgenden Strophe korrespondiert der »Lichtbart der Patriarchen« wieder mit den Versen der Rhein-Hymne Hölderlins, mit dem Bild vom *Lichtstrahl, der /Dem Neugebornen begegnet.* Doch wird diese Strophe zu einer Antwort Celans an die Tradition: In der Nachfolge der (blinden) Seher und Sänger haben heute weder erhabener Gesang noch Virtuosität und Rhetorik ihren Ort. Es ist die *nachzustotternde Welt, / bei der ich zu Gast / gewesen sein werde,* sagt in einem anderen Gedicht der Autor, dessen

Angehörige als Juden Opfer der Vernichtungslager wurden. Celans Poetik eines Gedichts, das »sich am Rande seiner selbst« behauptet (Büchnerpreis-Rede), hat in »Tübingen, Jänner« die für mich schönste, vielschichtigste Gestalt gefunden.

Denn das Gedicht führt selbst auf das Versiegen des Sprachflusses zu. Celan hat hier noch einmal Büchner seine Achtung erwiesen. Er nimmt – in nochmaliger Verknappung des Sprachatems – die Worte auf, mit denen der tief verletzte, gehetzte Woyzeck zur Verzweiflungstat getrieben wird, das »immer-, immerzu«. So scheint durch die Form, mit der Celan seine Poetik des verstummenden Gedichts veranschaulicht, zugleich deren Voraussetzung durch: das Bild der geschundenen menschlichen Kreatur.

PAUL CELAN

UND KRAFT UND SCHMERZ
und was mich stieß
und trieb und hielt:

Hall-Schalt-
Jahre,

Fichtenrausch, einmal,

die wildernde Überzeugung,
daß dies anders zu sagen sei als
so.

HARALD WEINRICH
BRUDER CELAN

Paul Celan starb im Jahre 1970. Er starb freiwillig. Ein Jahr nach seinem Tod erschien der Band »Schneepart«, in dem dieses Gedicht steht. Es ist ein Gedicht, das vom Leben handelt. Vom erlittenen Leben und von jenem anderen Leben, das Schreiben heißt.

Wenn am Anfang des Gedichtes zuerst der Schmerz, dann die Kraft genannt wäre, könnte man glauben, es sei eine Kraft gemeint, die dem Schmerz widersteht. So aber, dem Schmerz vorangestellt, ist es offenbar eine feindliche, verderbliche Kraft, diejenige wohl, die den Schmerz gebracht hat. Der schlagende, im zweiten und dritten Vers sich überschlagende Rhythmus versinnlicht die Wirkung dieser stoßenden und treibenden Kraft, deren endliches Halten dann wohl auch nicht als schützendes Erhalten, sondern als hinderndes Festhalten zu verstehen ist.

Wie lange dauert dieses Leben an? »Hall-Schalt-Jahre«. An diesem Ausdruck werden sich die Leser scheiden. Es wird einige Leser geben, die aus der Luther-Bibel das alte deutsche Wort Halljahr kennen. Das Halljahr (Celan nennt es einmal in einem anderen Gedicht »das nicht zu enträtselnde Halljahr«) ist in der Bibel, nach neunundvierzig Jahren der Mühe und Plage, das durch Posaunenhall angekündigte fünfzigste Jahr, das Jubeljahr des Herrn, »da jedermann wieder zu dem Seinen kommen soll« (3. Moses 25, 13). Wer dieses Wort nun aber nicht kennt und sich auch nicht durch einen Kommentar helfen lassen will, kennt immerhin das Wort Schaltjahr, das hier in das Wort Halljahr eingefügt ist, so wie der zusätzliche Tag eines Schaltjahres in den Kalender eingeschaltet wird. Das unerkannte Element »Hall-« kann dann auf den hallenden Klang der dreifach wiederholten Tonvokale bezogen werden. Die Chiffre der lange währenden, der nachhallenden Zeit bleibt auch in diesem reduzierten Sinne verständlich. Aus dieser Zeit, schlaglichtartig, eine Erinnerung. Etwas, das einmal geschehen ist, ein Ereignis offenbar. Das Wort Fichtenrausch erlaubt aber keine Identifizierung. Nicht einmal rauschartig muß diese Erfahrung gewesen sein, denn Rausch und Rauschen bedeuten ursprünglich das gleiche. Wir wollen dieses Wort Fichtenrausch daher nur als Andeutung eines Ereignisses nehmen, dessen Erzählung ausbleibt.

Warum erzählt Celan nichts? Hier nicht und auch sonst nicht? Warum hat er nur Gedichte geschrieben? Warum sind diese Gedichte mit den Jahren immer kürzer, immer karger, immer unzugänglicher geworden? Die letzten Verse des Gedichtes deuten einen möglichen Grund an. »So« kann man nicht mehr schreiben. Das heißt genauer: so, wie man immer erzählt hat, kann man nicht mehr erzählen.

Daß hier das Erzählen gemeint ist, ergibt sich aus der ganzen Form des Gedichtes. Wir finden am Anfang, fünfmal wiederholt, das »und« des Erzählers, der Ereignis an Ereignis reiht. Texteinleitend hat dieses »und« zudem biblisch-erzählenden Klang. Auch das »einmal« kennen wir aus vielen Geschichten als Erzählsignal. Aber die Erzählform bleibt in diesem Gedicht fast ohne Inhalt. Was muß geschehen sein in diesem Dichterleben, daß Paul Celan es nicht mehr erzählen und sich durch das Erzählen nicht mehr davon befreien kann! Denn »dies« ist nicht mehr erzählbar, vom Erzählen ist keine Entlastung zu erwarten. Man müßte es ganz anders sagen – aber wie? Vielleicht wildernd, »auf Bedeutungsjagd«, wie es in einem anderen Gedicht Celans heißt. Vielleicht aber gibt es gar keine Sprache, in der gesagt werden könnte, was Paul Celan überzeugt war, sagen zu müssen.

Unbefriedet verlassen wir dieses Gedicht. Es ist mit seinen wenigen Worten ein großes Gedicht der deutschen Literatur. Es ist zudem ein biblisches Gedicht, ein Hiobs-Gedicht, ein Testament für Juden und Christen. Es will brüderlich gelesen werden. Denn es ist ein Gedicht unseres Bruders Paul Celan, der auch in seinem fünfzigsten Jahr, seinem Hall- und Todesjahr, nicht zu dem Seinen kam.

PAUL CELAN

WEGGEBEIZT vom
Strahlenwind deiner Sprache
das bunte Gerede des An-
erlebten – das hundert-
züngige Mein-
gedicht, das Genicht.

Aus-
gewirbelt,
frei
der Weg durch den menschen-
gestaltigen Schnee,
den Büßerschnee, zu
den gastlichen
Gletscherstuben und -tischen.

Tief
in der Zeitenschrunde,
beim
Wabeneis
wartet, ein Atemkristall,
dein unumstößliches
Zeugnis.

HERMANN BURGER
VOM GENICHT ZUM GEDICHT

Von den vielen Gedichten Paul Celans, welche den schwierigen Weg zur poetisch gültigen Sprache als Landschaft, als Expedition vergegenwärtigen, ist mir »WEGGEBEIZT ...« aus dem Band »Atemwende« das wichtigste.
Bis hin zur typographischen Gestalt, bis zur Brechung der Wörter an den Zeilenenden stellen die drei Strophen dar, was sie meinen, was sich als Poetik rational nicht formulieren läßt: die Befreiung des Dichters aus dem »Metapherngestöber« und die Freisetzung des »Atemkristalls«. Die Wortschöpfung »Genicht« macht deutlich, daß Scheitern und Gelingen an einem Konsonanten hängen können.
Dem unumstößlichen Zeugnis in der Tiefe des Gletschers entspricht der Meineid, der in der ersten Strophe getilgt werden muß. Celan verwendet einen Ausdruck aus der Jägersprache, denn »beizen« heißt nicht nur Wunden ausbrennen, sondern auch jagen, mit abgerichteten Raubvögeln. Durch den wuchtigen Einsatz mit dem Mittelwort der Vergangenheit ist die Wirkung des »Strahlenwindes« bereits vorweggenommen. Das bunte Gerede verstummt.
Wer in hundert Zungen spricht wie die Menschen nach dem Turmbau zu Babel, hat nach Martin Buber die »heilige Sprache« verloren. Das wäre »deine Sprache«, im Gegensatz zur Lüge; althochdeutsch »mein« heißt falsch, betrügerisch.
Dadurch wird der Weg, ähnlich wie in der Prosadichtung »Gespräch im Gebirg«, frei zu den Gletscherstuben. Er

führt durch den »menschen-/gestaltigen ... Büßerschnee«, was an die »schwarze Milch der Frühe« in der »Todesfuge« erinnert. Asche wird im Volksmund auch schwarzer Schnee genannt. Die Stelle – wiederum wird uns das Zerbrochene typographisch vor Augen gebracht – kann sich nur auf die Judenvernichtung im Dritten Reich beziehen. Celans Sprache pflügt sich durch Asche und Knochenmehl, seine Dichtung ist Totengedächtnis.

Die »Gletscher«-Chiffre hat eine vielschichtige Bedeutung im Spätwerk. Einerseits sind die Firner absturzbedrohte, katastrophenträchtige Zeugen der Erdgeschichte. Dann verweist die Zungenform auf den sprachlichen Bereich, die »lingua«. Drittens ist die kristalline Gitterstruktur zu beachten. Fügungen wie »Tausendkristall« und »Schneegarn«, aber auch »Sprachgitter« gehören zu diesem Celanschen Wortfeld. Unter »Gletschertischen« versteht man in der Glaziologie Felsplatten, die auf Eisfüßen liegen. Hier werden sie in die Stuben versetzt und haben »gastlichen« Charakter wie die »langen Tische der Zeit« im Gedicht »Die Krüge«. Auch an der Gletschertafel zechen die »Krüge Gottes«, wird die Zeit aufgehoben: bewahrt und zunichte gemacht als Chronologie historischer Ereignisse.

Die letzte Strophe steht ganz im Zeichen des Kristalls und ist durch eine Gegenbewegung zur zweiten gekennzeichnet. Wird der Blick zuerst hinaufgelenkt zu den Firnern, stürzt er nun in die Tiefe der »Zeitenschrunde«, wo sich dem Dichter das kollektive Unbewußte seiner Epoche erschließt. Doch Fels und Gletscher blieben tot, wenn nicht der »Atem« des Strahlers hinzukäme, der Lebenshauch, hinter dem der Pneuma-Begriff steht. Nach den Vorstellungen des palästinensischen Judentums schließt der

Mensch und Tier eingegebene Odem Gottes auch die Geister der Verstorbenen mit ein. Erst wenn dieser »Wind« zum »Atemkristall« wird, organisch gewachsen und handwerklich geformt, liegt ein Gedicht vor als unumstößliches »Zeugnis« der Wahrheit.

Nicht der Dichter selbst verfügt über die Gewalt des beizenden Strahlenwindes, aber in der Inspiration wird er von ihr erfaßt. Das Besondere, das Einzelschicksal, kristallisiert sich, wird zum allgemein Verbindlichen und Gültigen. Präziser kann ein Autor kaum sagen, woher sein Gedicht kommt, worauf es zielt, in seiner Zeit, über sie hinaus und hinter sie zurück.

PAUL CELAN

WIR LAGEN
schon tief in der Macchia, als du
endlich herankrochst.
Doch konnten wir nicht
hinüberdunkeln zu dir:
es herrschte
Lichtzwang.

HORST BIENEK
EIN STEIN BLUTET NICHT

In seiner Dankrede zum Büchnerpreis 1960 sagte Paul Celan: »Die Kunst erweitern? Nein. Sondern geh mit der Kunst in deine allereigenste Enge. Und setze dich frei.«
Bis zu dem Gedichtband »Sprachgitter« hat Celan seinen Gedichten noch Überschriften gegeben, jedes Gedicht war ein Einzelstück, solitär; seit »Atemwende« verstand er sich mehr und mehr als ein Autor, der an einem Fragment fortschreibt, die Gedichttitel wurden zurückgenommen; der Zeilenanfang in Versalien kündigte einen immer neuen Anfang an, ein immer neues Stammeln, einen immer erneuten Versuch zur Sprachlitanei; das führte immer mehr zur »Enge«, zu Engführungen, zu Verkürzungen, zu Hieroglyphen. Das waren Steine, hingeworfen, roh behauen, Steine, die den Schrei in sich bargen. Wie er es in dem benachbarten Brancusi-Gedicht ausdrückte: ein Schrei im Stein, dem schon behauenen, weißen – der freilich das Wort nicht mehr hergibt, sonst »tät es sich auf als Wunde ...« Und heißt es nicht bei den Propheten: ein Stein blutet nicht? – Bluten die Worte Celans?
Seine letzten Gedichte, so schien es mir, sind wie jene Bernsteine, die ein Insekt einschließen: hier ein Wort, das fremde und ungekannte, das erschreckende. Genicht; Steinblitz; Treckschutenzeit; gesömmert; erluchtet – es ist, als habe er die Gedichte geschrieben, nur um diese Wörter unterzubringen.

Gedichte, die nicht auf Aussage bedacht sind, lassen zahlreiche Interpretationen zu, Celans späte Texte laden dazu ein, essayistische Kunststückchen aufzuführen. Will man ihm nahekommen, muß man gerade dies vermeiden. Einer, der mit dem Wort weit hineinschwingt in die Ausdeutung, will doch beim Wort genommen sein.

Ein Naturgedicht also? Dämmerung, Abend, Nacht, irgendwo im Süden? Nichts weniger als das. In meinem Wörterbuch finde ich für »Macchia«: »charakteristischer immergrüner Buschwald des Mittelmeergebiets, vgl. Maquis«. Und dort steht dafür: »Gestrüpp, Unterholz«; aber auch noch die andere Bedeutung: »franz. Widerstandsorganisation im 2. Weltkrieg«. Und daran hat Celan wohl gedacht, Verfolgter in dieser Zeit, der später einige Dichter des Maquis übersetzt hat, so Cayrol, so Michaux.

Aber das grelle Wort Maquis hätte den »Zauber« des Gedichts zerstört, zu früh und zu schrill; es ist eher ein Abbröckeln, ein Verklingen, das Wort Macchia taucht es ein in das schillernd-naturhaft Mehrdeutige. Weil der Autor Angst hat vor dem Eindeutigen.

Doch haben wir erst einmal die Basis des Gedichts gefunden, steht es ziemlich klar vor uns: der Machisard (Maquisard), vielleicht verwundet, den man in den Schutz des Dunkels hineinnehmen wollte, in das Dunkel des eigenen Körpers – aber es herrschte »Lichtzwang«, vielleicht der Tag, der Mond, die Scheinwerfer des Feinds? Oder ist es die Wahrheit des Gedichts, die es ans Licht »zwingt«?

Ein Gedicht, das ein Kunst-Stück fertigbringt: zeitlos kommt es daher, geheimnisvoll, apokryph; und dann schließt es sich auf, in einem Wort, mit einem Wort; und vielleicht ist dieses eine Wort »Lichtzwang« zugleich eine Aufforderung, das Dunkel seiner Gedichte aufzuzwingen mit Licht!

»Lichtzwang«, so heißt der letzte Gedichtband, den Paul Celan einige Wochen vor seinem Freitod dem Verleger zum Druck übergeben hat. »Lichtzwang«: auch so ein Wort, über das man nicht gerade spekulieren, aber doch noch ein wenig nachdenken sollte. Darübergebeugt wie über einem Insekt, das im Stein eingeschlossen ist. Ein Stein kann nicht bluten. Aber ein Stein kann leuchten.

QUELLENHINWEISE

GÜNTHER ANDERS 1902 in Breslau geboren, gestorben 1992 in Wien, S. 81.

Sprachelegie. Aus: Die neue Rundschau, Oktober 1946.

ROSE AUSLÄNDER 1901 in Czernowitz geboren, gestorben 1988 in Düsseldorf, S. 15.

Ein Märchen. Aus: Rose Ausländer, Schweigen auf deine Lippen. Gedichte aus dem Nachlaß. Hrsg. von Helmut Braun. © Fischer Taschenbuch Verlag GmbH, Frankfurt am Main 1994.

Jerusalem. Paul Celans Grab. Aus: Rose Ausländer, Im Aschenregen die Spur deines Namens. Gedichte und Prosa 1976. © S. Fischer Verlag GmbH, Frankfurt am Main 1984.

Mein Venedig. Aus: Rose Ausländer, Mein Venedig versinkt nicht. Gedichte. © S. Fischer Verlag GmbH, Frankfurt am Main 1982.

Salzburg. Aus: Rose Ausländer, Festtag in Manhattan. Gedichte. © Pfaffenweiler Presse, Pfaffenweiler 1982, 1985.

JOHANNES BOBROWSKI 1917 in Tilsit geboren, gestorben 1965 in Berlin, S. 445.

Anruf. Bericht. Der Muschelbläser. Der Samländische Aufstand 1525. Dorfmusik. Hölderlin in Tübingen. Holunderblüte. Im Strom. Immer zu benennen. J. S. Bach. Märkisches Museum. Namen für den Verfolgten. Nänie. Aus: Johannes Bobrowski, Gesammelte Werke in sechs Bänden. Band 1: Die Gedichte. Hrsg. von Eberhard Haufe. © 1998 Deutsche Verlags-Anstalt GmbH, Stuttgart.

RAINER BRAMBACH 1917 in Basel geboren, dort 1983 gestorben, S. 503.

Meine Vorfahren kamen nie vom Norden los. Aus: Rainer Brambach, Heiterkeit im Garten. Das gesamte Werk. Copyright © 1989 by Diogenes Verlag AG Zürich.

CHRISTINE BUSTA 1915 in Wien geboren, dort 1987 gestorben, S. 257.

Am Rande. Aus: Christine Busta, Unterwegs zu älteren Feuern. Gedichte. Otto Müller Verlag, Salzburg 1995, 3. Auflage.

Signale. Aus: Christine Busta, Salzgärten. Otto Müller Verlag, Salzburg 1978, 2. Auflage.

PAUL CELAN 1920 in Czernowitz geboren, gestorben 1970 in Paris, S. 511.

Anabasis. Tübingen, Jänner. Aus: Paul Celan, Die Niemandsrose. © S. Fischer Verlag GmbH, Frankfurt am Main 1963.

Assisi. Aus: Paul Celan, Von Schwelle zu Schwelle. © 1955 Deutsche Verlags-Anstalt GmbH, Stuttgart.

Auf Reisen. Ein Knirschen von eisernen Schuhn. In Ägypten. Aus: Paul Celan, Mohn und Gedächtnis. © 1952 Deutsche Verlags-Anstalt GmbH, Stuttgart.

Bei Wein und Verlorenheit. In memoriam Paul Eluard. In Prag. Keine Sandkunst mehr. Todesfuge. Und Kraft und Schmerz. Aus: Paul Celan, Gedichte. Zwei Bände. Herausgegeben von Beda Allemann. © Suhrkamp Verlag Frankfurt am Main 1976.

Das Fremde. Aus: Paul Celan, Zeitgehöft. Späte Gedichte aus dem Nachlaß. © Suhrkamp Verlag Frankfurt am Main 1976.

Die längst Entdeckten. Aus: Paul Celan, Gesammelte Werke. Fünf Bände. Band 2: Gedichte II. Herausgegeben von Beda Allemann und Stefan Reichert unter Mitwirkung von Rolf Bücher. © Suhrkamp Verlag Frankfurt am Main 1986.

Großes Geburtstagsblaublau mit Reimzeug und Assonanz. Aus: Paul Celan, Gesammelte Werke. Fünf Bände. Band 3: Gedichte III. Prosa. Reden. Herausgegeben von Beda Allemann und Stefan Reichert unter Mitwirkung von Rolf Bücher. © Suhrkamp Verlag Frankfurt am Main 1992.

Sprachgitter. Aus: Paul Celan, Sprachgitter/Die Niemandsrose. © S. Fischer Verlag GmbH, Frankfurt am Main 1986.

Weggebeizt. Aus: Paul Celan, Atemwende. Gedichte. © Suhrkamp Verlag Frankfurt am Main 1968.

Wir lagen. Aus: Paul Celan, Lichtzwang. Gedichte.© Suhrkamp Verlag Frankfurt am Main 1970.

HILDE DOMIN 1912 in Köln geboren, lebt in Heidelberg, S. 297.

Alternative. Bitte. Brennende Stadt (Beirut). Kleine Buchstaben. Köln. Linke Kopfhälfte. Rückzug. Tokaidoexpreß. Wer es könnte. Aus: Hilde Domin, Gesammelte Gedichte. © S. Fischer Verlag GmbH, Frankfurt am Main 1987.

GÜNTER EICH 1907 in Lebus/Oder geboren, gestorben 1972 in Salzburg, S. 181.

Abgelegene Gehöfte. Kleine Reparatur. Wildwechsel. Aus: Günter Eich, Gesammelte Werke. In vier Bänden. Band 1: Die Gedichte. Die Maulwürfe. © Suhrkamp Verlag Frankfurt am Main 1973.

Augenblick im Juni. Betrachtet die Fingerspitzen. Der Große Lübbe-See. Ende eines Sommers. Herrenchiemsee. Königin Hortense. Aus: Günter Eich, Botschaften des Regens. Gedichte. © Suhrkamp Verlag Frankfurt am Main 1961 und 1971.

Briefstelle. Hoffnungen. Inventur. Aus: Günter Eich, Ein Lesebuch. Ausgewählt von Günter Eich. Nachwort von Susanne Müller-Hampft. © Suhrkamp Verlag Frankfurt am Main 1981.

Fußnote zu Rom. Gespräche mit Clemens. Zu spät für Bescheidenheit. Zum Beispiel. Aus: Günter Eich, Zu den Akten. Gedichte. © Suhrkamp Verlag Frankfurt am Main 1964.

Nachhut. Aus: Günter Eich, Gedichte. Herausgegeben von Ilse Aichinger. © Suhrkamp Verlag Frankfurt am Main 1973.

Tage mit Hähern. Aus: Günter Eich, Gesammelte Werke in vier Bänden. Revidierte Ausgabe. Band 1: Die Gedichte. Die Maulwürfe. Hrsg. von Axel Vieregg. © Suhrkamp Verlag am Main 1973; 1991.

Werner Finck 1902 in Görlitz geboren, 1978 in München gestorben, S. 85.

Neue Herzlichkeit. Aus: Werner Finck, Spaßvogel – vogelfrei. © by F. A. Herbig Verlagsbuchhandlung GmbH, München.

Albrecht Goes 1908 in Langenbeutingen/Württemberg geboren, gestorben 2000 in Stuttgart, S. 261.

Einem, der davonging, nachgerufen. Aus: Albrecht Goes, Mit Mörike und Mozart. Studien aus fünfzig Jahren. © S. Fischer Verlag GmbH, Frankfurt am Main 1988.

Motette. Über einer Todesnachricht. Aus: Albrecht Goes, Lichtschatten du. Gedichte aus fünfzig Jahren. © S. Fischer Verlag GmbH, Frankfurt am Main 1978.

Fritz Grasshoff 1913 in Quedlinburg geboren, gestorben 1997, S. 349.

Blues. Aus: Fritz Graßhoff, Die große Halunkenpostille. Nymphenburger Verlagsbuchhandlung in der F. A. Herbig Verlagsbuchhandlung GmbH, München. Abdruck mit freundlicher Genehmigung von Frau Roswitha Grasshoff.

Albrecht Haushofer 1903 in München geboren, gestorben 1945 in Berlin-Moabit, S. 101.

Maschinensklaven. Schuld. Aus: Albrecht Haushofer, Moabiter Sonette. © Langewiesche-Brandt, Ebenhausen 1999.

Bernt von Heiseler 1907 geboren in Brannburg/Inn, 1969 in Vorderleiten gestorben, S. 257.

ad me ipsum. Aus: Bernt von Heiseler, Gedichte. Bertelsmann Verlag, Gütersloh 1957.

Stephan Hermlin 1915 in Chemnitz geboren, gestorben 1997 in Berlin, S. 365.

Terzinen. Aus: Stephan Hermlin, Gesammelte Gedichte. © 1979 Carl Hanser Verlag München Wien.

Peter Huchel 1903 geboren in Berlin-Lichterfelde, gestorben 1981 in Staufen, S. 109.

Caputher Heuweg. Der Garten des Theophrast. Dezember 1942. Soldatenfriedhof. Aus: Peter Huchel, Chausseen Chausseen. © S. Fischer Verlag GmbH, Frankfurt am Main 1963.

Chausseen. Traum im Tellereisen. Aus: Peter Huchel, Gesammelte Werke. Zwei Bände. Herausgegeben und erläutert von Axel Vieregg, Band 1: Gedichte. © Suhrkamp Verlag Frankfurt am Main 1984.

Exil. Ophelia. Aus: Peter Huchel, Ausgewählte Gedichte. Auswahl und Nachwort von Peter Wapnewski. © Suhrkamp Verlag Frankfurt am Main 1973.

König Lear. Aus: Peter Huchel, Die neunte Stunde. © Suhrkamp Verlag Frankfurt am Main 1979.

Kreuzspinne. Aus: Peter Huchel, Die Sternenreuse. © Piper Verlag GmbH, München 1967.

Nachlässe. Aus: Peter Huchel, Gezählte Tage. Gedichte. © Suhrkamp Verlag Frankfurt am Main 1972.

Unter der blanken Hacke des Monds. Aus: Peter Huchel, Gedichte. © Suhrkamp Verlag Frankfurt am Main 1989.

Mascha Kaléko 1912 in Schidlow/Polen geboren, gestorben 1975 in Zürich, S. 333.

Im Exil. Aus: Das himmelgraue Poesie-Album der Mascha Kaléko. © Gisela Zoch-Westphal 2000.

Großstadtliebe. Kleine Havel-Ansichtskarte. Aus: Mascha Kaléko, Das lyrische Stenogrammheft. Kleines Lesebuch für Große. Copyright © 1956 by Rowohlt Verlag GmbH, Hamburg.

Marie Luise Kaschnitz 1901 in Karlsruhe geboren, gestorben 1974 in Rom, S. 35.

Dein Schweigen. Die Gärten. Die Katze. Juni. Kleine Ballade. Vögel. Aus: Marie Luise Kaschnitz, Gesammelte Werke. Herausgegeben von Christian Büttrich und Norbert Miller. Fünfter Band: Die Gedichte. © Insel Verlag Frankfurt am Main 1984.

Ein Gedicht. Genazzano. Hiroshima. Nicht gesagt. Aus: Marie Luise Kaschnitz, Gesammelte Werke. Herausgegeben von Christian Büttrich und Norbert Miller. Fünfter Band: Die Gedichte. Insel Verlag Frankfurt am Main 1984. © Iris Schnebel-Kaschnitz.

HANS PETER KELLER 1915 in Rosellerheide bei Neuß geboren, gestorben 1989, S. 371.

Folge. Aus: Hans Peter Keller, Extrakt um 18 Uhr. © by Limes in der F. A. Herbig Verlagsbuchhandlung GmbH, München.

MAX KOMMERELL 1902 in München geboren, gestorben 1944 in Marburg, S. 89.

Spiegelung der Sonne zwischen Seerosenblättern. Aus: Max Kommerell, Mit gleichsam chinesischem Pinsel. Vittorio Klostermann Frankfurt am Main 1946. Abdruck mit freundlicher Genehmigung von Frau Erika Kommerell.

KARL KROLOW 1915 in Hannover geboren, gestorben 1999 in Darmstadt, S. 375.

Ariel. Der Nächtliche. Aus: Karl Krolow, Gesammelte Gedichte. © Suhrkamp Verlag Frankfurt am Main 1965.

Die goldene Wolke. Aus: Karl Krolow, Schönen Dank und vorüber. Gedichte. © Suhrkamp Verlag Frankfurt am Main 1984.

Diese alten Männer. Aus: Karl Krolow, Der Einfachheit halber. Gedichte. © Suhrkamp Verlag Frankfurt am Main 1977.

Es war die Nacht. Aus: Karl Krolow, Ich höre mich sagen. Gedichte. © Suhrkamp Verlag Frankfurt am Main 1992.

Für alle Zeit. Noch einmal. Was war, was ist. Aus: Karl Krolow, Als es soweit war. Gedichte. © Suhrkamp Verlag Frankfurt am Main 1988.

Besuch kommt. Das Bild, das man hinterläßt. Mit feuchten Händen. Aus: Karl Krolow, Gesammelte Gedichte. Band 2. © Suhrkamp Verlag Frankfurt am Main 1975.

Sieh dir das an. Aus: Karl Krolow, Gedichte. Auswahl und Nachwort von Gabriele Wohmann. © Suhrkamp Verlag Frankfurt am Main 1989.

Stele für Catull. Aus: Karl Krolow, Unsichtbare Hände. Gedichte 1959-1962.© Suhrkamp Verlag Frankfurt am Main 1962. Neuauflage 1985.

HORST LANGE 1904 in Liegnitz geboren, gestorben 1971 in München, S. 163.

Eine Geliebte aus Luft. Aus: Horst Lange, Aus dumpfen Fluten kam Gesang. Gedichte. Henry Goverts Verlag, Stuttgart 1958.

CHRISTINE LAVANT 1915 in Groß-Edling/Kärnten geboren, gestorben 1973 in Wolfsberg/Kärnten, S. 429.

Der Mond kniet auf. Kreuzzertretung. Wie gut. Aus: Christine Lavant, Die Bettlerschale. Otto Müller Verlag, Salzburg 1956.
Seit heute, aber für immer. Aus: Christine Lavant, Der Pfauenschrei. Gedichte. Otto Müller Verlag, Salzburg 1962.

Hermann Lenz 1913 in Stuttgart geboren, gestorben 1998 in München, S. 353.
Regen. Aus: Hermann Lenz, Zeitlebens. Gedichte 1934-1980. © Franz Schneekluth Verlag, München 1981.

Ernst Meister 1911 in Hagen-Haspe/Westfalen geboren, gestorben 1979 in Hagen, S. 281.
Gedenken V. Langsame Zeit. Utopische Fahrt. Zu wem. Copyright © Rimbaud Verlag, Aachen. Abdruck mit freundlicher Genehmigung.

Hans Sahl 1902 in Dresden geboren, gestorben 1993 in Tübingen, S. 93.
Charterflug in die Vergangenheit. Strophen. Aus: Hans Sahl, Wir sind die Letzten. Der Maulwurf. Gedichte. © 1991 by Luchterhand Literaturverlag, Hamburg.

Franz Baermann Steiner 1909 in Prag geboren, gestorben 1952 in Oxford, S. 277.
Elefantenfang. Aus: Franz Baermann Steiner, Unruhe ohne Uhr. Ausgewählte Gedichte aus dem Nachlaß. Mit einem Nachwort von H. G. Adler. Verlag Lambert Schneider 1954, Veröffentlichung der deutschen Akademie für Sprache und Dichtung, Bd. 3.

Jesse Thoor 1905 in Berlin geboren, gestorben 1952 in Lienz/Tirol, S. 173.
Adventrede. In einem Haus. Aus: Jesse Thoor, Gedichte. Herausgegeben und mit einem Nachwort versehen von Peter Hamm. © Suhrkamp Verlag Frankfurt am Main 1975.

Friedrich Torberg 1908 in Wien geboren, 1979 dort gestorben, S. 273.
Sehnsucht nach Alt-Aussee. Aus: Friedrich Torberg, Lebenslied. Gedichte. © by Langen Müller in der F. A. Herbig Verlagsbuchhandlung GmbH, München.

Silja Walter 1919 in Zürich geboren, lebt in Unterengstringen, S. 507.
Tänzerin. Aus: Silja Walter, Die Fähre legt sich hin am Strand. Ein Lesebuch. Hg. v. Klara Obermüller. © 1950, 1999 by Arche Verlag AG, Zürich – Hamburg.

Wolfgang Weyrauch 1904 in Königsberg geboren, gestorben 1980 in Darmstadt, S. 169.
Aber wie. Aus: Dreimal geköpft. Unbekannte Gedichte. Herausgege-

ben von Jürgen Seuss und Bernd Jentzsch. BrennGlas Verlag, Assenheim 1983. Abdruck mit freundlicher Genehmigung von Frau Margot Weyrauch.

GUIDO ZERNATTO 1903 in Treffen/Kärnten geboren, gestorben 1943 in New York, S. 159.

Dieser Wind der fremden Kontinente. Aus: Guido Zernatto, Die Sonnenuhr. Gesamtausgabe der Gedichte. Otto Müller Verlag, Salzburg 1961. Abdruck mit freundlicher Genehmigung des Verlags Anton Pustet, Salzburg.